VOOR WIE DE KLOK SLAAT

VAN JO CLAES VERSCHENEN
BIJ HOUTEKIET

De zaak Torfs
De blinde vlek
Dood in december
Het oog van de naald
Tot de dood ons scheidt...
Getekend vonnis
De mythe van Methusalem
Vermoorde onschuld

Jo Claes

Voor wie de klok slaat

Houtekiet
Antwerpen / Utrecht

Graag uw reacties op
www.jo-claes.be
www.facebook.com/misdaadauteurjoclaes

Houtekiet, Katwilgweg 2, B-2050 Antwerpen
info@houtekiet.be
www.houtekiet.be

Omslag Wil Immink naar de jacquemart
op de Sint-Pieterskerk, Leuven
Foto omslag © Uschi Claes
Opmaak www.intertext.be

ISBN 978 90 8924 443 7
e-ISBN 978 90 8924 444 4
D 2016 4765 1
NUR 330

Eerste druk maart 2016
Tweede druk april 2016

Voor Wim

Deel 1

De optocht der togati

I

Thomas Berg had een hekel aan 21 september. Niet zozeer omdat die datum het begin van de herfst inluidde, als wel omdat op die dag het nieuwe academiejaar van start ging, zodat Leuven in minder dan vierentwintig uur tijd veranderde van een rustig provincienest in een overbevolkte, lawaaierige en geconstipeerde stad waarvan het aantal inwoners in één klap met de helft was toegenomen.

De gevolgen daarvan waren overweldigend. Rijen aan kassa's van winkels en supermarkten werden plots dubbel zo lang; toneel- en muziekvoorstellingen waren maanden op voorhand uitverkocht; cafés en restaurants puilden avond na avond uit. Hetzelfde gold voor het verkeer: door het sterk toegenomen aantal voertuigen slibden de smalle straten hopeloos dicht, terwijl parkeerplaatsen vrijwel onvindbaar werden en voetpaden onbegaanbaar doordat ontelbare fietsen vier- of vijfdik tegen de gevels stonden gestald. En 's nachts, wanneer de modale burger snakte naar wat rust, hield het gebral van feestvierende studenten iedereen urenlang wakker, zodat de politie overstelpt werd met klachten over geluidsoverlast en openbare dronkenschap.

Maar wat voor sommigen een beproeving was, was voor anderen een meevaller. Het hele economische weefsel van de stad was immers zo sterk vervlochten met de activiteiten van de universiteit dat zowel de horeca als de middenstand voor een aanzienlijk deel afhankelijk was van de studenten en dankzij hen gouden zaken deed.

Plaag of zegen, feit was dat Leuven elke herfst opnieuw een metamorfose onderging die niet één inwoner onberoerd liet en die een omvang had zoals dat voor geen enkele andere stad in het land het geval was.

Dit jaar viel 21 september op een dinsdag en restten er nog slechts twee dagen voor het nieuwe academiejaar begon. Thomas Berg wandelde op zijn dooie gemak door de straten en deed met opzet twee keer langer dan gewoonlijk over de afstand van zijn flat tot aan het politiebureau. De oorzaak daarvan lag gedeeltelijk bij het weer. Na een druilerige, sombere week was de zon opnieuw van de partij en alleen dat al was voldoende om zijn looptempo af te zwakken tot een slentergang. Bovendien was het zondag en genoot hij met volle teugen van de rust in de stad, zeker nu Leuven binnenkort weer overspoeld zou worden door een horde losgeslagen studenten. Maar dé belangrijkste reden voor zijn getreuzel was de briefing die om vier uur met zijn superieuren stond gepland. In Bergs ogen was elke vergadering er één te veel, vooral als die viel op zondag, de dag waarop zelfs God geoordeeld had dat het even genoeg was geweest.

Aan de Parkpoort stak hij de ringweg over en sloeg linksaf. Ongeveer een maand geleden was hem van hogerhand meegedeeld dat hij belast zou worden met de ordehandhaving op de openingsdag van het nieuwe academiejaar, het 589ste in de geschiedenis van de universiteit. Normaliter nam de lokale politie die taak op zich, maar dit keer had de kersverse Leuvense rector, Albrecht Termondt, een controversiële gast uitgenodigd. De man heette Badru Alupo en was rector van de universiteit van Kampala waar homostudenten onlangs het verbod hadden gekregen om nog langer de colleges bij te wonen. De invitatie was daarom erg omstreden en zou geheid tot protesten leiden van de homobeweging en waarschijnlijk ook van enkele tientallen Ugandese studenten die aan de Leuvense universiteit waren ingeschreven.

Berg had alle mogelijke moeite gedaan om aan de opdracht te ontsnappen met het argument dat hij geen enkele ervaring had met ordehandhaving. Bovendien had hij zijn handen vol met het opsporen van een bijzonder gewelddadige overvaller die sinds kort de stad onveilig maakte. Al drie keer in enkele maanden tijd was een late feestvierder op weg naar huis door een gemaskerde man in elkaar geslagen en beroofd. De feiten deden zich telkens voor in stille, afgelegen straten, ver van de bewakingscamera's, en vooralsnog was de politie er niet in geslaagd om de dader te pakken te krijgen.

Bergs bezwaren waren door zijn superieuren van tafel geveegd. De opdracht, verzekerde men hem, was gezien het lage veiligheidsrisico grotendeels pro forma. Het enige moment waarop er iets kon gebeuren, was tijdens de optocht der togati, de stoet van professoren in toga die zich naar aloude gewoonte te voet van de universiteitshal naar de Sint-Pieterskerk begaven waar het nieuwe academiejaar geopend werd met een eucharistieviering. De afstand bedroeg nauwelijks een paar honderd meter: van de Naamsestraat naar de Grote Markt en vandaar naar de hoofdingang van de kerk op het Mathieu de Layensplein. Er zou onderweg misschien wat geroepen worden, her en der met borden en spandoeken gezwaaid, maar rellen die naam waardig werden niet verwacht.

Op Bergs vraag waarom hij en zijn team dan werden ingeschakeld, had hij als antwoord gekregen dat de zaak politiek gevoelig lag. De Ugandese president, Yoweri Museveni, was voor een tweedaags bezoek in Brussel, waar besprekingen voorzien waren met de premier, de minister van Buitenlandse Zaken en enkele afgevaardigden van het Europees Parlement, maar door de recente antihomowet in zijn land was de top in een negatief daglicht komen te staan en had het SMUG – een letterwoord voor de Ugandese mensenrechtenorganisatie *Sexual Minorities Uganda* – met protestacties gedreigd.

In Leuven daarentegen bestond voor dat alles geen gevaar. Alleen al vanwege de grotere media-aandacht zou het SMUG zijn pijlen richten op de president, zodat de universiteitsstad buiten schot bleef. Nee, het inschakelen van Bergs team was alleen een tegemoetkoming aan de Brusselse politie die instond voor de veiligheid van de buitenlandse delegatie in de hoofdstad. Volgens hun inschatting liep de rector van Kampala geen enkel risico, maar om de Ugandese veiligheidsdienst gerust te stellen, wilde men het doen voorkomen dat er ook in Leuven speciale maatregelen genomen waren.

Berg had daaruit afgeleid dat het inzetten van zijn team niet meer was dan een charmeoffensief en dat maakte dat hij nog grotere bedenkingen had bij het nut van de opdracht. De keuze was op hem gevallen omdat hij het oudste diensthoofd was. Er waren weliswaar twee collega's met een langere staat van dienst, maar Smeets was nog maar pas geopereerd aan een liesbreuk en Tavernier ging eind van de maand met pensioen. Daarmee was het verdict gevallen: Thomas Berg, chef van de dienst geweld, kreeg de bewakingsopdracht in de schoenen geschoven en daar hielp geen lievemoederen aan.

Het was twee voor vier toen Berg op het politiebureau arriveerde, met een humeur dat nog het best omschreven kon worden als geprikkeld en een bereidwilligheid die ver beneden het vereiste niveau scoorde. De vergadering vond plaats in het kantoor van de directeur. Naast Denissen waren er nog drie andere mensen aanwezig: de commissaris, de secretaresse van de rector die Anita Goessens heette en tot slot een jonge vrouw van Afrikaanse origine, de assistente van Badru Alupo. Het was vanwege haar dat de bijeenkomst vandaag was gepland. Samen met enkele leden van de Ugandese veiligheidsdienst was zij een dag eerder in Zaventem geland om alles in gereedheid te brengen voor de komst van de rector: het vervoer van de luchthaven naar het hotel, de wensen in verband met logies en maaltijden, het op punt stellen van de verschillende afspraken, de contacten met de lokale veiligheidsverantwoordelijken en dies meer.

Zodra Berg het kantoor betrad, nam Denissen de honneurs waar en stelde hem voor, tot Bergs verbazing in het Nederlands:

'Juffrouw Magara, dit is hoofdinspecteur Berg. Hij coördineert de veiligheidsmaatregelen tijdens het verblijf van meneer Alupo in Leuven.'

De jonge vrouw nam hem taxerend op.

'Aangenaam, hoofdinspecteur.'

Berg schudde haar de hand. Ze had een mooi, ovaal gezicht met lichtjes schuinstaande ogen en gitzwart, dik haar dat golvend tot aan haar schouders reikte. Hij schatte haar begin dertig. Ze droeg een zwarte jurk met een oranjekleurig Afrikaans motief dat iets weg had van een spiraalvormige schelp.

Enigszins verwonderd zei hij:

'U spreekt zeer goed Nederlands, juffrouw Magara.'

Ze glimlachte en toonde daarbij een prachtig, hagelwit gebit dat niet zou misstaan in een reclamespot voor tandpasta.

'Mijn moeder is van hier,' legde ze uit. 'Ze heeft mijn vader aan de universiteit leren kennen. Hij heeft vier jaar in Leuven gestudeerd. Na hun studies zijn ze getrouwd en in Uganda gaan wonen. Mijn moeder heeft met mij en mijn broer altijd Nederlands gesproken. Per slot van rekening woont de helft van onze familie hier.'

Berg knikte. Dat verklaarde de kleur van haar huid die een stuk lichter was dan van iemand uit Centraal Afrika kon worden verwacht.

'Dit is dus niet de eerste keer dat u in België bent?'

'Het is mijn vierde... of nee, mijn vijfde bezoek. De laatste keer is wel al een tijdje geleden.'

Berg wilde nog iets vragen, maar op dat ogenblik mengde Denissen zich in het gesprek.

'Het is vanwege juffrouw Magara's kennis van het Nederlands en haar vertrouwdheid met ons land dat ze door haar regering is aangesteld als contactpersoon tussen de Ugandese veiligheidsdienst en de Leuvense politie. Maar dat kan zij ons beter zelf vertellen.'

De directeur maakte een uitnodigend gebaar naar de ovalen tafel in de hoek van het kantoor. Er stond een thermoskan met koffie klaar en een schotel koekjes. Dat laatste had Berg nooit eerder meegemaakt. De koffie kende hij wel.

'Ik stel voor,' vervolgde Denissen, 'dat we eerst de agenda van meneer Alupo doorlopen.'

Iedereen nam plaats. Juffrouw Magara liet een paar foto's rondgaan en legde intussen uit dat de Ugandese delegatie morgen zou arriveren met de vlucht van 16.30 uur. De president en zijn entourage bleven in Brussel; Badru Alupo reisde meteen door naar Leuven. Er was voor hem een kamer gereserveerd in het Begijnhof Hotel aan de ringweg waar gasten van de universiteit doorgaans werden ondergebracht vanwege de rustige ligging en het unieke historische kader.

Terwijl juffrouw Magara verder uitweidde over de afspraken van Badru Alupo tijdens zijn tweedaagse bezoek, bestudeerde Berg de foto's. De eerste toonde een man van begin vijftig met een donkere, bijna zwarte huid en een open gezicht waarop zich een brede glimlach aftekende. Uit de voorinformatie die hem per mail was bezorgd, wist hij dat de Ugandese rector – net als de vader van zijn huidige assistente – een oud-student was van de Leuvense alma mater, maar alleen Engels sprak. Het weinige Nederlands dat hij tijdens zijn studietijd had opgepikt, was hij in de loop der jaren kwijtgeraakt.

De tweede foto was die van een jongere man die in opdracht van de Ugandese veiligheidsdienst zou fungeren als chauffeur en lijfwacht van de rector. Hij zag er midden dertig uit en zijn naam bevatte zoveel medeklinkers dat het woord een fonetisch struikelblok vormde waar Berg de grootste moeite mee had.

'Hoofdinspecteur?'

Hij schrok op uit zijn gedachten. De commissaris hield vragend de thermoskan boven zijn kopje. Met een kort handgebaar bedankte hij. Daarstraks was hij een koffiezaak gepasseerd met tegen de etalage een reclameslogan waar hij volmondig mee akkoord ging: *Life is too short to drink bad coffee.*

Hij richtte zijn aandacht opnieuw op de Ugandese. Die had het al een paar minuten over de openingsplechtigheid van het nieuwe academiejaar, maar zweeg nu en keek afwachtend zijn richting uit. Berg merkte dat ook de ogen van de anderen op hem gericht waren en realiseerde zich dat hij iets had gemist. Hij zag de directeur ontstemd fronsen.

'Juffrouw Magara vroeg om een overzicht van de veiligheidsmaatregelen, hoofdinspecteur.'

Berg wierp de jonge vrouw een verontschuldigende blik toe en gaf een samenvatting van wat er afgesproken was tussen zijn dienst en de lokale politie. De wagen van de rector zou van de luchthaven tot in Leuven begeleid worden door twee gemotoriseerde agenten. Zolang Badru Alupo in het hotel bleef, volstond de aanwezigheid van zijn lijfwacht, maar de volgende ochtend werd hij al om negen uur in de universiteitshal verwacht en vanaf dat ogenblik zou Bergs dienst de bewaking coördineren.

'Geldt dat ook voor de academische zitting en de receptie achteraf?' vroeg Anita Goessens.

'Inderdaad,' antwoordde Berg. 'En eveneens voor het concert dat 's avonds in de schouwburg wordt gegeven. Tenminste, als meneer Alupo van plan is dat bij te wonen.'

'Dat is hij,' verzekerde juffrouw Magara hem. 'Over hoeveel manschappen beschikt u, hoofdinspecteur?'

'Mijn team bestaat uit vier mensen. Daarnaast kunnen we rekenen op een dozijn agenten van de lokale politie. Dat moet volstaan. We verwachten geen rellen, hoogstens wat boegeroep uit het publiek en zelfs dat is niet zeker.'

'Mijn mannen zullen het verkeer in de buurt omleiden,' legde de commissaris op zijn beurt uit. 'En zorgen voor de crowdcontrol tijdens de openingsstoet.'

Berg onderdrukte een glimlach. In het hele politieapparaat werden te pas en te onpas Engelse termen gebruikt. Waarschijnlijk vond men dat professioneler klinken, al had hij nooit goed begrepen waarom dat was.

Juffrouw Magara gaf een overzicht van de afspraken van de Ugandese rector op woensdag 22 september en vroeg daarbij telkens naar de voorziene veiligheidsmaatregelen. Toen dat onderdeel was afgerond, werd de vergadering beëindigd.

Berg zag dat het bijna kwart voor zes was. Er ontsnapte hem een zucht van opluchting. Bleef er toch nog iets over van deze mooie dag. Hij beloofde zichzelf een aperitief op een zonnig terras, maar dat was buiten de waard gerekend. Bij het verlaten van het lokaal sprak juffrouw Magara hem aan:

'Hoofdinspecteur, ik zou graag de route verkennen die de openingsstoet overmorgen neemt. Uw chef zei dat ik me daarvoor tot u moest wenden.'

Berg kon nog net voorkomen dat hij Denissen een gemelijke blik toestuurde. Met tegenzin stelde hij zijn aperitiefplannen uit en zei dat hij een auto zou regelen om hen naar het centrum te brengen.

'Is dat nodig? Hoe ver is het?'

'Twintig minuten lopen ongeveer.'

'Dan gaan we toch te voet. Het is prachtig weer en op die manier leer ik de stad beter kennen. Het is de eerste keer dat ik in Leuven kom.'

Ze verlieten het politiebureau, namen de ringweg tot aan de Parkpoort en wandelden in de richting van het centrum. Berg wist onderweg niet goed wat zeggen. Verwachtte ze van hem dat hij gids speelde en iets vertelde over de bezienswaardigheden die ze passeerden? Of wilde ze meer details over de genomen veiligheidsmaatregelen? Naar dat laatste had ze ook tijdens de vergadering kunnen informeren en daarbij: welk nut had het om de route van de openingsstoet te verkennen? Dacht ze echt dat er gevaar dreigde? Wie maalde er nu om een universiteitsrector? Ze konden beter iets op een terrasje gaan drinken zolang de zon nog scheen in plaats van hun tijd te verdoen aan deze onzin.

Toen ze de Naamsestraat inliepen, zei juffrouw Magara:

'Leuven lijkt me een heel rustige stad. Er is nauwelijks verkeer en zelfs voetgangers zijn er weinig.'

Berg grimaste.

'Dat lijkt maar zo. Ik heb met opzet deze weg gekozen om het Ladeuzeplein te vermijden.'

'Waarom?'

'De jaarlijkse kermis staat daar opgesteld. Rustig is anders, geloof me. En daar komt nog eens bij dat vanaf overmorgen alles verandert.'

'Wat bedoelt u?'

'Dit,' antwoordde Berg met een zwaai van zijn arm, 'zou men de stilte voor de storm kunnen noemen. Dinsdag gaat het nieuwe academiejaar van start. Dan strijken hier eensklaps 50.000 studenten neer. Dat is ongeveer de helft van het aantal inwoners. U kunt zich niet voorstellen welke veranderingen dat met zich meebrengt.'

'Dan komt dit bezoek dus ongelegen?'

Berg ontweek de vraag.

'Het is nu eenmaal de gewoonte om een gast uit te nodigen op de openingsplechtigheid.'

'Maar niet een zo omstreden iemand?'

'Nee, dat is juist.'

'Bespeur ik daar een zekere afkeuring?'

Berg voelde hoe de Ugandese hem van terzijde opnam, maar gebaarde niets te merken. Het was niet aan hem om een oordeel uit te spreken over de gast die door de universiteit was uitgenodigd, al had hij zich in dit geval wel de nodige bedenkingen gemaakt.

'Ik had daarstraks de indruk dat u niet helemaal met uw gedachten bij de bespreking was, hoofdinspecteur. Klopt dat?'

Dit keer kon Berg moeilijk anders dan reageren. Hij bleef staan, net ter hoogte van de universiteitshal aan de overkant van de straat. Dus daarom had ze op deze wandeling aangedrongen: omdat zijn houding bij haar vragen had opgeroepen. Ze wilde niet enkel de route verkennen, ze wilde ook hem inschatten.

Hij maakte een hoofdbeweging naar het gebouw waar de buitenlandse gast dinsdagochtend werd verwacht.

'Dat is de universiteitshal. De stoet vertrekt hier en gaat dan...'

'U ontwijkt mijn vraag, hoofdinspecteur.'

Berg slikte de rest van zijn zin in en zette zich opnieuw in beweging. Ook dat was een ontwijkingsmanoeuvre natuurlijk, maar de Ugandese gaf niet af.

'Denkt u dat Badru Alupo achter de antihomowet staat? Denkt u dat hij een andere keus had dan de beslissing van de regering toe te passen? Uganda is België niet. Bij ons gaat het er heel anders aan toe dan hier.'

Ze klonk defensief en haar blik was intens, bijna beschuldigend. Berg zei:

'Luister, juffrouw Magara, ik heb geen zin om over politiek te discussiëren. Ik geef toe dat ik niet begrijp waarom rector Termondt uitgerekend uw baas heeft uitgenodigd, maar...'

Ze gaf hem geen kans om uit te spreken.

'Albrecht Termondt en Badru Alupo zijn oude studievrienden.'

Berg bleef staan. Opnieuw.

'Studievrienden?'

'Ze hadden een kamer in hetzelfde studentenhuis. Vier jaar lang. Zo hebben ze elkaar leren kennen. Later zijn ze contact blijven houden. Eerst per brief, daarna per mail. Toen bekend werd dat de Ugandese president op staatsbezoek kwam, heeft Albrecht Termondt de kans aangegrepen om zijn oude vriend uit te nodigen, maar kort daarna...'

'... kwam de antihomowet,' vulde Berg aan.

'Precies. Het siert meneer Termondt dat hij niet op zijn beslissing is teruggekomen. De meeste mensen in zijn positie hadden dat wel gedaan.'

Berg zei niets meer. Veel wist hij niet over Albrecht Termondt. De man was in maart tot nieuwe rector verkozen nadat zijn voorganger ontslag had genomen om gezondheidsredenen. Naar verluidt was hij een briljant literatuurhistoricus met een indrukwekkende academische carrière als hoogleraar, departementsvoorzitter en decaan, maar hij was vooral in het nieuws gekomen door een tragedie in zijn persoonlijke leven: in volle verkiezingsstrijd voor het rectorschap was het levenloze lichaam van zijn zoon door een vriend aangetroffen in zijn studentenkamer in de Nerviërsstraat.

Berg lag op dat ogenblik met griep in bed, maar volgens Coens die de zaak had onderzocht, ging het zonder twijfel om zelfmoord. Koen Termondt, eerstejaarsstudent rechten, had zich van het leven beroofd met een overdosis slaappillen, vermoedelijk omdat de studiedruk hem te veel was geworden. Het incident had aanleiding gegeven tot het gerucht dat Albrecht Termondt rector was geworden dankzij de tragische dood van zijn zoon. Die had hem zoveel sympathiestemmen opgeleverd dat de andere kandidaten geen schijn van kans hadden gehad.

Met een beweging van zijn hand verzocht Berg om de wandeling voort te zetten. Een tijdlang liepen ze zwijgend naast elkaar. Pas toen ze op de Grote Markt aankwamen, verbrak de Ugandese de stilte.

'Wat een apart gebouw,' zei ze omhoogkijkend. 'Is dat het stadhuis?'

'Brabantse hooggotiek,' legde Berg uit. 'Midden 15de eeuw. Dat is dezelfde periode waarin de universiteit is gesticht.'

'Wie stellen al die beelden voor?'

'Historische figuren uit het verleden van de stad, geleerden en kunstenaars, profeten en koningen uit de Bijbel.'

'En zoveel. Hoeveel zijn het er?'

'Meer dan tweehonderd. Het juiste aantal ken ik niet, maar even belangrijk zijn de sokkels waarop ze staan. Daarop is telkens een religieus tafereel afgebeeld. Al de belangrijke scènes uit het Oude en Nieuwe Testament zijn aanwezig. Het geheel wordt de Stenen Bijbel van Leuven genoemd. Tamelijk uniek, is mij verteld.'

Berg liep het Mathieu de Layensplein op, vertelde en passant dat dit de naam was van de architect die het stadhuis had ontworpen en stopte bij de bordestrap van de Sint-Pieterskerk.

'Hier eindigt het eerste deel van de optocht. Na de eucharistieviering gaat het naar Aula De Somer voor de academische zitting en vandaar naar de universiteitshal voor de receptie. We zijn het gebouw daarnet gepasseerd, maar we moeten opnieuw die richting uit.'

'Een ogenblik, alstublieft.'

Berg zag hoe de jonge vrouw de omgeving zorgvuldig in haar opnam. Er kwamen zes straten uit op het plein, hoewel de overgang naar de Grote Markt te kort was om een straat genoemd te worden. Qua beveiliging was de plaats een ramp: al de toegangswegen konden onmogelijk afgesloten worden en als iemand iets van plan was, waren er zoveel ontsnappingsmogelijkheden dat de dader zich zonder moeite uit de voeten kon maken. Aan de andere kant: waar moesten ze bang voor zijn? Dat iemand een ei gooide of een tomaat? Een universiteitsrector was geen president. Echt gevaar bestond er dus niet, maar Berg hield zijn mening voor zich, terwijl hij intussen steelse blikken wierp op de terrasjes in de buurt en zich afvroeg wanneer hij eindelijk aan dat aperitief toekwam.

'Doorgaand verkeer is er niet als de stoet hier arriveert?'

Berg legde de situatie opnieuw uit. Met De Lijn was overeengekomen dat de busroutes tijdelijk verlegd zouden worden en ook het andere verkeer werd omgeleid. Zijn verklaring stelde de Ugandese blijkbaar gerust.

Ze keerden op hun stappen terug, staken de Grote Markt diagonaal over en sloegen de Naamsestraat in. Na ongeveer tweehonderd meter kwamen ze opnieuw bij de universiteitshal waarvan de benedenverdieping dateerde uit de 14de eeuw. Vroeger had het gebouw gefungeerd als draaischijf van de lakenhandel; nu bevatte het de administratieve diensten van de universiteit en het rectoraat.

'Op deze plaats vertrekt de stoet der togati,' hernam Berg

de uitleg waarvoor hij eerder de kans niet had gekregen. 'Ik stel voor dat we van hier naar Aula De Somer wandelen. Het is niet ver, een tiental minuten.'

Ze namen de Lakenweversstraat naar het Hogeschoolplein. Onderweg vroeg juffrouw Magara waar de naam van de stoet vandaan kwam.

'Die verwijst naar de kledij die de deelnemers voor de gelegenheid dragen,' antwoordde Berg. 'Een roodgevoerde, zwarte toga met baret. Heel indrukwekkend om zien: zo'n lange optocht van professoren in het zwart.'

Op het Hogeschoolplein liepen ze het Pauscollege in, staken het binnenplein met grasveld over en kwamen aan de andere kant uit bij Aula De Somer.

'Zo,' zei Berg, 'dat was het. U ziet het: de locaties liggen dicht bij elkaar. Na de academische zitting neemt men dezelfde weg terug naar de universiteitshal voor de receptie.'

'Dank u wel, hoofdinspecteur. Nu heb ik tenminste een beetje zicht op de situatie.'

Zonder veel overtuiging zei Berg:

'Als u dat wenst, kunnen we van hier naar de schouwburg wandelen waar 's avonds het concert doorgaat.'

'Dat is niet nodig. Meneer Alupo wordt met de auto gebracht.'

De jonge vrouw aarzelde een moment.

'Hebt u nog even tijd, hoofdinspecteur?'

Berg vroeg zich af wat ze nog meer van hem wilde. De zon zakte al weg achter de nokken van de huizen en van dat aperitief leek maar niets in huis te komen. Hij wierp een snelle blik op zijn horloge en knikte.

'Mag ik u dan op een drankje uitnodigen? Als dank voor uw hulp.'

De invitatie kwam zo onverwacht dat Berg een ogenblik

verrast was. Toen grijnsde hij en maakte een uitnodigend gebaar in de richting van waaruit ze gekomen waren.

2

Omdat de Gambrinus, Bergs stamcafé op de Grote Markt, dicht was, koos hij een tafeltje op een terras in de buurt. Vanaf hun plaats hadden ze een mooi uitzicht op de Sint-Pieterskerk en op het Tafelrond wat verderop. Berg wenkte de kelner en bestelde een rode martini. Juffrouw Magara nam een glas witte wijn. Toen de ober hun drankjes bracht en hij wilde betalen, zei de Ugandese:

'Nee, hoofdinspecteur. Ik heb u uitgenodigd, niet omgekeerd.'

Ze haalde een briefje van honderd euro uit haar portefeuille en reikte dat de kelner aan.

'Hebt u niets kleiners?' vroeg de man.

'Nee, het spijt me.'

'Ik kan dat niet aannemen.'

'Wat bedoelt u?'

'Briefjes van honderd worden niet geaccepteerd.'

Juffrouw Magara keek de kelner niet-begrijpend aan. Berg kwam tussenbeide en gaf hem een biljet van twintig. Zodra de man weg was, vroeg ze:

'Wat scheelt er aan een briefje van honderd euro?'

'Niets,' antwoordde Berg. 'Veel handelaars weigeren biljetten groter dan vijftig omdat ze bang zijn dat het om vals geld gaat. Heel vervelend en compleet onnodig, maar dat krijg je niet uit hun hoofd gepraat.'

'Is dat wettelijk? Geld weigeren.'

'Geen flauw idee.' Berg hief zijn glas. 'Gezondheid.'

'Het was niet de bedoeling dat u zou betalen,' pruilde ze.

Hij maakte een minimaliserend gebaar. Zijn mond voelde kurkdroog aan. Hij stikte van de dorst.

'Gezondheid,' zei hij opnieuw.

Juffrouw Magara nam eindelijk een slok. Opgelucht volgde Berg haar voorbeeld. De koude martini proefde hemels. Op dat ogenblik sloeg de jaquemart op de zijtoren van de Sint-Pieterskerk drie keer. Het was kwart voor zeven.

Berg zag de Ugandese omhoogkijken naar het vergulde beeld dat een man voorstelde in middeleeuwse kledij die met een slaghout op een grote klok tikte.

'Dat is Meester Jan,' zei hij.

'Meester Jan?'

'Zo wordt hij hier genoemd. Vroeger hadden veel steden zo'n mechanische klokkenluider, nu zijn de beelden op de meeste plaatsen verdwenen. Dit is ook een replica. Ik weet niet hoe lang het er al staat. In elk geval nog niet toen ik student was.'

'Hebt u hier in Leuven gestudeerd?'

Hij knikte en nam opnieuw een fikse slok van de martini.

'Wat?'

'Criminologie. Voorheen heb ik theologie gedaan, maar daar ben ik na een paar jaar mee gestopt.'

Juffrouw Magara nam hem verbaasd op.

'Theologie? Dat is wel erg ongewoon voor een politie-inspecteur. Waarom hebt u die studie niet afgemaakt?'

Berg reikte naar zijn glas, maar zag dat het op wat gesmolten ijs na leeg was. Had hij zo snel gedronken? Dat kwam ervan als de nood te hoog werd. In plaats van te antwoorden, vroeg hij:

'Hoelang werkt u al voor meneer Alupo?'

De Ugandese glimlachte.

'Dat noemt men strategisch van onderwerp veranderen, hoofdinspecteur. Ben ik te nieuwsgierig?'

Berg wilde iets zeggen, maar kreeg de kans niet.

'Mijn familie hier vindt van wel. Het zal wel aan mijn afkomst liggen, veronderstel ik. Bij ons gaat het er doorgaans een stuk losser aan toe. De mensen hier zijn veel terughoudender, formeler ook. In Uganda bijvoorbeeld zouden we elkaar allang bij de voornaam aangesproken hebben.'

'Geen probleem,' zei Berg. 'Ik heet Thomas.'

'Tatyana.'

Ze hief haar glas om op de hernieuwde kennismaking te toosten, maar hield haar beweging in toen ze zag dat het zijne leeg was. Berg wuifde de kelner dichterbij.

'Wilt u nog een witte wijn?'

'Nee, dank u. Ik heb nog.'

'Bij ons,' grapte Berg naar haar glas wijzend, 'gaat het er doorgaans een stuk sneller aan toe.'

Ze lachte haar prachtige tanden bloot.

'Geen probleem,' imiteerde ze hem op haar beurt en ze dronk de rest van haar wijn in één teug op.

Berg bestelde nog eens hetzelfde. Hij merkte hoe de wrevel langzaam van hem afviel. Tegen de verwachting in kon dit best nog een aangename ontmoeting worden. Hij keek plots met andere ogen naar de jonge vrouw tegenover hem. Dat ze mooi was, was hem niet ontgaan, maar nu bleek dat ze eveneens gevoel had voor humor en gevat was ze ook, wat niet gemakkelijk was in een taal die je niet dagelijks sprak. Haar Nederlands was weliswaar vlot, haast accentloos ook, maar af en toe haperde ze even omdat het juiste woord haar niet te binnen viel.

'Om op je vraag terug te komen,' zei Tatyana, 'ik werk bijna zes jaar voor Badru Alupo.'

'Je liet daarstraks doorschemeren dat hij niet gelukkig is met de antihomowet.'

'Natuurlijk niet. Welk weldenkend mens is dat wel?'

'We krijgen hier af en toe zeer verontrustende berichten over Uganda,' zei Berg. 'Is het echt zo erg?'

'Erger. Er is een ware heksenjacht aan de gang. Het is ronduit verschrikkelijk.' Ze pauzeerde even en wees naar zijn hand. 'Ik zie dat je geen trouwring draagt, maar ik neem aan dat je hetero bent.'

Berg grinnikte. Rechtdoorzee was ze wel.

'Stel je voor dat je homoseksueel was en dat je baas daar achter kwam. In Uganda zou je onmiddellijk je baan verliezen.'

Ze onderstreepte haar woorden met misprijzend naar beneden getrokken mondhoeken. De toon van het gesprek was plots weer ernstig geworden. Gelukkig bracht de kelner op dat ogenblik hun drankjes. Berg tikte zijn glas tegen het hare en nam de gelegenheid te baat om van onderwerp te veranderen. Als zij vrijpostig mocht zijn, dan hij ook.

'Jij draagt ook geen trouwring, zie ik.'

'O... ik ben niet lesbisch, als je dat soms denkt.'

De ernst van daarnet was even snel weg als hij gekomen was en er verschenen pretlichtjes in haar mooie, amandelbruine ogen.

'Was dat de vraag achter je opmerking, Thomas?'

Berg was een moment de kluts kwijt.

'Een huwelijk en een carrière gaan voor een vrouw in Uganda moeilijk samen,' legde ze uit. 'En daarbij, ik ben de juiste man nog niet tegengekomen.'

'Tja, de ware jakob vinden is nooit makkelijk.'

'De wat?'

'De ware jakob,' herhaalde hij. 'Het is een zegswijze. Voor de juiste partner, de geschikte man.'

'Sorry, ken ik niet.'

Hij wuifde het onderwerp weg.

'Heeft ook geen belang.'

'Nee, leg eens uit. Ik wil altijd graag mijn Nederlands bijschaven.'

Berg ging verzitten. Hij zei:

'De uitdrukking is ontleend aan een Bijbelverhaal. Jakob en Esau waren tweelingbroers, zonen van de stamvader Isaak. Maar omdat Esau als eerste ter wereld kwam, was hij voorbestemd om de nieuwe leider van de joden te worden. God dacht daar echter anders over. Hij vond Jakob geschikter en liet daarom toe dat die zijn oudere broer het eerstgeboorterecht ontfutselde. Vandaar de overdrachtelijke betekenis: de juiste man, de geschikte partner.'

'Ik merk dat je theologie hebt gestudeerd,' glimlachte Tatyana. 'Bestaat er in het Nederlands ook zo'n uitdrukking voor vrouwen?'

'Bij mijn weten niet.'

'Maar jij hebt haar in elk geval nog niet gevonden? De juiste vrouw, bedoel ik.'

'Nee, dat klopt.'

'Ben ik weer te nieuwsgierig als ik vraag waarom?'

Berg had er niets op tegen om het spelletje mee te spelen.

'Pfff... Hoe komt zoiets? Ik ben waarschijnlijk te kieskeurig.'

'Wat is er mis met kieskeurig?'

'Niets, veronderstel ik. Alleen... het beperkt natuurlijk je keuzemogelijkheden. En daar komt nog eens bij dat ik een veeleisende baan heb.'

'Ben jij zo iemand die met zijn werk getrouwd is, Thomas?'

'Geef ik die indruk?' vroeg hij terwijl hij toostend zijn glas nog eens ophief.

Tatyana rilde plots.

'Heb je het koud?'

'Een beetje. Ik ben andere temperaturen gewoon.'

'We kunnen binnen gaan zitten.'

Ze keek over haar schouder naar het café.

'Ik begin zo stilaan honger te krijgen. Kan je hier iets eten?'

'Ik denk het wel, maar er zijn ook een paar goede restaurants in de buurt. Als je wil, kan ik er eentje aanbevelen.'

'Ook kieskeurig op dat vlak?' vroeg ze plagerig.

'Absoluut.'

'Goed dan.' Ze nam haar handtas van de stoel naast de hare. 'Heb je zin om mee te gaan? Tenminste, als mijn gezelschap je kieskeurigheid niet in de weg staat.'

'O... geenszins. Integendeel.'

Ze trok verrast haar wenkbrauwen op.

'En hoffelijk is hij ook nog.'

'Nee,' zei Berg. 'Dat was gewoon eerlijk.'

Hij kreeg als dank weer zo'n prachtige lach van haar. Heel even twijfelde hij, toen sloeg hij de uitnodiging af.

'Ik vrees dat ik al andere plannen heb. Maar misschien kunnen we woensdag gaan lunchen. Tenzij je dan al een afspraak hebt.'

'Nee, ik ben vrij.'

'Houden we het dan op woensdagmiddag? Ik reserveer een tafel.'

'Ik kijk ernaar uit.'

'Fijn, dan ga ik er nu vandoor. We zien elkaar dinsdagochtend op de openingsplechtigheid.'

'Tot dan, Thomas.'

Berg nam afscheid en wandelde naar huis. Onderweg vroeg hij zich af waarom hij niet op de invitatie was ingegaan. Ze beviel hem best, deze jonge vrouw met haar donkere huid en prachtige ogen. Of was dat net de reden waarom hij niet had toegehapt? Omdat hij het gevoel had dat de uitnodiging te snel kwam?

'Bij ons gaat het er doorgaans een stuk losser aan toe,' had Tatyana gezegd, maar aan de andere kant mocht hij niet uit het oog verliezen dat hij professioneel met haar te doen had. Nog niet zo lang geleden was hem dat zuur opgebroken: omgaan met een vrouw die deel had uitgemaakt van een onderzoek. Nee, het was beter zo. Een mens hoorde uit zijn fouten te leren. Woensdag zat het belangrijkste deel van de bewakingsopdracht erop en was er geen bezwaar meer tegen om met haar af te spreken.

3

Op maandag 20 september, om iets over zes uur 's avonds, duwde een man van moeilijk te schatten leeftijd de glazen voordeur open van een flatgebouw schuin tegenover het gerechtshof. De rechtermuur van de ruime, vierkanten hal was bekleed met een spiegel van vloer tot plafond; aan de linkerkant bevond zich een reeks brievenbussen in donker fineerhout, twee rijen van telkens acht onder elkaar. Daarboven, precies in het midden, hing een metalen paneel met belknopjes en naamplaatjes, voorzien van een huistelefoon en een ingebouwde camera.

De man staarde naar zichzelf in de spiegel alsof hij een vreemde voor zich zag. Hij droeg een grijze pet en dito hemd, beide met het logo van de gasmaatschappij op. Aan zijn borstzak hing een plastic ID-kaartje; in de linkerhand hield hij een lange, zwarte tas die er zwaar uitzag. Hij duwde de bril met ouderwets, hoornen montuur wat hoger op zijn neus en controleerde of de snor nog goed zat. Prima. Zelfs zijn buurman zou hem nietsvermoedend op straat voorbijlopen.

Hij maakte zich los van zijn spiegelbeeld en boog zich over de naamplaatjes tot hij gevonden had wat hij zocht: MARIE-JEANNE VAN HEMELRIJCK – FLAT 4A. Met de knokkel van zijn gekromde wijsvinger duwde hij op de bel. Het duurde even voor er reactie kwam, hoewel hij zeker wist dat ze thuis was. Toen, met een metalige bijklank:

'Ja, hallo?'

De man boog zich dichter bij het oor van de huistelefoon en liet zijn stem zo neutraal mogelijk klinken.

'Het is de gasmaatschappij, mevrouw. Er is een geslucht waargenomen in het gebouw.'

'Een gaslucht?' klonk het verschrikt. 'Daar heb ik niets van gemerkt.'

'Een van uw buren heeft ons gewaarschuwd. Mijn collega controleert de leidingen in de kelder, maar zekerheidshalve gaan we ook alle flats na. Wilt u even opendoen? Het duurt niet lang.'

Hij voelde bijna tastbaar haar blik door het oog van de camera en draaide zich zo dat het ID-kaartje op zijn borstzak duidelijk zichtbaar was. Een paar tellen later zoemde het elektrische slot. Met zijn schouder duwde hij de glazen binnendeur open.

In de lift hingen dezelfde naamplaatjes naast het bedieningspaneel. Hij gebruikte zijn elleboog om de juiste verdieping te selecteren.

De vrouw stond op hem te wachten in het deurgat van haar flat. Klein, schriel, een beetje gebogen, midden zeventig, hooguit zestig kilo. Aan één hand had hij genoeg om haar de baas te kunnen, maar dat was niet de reden waarom hij haar had uitgekozen.

'Mevrouw.' Hij tikte groetend tegen zijn pet.

Ze deed een paar passen achteruit om hem door te laten.

Haar gerimpelde gezicht stond zorgelijk, bang. Hij zette de tas op de vloer van de hal.

'Ruikt u gas hier?' vroeg ze met benepen stem.

Zonder antwoord te geven ritste hij de zijzak van de tas open en haalde er een klein, langwerpig voorwerp uit in zwart plastic.

'Wat is dat?'

'Een gasdetector,' antwoordde hij en hij hield het toestel zo dat ze niet kon zien dat het een oude walkietalkie was. 'Kunnen we even door de flat lopen?'

'Natuurlijk. Komt u maar mee.'

Ze ging hem voor naar de woonkamer. De rechthoekige ruimte had een zithoek met fauteuils en tv. Wat verderop zag hij een tafel met zes stoelen en een buffetkast waarin serviesgoed stond uitgestald. Terwijl hij met half uitgestrekte arm het toestel voor zich uit hield, liep hij naar het grote schuifraam dat toegang gaf tot een smal balkon. Door de vitrage zag hij wat hij gehoopt had: beneden lag het Smoldersplein waarvan de hele linkerkant werd ingenomen door de monumentale gevel van het gerechtshof. Daarachter strekte zich het Mathieu de Layensplein uit en wat verder de korte verbindingsstraat met de Grote Markt. Hij kon met moeite een grijns onderdrukken. Het was perfect. Precies zoals hij het zich van beneden had voorgesteld.

'Hier lijkt alles in orde,' zei hij. 'Kan ik de rest van het appartement zien?'

Met moeizame pasjes, alsof ze last had van reuma of artrose, ging het vrouwtje hem voor naar de keuken die klein was, met een tafel voor slechts twee personen. Ostentatief hield hij zijn toestel op borsthoogte en draaide om zijn as. Na een paar tellen glimlachte hij geruststellend.

'Geen probleem hier.'

Ze liepen via de woonkamer terug naar de hal, vandaar een gang in met drie deuren: de badkamer, haar slaapkamer en een gastenkamer helemaal op het eind. Er stond een ouderwetse twijfelaar met koperen hoofdeinde, een sierlijke commode in acajou en een kleerkast die bijna de hele zijwand besloeg. Hij bleef plots staan, keek naar het toestel in zijn hand en fronste.

'Wat is er?' vroeg ze ongerust.

'Ik ben niet zeker. Een ogenblik alstublieft, ik haal er een gevoeliger toestel bij.'

Hij liep terug naar de hal en diepte een paar plastic handschoenen op uit de tas. Toen hij opnieuw in het deurgat van de gastenkamer verscheen, stond het vrouwtje nog altijd bij het bed op hem te wachten, handenwringend, ongerust kijkend. Achter zijn rug hield hij het stuk tape klaar.

Zonder aarzelen stevende hij op haar af en nog voor ze kans kreeg om terug te deinzen, had hij haar al bij de schouders gegrepen en omgedraaid. Een korte duw was voldoende. Met een verschrikt gilletje viel ze voorover op het bed. Hij plantte een knie in haar rug, trok haar hoofd omhoog en kleefde haar mond dicht. Vervolgens haalde hij een tie-wrap uit zijn zak, plooide haar armen achter haar rug en snoerde haar polsen vast.

Vanachter de tape weerklonk angstig gemurmel. Het vrouwtje maakte spastische bewegingen met haar schouders en probeerde zich om te draaien, maar hij ging schrijlings op haar zitten, greep haar enkels vast en bond die met een tweede *tie wrap* bij elkaar. Daarna stond hij op en zwaaide haar benen op het bed. De omhooggeschoven jurk onthulde twee magere benen in bruine nylonkousen. Hij draaide haar op haar rug en trok het kledingstuk naar beneden.

Haar ogen waren opengesperd van angst; haar magere

borstkas ging zwaar ademend op en neer. Hij haalde het slaapmasker uit zijn andere zak en zette dat op haar gezicht. Daarna hief hij haar armen omhoog en bond die vast aan het koperen hoofdeinde. Ze kreunde en trok vertwijfeld om los te komen.

'Doe geen moeite, mevrouw. Het lukt toch niet.'

Hij nam een kussen en schoof dat onder haar hoofd.

'Het spijt me dat ik een beetje ruw ben geweest. Ik kon het risico niet lopen dat u zou gillen.'

Ze begon te huilen. Op sussende toon zei hij:

'Als u stil blijft liggen, gebeurt er niets. Ik weet dat het moeilijk is, maar probeert u zich te ontspannen. U zult zien: dit is voorbij voor u het weet.'

Het gesnik stopte. In het deurgat draaide hij zich om.

'Nog één vraag. Verwacht u bezoek vanavond?'

Ze schudde van nee en begon opnieuw te huilen.

Hij liet haar alleen en ging naar de woonkamer. De balustrade van het balkon bestond uit ronde spijlen in glimmend metaal, ongeveer twintig centimeter van elkaar. Hij zette het schuifraam op een kier, schoof de vitrage een beetje opzij en ging languit op de vloer liggen. Prima, de spijlen vormden geen probleem.

Hij liep naar de hal en kwam terug met de tas. Voorzichtig, alsof het om breekbaar materiaal ging, haalde hij het geweer en de telescoop te voorschijn. Daarna schoof hij twee fauteuils opzij, zodat hij voldoende bewegingsruimte had.

Geroutineerd monteerde hij het vizier op het wapen. Voor hij ging liggen, draaide hij zijn pet met de klep naar achteren, richtte de loop op de gewenste plaats en stelde het vizier af. De afstand bedroeg 208 meter, dat had hij op voorhand gecontroleerd.

Hij kwam overeind en haalde het magazijn uit de tas. Er

konden twintig patronen in, maar het bevatte er slechts twee. Eén kogel was normaliter voldoende, maar als het eerste schot geen doel trof, was er niet voldoende tijd om te herladen en moest hij meteen opnieuw kunnen vuren.

Hij richtte het wapen weer op de plek die hij uitgekozen had en kreeg een oude man in het vizier die moeizaam een rollator voor zich uit duwde. Met ingehouden adem wachtte hij tot het hoofd van de grijsaard zich precies in het snijpunt bevond van het kruis in de telescoop. Zijn vinger kromde zich om de trekker. Hij hoefde maar af te drukken en het was gebeurd. Een kind kon de was doen.

4

Ongeveer op hetzelfde ogenblik, aan de andere kant van de stad, probeerde Coens zijn ongeduld te bedwingen terwijl zijn chef voor de tweede keer de checklist doorliep om te controleren of iedereen wist wat er de volgende dag van hem werd verwacht. Links van hem zat Meulenaer; aan de overkant van de tafel keek Wenderickx, de jongste van het team, geconcentreerd naar het geprojecteerde stratenplan met daarop de omgeving van de Grote Markt en het Mathieu de Layensplein. Het was twintig voor zeven. Normaliter zat de dag er al anderhalf uur op.

Coens begreep niet goed wat er aan de hand was. Tot vorige week had de chef de bewakingsopdracht van de openingsplechtigheid afgedaan als een bagatel waarvan zowel het nut als het belang hem ontging, nu deed hij alsof de zaak de hoogste prioriteit had. En dat terwijl iedereen allang wist wat hem te doen stond. Meulenaer en hij zouden de auto van de Ugandese rector begeleiden van het Begijnhof Hotel naar de Naamsestraat waar hij samen met de andere prominenten om negen uur werd verwacht in de Jubileumzaal van de universiteitshal. Wenderickx van zijn kant zou samen met enkele agenten van de lokale politie postvatten op de Grote Markt om ervoor te zorgen dat de optocht ongehinderd kon passeren.

'De stoet vertrekt om 09.40 uur,' hoorde hij Berg zeggen. 'Ik zorg ervoor dat ik om 09.00 uur in de universiteitshal ben. Zodra Badru Alupo arriveert, neem ik de bewaking over van Coens en Meulenaer. Die gaan intussen naar het Mathieu de Layensplein, zodat ze een oogje in het zeil kunnen houden bij de ingang van de Sint-Pieterskerk. De eucharistieviering begint stipt om 10.00 uur.'

'Badru Alupo verschijnt dus hooguit twintig minuten in het openbaar,' concludeerde Wenderickx. 'Wie iets wil proberen, moet het dan doen.'

'Of hij wacht tot na de eucharistieviering. Als de stoet op weg is naar Aula De Somer.'

'Wie in godsnaam zou iets proberen?' bromde Meulenaer verveeld terwijl hij voor de zoveelste keer een blik wierp op zijn horloge. 'Ik dacht dat we het erover eens waren dat dit puur tijdverlies is.'

Coens keek hoe de chef zou reageren. Meulenaer was morgen jarig en had vrijaf gevraagd, maar dat was hem geweigerd vanwege de bewakingsopdracht. Sindsdien nam hij elke gelegenheid te baat om zijn ongenoegen daarover te ventileren, al wist Coens dat zijn partner geen reden nodig had om moeilijk te doen. Dwarsliggen was Meulenaers tweede natuur, wat in het verleden geregeld tot conflicten met de chef had geleid. Diens reactie kwam dan ook onmiddellijk:

'Hoe oud word je morgen ook weer, Meulenaer?'

'Euh... vijftig.'

'Waarom zit je hier dan te mokken als een klein kind?'

'Maar chef, je hebt zelf gezegd dat...'

'Ik weet wat ik gezegd heb en daar blijf ik ook bij. Maar dat neemt niet weg dat wij er morgen voor verantwoordelijk zijn dat alles vlekkeloos verloopt. We kunnen er dus beter het beste van maken.'

Meulenaer mompelde nog iets onverstaanbaars, maar deed er verder het zwijgen toe. Berg ging voort:

'Het is de bedoeling dat ik meega met de stoet om van daaruit een oogje in het zeil te houden. Het probleem is dat Badru Alupo en rector Termondt vooraan lopen, terwijl ik achteraan moet aansluiten.'

'Waarom?' vroeg Wenderickx.

'Omdat de volgorde van de deelnemers strikt is vastgelegd. Het hoofd van de stoet wordt gevormd door de rector en zijn gast, daarna komen de vicerectoren, de leden van de raad van beheer en van de academische raad en vervolgens de professoren van de verschillende faculteiten die op hun beurt geordend zijn op basis van het jaar waarin ze zijn opgericht. Ik weet niet hoe lang de stoet is, maar als ik aan het eind loop, heb ik gegarandeerd geen zicht meer op het voorste stuk. Vandaar dat ik iets wil veranderen aan het plan. Voor de rectoren lopen twee pedellen uit die elk een scepter van de universiteit dragen. Ik heb ervoor gezorgd dat een van hen vervangen wordt door iemand van ons.'

Er viel een verbaasde stilte. Meulenaer vroeg:

'Wie van ons?'

'Wenderickx.'

'Ik dacht dat ik de Grote Markt moest bewaken.'

'Dat laten we over aan de collega's van de lokale politie. Ik wil dat iemand zich de hele tijd in de onmiddellijke nabijheid van de Ugandese rector bevindt.'

'Wat denk je dat er kan gebeuren, chef?' vroeg Wenderickx. 'Dat iemand uit het publiek hem te lijf gaat?'

'Dat lijkt me onwaarschijnlijk, maar je weet natuurlijk nooit. Ik heb gisteren met de assistente van meneer Alupo gepraat. Volgens haar lopen de gemoederen in haar land hoog op sinds de antihomowet en aangezien er in Leuven enkele tientallen Ugandezen studeren, kan het zijn dat een of ander heethoofd van de gelegenheid gebruikmaakt om hem een klap te verkopen.'

'Of een taart in zijn gezicht gooit,' grinnikte Meulenaer. 'Ik zie het zo voor mijn ogen gebeuren.'

Coens wierp een steelse blik op de elektrische klok tegen de muur. Het was bijna zeven uur. Om acht had hij met Lagaetha afgesproken in restaurant de Kokoon, maar hij wilde eerst naar huis om te douchen en zich om te kleden. Dat lukte niet meer.

Hij schrok toen Berg zich tot hem richtte:

'Je bent zo stil, Coens. Wat scheelt er? Tot nu toe heb je nog geen woord gezegd.'

Hij voelde de ogen van de anderen zijn richting uitdraaien.

'Sorry, chef. Ik heb euh... een afspraak om acht uur en...'

'Een afspraak?' plaagde Meulenaer. 'Mogen we ook weten met wie?'

Coens negeerde hem. Hij had zijn partner nog niets over Lagaetha verteld.

Berg leek een ogenblik te aarzelen, toen zei hij:

'Goed, ik denk dat we hier kunnen afsluiten. Vergeet niet: jullie melden je morgenochtend om 08.45 uur in het Begijnhof Hotel. Zorg dat je op tijd bent. Wenderickx, jij wordt om halfnegen in de universiteitshal verwacht. Vraag naar de ceremoniemeester. Die zal je zeggen wat je moet doen.'

Coens wilde opstaan, maar Meulenaer hield hem tegen.

'Hoe heet ze? Het is toch een ze, neem ik aan?'

'Niet nu, Meulenaer. Ik moet ervandoor.'

Zonder verder woord schoof hij zijn stoel achteruit en beende naar de deur.

'Ik wil er morgen alles over horen!' riep Meulenaer hem achterna. 'Hoor je me? Alles!'

Coens nam de lift naar beneden en overlegde wat te doen. Hij woonde in Herent. Zelfs als het verkeer meeviel, kostte het een halfuur om heen en terug te rijden. Het was intussen tien over zeven. Te krap. Hij wilde niet het risico lopen te laat te komen op zijn eerste etentje met Lagaetha. Er zat dus niets anders op dan de kleren aan te houden die hij aanhad en dat terwijl er thuis een heel nieuwe outfit klaarlag.

Voor de zekerheid hief hij zijn arm op en stak zijn neus in zijn oksel. Gelukkig: geen zweetgeur, al had hij toch liever eerst gedoucht. Nu, hij moest zich geen illusies maken: vanavond zou niets gebeuren. Tot nu toe hadden ze zelfs niet eens gekust. Hij wist niet goed hoe hij de situatie moest inschatten: enerzijds zei Lagaetha altijd ja als hij voorstelde om af te spreken, anderzijds had hij het gevoel dat ze hem op afstand hield. Of was hij te ongeduldig? Tenslotte was dit nog maar de vierde keer dat ze elkaar zagen, hun ontmoeting meegerekend. Misschien was Lagaetha voorzichtiger geworden na haar vorige relatie en dat kon hij haar moeilijk kwalijk nemen. Hij had met eigen ogen gezien hoe haar vriend tegen haar was tekeergegaan op het terras van de Libertad in de Muntstraat.

Hij zat die dag toevallig een paar tafeltjes verder, samen met zijn vriend Nico. Na het squashen werd de avond steevast afgesloten met een paar biertjes in hun stamcafé, maar dit keer waren ze nog maar net aan hun tweede glas toe toen hun gesprek verstoord werd door een ruzie tussen een Afrikaans koppel.

Het gekibbel verliep in het Engels en ontaardde al snel in

geroep dat de aandacht trok van het hele terras. Op een gegeven ogenblik veerde de man op en greep de vrouw ruw bij de bovenarm. Hij probeerde haar uit de stoel te trekken, maar ze hield zich met beide handen aan de leuningen vast en riep dat hij haar los moest laten. De man oefende zoveel kracht uit dat hij haar met stoel en al een meter met zich meetrok waarbij de metalen poten knarsend over de straatstenen schuurden.

De jonge vrouw begon te huilen. De Afrikaan gaf haar een klap in het gezicht. Coens zag het voor zijn ogen gebeuren en aarzelde geen seconde. In een paar stappen was hij bij het tafeltje. Hij wrong zich tussen de twee in, met zijn gezicht naar de man.

In het Engels probeerde hij hem tot kalmte aan te manen, maar dat had een averechts effect. De Afrikaan wond zich nog meer op en snauwde dat hij zich met zijn eigen zaken moest bemoeien.

Coens voelde instinctief aan dat de man elk ogenblik tot geweld kon overgaan. Hij haalde zijn legitimatiebewijs boven en duwde dat de ander onder de neus. IJzig kalm, maar met de nodige dreiging in zijn stem zei hij:

'Ofwel gaat u onmiddellijk weg, meneer. Ofwel arresteer ik u.'

De Afrikaan aarzelde, zijn ogen strak gericht op het legitimatiebewijs. Coens voegde eraan toe:

'Wilt u de nacht in de cel doorbrengen?'

De man keek hem vuil aan, gromde iets onverstaanbaars in zijn eigen taal en draaide zich met een ruk om. Zonder zijn vriendin nog een blik waardig te keuren liep hij de Muntstraat uit.

Coens wendde zich tot de vrouw. Ze snikte onbedaarlijk. Hij hielp haar overeind, zette de stoel terug op zijn plaats en beduidde haar opnieuw te gaan zitten. Ze deed wat hij vroeg.

Hij nam naast haar plaats en vroeg of hij iets voor haar kon doen. Ze schudde van nee. De tranen liepen over haar wangen.

Coens zag dat haar fluitglas leeg was. Hij ging het café in, bestelde een nieuw glas cava en bood haar dat aan. Ze accepteerde zonder aarzelen. Midden twintig schatte hij haar, misschien iets ouder. Ze droeg ronde, zilverkleurige oorbellen, wel zes à zeven centimeter in doorsnede. Samen met haar donkere huid gaven die haar een exotische aanblik. Hij vond haar mooi, heel mooi.

Toen ze het glas op tafel zette, vroeg hij wat er gebeurd was. Ze glimlachte mat, een beetje gegeneerd leek het wel. Hij wierp een snelle blik over zijn schouder naar Nico. Die wees naar zijn horloge en gebaarde dat hij ervandoor ging. Het volgende ogenblik begon ze te vertellen.

Lagaetha, heette ze. Ze kwam uit Zuid-Afrika, had geneeskunde gestudeerd in het Grote Schuur Ziekenhuis in Kaapstad en specialiseerde hier in neurologie. De man met wie ze ruzie had, was boos geworden omdat ze het uit had gemaakt. Ze had hem een jaar geleden leren kennen toen ze pas in Leuven was gearriveerd. Voor de rest sprak ze liever niet meer over hem. Hij was, zoals ze het noemde, *a closed chapter*.

En zo waren ze aan de praat geraakt, wel twee uur lang. Na afloop had hij gevraagd of ze het fijn zou vinden om nog eens af te spreken. Ze zei niet onmiddellijk ja en vroeg waarom. Hij antwoordde dat hij haar leuk vond, dat het lang geleden was dat hij nog zo gezellig met een vrouw had gebabbeld. Zijn woorden ontlokten een schuchter lachje en na een korte aarzeling zei ze dat voor haar hetzelfde gold en dat ze hem best nog weleens wilde zien. Even later, bij het afscheid, vertrouwde ze hem toe dat ze zijn rode haar heel apart vond. Hij was op wolkjes naar zijn auto gelopen.

Coens vond een parkeerplaats op het Hogeschoolplein,

wandelde de 's Meiersstraat in en passeerde het terras van de Kokoon. Het was halfacht. Van Lagaetha was natuurlijk nog geen spoor. Hij besloot in afwachting iets te gaan drinken in de Libertad. Het café lag op de hoek met de Muntstraat, hooguit tien meter verder.

Hij koos een tafeltje op het terras, zodat hij het restaurant in het oog kon houden en bestelde een biertje. Pas nu merkte hij hoe nerveus hij was. Sinds zijn scheiding zeven jaar geleden had hij enkele korte relaties gehad, maar iets blijvends was daar niet uit voortgekomen. Hij liep intussen tegen de veertig, had twee zoontjes die om het andere weekend bij hem logeerden en begon zich stilaan af te vragen of hij ooit nog iemand zou tegenkomen met wie het klikte. Meulenaer was ook gescheiden, maar had sinds een paar jaar een latrelatie met Hilde. De chef daarentegen was nog altijd vrijgezel. Af en toe dook er wel een vrouw op in zijn leven, maar lang duurde dat nooit. Waarom dat zo was, wist Coens niet. Meulenaer grapte er weleens over dat er met de man eenvoudigweg niet samen te leven viel, maar dat geloofde hij niet. Misschien was Berg, net als hij, de juiste vrouw nog niet tegengekomen. Het was ook niet eenvoudig met die baan van hen: onregelmatige uren, veel stress, vaak weekend- of nachtwerk... Welke vrouw nam daar genoegen mee?

Lagaetha had uit het conflict met haar vriend begrepen dat hij bij de politie werkte, maar gelukkig had haar dat niet afgeschrikt. Integendeel zelfs, toen het onderwerp ter sprake kwam, had ze hem de oren van het hoofd gevraagd en gezegd dat het haar een geweldige baan leek: avontuurlijk, spannend, vol afwisseling. Hij had haar maar in de waan gelaten, blij dat zijn beroep voor haar geen obstakel vormde.

Coens keek op zijn horloge. Vijf voor acht. Lagaetha kon elk moment arriveren. Hij stond op en liep naar het restaurant.

Even twijfelde hij. Een tafeltje binnen of buiten? Hij koos voor het laatste. Als Lagaetha het te fris vond, konden ze altijd nog binnen gaan zitten.

In afwachting keek hij de menukaart in, maar zijn gedachten waaierden al snel uit naar wat er de volgende uren ging gebeuren. Sinds hun ontmoeting, intussen bijna drie weken geleden, waren ze twee keer iets gaan drinken en telkens was het een aangename avond geworden. Lagaetha leek zich goed te amuseren en ook hij genoot van haar gezelschap, al vroeg hij zich meer dan eens af wat ze in hem zag: een man met ongeveer tien jaar meer op de teller, gescheiden, met twee kinderen en een ex-vrouw aan wie hij maandelijks een fikse som alimentatiegeld moest betalen. Maar, zoals de chef pleegde te zeggen: het belangrijkste kenmerk van de mens is zelfbegoocheling. En dus duwde hij telkens opnieuw de vraag weg en stelde tot zijn verbazing vast dat zijn gevoelens voor deze mooie, donkere vrouw almaar sterker werden.

Een halfuur later zat hij nog altijd op haar te wachten. Vrouwen verschenen wel vaker te laat op een afspraakje, maar dertig minuten was toch erg veel. Vorige keer hadden hij en Lagaetha telefoonnummers uitgewisseld. Zou hij haar bellen? Misschien was er iets tussengekomen. Maar had ze dan niet zelf getelefoneerd?

Voor de zoveelste keer speurde hij de straat af. Er passeerden voortdurend studenten die een rolkoffer achter zich aan trokken en de voorhoede vormden van de massa die de volgende dag zou arriveren. Het onophoudelijke geratel van de wieltjes op de straatstenen werkte op zijn zenuwen.

Hij wachtte nog enkele minuten, haalde toen zijn mobiel uit zijn zak en selecteerde het nummer. Na één beltoon hoorde hij een opgenomen vrouwenstem zeggen: *Dit nummer is niet toegekend. U kan het nummer van uw correspondent opvragen bij de telefooninlichtingen op het betalend nummer 1212*. Daarna volgde hetzelfde bericht nog een keer in het Frans en in het Engels.

Niet-begrijpend drukte hij af. Hoe kon dat? Had hij een fout gemaakt toen hij het nummer invoerde? Dat kon natuurlijk. Wat nu? Hij kende niet eens Lagaetha's familienaam.

Hij legde het toestel op tafel, wenkte de kelner en bestelde een biertje. Er zat niets anders op dan geduld te oefenen. Lagaetha zou wel opdagen. Misschien namen ze het in Zuid-Afrika niet zo nauw met het afgesproken uur.

Twintig minuten later zat hij nog altijd te wachten. Zijn glas was leeg, de kelner was al een paar keer komen vragen of hij wilde bestellen. Tegen beter weten in probeerde hij nog een keer het nummer, maar met hetzelfde resultaat. Zuchtend borg hij zijn mobiel op. Dit had geen zin, zoveel was duidelijk.

Hij riep de kelner, zei dat hij zich bedacht had en betaalde het bier. Ontgoocheld en boos tegelijk liep hij naar zijn auto op het Hogeschoolplein. Hij begreep er niets van.

5

In de flat op de vierde verdieping van het appartementsgebouw ging de bel om precies 22.00 uur. Hij zette de tv uit en liep naar de hal. Op de monitor naast de huistelefoon was de robuuste gestalte van Milton te zien: de brede schouders, de stierennek, het grove gezicht met kort, zwart kroeshaar. Hij glimlachte bij de aanblik. Gasgeur of niet, in geen honderd jaar had het oude vrouwtje zo'n vervaarlijk uitziende Afrikaan binnengelaten die bovendien geen woord Nederlands sprak.

Hij activeerde het slot van de voordeur. Beneden in de hal verdween de bezoeker uit beeld. Een paar minuten later werd er zachtjes op de flatdeur geklopt. Hij deed open. Milton grinnikte om zijn vermomming.

'Alles oké?'

Hij knikte.

'Waar is ze?'

Hij legde een vinger op zijn lippen en beduidde de ander hem te volgen. De deur van de gastenkamer stond op een kier. Hij liet Milton de vrouw zien die vastgebonden op het bed lag, het slaapmasker over haar ogen, de mond met tape dichtgeplakt.

Ze gingen naar de woonkamer. Het was er schemerig. Alleen een straatlantaarn tegen de gevel van het flatgebouw wierp wat gelig licht door de glasgordijnen naar binnen. Hij deed de deur naar de hal dicht, reikte Milton een paar plastic handschoenen aan en toonde hem het wapen.

'Is het geladen?'

'Het is klaar om te schieten.'

Milton ging languit op de vloer liggen en keek door het vizier. Buiten was het intussen helemaal donker geworden, maar zowel het Mathieu de Layensplein als de Grote Markt waren goed verlicht.

'In orde?'

'Ja. Hoeveel kogels?'

'Twee. Zoals afgesproken.'

'Ik heb aan één genoeg.'

'Des te beter.'

Hij maakte een hoofdbeweging naar de tafel.

'De tas ligt daar. En vergeet niet de hulzen mee te nemen.'

'De huls. Enkelvoud.'

Hij gaf geen commentaar, al had hij een hekel aan dit soort zelfverzekerdheid. In zijn ogen was het de beste garantie voor mislukking.

Milton kwam overeind en wierp een blik op zijn horloge.

'Nu kunnen we alleen nog wachten.'

'Het is beter dat je wat slaapt.'

'Ik zie wel.'

Hij keek om zich heen. De brief lag klaar op de salontafel. Voor de rest was er niets meer te doen of te zeggen.

'Goed, dan ga ik. We zien elkaar morgen op de afgesproken plaats. Zorg dat je op tijd bent.'

'Wees gerust, ik zal er zijn.'

Ze liepen naar de hal. Milton bleef staan, aarzelde.

'Wat is er?' vroeg hij.

'De vrouw...'

'Ja?'

'Ze ligt daar al een tijdje. Wat als ze moet plassen?'

Hij schokschouderde.

'Dan plast ze toch in haar broek.'

Milton trok een vies gezicht. Voor de zekerheid voegde hij eraan toe:

'Blijf bij haar uit de buurt. Ik wil geen onnodige complicaties.'

'Oké, oké, maak je niet druk.'

'Ik maak me niet druk. Ik zeg het alleen maar.'

Hij opende de flatdeur op een kier en speurde de overloop af. Niemand. Zonder het licht aan te knippen glipte hij het appartement uit en duwde op de knop van de lift. Op weg naar beneden verwijderde hij het ID-kaartje en stak het samen met de pet in zijn zak. De snor en de bril liet hij ongemoeid.

Beneden in de hal trok hij de plastic handschoenen uit, verliet het gebouw en sloeg de richting van de Grote Markt in. Het Smoldersplein lag er verlaten bij. Het was een zachte avond. Hij had daarstraks naar het weerbericht op tv gekeken. Voor morgen werd een zonnige dag verwacht. Ook dat was een meevaller. Niets zo hinderlijk als paraplu's wanneer je op iemand mikte in een menigte.

Hij stak het Mathieu de Layensplein over. Ter hoogte van de Sint-Pieterskerk liep er meer volk rond. De terrasjes van de restaurants in de buurt zaten nog voor de helft vol. Zijn maag grolde toen de etensgeuren zijn richting uitdreven. Het was sinds vanochtend geleden dat hij nog iets achter de kiezen had gekregen. Hij aarzelde. Nee, niet hier. Eerst moest hij van die vermomming af.

Hij wandelde de Grote Markt op. Ineens kreeg hij het gevoel dat iemand hem gadesloeg. Argwanend spiedde hij om zich heen. Hij zag niets verdachts. Toen begreep hij het. Wat hij voelde, was Miltons blik door de telescoop.

Hij grijnsde gerustgesteld en bedwong de neiging om over zijn schouder te kijken. In Miltons plaats had hij precies hetzelfde gedaan. Het gaf een ongelooflijk gevoel van macht: je vizier op iemands hoofd richten en weten dat één enkele beweging van je vinger een eind aan zijn leven kon maken.

6

Ze waren goed op tijd. Coens parkeerde de Opel Insignia voor de ingang van het Begijnhof Hotel en zette de motor af. De dashboardklok gaf 08.36 uur aan. Nog negen minuten voor ze zich moesten melden. Naast hem gespte Meulenaer zijn veiligheidsgordel los. Nu kwam het, daar durfde hij gif op in te nemen.

Zijn gedachte was nog niet koud, of hij hoorde zijn partner vragen:

'Ga je me nog lang laten wachten?'

'Wat bedoel je?'

Meulenaer maakte een ongeduldig gebaar.

'Je afspraakje. Gisteren.'

'O... dat.' Hij liet zijn stem zo onbewogen mogelijk klinken. 'Het is niet doorgegaan.'

'Waarom niet?'

'Ze is niet komen opdagen.'

Meulenaer staarde hem verbaasd aan.

'Zomaar? Zonder waarschuwing?'

'Yep.'

Coens merkte dat hij nerveus met zijn vingers op het stuur trommelde en legde zijn handen in zijn schoot.

'Waarom?'

Die vraag had hij zich de halve nacht gesteld, met als gevolg dat hij veel te weinig had geslapen. Hij haalde zijn schouders op.

'Geen idee.'

'Heb je haar gebeld?'

'Natuurlijk.'

'En?'

'Het nummer bestaat niet.'

'Heeft ze je een vals nummer gegeven?'

'Of anders heb ik het fout opgeslagen.'

'Dan had ze jou toch gebeld.'

Die overweging had hij intussen al ontelbare keren gemaakt. Hij keek naar de klok: 08.38 uur. Hij wilde uitstappen, maar Meulenaer hield hem tegen.

'We hebben nog tijd. Vertel eens iets over haar.'

Hij zuchtte. Hier was geen ontkomen aan, dat had hij op voorhand geweten. Onwillig zei hij:

'Ik heb haar een paar weken geleden ontmoet. Op het terras van de Libertad in de Muntstraat. We hebben de hele avond zitten praten. Het klikte tussen ons. Ze komt uit Zuid-Afrika en...'

'Blank of zwart?'

'Zwart. Ze heeft geneeskunde gestudeerd en specialiseert hier in neurologie.'

'Dan is ze dus een stuk jonger dan jij?'

'Wat heeft dat ermee te maken?'

'Niets. Het was gewoon een vraag.'

Op de dashboardklok was het intussen 08.40 uur. Waarom deed de tijd altijd precies het tegenovergestelde van wat je wilde? Op hol slaan wanneer je je amuseerde; pas op de plaats maken wanneer iets je de keel uithing. Hij wilde naar buiten. Weg van Meulenaers gedram.

'Spreek ze Zuid-Afrikaans? Ik vind dat altijd zo grappig klinken.'

'Nee, ze spreekt Engels.'

'Geen Zuid-Afrikaans? Jammer. Ben je al met haar naar bed geweest?'

Coens wierp zijn partner een scheve blik toe.

'Wat? Mag ik dat niet vragen?'

'Het zijn jouw zaken niet.'

'Ook goed. Wat ga je nu doen?'

'Weet ik veel. Wachten tot zij belt, veronderstel ik.'

'Pfff... Veel geluk.'

'Dankjewel. Dat is heel bemoedigend.'

Meulenaer verschoof op de passagiersplaats.

'Telefoneer naar Gasthuisberg. Of naar de faculteit van geneeskunde. Daar zullen ze je wel kunnen helpen.'

'Ik euh... ken haar familienaam niet.'

Meulenaer kreeg een denkrimpel tussen zijn wenkbrauwen. Toen zei hij:

'Geeft niet. Zoveel jonge Zuid-Afrikaanse vrouwen die specialiseren in neurologie zullen er wel niet zijn. Hoe heet ze met haar voornaam?'

'Lagaetha.'

'Nog een meevaller. Zo'n aparte naam herinnert iedereen zich.'

'Misschien.'

Meulenaer wierp hem een peilende blik toe. Na een korte pauze zei hij:

'Het is jaren geleden dat ik je zo over een vrouw heb horen praten. Als het toch zo goed klikt tussen jullie, wat let je dan? Er is misschien een goede reden waarom ze niets van zich heeft laten horen.'

'Zoals wat?'

'Weet ik veel. Ze kan haar mobiel zijn kwijtgeraakt. Of anders was de batterij plat.'

'Dan had ze me vanochtend toch gebeld.'

'Zo vroeg? Het is nog geen negen uur.'

Coens keek naar het dashboard. De klok wees 08.44 uur aan. Tijd om aan het werk te gaan. Hij opende het portier. Meulenaer volgde zijn voorbeeld. Terwijl ze naar de ingang van het hotel liepen, zei hij:

'Tussen haakjes, gelukkige verjaardag.'

'Ja, hoera!' bromde Meulenaer.

'Wat? Ben je nog altijd boos dat je geen vrijaf hebt gekregen?'

'Ik ben niet boos, Hilde is boos. Ze had als verrassing een tafel gereserveerd in Arenberg. Ken je dat? Een poepchic restaurant net buiten de stad. Geweldig lekker naar het schijnt. Je wordt maar één keer vijftig, zei ze. En toen kreeg ik te horen dat ik vanavond dienst heb. Nou, viel dat even slecht.'

De automatische deur van het hotel gleed geluidloos open. Ze gingen naar binnen. Bij de balie stond een jonge Afrikaanse met de rug naar hen toe. Coens' hart nam een duik. Een seconde lang dacht hij dat het Lagaetha was, toen draaide de vrouw zich om en zag hij dat hij zich had vergist. Waarschijnlijk was dit de assistente van Badru Alupo. Ze sprak vloeiend Nederlands, had de chef gezegd.

De vrouw kwam hen de laatste paar meter tegemoet.

'Goedemorgen, heren. Bent u de politie-escorte?'

'Inderdaad, mevrouw.'

'Mijn naam is Tatyana Magara. Ik rij mee met de auto van meneer Alupo. Is alles klaar?'

'Wat ons betreft...' bromde Meulenaer op die typisch dwarse toon van hem die de chef de gordijnen in kon jagen.

De Ugandese keek hem bevreemd aan. Coens kwam snel tussenbeide:

'We kunnen vertrekken wanneer u maar wilt, mevrouw. Hoofdinspecteur Berg wacht op ons in de universiteitshal.'

'Mooi. Meneer Alupo komt zo. Zijn chauffeur rijdt intussen de auto voor. Hoe lang duurt de rit?'

'Hooguit tien minuten.'

'Dan zijn we zeker op tijd. Laten we hopen dat alles zonder problemen verloopt.'

'Een fluitje van een cent,' mompelde Meulenaer.

7

Het was druk op de Oude Markt, maar het was niet dezelfde drukte als 's avonds wanneer de schier eindeloze terrassen overspoeld werden door duizenden cafégangers en feestvierende studenten. Zo vroeg op de dag heerste er een heel andere bedrijvigheid: een gekrioel van ontelbare pubers die zich te voet of per fiets naar het Jozefietencollege begaven, dat op het eind van het plein lag en zowat het laatst overgebleven gebouw op de Oude Markt was dat nog niet door de horeca was ingepalmd.

De man zette er flink de pas in. Hij kwam van de Grote Markt, liep via het Kortestraatje de Oude Markt op en mengde zich in de menigte. Verbouwereerd keek hij om zich heen. Het geroep en getier dat uit de massa jonge kelen opsteeg, was nauwelijks te harden. Het deed hem denken aan wat hij een pedagoog onlangs op tv had horen zeggen: dat lawaai maken het prerogatief was van de jeugd en dat men jonge mensen dat voorrecht moest gunnen. Wat de man gemakshalve niet had vermeld, was dat de hoge tonen van al die jeugdige stemmen als glasscherven door de trommelvliezen van volwassenen sneden. Hoe leerkrachten dit dag in dag uit konden verdragen, was hem een raadsel.

Hij voelde plots een scherpe pijnscheut in zijn linkerelleboog toen een jongen van een jaar of vijftien met het stuur van zijn fiets langs zijn arm schampte en zonder zich te excuseren verder reed. Zijn eerste opwelling was om hem achterna te gaan, bij het nekvel te grijpen en van het rijwiel te sleuren, maar nog net op tijd flitste het door zijn hoofd dat hij zo niet mocht reageren als hij voor een leraar wilde doorgaan. Hij bedwong daarom zijn verontwaardiging en vervolgde zijn weg. Op geen enkele manier opvallen, dat was het devies. In de massa opgaan alsof hij er elke dag deel van uitmaakte en zijn vermomming haar werk laten doen.

Net als de vorige dag had hij snor en bril op, maar in plaats van het uniform van de gasmaatschappij droeg hij een trainingspak en gymschoenen. Uit de sportzak in zijn rechterhand stak duidelijk zichtbaar het handvat van een tennisracket, dat samen met zijn outfit de indruk moest wekken dat hij een sportleraar was. Dat zijn vracht een stuk zwaarder was dan normaal, zou niemand opvallen en de grootte van de school garandeerde de nodige anonimiteit. Zelfs al kwam hij andere leerkrachten tegen, dan nog zou iedereen aannemen dat hij een nieuwe collega was.

Omgeven door een stuwende menigte leerlingen passeerde hij de grote toegangspoort. In het gebouw bleef hij even staan om zich te oriënteren. Een week geleden had hij de weg al eens verkend, maar dat was overdag geweest en met de ochtenddrukte om hem heen leek alles anders. Hij had gewone kleren gedragen toen, zonder snor of bril, en hij had zich voorgedaan als een nieuwe leraar die zijn weg in het gebouw nog moest zoeken. Scholen waren van nature doolhoven, zodat zijn houding geen opzien zou baren, maar geen mens had hem tegengehouden of om uitleg gevraagd.

Hij draaide naar links en liet zich met de stroom meedrijven tot hij bij de stenen trap kwam die hij de vorige keer ook had genomen. Samen met de leerlingen liep hij naar boven. Het geroep om hem heen weergalmde in de hoge ruimte en klonk nog schriller dan in de openlucht, maar waar hij op gerekend had, gebeurde: niemand schonk aandacht aan hem.

Naarmate hij hoger klom, nam de massa geleidelijk af en verdwenen almaar meer leerlingen in de zijgangen met klaslokalen, tot de stenen trap overging in een houten en hij alleen overbleef. Hij liep nog een aantal treden verder, bleef staan en keek over de balustrade naar beneden. Niemand volgde hem. Het lawaai was afgezwakt tot een vaag gemurmel dat eensklaps overstemd werd door het gerinkel van een elektrische bel. Hij keek op zijn horloge: 08.25 uur. De lessen begonnen. Er bleef hem nog meer dan een uur de tijd. Dat was ruim voldoende.

De deur op het eind van de trap zat zoals verwacht op slot. Hij zette de sportzak neer, haalde er een paar plastic handschoenen uit en trok die aan. Daarna ritste hij de zak van zijn trainingsbroek open en haalde de sleutel tevoorschijn. De ruimte waarin hij terechtkwam, was immens groot en vrijwel leeg. Opnieuw keek hij geïmponeerd naar het netwerk van houten balken dat zo hoog boven zijn hoofd uittorende dat de zolder de allure had van een kathedraal. Hij deed de deur dicht en draaide die weer op slot.

De dakkapellen links en rechts waren afgesloten met houten luiken die in het midden een kleine, rechthoekige opening hadden waar net voldoende licht door viel om zijn weg te kunnen vinden. Hij herinnerde zich de muffe geur die er hing. Iets wat hem aan oud papier deed denken.

Hij liep tot bij de op één na laatste dakkapel aan zijn linkerkant. Die had hij vorige keer uitgekozen omdat hij vandaar het gewenste uitzicht had. Voor de zekerheid tuurde hij eerst nog eens door het gat. Diep beneden lag de Oude Markt met op het eind het Kortestraatje en in het verlengde daarvan de Grote Markt en de Sint-Pieterskerk. Prima. Hij stond op de juiste plaats.

Het houten luik mat niet meer dan dertig bij vijftig centimeter, maar dat was genoeg. Hij probeerde de klink. Het ding was verroest en verroerde geen vin. Hij zette de sportzak neer en gebruikte zijn twee handen. Het lukte nog niet. Hij voelde hoe het zweet hem uitbrak. Het gat in het hout was te hoog, dus moest het ding open. Hij zoog zijn longen vol lucht en deed een derde poging. Het metaal sneed in zijn handpalmen, maar dit keer kwam er beetje bij beetje beweging in de klink, tot het mechanisme met een knarsend geluid meegaf. Meteen voelde hij een zachte bries over zijn gezicht strijken.

Hij knikte opgelucht. Toen zag hij dat het luik een tiental centimeter over de onderdorpel van het kozijn reikte. Hij mompelde een verwensing. Daar had hij niet op gerekend. Waar was dat in godsnaam voor nodig? Er besloop hem een angstig voorgevoel. Hij duwde het luik dicht. Waarschijnlijk zou niemand op het plein merken dat zo hoog in de lucht een dakkapel openstond, maar je wist nooit.

Hij haalde het geweer uit de sportzak en monteerde het vizier erop. Opnieuw zette hij het luik op een kier, net genoeg om de loop een paar centimeter door de opening te steken. Vrijwel onmiddellijk werd duidelijk wat hij had gevreesd: de hoogte van de onderdorpel viel tegen. Vloekend zette hij het wapen tegen een schuin oplopende balk van het dakgebint en ging op zoek naar iets wat hij als verhoog kon gebruiken: een stoel, een oude schoolbank, een houten kist.

De zolder was bijna leeg. Het enige wat hij vond, was een stapel kartonnen dozen, maar die waren niet stevig genoeg om op te staan.

Hij overwoog wat te doen. Naar beneden gaan en een stoel uit een leeg klaslokaal halen, was te gevaarlijk. Hij kon elk moment een leerkracht tegen het lijf lopen of iemand van het onderhoudspersoneel en zelfs al liet iedereen hem ongemoeid, dan nog zou men zich achteraf de onbekende sportleraar herinneren die tijdens het eerste lesuur met een stoel in de hand door de gangen had gelopen. Op die manier zou de politie een signalement van hem krijgen en ook al droeg hij een vermomming, een ruwe schatting van zijn leeftijd of een beschrijving van zijn postuur was misschien voldoende om hem in moeilijkheden te brengen. Nee, dan maar zonder verhoog. De enige andere mogelijkheid was dat hij op zijn tenen ging staan, al was dat niet de meest geschikte positie om zorgvuldig te kunnen richten. Eén enkele beweging, hoe miniem ook, was voldoende om te missen.

Hij nam het wapen ter hand, liet het op de onderdorpel rusten en duwde zich omhoog. De vijf à zes centimeter die hij won, waren net genoeg. Hij richtte het geweer op het stuk van de Grote Markt dat in het verlengde lag van het Kortestraatje. De afstand was bijna de helft meer dan die uit het flatgebouw op het Smoldersplein, maar dat vormde geen probleem. Integendeel, een schot dat van zo ver kwam, was moeilijk te lokaliseren, zeker met het marktplein beneden waarin het geluid zou weerkaatsen als in een klankkast. In dat opzicht was Miltons positie een stuk riskanter. Hij vuurde van veel dichterbij en het Smoldersplein vormde geen gesloten geheel, zodat de weergalm minder sterk zou zijn. Om die reden had hij zichzelf deze locatie toebedeeld. Zelfs al begreep men beneden waar het schot vandaan was gekomen, dan nog had hij genoeg tijd om zich uit de voeten te maken.

Net op dat ogenblik sloeg de jaquemart op de toren van de Sint-Pieterskerk één keer. Het was kwart over negen. Nog een halfuur ongeveer, dan was het zover. Hij liet zich op zijn hielen zakken. Zijn tenen en kuiten voelden verkrampt aan.

Met het geweer in de hand liep hij naar het achterste stuk van de zolder en ging op de stapel kartonnen dozen zitten. Hij kon beter zijn krachten sparen. Het moest van de eerste keer raak zijn. Er zat net als bij Milton een reservekogel in het magazijn van zijn wapen, maar voor een tweede schot was er minder tijd om te mikken en dat maakte het nog moeilijker om het doelwit te treffen. Alleen dat verdomde raamkozijn baarde hem zorgen.

8

Terwijl Berg omstreeks kwart voor negen de Dirk Boutslaan afliep in de richting van de Sint-Pieterskerk, kwam hij tot een verrassende conclusie. Tot voor kort had hij enorm opgezien tegen deze dag, nu stelde hij vast dat hij in opperbeste stemming was. Hij vond de bewakingsopdracht nog altijd een verspilling van tijd en middelen, maar daar maakte hij zich niet langer druk om en de oorzaak daarvan was niet moeilijk te achterhalen: het vooruitzicht van de lunch met Tatyana compenseerde de bezwaren die hij aanvankelijk tegen het hele opzet had gehad.

Sinds zondagavond had hij niets meer van haar gehoord, maar de afgelopen zesendertig uur was ze geregeld in zijn gedachten opgedoken en hij moest toegeven dat hij ernaar uitkeek om haar opnieuw te zien. Op zich was daar niets op tegen, behalve dat het hem verbaasde hoe weinig er nodig was om zijn stemming te doen omslaan. Zat een mens dan zo simpel in elkaar? Bijna als een kind dat zich verzette tegen een vervelend karweitje, maar overgehaald kon worden met een snoepje. Hij vond het ontstellend wispelturig van zichzelf, maar ook dat kon zijn humeur niet bederven.

Op het Mathieu de Layensplein sloeg hij rechtsaf en stak de Grote Markt over. Ondanks het vroege uur zaten er op de terrassen al heel wat mensen die zich van een plaatsje hadden verzekerd om de optocht van dichtbij te kunnen volgen. Wat verderop zag hij enkele agenten van de lokale politie staan die het plein moesten bewaken. Hij stak groetend zijn hand op en liep de Naamsestraat in. Bij de universiteitshal was de rode loper uitgerold en heerste er al een drukte van belang. Hij keek op zijn horloge: een paar minuten voor negen. Badru Alupo kon elk moment arriveren. Hij besloot om voor het gebouw te blijven wachten, zodat hij de auto zag aankomen.

Aan de overkant van de straat hadden zich enkele cameraploegen opgesteld. Berg herkende het logo van ROB, de plaatselijke tv-zender, maar ook twee nationale tv-stations waren van de partij. Het zag ernaar uit dat er meer persbelangstelling was dan andere jaren, wat ongetwijfeld te maken had met de controverse die de uitnodiging van de Ugandese rector in de media had veroorzaakt.

Berg hoorde plots zijn naam roepen. Vanachter enkele dranghekken die bewaakt werden door een agent, probeerde een man zijn aandacht te trekken. Hij stond te midden van een groepje fotografen en journalisten van de schrijvende pers en tot zijn ergernis herkende Berg Leo Rademaekers. De man werkte voor *Het Nieuwsblad* en had hem enkele jaren geleden het leven zuur gemaakt tijdens de zaak van de Leuvense Stripmoordenaar. Vreemd genoeg verkeerde Rademaekers sindsdien in de veronderstelling dat hij bij Berg een streepje voor had, wat in diens ogen eens te meer bewees dat sommige journalisten een volkomen onrealistisch wereldbeeld hadden. En dan vroeg iedereen zich af waarom hij nooit een krant las.

'Hoofdinspecteur!' riep de man opnieuw. 'Een paar vraagjes alstublieft!?'

Berg negeerde hem. Hij zag de Opel Insignia aan komen rijden, onmiddellijk gevolgd door de auto van Badru Alupo. Coens en Meulenaer stapten als eersten uit. Terwijl de Ugandese chauffeur het achterportier opende voor zijn passagier, stak Coens de straat over en kwam naar hem toe.

'Alles oké?'

'Geen probleem, chef.'

'Heb je mijn hoofdtelefoon?'

Coens reikte hem het toestel aan. Hij zette de headset op zijn oor.

'Meulenaer, hoor je mij?'

Aan de overkant van de straat stak Meulenaer zijn duim op.

'Wenderickx?'

'Ik hoor je, chef.'

Berg richtte zich weer tot Coens.

'Jullie wachten hier tot de optocht begint. Loop voor de stoet uit en stel je daarna op bij de ingang van de Sint-Pieterskerk. Als er zich een probleem voordoet, laat je me dat onmiddellijk weten.'

'Komt in orde.'

Op dat ogenblik dook de Leuvense rector uit de universiteitshal op en liep met uitgestoken hand zijn gast tegemoet. De begroeting was bijzonder hartelijk en Berg vroeg zich af of ze met opzet op straat gebeurde, zodat de pers er getuige van kon zijn.

Albrecht Termondt nam intussen zijn oude studievriend bij de arm en leidde hem druk pratend het gebouw in. Pas toen zag Berg Tatyana verschijnen achter de brede rug van haar baas.

'Dag, Thomas.'

Hij wenste haar goedemorgen en vroeg of alles naar wens was verlopen.

'Ja, hoor. Je mannen waren stipt op tijd.'

Berg zag dat ze formeler gekleed was dan afgelopen zondag: een donkerblauw mantelpakje en een witte blouse. Ze volgden de twee rectoren het gebouw in, door de lange gang met glazen tussendeur, zo naar de imposante marmeren trap die naar de Jubileumzaal leidde op de eerste verdieping. Binnen heerste een drukte als in een bijenkorf. Berg schatte het aantal aanwezigen op meer dan honderdvijftig. Sommige professoren droegen een toga, anderen moesten zich nog omkleden. Al snel raakten ze Albrecht Termondt en Badru Alupo in het gedrang kwijt. Hij zag Tatyana vruchteloos om zich heen kijken.

'We zien hem dadelijk wel terug,' stelde hij haar gerust. 'Waarschijnlijk is hij naar de kleedkamer om een toga aan te trekken.'

'Er stond veel pers buiten,' zei ze. 'Is dat altijd zo?'

'De start van het Leuvense academiejaar is nu eenmaal

nieuws,' antwoordde Berg. 'Maar je hebt gelijk: er zijn meer journalisten dan anders.'

'Vanwege Badru Alupo?'

'Vermoedelijk.'

'Ik heb geen demonstranten gezien.'

'Als die er al zijn, staan ze verderop. Op de Grote Markt of bij de ingang van de Sint-Pieterskerk.'

Tatyana beet op haar lip. Ze maakte een zenuwachtige indruk. Berg probeerde haar gedachten af te leiden.

'Onze afspraak van morgen, gaat die door?'

'Wat zeg je?'

Ze boog zich dichter bij hem. Het was zo lawaaierig dat hij zijn vraag moest herhalen. Hij rook haar parfum. Iets zoets, met een vleugje vanille erin.

'Ik vroeg of onze afspraak van morgen doorgaat.'

'Natuurlijk.'

'Fijn. Ik heb een tafel gereserveerd in een restaurant hier vlakbij. Hoe laat pik ik je op?'

'Om halféén misschien? Dan luncht Badru Alupo met de rector. Tot zolang heb ik dienst.'

Op dat ogenblik verzocht een luide stem het publiek om aandacht. Het geroezemoes in de zaal stopte. Alle hoofden draaiden zich naar een lange, magere man die bij de deur stond. Het was de ceremoniemeester met wie Berg had afgesproken dat Wenderickx in de optocht kon meelopen.

'Mag ik de rector verzoeken aan te treden en de stoet te openen!'

De massa week gewillig uiteen om Albrecht Termondt en zijn gast door te laten. Beide mannen waren gekleed in een zwarte toga en liepen naar de deur waar de twee pedellen al klaarstonden, elk met één van de twee scepters van de universiteit op de schouder. Berg onderdrukte een glimlach toen hij

Wenderickx herkende. Hij droeg een lange, zwarte mantel en had een baret op het hoofd.

Vervolgens riep de ceremoniemeester de namen af van de vicerectoren. Berg sloeg vanaf zijn plaats het tafereel geamuseerd gade. In tegenstelling tot wat hij had verwacht, ging het er tamelijk informeel aan toe en veranderde de chaos in de zaal langzaam maar zeker in een geordende rij van professoren die met wat geschuifel en gezoek hun plaats innamen, tot de stoet zich in beweging zette.

Berg en Tatyana wachtten tot iedereen gepasseerd was en verlieten op hun beurt de zaal. Links en rechts, op de treden van de grote marmeren trap, stonden leden van het universiteitskoor die studentenliederen zongen terwijl de deelnemers zich voetje voor voetje naar beneden begaven, de gang door naar de grote toegangspoort die voor de gelegenheid wijd openstond.

Buiten viel de zon over hen heen. Berg hoorde het nerveuze geklik van fototoestellen. Op de stoep hadden zich heel wat kijklustigen verzameld; hier en daar werd er in de handen geklapt.

Hij reikhalsde over de hoofden heen naar het begin van de optocht die intussen de Grote Markt naderde, maar hij kon noch de rectoren zien, noch Coens of Meulenaer. Voor de zekerheid vroeg hij in zijn microfoon:

'Alles oké bij iedereen?'

'Geen probleem, chef,' antwoordde Coens.

'Wenderickx?'

'Er staat een groepje demonstranten met spandoeken op het plein,' klonk het in Bergs oortje. 'Maar het ziet er niet naar uit dat ze amok gaan maken.'

'Hoeveel zijn het er?'

'Tien of twaalf. Twee collega's van de lokale houden hen in het oog.'

Gerustgesteld deed Berg er het zwijgen toe. Het zag er niet naar uit dat de optocht verstoord zou worden. Hij merkte hoe een cameraploeg en enkele fotografen rechts van hem met de stoet mee opliepen. Ineens moest hij aan iets denken. Hij glimlachte. Naast hem vroeg Tatyana:

'Binnenpretje, Thomas?'

'Nee. Eerder een oude herinnering.'

'Vertel.'

'De laatste keer dat ik mee opgestapt ben in een stoet, was ik elf jaar. Ik had de hele tijd een lammetje in mijn armen.'

'Een lammetje?'

'Het was tijdens een processie. In mijn geboortedorp. Ik was een van de herders die het Christuskind in de stal ging bezoeken en...'

Zijn woorden werden overstemd door het geluid van de klok waarmee de jaquemart aangaf dat het kwart voor tien was, maar nog voor het beeld de tweede van de drie slagen kon geven, weerklonk een veel luidere knal die met een korte, krachtige nagalm weerkaatste tegen de gevels van de huizen. Heel even, hooguit één of twee tellen, was er niets meer te horen, alsof het hele marktplein opgezogen werd in een geluidloos vacuüm. Toen sloeg de jaquemart opnieuw, maar de galm van de klok werd overstemd door een vloedgolf van geroep en geschreeuw dat uit honderden kelen kwam en de hele lucht vulde met het onmiskenbare geluid van paniek.

Berg realiseerde zich tot zijn ontzetting dat het een geweerschot was dat ze hadden gehoord. Hij en Tatyana waren net de Grote Markt opgelopen die volstond met kijklustigen. Van de ene seconde op de andere veranderde alles in pure chaos. De stoet voor hen spleet schreeuwend uit elkaar, toeschouwers renden halsoverkop alle kanten uit, vrouwen gilden, mensen werden omvergelopen en smakten tegen de straatstenen.

'Wat is er gebeurd?' riep hij in zijn microfoon.

'Iemand heeft geschoten!' schreeuwde Wenderickx terug.

'Wie? Waar?'

Er kwam geen antwoord.

'Wenderickx!?'

'Er is iemand geraakt!' brulde Meulenaer.

'Wie?'

'Eén van de rectoren. Wacht...'

Er kwam niets meer.

'Meulenaer!?'

Het bleef stil.

'Godverdomme! Wenderickx...? Coens...?'

'Wat is er aan de hand?' riep Tatyana naast hem.

Nog voor Berg kon antwoorden, botste een man frontaal tegen hem op. Hij wankelde onder de schok en voelde dat zijn headset van zijn oor was gevallen. Zoekend keek hij om zich heen, maar in het gedrang werden hij en Tatyana enkele meters meegesleurd.

In een automatische reflex trok Berg zijn pistool, riep Tatyana toe dat ze moest blijven staan waar ze stond en begon zich door de massa heen te wurmen. In het begin kwam hij nauwelijks vooruit omdat er voortdurend mensen zijn richting uitgelopen kwamen en hem de weg versperden. Hij riep uit alle macht dat hij van de politie was en dat ze hem door moesten laten, maar zijn stem ging verloren in het tumult. Duwend en trekkend probeerde hij over de hoofden heen een glimp op te vangen van een van zijn mannen, maar door de drukte om hem heen zag hij niets.

Een paar meter verder struikelde hij over een vrouw die op de straatstenen lag. Hij kon zich ternauwernood staande houden en hielp haar met zijn vrije hand overeind. Haar gezicht was verwrongen van angst. In paniek trok ze zich los en sloeg naar hem alsof ze bang was dat hij haar kwaad wilde doen, knikte daarna weer door haar knieën en begon huilend de inhoud van haar opengevallen handtas bij elkaar te scharrelen. Berg zette zich opnieuw in beweging. Intussen werd de op hol geslagen menigte dunner en slaagde hij erin sneller vooruit te komen.

Terwijl hij nog altijd in de richting van het Mathieu de Layensplein liep, zag hij uit zijn ooghoek het leeggestroomde terras van de Gambrinus op de hoek van de Grote Markt en het Kortestraatje. Stoelen en tafels lagen omver; de vloer was bezaaid met gebroken glas. Het volgende ogenblik kreeg hij Wenderickx in het oog. Zijn hart sloeg een slag over toen hij zijn collega geknield zag zitten naast een uitgestrekt lichaam terwijl hij iets in de mobiel bij zijn mond riep. Hun blikken kruisten elkaar en in een flits schoot het door Berg heen dat hij nooit van zijn leven de uitdrukking van pure ontreddering op het gezicht van Wenderickx zou vergeten.

Hij holde de laatste paar meters dichterbij. Er zat nog iemand neergeknield bij het slachtoffer en hoewel hij de man slechts in driekwart profiel zag, herkende hij onmiddellijk Albrecht Termondt. De zijkant van zijn gezicht en zijn rechterschouder zaten onder de bloedspatten. Met beide handen hield hij het hoofd vast van de man die op de straatstenen lag terwijl hij met schrille, overslaande stem om hulp riep.

Hijgend en nog altijd met zijn wapen in de hand zeeg Berg naast hem neer. Termondts handen zaten onder het bloed. Berg zag meteen dat de kogel dwars door het hoofd van Badru Alupo was gegaan. Hij legde zijn vinger op de halsslagader van de Ugandees. Achter zijn rug hoorde hij Wenderickx roepen dat de ambulance eraan kwam.

Met een misselijkmakend gevoel van onmacht duwde Berg zich overeind. Heel even leek het alsof het hele plein slagzij maakte. Intussen hadden twee agenten van de lokale politie zich bij hen gevoegd. Voor de rest was de Grote Markt nagenoeg leeg. Her en der lagen spullen op de grond die toeschouwers in hun vlucht hadden laten vallen; vlak bij zijn voeten ontwaarde hij de scepter die Wenderickx had gedragen.

Uit de richting van de Naamsestraat kwam een groepje journalisten en cameramensen aangerend, met in hun kielzog Tatyana en de chauffeur van de vermoorde rector. Berg beval de agenten om de pers op afstand te houden. Hij borg zijn wapen op en keek naar de man aan zijn voeten. De ambulance, wist hij, zou te laat komen.

9

Op het ogenblik dat het schot viel, stond Coens bij de arduinen trap van de Sint-Pieterskerk. De stoet bewoog zich zo langzaam voort dat hij en Meulenaer hun plaats op het Mathieu de Layensplein al hadden ingenomen toen de twee pedellen ter hoogte van het Kortestraatje naar rechts draaiden en hun richting uitkwamen. Hij grinnikte opnieuw toen hij Wenderickx zag met de gekke hoed op zijn hoofd.

Tot nu toe was de optocht vlekkeloos verlopen. Hij had op de Grote Markt wel een groepje demonstranten zien staan, maar collega's van de lokale hadden hen geen ogenblik uit het oog gelaten en op wat boegeroep na was er niets gebeurd. Hij liet zijn blik over de menigte gaan op het plein voor de kerk. Het grootste deel van de toeschouwers bestond uit jonge mensen, studenten waarschijnlijk. Nergens waren spandoeken te zien of borden met slogans. Het zag er niet naar uit dat er van die kant problemen te verwachten vielen.

Het hoofd van de stoet was hen tot op een dertigtal meter genaderd, toen hij de jaquemart op de kerktoren hoorde slaan. De galm van de klok werd vrijwel onmiddellijk overstemd door het harde geluid van een geweerschot dat van achter zijn rug kwam en kort tegen de gevels van de huizen weerkaatste. Bijna tegelijkertijd zag hij hoe de Ugandese rector tegen de grond sloeg.

Het eerste wat hem overviel, was een verlammend gevoel van ongeloof, één of twee seconden lang, tot zijn hersenen geaccepteerd hadden wat hij voor zijn ogen had zien gebeuren. Hij hoorde hoe de Grote Markt zich vulde met geroep en gegil. De menigte stoof uit elkaar. Een deel kwam hun richting uitgelopen, waardoor de paniek oversloeg op de toeschouwers voor de kerk die op hun beurt op de vlucht sloegen. Over het kabaal heen brulde Meulenaer in zijn hoofdtelefoon dat een van de rectoren was geraakt.

Coens' eerste impuls was naar het slachtoffer te rennen, maar toen herinnerde hij zich dat het schot van achter zijn rug was gekomen. Hij draaide zich om naar het Smoldersplein. Op hetzelfde ogenblik greep Meulenaer hem bij de arm.

'Kom mee!'

Hij trok zich los.

'Nee, wacht!'

'Wat? Waarom?'

'Het schot kwam van achter ons.'

Vliegensvlug liet hij zijn ogen over de gebouwen op het plein gaan. Rechts, in zijzicht, lag het gerechtshof; links het oude postkantoor met daarachter een reeks huizen die hij vanaf zijn plaats niet kon zien. Helemaal achteraan bevonden zich enkele flatgebouwen. Hij speurde systematisch de gevels af. Alle ramen en balkondeuren waren dicht. Op één na. Een appartement op de vierde verdieping. Een stuk van de vitrage werd plots gegrepen door de wind en wapperde door de kier van de schuifdeur naar buiten. Naast hem hoorde hij Meulenaer tevergeefs in zijn microfoon roepen:

'Chef... Hallo... Chef...'

Coens trok zijn pistool en wees ermee naar het flatgebouw.

'Het schot moet van daar gekomen zijn. Kom mee!'

'Moeten we niet...'

Maar hij was al vertrokken. Meulenaer volgde hem luid sakkerend, af en toe nog altijd op de chef roepend in zijn hoofdtelefoon. Coens rende de straat over in de richting van het gerechtshof, terwijl hij de agent die op die plaats het verkeer moest tegenhouden, toeschreeuwde hem te volgen.

Zonder zijn ogen van het bewuste raam af te houden holde hij het Smoldersplein op. In zijn oortje weerklonk de hijgende stem van Meulenaer:

'Coens, godverdomme, niet zo snel!'

Op de bordestrap van het gerechtsgebouw stonden mensen verbaasd naar het tumult in de verte te kijken. Coens liep wat hij kon. Er leek geen einde te komen aan het plein. Hij voelde hoe de adem gierend uit zijn borstkas kwam. Zonder vaart te minderen wierp hij een blik over zijn schouder. De jonge agent volgde op een paar passen; Meulenaer liep een tiental meter achter hen.

Op dat ogenblik zag hij de voordeur van het flatgebouw opengaan. Een struise, zwarte man met een verdacht grote tas in de hand kwam naar buiten. Hij zwenkte naar links, maar kreeg toen de drie mannen in het oog die naar hem toe kwamen gehold. Meteen draaide hij zich om en rende de Vaartstraat in.

'Halt! Politie!' brulde Coens.

De man verdween om de hoek van het voorste flatgebouw. Coens bedacht zich geen ogenblik en ging hem achterna. Intussen had hij bijna tweehonderd meter spurtend afgelegd en merkte hij hoe zijn spieren begonnen te protesteren. De jonge agent had hem bijgehaald. Zij aan zij renden ze de Vaartstraat in en zagen nog net hoe de verdachte de Augustijnenstraat insloeg die met een bocht uitgaf op de Vismarkt. De man had ongeveer dertig meter voorsprong, maar hij werd gehinderd door de tas die er behoorlijk zwaar uitzag en verloor zienderogen terrein.

Coens holde op zijn beurt het straatje in. De ongelijke kasseien deden pijn aan zijn enkels; het melkzuur beet in zijn kuiten. Zwetend over zijn hele lichaam, besefte hij dat hij deze snelheid niet lang meer kon volhouden. Zonder omkijken riep hij in zijn microfoon:

'Meulenaer, waar ben je verdomme!?'

'Ik kom!'

De Vismarkt stond vol geparkeerde auto's. Coens zag de man tussen de wagens slalommen. Hij had net de overkant van het plein bereikt, toen hij gegrepen werd door een auto die van rechts kwam. Het knarsende geluid van remmen sneed door de lucht, onmiddellijk gevolgd door de doffe klap van het lichaam op de motorkap.

Coens zigzagde op zijn beurt tussen de geparkeerde auto's door. De wagen die de dader had aangereden, had nauwelijks snelheid gehad en hij zag hoe de man moeizaam overeind krabbelde, meteen weer omviel, opnieuw opstond en naar de tas scharrelde die wat verderop in de goot lag. Gebukt en zwaar hinkend strompelde hij naar het terras van Villa Ernesto, een café op de hoek van de Vismarkt en de Mechelsestraat. Hij viel tussen de tafels en stoelen neer.

De mensen die er iets zaten te drinken, waren opgeveerd toen het ongeluk gebeurde en keken verbouwereerd toe hoe de man, half zittend half liggend, de zak opentrok. Een vrouw maakte zich los uit het groepje en wilde de gewonde te hulp snellen, maar zodra ze het geweer zag verschijnen, deinsde ze achteruit en maakte zich samen met de anderen uit de voeten. In het gedrang werden enkele tafeltjes omvergeduwd. Glazen en kopjes vielen rinkelend aan stukken.

Op dat ogenblik was Coens het terras tot op een vijftiental meter genaderd. Alles gebeurde zo snel dat hij niet eens de tijd kreeg om vaart te minderen. Hij zag hoe de verdachte een geweer uit de tas haalde, stiet een waarschuwingskreet uit en dook weg achter een geparkeerde auto. Een paar meter naar rechts zag hij de jonge agent hetzelfde doen en zijn wapen trekken. Hij keek om de koffer van de auto heen, richtte zijn pistool op de verdachte en brulde:

'Wapen neer!'

De man leek te twijfelen. Hij zat nog altijd neer, met zijn rug tegen de gevel van het café en zijn benen voor zich uitgestrekt. Coens zag dat hij bloedde aan zijn hoofd. Het terras was intussen leeg. De klanten waren weggerend of naar binnen gevlucht. Opnieuw riep hij:

'Wapen neer of ik schiet!'

Zijn woorden galmden door de lucht. Op het plein was het ijzig stil geworden alsof alles om hen heen de adem inhield. Achter zijn rug naderden voetstappen. In zijn oortje weerklonk het gehijg van Meulenaer.

Het volgende moment hief de man zijn wapen omhoog. Coens vloekte. Hij aarzelde, één of twee seconden, maar dat was voldoende voor de man om af te drukken. Het geluid van het schot scheurde de stilte open.

Hij vuurde terug, drie keer, kort na elkaar. Minstens één kogel trof doel. Hij zag hoe het hoofd van de man tegen de gevel van het café sloeg. Toen, als in slow motion, zakte hij opzij tot zijn schouder de plaveien raakte.

Coens richtte zich op, zijn wapen nog altijd op de dader

gericht. Hij wilde dichterbij gaan, maar hoorde de jonge agent iets roepen. Hij keek over zijn schouder. Wat hij zag, deed hem ter plekke verstijven. Meulenaer lag een paar meter verder op de grond. Zijn hemd was rood van het bloed.

Deel II

En de wereld...
die draaide gewoon voort

I

Het was iets over negen toen Berg die avond thuiskwam, uitgeput, verward, ontredderd. Hij knipte de lichten aan en liep als verloren van kamer tot kamer alsof hij er zich niet toe kon brengen ergens rustig te gaan zitten. Tenslotte beende hij naar de keuken en haalde de fles cognac uit de kast. Het eerste glas kiepte hij in één teug naar binnen. Met het tweede liep hij naar de woonkamer en bleef voor het raam staan. Zijn hele carrière was hij bang geweest voor dit moment en nu was het zover. Een van zijn mannen was neergeschoten. Een collega voor wie hij verantwoordelijk was.

Hij klemde zijn kaken op elkaar en staarde naar buiten. Het laatste licht verdween tussen de bomen van het park aan de overkant van de Dijle. Daarachter strekte zich de Dirk Boutslaan uit met op het eind het Mathieu de Layensplein. Vanochtend was hij via die weg naar de universiteitshal gewandeld, onbekommerd, er gerust op dat de dag probleemloos zou verlopen, zijn gedachten meer bij de geplande lunch met Tatyana dan bij het werk. En nu, twaalf uur later, zag alles er heel anders uit. Badru Alupo was doodgeschoten en Meulenaer had een kogel in de borst gekregen tijdens de achtervolging van de dader. Hij kon het nog altijd niet geloven. Het leek een nachtmerrie, een koortsdroom, niet iets wat echt was voorgevallen. En het ergst van al was dat hij schuld had aan wat er was gebeurd. Hij had de zaak onderschat. De opdracht niet ernstig genoeg genomen. Dit vergaf hij zichzelf nooit.

In gedachten zag hij zich weer op de Grote Markt staan, met aan zijn voeten het levenloze lichaam van de Ugandese rector en wat verderop de journalisten en fotografen die zich verdrongen om een glimp op te vangen van het slachtoffer. Wenderickx had de twee agenten te hulp moeten snellen om hen op afstand te houden, terwijl Tatyana buiten adem op haar knieën naast het lichaam was neergevallen, haar gezicht vertrokken van ongeloof en ontzetting. Ze nam Badru Alupo's hand in de hare, barstte in snikken uit, herhaalde opnieuw en opnieuw zijn naam.

Berg had haar willen troosten, overeind helpen, maar plots sloeg haar verdriet om in woede en voor hij begreep wat er gebeurde, was ze hem aangevlogen, haar vuisten trommelend op zijn borst, roepend dat dit zijn schuld was. De Ugandese chauffeur had haar van hem af moeten trekken, zo hysterisch ging ze tekeer, en terwijl dit alles plaatsvond, weerklonken in de verte plots schoten. Drie of vier, dat was niet duidelijk door de weergalm. Albrecht Termondt was intussen ook opgestaan en keek hem met een bange, ontwrichte blik aan. Het volgende ogenblik kwam Wenderickx naar hen toe gerend en vertelde wat hij via zijn hoofdtelefoon van Coens had vernomen. Meulenaer was neergeschoten. De dader had hem in de borst geraakt. Hij was levensgevaarlijk gewond.

Berg nam opnieuw een slok van de cognac. Wat er vervolgens was gebeurd, leek een mistige vlek, alsof zijn brein moeite had om de vele feiten in hun juiste chronologische volgorde te rangschikken. Meulenaer was in allerijl naar Gasthuisberg gebracht; het lichaam van Badru Alupo was afgevoerd; de directeur en de commissaris waren zich ter plekke komen vergewissen van de situatie en hadden contact opgenomen met de

Ugandese veiligheidsdienst die onmiddellijk twee mensen uit Brussel naar Leuven had gestuurd. Intussen was Zeebos, het hoofd van de technische recherche, gewaarschuwd. Hij en zijn assistent waren de flat binnengebroken vanwaar het schot was afgevuurd en hadden een oude dame aangetroffen, vastgebonden op een bed in een van de slaapkamers. De vrouw was in shock, vertoonde uitdrogingsverschijnselen en klaagde over pijn in haar hartstreek. Ze was niet in staat om ondervraagd te worden en Zeebos had haar meteen met een ambulance naar het ziekenhuis laten brengen.

In de flat hadden ze een brief gevonden waarin de aanslag werd opgeëist door het SMUG. De tekst, slechts enkele regels lang, was in het Engels opgesteld en verklaarde dat iedereen die de homofobe wetten van de Ugandese regering toepaste, op dezelfde manier zou worden terechtgesteld. Meer stond er niet. Noch de naam van Badru Alupo, noch die van een eventueel volgend doelwit werd genoemd.

Berg was op zijn beurt met de Ugandese veiligheidsmensen naar het mortuarium gereden om de identiteit van de dader vast te stellen, maar de man was hen onbekend en aangezien hij geen papieren bij zich droeg, was tot nu toe onduidelijk wie hij was en welke relatie hij had met het SMUG. Het wapen dat hij had gebruikt, was een FAL 50.61 PARA, een geweer van Belgische makelij dat in Herstal werd gemaakt. Meer informatie over de dader of het wapen hadden ze voorlopig niet en nadat Berg zijn superieuren op de hoogte had gebracht van de stand van zaken, had hij eindelijk kans gezien om met Wenderickx naar Gasthuisberg te rijden. Daar hadden ze Coens en Meulenaers vriendin aangetroffen die met van angst vertrokken gezichten zaten te wachten op het resultaat van de spoedoperatie. Toen de chirurg eindelijk in de deuropening verscheen, was het verdict van zijn gelaat af te lezen nog voor hij een woord had gezegd.

Berg goot de rest van zijn glas naar binnen, liep naar de keuken en vulde het nog eens bij. Hoe zwaar de dood van Meulenaer hem ook aangreep, voor Coens was de schok nog een stuk erger. Om te beginnen waren hij en Meulenaer jarenlang partners geweest en daar kwam nog eens bij dat hij zichzelf de schuld gaf van wat er was gebeurd. Toen de dader het geweer op hem richtte, had hij geaarzeld om te schieten. Heel kort, hooguit enkele tellen, maar die hadden Meulenaer het leven gekost.

Berg had hem mee naar buiten genomen, weg uit de wachtkamer waar de onheilstijding van de chirurg nog als een gifwolk in de lucht hing, en probeerde hem het idee uit het hoofd te praten. Aan wat in zulke situaties gebeurde, had niemand schuld. Hij moest zich geen verwijten maken, uit de getuigenis van de jonge agent was duidelijk gebleken dat hij geen fout had gemaakt. Dat de kogel Meulenaer had getroffen, was een ongelukkige samenloop van omstandigheden, iets wat hij onmogelijk had kunnen voorzien. Meulenaer was tijdens de achtervolging achterop geraakt en had daardoor geen tijd gehad om de situatie in te schatten. Zulke dingen gebeurden nu eenmaal in hun beroep en bovendien was het geen sinecure om op een mens te schieten, zeker niet als je weinig of geen ervaring had met dit soort situaties.

Coens had stom geknikt, helemaal niet overtuigd door Bergs woorden. Uiteindelijk had hij zich naar huis laten sturen en beloofd dat hij de volgende dag een afspraak zou maken met de politiepsycholoog. Berg van zijn kant was opnieuw het ziekenhuis ingegaan, waar Wenderickx nog altijd met Meulenaers vriendin in de wachtkamer zat. Het gezicht van de vrouw was opgezet van het huilen. Berg had haar slechts één keer ontmoet, maar hij wist dat zij en Meulenaer al jarenlang een relatie hadden en hij was ook op de hoogte van het verrassingsetentje dat zij gepland had voor zijn verjaardag. Berg had geweigerd om Meulenaer vrijaf te geven omdat de bewakingsopdracht inhield dat ze de Ugandese rector tot na het concert zouden begeleiden en hoewel de vrouw het niet uitsprak, hoorde hij haar denken dat haar vriend nog zou leven als zijn verzoek was ingewilligd.

Dat alles maakte dat de situatie nog triester en pijnlijker aanvoelde dan ze al was en toen de vrouw eindelijk door een vriendin werd opgehaald, was Berg emotioneel aan het eind van zijn Latijn. Hoewel hij besefte dat ook Wenderickx zwaar aangeslagen was, kreeg hij op weg naar huis nauwelijks een woord over zijn lippen. Het enige waar hij zich toe kon brengen, was zijn collega even bemoedigend in de schouder knijpen voor hij uitstapte.

In zijn woning kroop de stilte tegen de muren omhoog. Hij wist dat hij in deze omstandigheden beter van de alcohol afbleef, maar hij hoopte dat de cognac de pijn een beetje zou verzachten. Het beeld van de neergeschoten rector drong zich opnieuw aan hem op en hij herinnerde zich hoe boos Tatyana was geworden en hem de ergste verwijten naar het hoofd had geslingerd. Wat er vervolgens met haar was gebeurd, wist hij niet. Vermoedelijk had de chauffeur haar terug naar het hotel gebracht en de Ugandese veiligheidsmensen zouden wel met haar overlegd hebben welke stappen er verder ondernomen moesten worden. Het liefst van al had hij haar vanavond nog gebeld, zich geëxcuseerd, zijn medeleven aangeboden... maar haar reactie van daarstraks indachtig was dat waarschijnlijk geen goed idee. Hij kon beter wachten tot morgen, wanneer de emoties een beetje waren geluwd. Contact opnemen moest hij sowieso. Via haar kon hij meer informatie krijgen over het SMUG, eventueel een lijst met namen van leden en sympathisanten. Bovendien stond zo goed als vast dat de dader hulp had gekregen. Hoe anders was hij in een vreemd land aan dat wapen geraakt? Een geweer van dat kaliber kon je niet...

Berg hoorde de deurbel rinkelen. Het was halftien. Hij zette zijn glas op de vensterbank en liep naar de hal. In de overdekte passage die het 17de-eeuwse pand in twee delen sneed, stond Zeebos, zijn kale schedel glimmend in het licht van de lamp boven de deur. Berg zag aan zijn gezicht dat hij op de hoogte was.

'Coens heeft gebeld,' zei Zeebos enkel. 'Hij was volledig overstuur. Ik dacht: ik ga eens kijken hoe het met jou is.'

Zonder een woord deed Berg een stap opzij om zijn vriend door te laten. Zeebos bedoelde het goed, maar vanavond was hij liever alleen gebleven. In de woonkamer nam hij zijn glas van de vensterbank en dronk het leeg.

'Ook een cognac?'

Zeebos nam hem onderzoekend op.

'De hoeveelste is dat al, Thomas?'

'Doet dat ertoe?'

Hij liep naar de keuken en kwam terug met de fles en een extra glas. Zeebos was in een fauteuil bij de open haard gaan zitten.

'Is Denissen op de hoogte?'

'Ik heb hem gebeld.'

'Hoe nam hij het op?'

'Geschokt. Aangedaan. Hoe zou hij het anders moeten opnemen?'

'Het is verschrikkelijk,' schuddekopte Zeebos. 'Meulenaer, verdomme! Ik ken hem al meer dan vijftien jaar. Het zal op kantoor nooit meer hetzelfde zijn zonder die oude brompot. Hoe reageerde zijn vriendin?'

'Wat denk je?'

Berg ging zitten en schonk de glazen vol. Het bleef een

tijdlang stil. Soms was het onmogelijk om zelfs maar bij benadering te verwoorden wat er in je omging. Hij en Meulenaer waren nooit de beste vrienden geweest, maar hij kon zich het werk eenvoudigweg niet voorstellen zonder hem. Hij nam een slok van de cognac en zei:

'Ik dien morgen mijn ontslag in.'

Zeebos' hand met het glas bleef halverwege zijn mond hangen.

'Waarom?'

'Omdat dit mijn schuld is.'

Zeebos zette de cognac terug op tafel.

'Dat is onzin en dat weet je.'

'Nee, ik heb de zaak onderschat. Ik was ervan overtuigd dat Badru Alupo geen enkel risico liep.'

'Daar was iedereen van overtuigd. Meulenaer inbegrepen.'

'Maar ik droeg de verantwoordelijkheid en...'

'Jij droeg de verantwoordelijkheid voor iets waarvan je onmogelijk de omvang kon inschatten,' onderbrak Zeebos hem. 'En dat geldt voor alle betrokkenen: de Brusselse politie, Denissen, de Ugandese veiligheidsdienst... Niemand wist op voorhand waarmee we hier te maken zouden krijgen.'

Berg keek zijn vriend niet-begrijpend aan.

'Hoezo? Wat bedoel je?'

'Dat is ook waarom ik naar hier ben gekomen,' antwoordde Zeebos. 'Glenn en ik hebben de plaats van de aanslag onderzocht. Er is niet één keer geschoten, maar twee keer.'

Berg herinnerde zich het geluid van het schot.

'Op het moment zelf dacht ik ook zoiets. Maar ik nam aan dat ik me vergiste. Dat het de weergalm was.'

'De twee kogels moeten bijna gelijktijdig zijn afgevuurd, vandaar.'

'Met een automatisch geweer is zoiets perfect mogelijk.'

Zeebos schudde zijn hoofd.

'Je begrijpt het niet, Thomas. Er waren twee schutters.'

'Twee schutters? Hoe kom je daarop?'

'Omdat de tweede kogel van een andere plaats is afgevuurd. Glenn heeft hem toevallig gevonden. Hij stak in een raamkozijn van het café op de hoek van de verbindingsstraat met het Mathieu de Layensplein, maar dan wel aan de kant van de Grote Markt. Dat wil zeggen dat het tweede schot niet uit de richting van het Smoldersplein is gekomen.'

'Vanwaar dan wel?'

'Het was al te donker om de baan van de kogel te bepalen, maar ik gok op de Oude Markt. Er is bijna geen andere mogelijkheid. In elk geval zoeken we dat morgen uit.'

Berg reikte opnieuw naar zijn glas.

'Twee schutters...' herhaalde hij op een toon alsof hij nog altijd niet kon geloven wat Zeebos had gezegd.

'Weet je wat dat betekent? Dat deze aanslag bijzonder goed is voorbereid en niet door één man. Hier zit veel meer achter dan wij vermoeden. Daarom zei ik dat jij geen schuld hebt aan de dood van Meulenaer. Dit kon je onmogelijk voorzien.'

Berg staarde in zijn glas. Wat Zeebos had ontdekt, plaatste alles in een ander licht en ook al was dat een schrale troost nu Meulenaer er het leven bij had gelaten, het ontlastte toch een beetje zijn gemoed. Hij keek op.

'De andere schutter heeft zijn doel dus gemist?'

'Daar ziet het naar uit.'

'Maar waarom twee man?'

'Waarschijnlijk voor de zekerheid. Als de ene schutter zou missen. Dat is trouwens gebeurd.'

'Is dat niet heel extreem? Badru Alupo was geen politicus. Waarom zo'n buitensporige maatregelen voor een universiteitsrector?'

'Weet ik veel wat er in de hoofden van zulke gekken omgaat,' bromde Zeebos. 'Of anders had Alupo meer op zijn kerfstok dan wij weten.'

'Ik blijf het vreemd vinden,' hield Berg vol. 'Volgens zijn assistente stond hij niet eens achter de antihomowet.'

'Hij heeft ze toch toegepast.'

'Omdat hij geen keus had.'

'Je hebt altijd een keus, Thomas. Desnoods had hij zijn ontslag ingediend.'

Zeebos drukte zich met de handen op de knieën overeind.

'Ik ga ervandoor. We hebben morgen een hoop werk.'

'En je cognac?'

'Giet die maar terug in de fles. Het was een lange dag, ik ben hondsmoe. Bovendien ben ik met de auto.'

Berg volgde hem naar de voordeur. In de passage draaide Zeebos zich om:

'Wat dat ontslag betreft: ik hoop dat ik je op andere gedachten heb gebracht. Dit kon echt niemand voorzien, ook jij niet.'

Berg zei niets. Zeebos drong aan.

'Zijn we het niet aan Meulenaer verschuldigd dat we dit tot op de bodem uitzoeken?'

'Waarschijnlijk wel.'

'Zeker weten van wel. Ik zie je morgen op kantoor.'

Zeebos liep de passage uit. Berg keek hem na tot hij om de hoek verdween, deed de deur dicht en ging in gedachten verzonken terug naar de woonkamer. Op de salontafel stonden twee glazen: een leeg en een vol. Hij aarzelde een ogenblik. Toen zette hij het volle aan zijn lippen.

2

Coens had een afgrijselijke nacht achter de rug en het had niet veel gescheeld of hij had zich ziek gemeld, maar hij kon de chef in deze omstandigheden niet in de steek laten, zeker niet na wat Zeebos aan de telefoon had verteld over het feit dat er een tweede schutter in het geding was. Hij wist niet wat hij daarvan moest denken, temeer omdat er iets anders was wat hem al sinds de vorige dag door het hoofd spookte en waarover hij tot nu toe met niemand had gesproken, ook niet met Berg toen die hem ervan probeerde te overtuigen dat hij geen schuld had aan Meulenaers dood.

Het gesprek vond plaats voor de ingang van het ziekenhuis en een paar keer had hij op het punt gestaan op te biechten waarom hij op dat cruciale moment had geaarzeld, maar uiteindelijk had hij het niet gedaan. Ten eerste omdat hij niet helemaal zeker was van zijn zaak, ten tweede omdat hij niet aan de gevolgen durfde te denken als zijn vermoeden klopte. Op het ogenblik dat de dader zijn hoofd ophief en het geweer op hem richtte, had hij heel even gedacht de ex-vriend van Lagaetha te herkennen. Het gezicht van de man zat onder het bloed en de afstand was te groot om zeker te zijn, maar dat ene moment van twijfel was er de oorzaak van dat hij niet onmiddellijk had geschoten en dat de ander kans had gezien om te vuren.

Toen het pleit was beslecht, wilde hij naar de man toe lopen om na te gaan of zijn vermoeden klopte, maar op dat ogenblik had de agent geroepen en had hij Meulenaer zien liggen met zijn hemd doordrenkt van het bloed. In de verwarring die daarop volgde, was er van zijn voornemen niets meer in huis gekomen en zodra de hulpdiensten waren gearriveerd, was hij met de ambulance meegereden naar het ziekenhuis.

En nu zat hij hier, met tegenover hem de lege stoel van Meulenaer, terwijl de twijfel als een rat aan zijn hersenen knaagde. Hij moest zo snel mogelijk een excuus zien te bedenken om in het mortuarium naar het lijk te gaan kijken. Als de dader van de aanslag en de vriend van Lagaetha één en dezelfde waren, dan zou het kunnen dat ook zij bij de aanslag was betrokken. Sterker nog, in dat geval was het zelfs mogelijk dat die twee geen relatie hadden gehad en dat de ruzie op het terras was gefingeerd.

Coens besefte wat dat inhield. Als de ontmoeting met het meisje was georkestreerd, dan was hij het slachtoffer geworden van een valstrik. Dat zou meteen ook verklaren waarom Lagaetha op maandagavond niet was opgedaagd en hij intussen nog altijd niets van haar had gehoord. Ze had immers wat ze wilde. Tijdens hun laatste ontmoeting had ze honderduit gevraagd over de nakende openingsplechtigheid van het nieuwe academiejaar en hij had nietsvermoedend verteld wat zijn taak was bij de geplande veiligheidsmaatregelen. Niet dat hij veel details had onthuld, maar wellicht had hij meer losgelaten dan goed was. Als een kind was hij erin getuind omdat hij gevleid was door de interesse die ze voor zijn werk toonde en hij er geen graten in had gezien om over een opdracht te praten die toch niets om het lijf had.

Hij hoopte uit de grond van zijn hart dat hij zich vergiste. In het andere geval had hij nog meer schuld aan de dood van Meulenaer. En hoe moest hij de chef ooit bekennen dat hij informatie had gelekt? De gedachte alleen al deed bij hem het koude zweet uitbreken. Maar wie had ooit kunnen denken dat een jonge, Zuid-Afrikaanse studente betrokken was bij de moordaanslag op een Ugandese rector? Tenminste, als Lagaetha al een studente was en ook dat niet...

'Nog een koffie?'

Hij keek op. De vraag kwam van Wenderickx. Hij stond naast Meulenaers stoel met een plastic bekertje in de hand. Het afgelopen uur hadden ze nauwelijks een woord gezegd, elk weggekropen achter zijn eigen bureau met voor zich op tafel de verontwaardigde krantenkoppen over de moorddadige aanslag in de universiteitsstad. De chef en Zeebos woonden een verdieping lager een crisisvergadering bij met de directeur, de rector van de universiteit, de assistente van Badru Alupo, het hoofd van de Ugandese veiligheidsdienst en God mocht weten wie nog allemaal.

Hij wilde net voor de koffie bedanken, toen de deur met een klap openvloog en de chef naar binnen kwam gestormd. Zijn gezicht stond op onweer. Waarschijnlijk had hij bakken kritiek over zich heen gekregen. Zo ging dat wanneer er iets als dit gebeurde. Er moest altijd iemand de zondebok zijn.

Berg stevende op zijn bureau af, plofte op zijn stoel neer en draaide zich naar het raam. Intussen deed Zeebos de deur van het kantoor zachtjes achter zich dicht. Hij wilde gaan zitten, merkte dat het Meulenaers stoel was en koos een andere. Het bleef een tijdlang stil, tot Wenderickx het waagde te vragen hoe het was gegaan.

'Niet al te best,' antwoordde Zeebos toen Berg niet reageerde. 'Tenminste, in het begin. Albrecht Termondt beschuldigde ons zonder meer van nalatigheid en het hoofd van de Ugandese veiligheidsdienst had het over een verregaand gebrek aan professionaliteit waarmee we de bewaking hebben aangepakt. Volgens hem is Yoweri Museveni woedend en dreigt hij met een diplomatiek incident.'

'En de directeur?'

Bij het raam bromde Berg iets wat niemand verstond. Zeebos zuchtte. In plaats van te antwoorden zei hij:

'Hoe dan ook, toen we over de tweede kogel begonnen,

zong iedereen plots een toontje lager. Denissen greep meteen de gelegenheid aan om de bal terug te kaatsen en de Ugandese veiligheidsdienst onder de neus te wrijven dat die zelf tekortgeschoten was. Het ging er een tijdlang bepaald onvriendelijk aan toe. Uiteindelijk is er beslist om in het belang van het onderzoek onze krachten te bundelen. De Ugandezen staan erop dat we zo snel mogelijk achter de identiteit van de tweede dader komen. Ze vrezen voor het leven van hun president zolang de man op vrije voeten is.'

'En wat gebeurt er met het lijk van Badru Alupo?'

'Dat wordt overmorgen gerepatrieerd. Op uitdrukkelijke vraag van de Ugandese president zal er geen obductie worden uitgevoerd. Nu ja, echt nodig is dat in dit geval niet. De doodsoorzaak is bekend en de kogel hebben we ook. Hij stak in de gevel van een huis op de Grote Markt.'

Coens had de hele tijd geluisterd zonder iets te zeggen. Zijn blik bleef geregeld hangen bij Meulenaers lege stoel die als een stilzwijgend protest achter diens bureau stond. Hij probeerde zich te vermannen en vroeg:

'Als er twee schutters waren, waarom heeft men dan niet geprobeerd om ook de president te vermoorden?'

'Juist!'

De reactie kwam van Berg. Hij zat nog altijd met zijn rug naar de anderen gekeerd.

'Die vraag hebben we ook gesteld,' antwoordde Zeebos. 'De Ugandezen wijten het aan de betere veiligheidsmaatregelen in Brussel. Vergeleken met de onze zouden die...'

'Ach, onzin!' De chef draaide zijn stoel in hun richting. 'Als men vastbesloten is om iemand te vermoorden, kan geen mens dat verhinderen. De Amerikanen hebben de beste veiligheidsdienst ter wereld en hoeveel van hun politici zijn er in de loop der jaren al niet het slachtoffer geworden van een aanslag? Nee, er moet een andere reden zijn waarom men alleen op Badru Alupo heeft geschoten.'

'Welke?' vroeg Wenderickx.

'Dat is nu net wat we moeten uitzoeken.' Berg kwam vanachter zijn bureau vandaan, legde een hand op de leuning van Meulenaers stoel en wees met de andere naar de lege zitting. 'Al was het alleen hierom.'

Hij liet een korte pauze vallen, keek de anderen één voor één aan en voegde er met een verbeten trek om zijn mond aan toe:

'Wie Meulenaers dood op zijn geweten heeft, krijgt zijn trekken thuis. Al is dat het laatste wat ik doe.'

Er werd instemmend geknikt.

'Wenderickx, jij rijdt naar het ziekenhuis en verhoort mevrouw Van Hemelrijck. Ze zal nu wel in staat zijn om een paar vragen te beantwoorden. Misschien kan ze ons helpen om achter de identiteit van de dader te komen.'

'Daar zou de Ugandese veiligheidsdienst zich toch om bekommeren,' zei Zeebos.

'Dat weet ik. Ik heb straks een afspraak met juffrouw Magara, maar ik ben niet van plan om intussen lijdzaam met mijn duimen te draaien. De aanslag is hier gebeurd, in onze stad. En een collega van ons is er het slachtoffer van geworden. De verantwoordelijkheid om deze zaak op te lossen ligt bij ons, niet bij de Ugandezen.'

Coens zag hoe de chef zich naar hem draaide.

'Jij houdt je bezig met de herkomst van het wapen. Zo'n geweer koop je niet in een winkel om de hoek. Waarschijnlijk is de dader via internet te werk gegaan. Zoek uit om welke sites het gaat en probeer erachter te komen of iemand onlangs een FAL 50.61 PARA heeft verkocht.'

Coens zag plots zijn kans.

‘Kunnen we het niet andersom doen, chef? Wenderickx is veel handiger op het internet dan ik.’

‘Wenderickx?’

‘Mij goed.’

Coens herademde. Als hij in Gasthuisberg was, kon hij van de gelegenheid gebruikmaken om langs het mortuarium te gaan. Hij moest absoluut te weten zien te komen of zijn vermoeden juist was.

‘Zeebos en ik gaan naar de plaats delict,’ vervolgde Berg. ‘Ik wil weten vanwaar dat tweede schot is afgevuurd.’

‘En wie houdt zich bezig met de beelden van de bewakingscamera’s op de Grote Markt?’ vroeg Wenderickx.

De chef richtte zich tot Zeebos.

‘Jan, kan je Glenn vragen om dat te doen?’

‘Geen probleem.’

‘Zeg dat hij ook het beeldmateriaal opvraagt van ROB. Volgens mij stonden ze te veraf op het ogenblik dat er geschoten werd, maar we moeten zeker zijn.’

‘Komt in orde.’

‘Goed, mensen. Dan beginnen we eraan.’

Coens stond op en liep naar de deur. Even had hij het gevoel dat hij iets vergeten was, toen realiseerde hij zich dat het Meulenaer was die hij miste. Hij slikte. Ze waren altijd getweeën op pad gegaan. Het voelde bijna aan alsof een deel van hem was geamputeerd. Hoe moest hij ooit aan dat gemis wennen?

‘Coens, kom je even?’

De chef stond bij zijn bureau en wenkte hem dichterbij. Hij kon al raden wat er ging komen.

‘Hoe voel je je?’

‘Gaat wel.’

‘Heb je een afspraak gemaakt met de psycholoog?’

‘Nee.’

'Doe het straks. Als je terug bent van Gasthuisberg.'

'Ik heb geen zin om...'

De chef legde hem met een handgebaar het zwijgen op.

'Het is in je eigen belang. Geloof me.'

Hij knikte om ervanaf te zijn. Dat gesprek met de psycholoog kon hem gestolen worden. Hij wist wat in zijn eigen belang was: zo snel mogelijk te weten komen of hij door Lagaetha was gebruikt of niet. Die onzekerheid maakte hem gek. En als zijn vermoeden klopte, dan moest hij daar tegenover de chef voor uitkomen, hoe moeilijk dat ook zou zijn. Dat was hij Meulenaer verschuldigd.

3

Op de Grote Markt stonden de terrassen weer netjes opgesteld en ging het leven zijn gewone gang. Mensen zaten gezellig iets te drinken, toeristen dromden samen voor het stadhuis, fietsers reden af en aan. Op het eerste gezicht leek niets te herinneren aan de verschrikkelijke gebeurtenis van de vorige dag, behalve één ding: op de plek waar Badru Alupo het leven had verloren, was nog duidelijk te zien hoe het bloed in de voegen tussen de straatstenen was gedrongen.

Berg was in zijn carrière vaak geconfronteerd met een plaats delict, maar het was de eerste keer dat hij te maken kreeg met een aanslag in de openlucht en hij realiseerde zich dat hij in dit geval niet kon rekenen op eventuele sporen die de dader in de omgeving van het slachtoffer had achtergelaten. Bovendien was Badru Alupo een buitenlander die hier geen familieleden, vrienden of collega's had, zodat hij ook wat dat betrof niet op aanwijzingen moest hopen. De enige persoon die de Ugandees persoonlijk had gekend, was Albrecht Termondt, maar de twee mannen hadden elkaar in geen jaren meer gezien en Berg kon geen enkele reden bedenken waarom de rector zijn oude studievriend zou laten ombrengen, zeker niet op een voor hem zo gevaarlijke manier. Toen het dodelijke schot viel, liep Termondt vlak naast de Ugandees. Als de schutter zijn doel met enkele centimeters had gemist, had de kogel net zo goed hem kunnen treffen.

Berg bleef bij de verkleurde plek staan en keek naar het flatgebouw op het eind van het Smoldersplein. De afstand, schatte hij, bedroeg ongeveer 200 meter. Voor een geoefende schutter die beschikte over een geweer met telescoop, was dat niet ver, maar een ongeluk was snel gebeurd. Nee, Termondt kon de opdrachtgever niet zijn. Het motief was ongetwijfeld van politieke aard zoals iedereen aannam. Daar wees trouwens de brief op die de dader had achtergelaten.

En toch had Berg het gevoel dat er iets niet klopte. Waarom had het SMUG het nodig geacht om twee schutters in te schakelen? Om absoluut zeker te zijn dat de aanslag zou lukken, zoals Zeebos had gesuggereerd? Met die verklaring kon hij geen genoegen nemen. Elk mensenleven was even waardevol, maar politiek gezien woog dat van een president veel zwaarder door dan dat van een universiteitsrector. Waarom had men dan geen poging ondernomen om ook Yoweri Museveni te vermoorden? Per slot van rekening droeg hij de verantwoordelijkheid voor de antihomowet en had Badru Alupo alleen uitgevoerd wat door hem was beslist.

Berg stak zijn handen in zijn zakken en staarde naar de straatstenen. Ze hadden dringend meer informatie nodig over het SMUG. Als de organisatie achter de aanslag zat, moest het onderzoek die richting worden uitgestuurd. Het hoofd van de Ugandese veiligheidsdienst was meteen na de vergadering terug naar Brussel gereden, maar hij had beloofd om de Leuvense recherche al de gegevens te bezorgen waarover hij beschikte. Om die reden had Berg om vier uur een afspraak met Tatyana. Ze zou na het vertrek van de Ugandese delegatie in het land blijven, daar had de president op gestaan. Op die manier wilde hij zich ervan verzekeren dat hij op de hoogte werd gehouden van het verloop van het onderzoek.

Berg dacht terug aan het ogenblik waarop hij Tatyana voor het eerst had gezien na de desastreuze gebeurtenissen van de vorige dag. Tijdens de vergadering had ze zoveel mogelijk zijn blik vermeden, maar na afloop had ze hem terzijde genomen en zich geëxcuseerd voor haar uitval. Het waren de emoties van het moment geweest, had ze gezegd, en na hetgeen ze te horen had gekregen, was het duidelijk dat ze hem onterecht had beschuldigd. Bovendien was er nog een reden waarom ze zo hevig had gereageerd, maar die wilde ze hem alleen onder vier ogen vertellen.

Berg had geen idee wat ze bedoelde, maar hij was blij dat de lucht tussen hen geklaard was. De volgende dagen zou hij geregeld met haar moeten overleggen en hij hoopte dat de verstandhouding tussen hen...

'Thomas?'

Hij keek op. Zeebos stond bij het raamkozijn waar de tweede kogel was ingeslagen en wenkte hem dichterbij.

'Het is zoals ik dacht. Kijk maar.'

Berg voegde zich bij hem. Hij leunde met zijn achterhoofd tegen het vensterglas en volgde de richting van de metalen staaf die Zeebos in het kogelgat had gestoken. Er was geen twijfel mogelijk: het schot was afgevuurd van de Oude Markt. De kogelbaan liep van het raamkozijn naar de plek waar Badru Alupo was getroffen en vandaar naar het dak van het Jozefietencollege dat precies in het verlengde lag van de lijn die de twee eerste punten met elkaar verbond.

'Hij moet uit een van de dakkapellen geschoten hebben,' wees Zeebos. Hij haalde een toestel tevoorschijn en hield het in de aangewezen richting.

'Wat is dat?'

'Een elektronische afstandsmeter. Werkt met laserimpuls.'

Zeebos toonde hem het resultaat: 287,22 meter.

'Dat is een hele afstand.'

'Misschien heeft hij daarom gemist.'

'Hoe is hij op die zolder gekomen?'

'Dat zoeken we straks uit,' zei Zeebos. 'Eerst kijken of het klopt wat we denken.'

Ze liepen via het Kortestraatje de Oude Markt op. Ook hier zaten overal mensen druk keuvelend op terrasjes te genieten van het mooie nazomerweer. De wereld draaide gewoon voort, zo ging dat nu eenmaal, maar toch had Berg er moeite mee dat niemand een gedachte leek te verspillen aan het feit dat amper vierentwintig uur geleden een man vlak om de hoek was doodgeschoten.

In het Jozefietencollege lieten ze zich aandienen bij de directeur en vroegen of ze een kijkje konden nemen op zolder. De man, een kalende vijftiger met baard en bril, keek alsof hij het in Keulen hoorde donderen. Hij vroeg wat de politie verloren had op de zolder van zijn school.

Berg legde uit dat ze de aanslag van gisteren onderzochten en dat er een vermoeden bestond dat de dader uit één van de dakkapellen had geschoten. De uitdrukking op het gezicht van de directeur veranderde in puur ongeloof.

'Hoe komt u daarop? In de krant stond dat het schot is afgevuurd uit een flat op het Smoldersplein.'

'U moet niet alles geloven wat er in de krant staat,' morde Berg ongeduldig. 'Wie heeft er een sleutel van de zolder?'

'Heel wat mensen. Het onderhoudspersoneel, de leerkrachten, de mensen van het secretariaat, de...'

'De leerkrachten?' viel Zeebos hem in de rede. 'Waar is dat voor nodig?'

'Nergens voor, maar...' De directeur zuchtte en begon opnieuw. 'Alle leerkrachten hebben dezelfde sleutel. Een loper. Daarmee kunnen ze zich toegang verschaffen tot alle klas- en vaklokalen.'

'En die loper past ook op de deur van de zolder?'

'Ja. Dit is een oud gebouw, heren. Vroeger waren er ik-weet-niet-hoeveel sleutels in omloop. Heel onpraktisch. Leerkrachten die in verschillende delen van de school lesgaven, hadden soms een hele sleutelbos nodig. Daarom hebben we een aantal jaar geleden alle sloten laten vervangen en werken we met een passe-partoutsysteem. Dat maakt het een stuk gemakkelijker voor iedereen.'

'Goed,' knikte Berg. 'Dan willen we nu naar de zolder.'

De directeur trok een lade van zijn bureau open en reikte hun de loper aan.

'Zal ik met u meelopen?'

'Dat is niet nodig. Vertelt u ons gewoon hoe we er komen.'

De zolderdeur zat op slot zoals de directeur had gezegd. Zeebos gebruikte de loper en hield Berg tegen toen die naar binnen wilde gaan.

'Wat is er?'

'Kijk eens naar de vloer.'

In het licht dat door het deurgat naar binnen viel, waren duidelijk voetafdrukken te onderscheiden in het stof. Zeebos snoof tevreden.

'Dat is het voordeel van plaatsen waar zelden iemand komt.'

Ze maakten een omtrekkende beweging tot ze bij de op één na laatste dakkapel een blad papier zagen hangen dat door een spijker in een balk stak.

'Wedden dat het dezelfde tekst is als in de flat?'

Berg knikte. Het klopte dus. De tweede schutter had van op deze plaats geopereerd.

'Wat doen we nu?'

'Jij maakt dat je hier wegkomt. Bel Glenn en zeg dat hij het nodige materiaal meebrengt.'

Berg liep de trap af en telefoneerde naar Zeebos' assistent. Terug op de Oude Markt overwoog hij wat te doen. Het was bijna halftwaalf. Hij voelde een vage pijn aan de zijkant van zijn hoofd waar de cognac van de vorige avond nog natrapte. Hoog tijd voor een espresso.

Hij stak het plein over en wandelde naar het terras van de Gambrinus. Tot zijn verbazing waren alle tafeltjes bezet. Hij mompelde een verwensing. Hoe kon dat op dit uur van de dag?

Hij zag hoe iemand opstond en repte zich naar de vrijgekomen plaats. Een tiental meter verder was Badru Alupo doodgeschoten. Bleef de vraag waarom er twee schutters waren ingezet. De ene op een afstand van 200 meter, de andere op bijna 300. En hoe had de man zich toegang verschaft tot de zolder van de school? Het slot van de deur was niet geforceerd, dus moest hij een loper hebben gehad. Hoe was hij daar aan geraakt? Via een leerkracht of een ander personeelslid? Hij moest zich zo snel mogelijk een lijst laten bezorgen met de namen van de personeelsleden.

Voor de derde keer probeerde hij de aandacht van de kelner te trekken, maar weer zonder resultaat. De man was nieuw en had handen tekort om het volle terras te bedienen. Berg richtte zijn aandacht opnieuw op de plaats delict. De twee schutters hadden tegelijkertijd geschoten. Hoe hadden ze dat voor elkaar gekregen? Waarschijnlijk hadden ze met elkaar in verbinding gestaan, maar dan nog moest één van hen het bevel hebben gegeven. Wie? De man op zolder of degene in de flat? Tenzij er nog een derde in het spel was. Iemand die tussen het publiek had gestaan en vanaf die plaats het juiste moment had afgewacht waarop de twee schutters in actie moesten komen. Maar in dat geval waren er al drie mensen bij de aanslag betrokken. En dat allemaal voor een universiteitsrector?

In de zakken van de zwarte man hadden ze een mobiel gevonden die waarschijnlijk gebruikt was als communicatiemiddel tussen de daders. Glenn had het vanochtend nagetrokken. Zowel het toestel van de man als hetgeen waarmee hij de afgelopen dagen was gebeld, werkten met een prepaid kaart.

'Excuseer dat het zo lang heeft geduurd, meneer.'

Berg keek op. De kelner had eindelijk tijd gevonden om zijn bestelling op te nemen.

'Een espresso, alstublieft.'

'Komt eraan.'

Berg hield de man tegen.

'Een momentje, waarom is het zo druk vandaag?'

'Weet u dat niet?' De kelner knikte naar de plek met de bloedvlek. 'Er is hier gisteren iemand doodgeschoten. Daar, op een paar meter vanwaar u zit.'

Berg staarde de man perplex aan.

'Bedoelt u dat deze mensen...'

'Ze vragen me de oren van het hoofd, meneer. Al de hele ochtend. En dat terwijl ik er gisteren niet eens was.'

De kelner maakte zich uit de voeten. Berg keek verbouwereerd om zich heen. Hij zat verdomme te midden van een bende ramptoeristen. Onvoorstelbaar! De omvang van de menselijke dwaasheid bleef hem verbazen. Zouden er ook gekken gaan kijken naar de plaats waar Meulenaer was neergeschoten? Als dat Coens ter ore kwam, ging hij door het lint. Berg maakte zich zorgen over hem. Het was niet niks om een partner te verliezen, zeker wanneer je ook nog eens dacht dat hij door jouw schuld was gestorven. Daarstraks had Coens nauwelijks iets gezegd. En waarom wilde hij per se de vrouw uit de flat gaan interviewen in Gasthuisberg? De uitleg die hij gegeven had, sloeg nergens op. Wat het internet betrof, was hij minstens even handig als Wenderickx.

Berg zette de gedachte van zich af en concentreerde zich weer op de mogelijkheid van een derde man bij de aanslag. Als de twee schutters instructies hadden gekregen van een helper uit het publiek, dan was op de beveiligingsbeelden misschien te zien hoe iemand in de menigte zich verdacht gedroeg of telefonisch zijn handlangers een sein gaf.

Berg zocht met zijn ogen de gebouwen af naar de bewakingscamera's, tot zijn blik bleef haperen bij een witstenen plaat tegen de gevel van een huis in het Kortestraatje. Vreemd, dat ding was hem nooit eerder opgevallen. Er stond iets op geschreven wat hij vanaf zijn plaats niet kon lezen.

Geïntrigeerd schoof hij zijn stoel achteruit en stak de straat over. De plaat hing op ongeveer twee meter hoogte en was niet groter dan 50 bij 30 centimeter. Hij las: HIER WOONDE 1878-1880 ALBRECHT RODENBACH...

Het duurde even voor hij de naam kon plaatsen, toen wist hij het weer: Rodenbach, de Vlaamse dichter en studentenleider wiens standbeeld op het marktplein van Roeselare stond, de rechterarm hoog opgeheven met op zijn hand een fladderende vogel, de blauwvoet uit het gelijknamige studentenlied.

Berg herinnerde zich wat een geschiedenisleraar vroeger over de man had verteld. In het 19de-eeuwse Vlaanderen was Rodenbach een van de eersten geweest die zich hadden verzet tegen het gebruik van het Frans in het onderwijs, zodat hij beschouwd werd als een voorvechter van de vervlaamsing van de Leuvense universiteit. Volgens het gedenkteken had hij tijdens zijn studententijd een aantal jaar in dit huis een kamer gehad. Berg schudde verbaasd zijn hoofd. Gek dat hij de plaat niet eerder had zien hangen. Een mens keek toch nooit genoeg om zich heen.

Hij wilde terug naar zijn tafeltje lopen, toen hem ineens een bizarre gedachte te binnen viel. Hoe hij op het idee kwam, was niet duidelijk, waarschijnlijk vanwege de overeenkomst in naam tussen de twee mannen: Albrecht Rodenbach... Albrecht Termondt. Zou het kunnen dat...

Hij liep naar de plek met de bloedvlek, draaide zich naar het Jozefietencollege aan zijn rechterkant en daarna naar het Smoldersplein links. Wat hij zag, bevestigde zijn vermoeden. Op het ogenblik dat het hoofd van de stoet in het zicht van de schutters kwam, liepen Alupo en Termondt in het verlengde van de twee kogelbanen en aangezien beide mannen ongeveer even groot waren, konden de twee schutters de Ugandees niet tegelijkertijd in het vizier gekregen hebben omdat de Leuvense rector aan één kant in de weg liep. Waarom was er dan twee keer geschoten? Tenzij...

Berg twijfelde, maar vond geen betere uitleg. Wat als er meer dan één doelwit was geweest: de Ugandese én de Leuvense rector? Dat zou verklaren waarom er twee keer was gevuurd en waarom men twee tegenovergestelde posities had ingenomen. Op die manier hadden de daders de twee doelwitten tegelijkertijd in het vizier gekregen, wat onmogelijk was als ze vanaf dezelfde plaats hadden geschoten. Alleen... waarom zou het SMUG Albrecht Termondt willen vermoorden? Omdat hij Badru Alupo vereerd had met een uitnodiging voor de openingsplechtigheid in plaats van openlijk het homobeleid van de Ugandese regering af te keuren? Kon dat? Of zocht hij het nu te ver? In elk geval vormde zijn hypothese een betere verklaring voor de twee schutters dan de uitleg van Zeebos. Ja, misschien was het aangewezen om met de mogelijkheid van een dubbele aanslag rekening te houden. Vooralsnog had hij geen enkel bewijs voor die theorie, maar als zijn vermoeden klopte, was het niet uitgesloten dat er een tweede poging ondernomen werd om de Leuvense rector te vermoorden.

In gedachten verzonken liep Berg terug naar het terras van de Gambrinus, maar toen hij bij zijn tafeltje kwam, zag hij dat het was ingenomen door twee oudere dames die druk pratend naar de plaats van de aanslag gebaarden. Er ontsnapte hem een vloek. De twee vrouwen keken geschrokken op.

Hij wilde iets zeggen, bedacht zich en keek zoekend om zich heen. Er was geen ander tafeltje vrij. Met een ingehouden grom draaide hij zich om en liep weg. Die espresso zou hij op een ander terras moeten drinken.

4

Tijdens de bespreking na de lunch zat Coens gespannen te wachten tot het zijn beurt was om verslag uit te brengen. De chef had eerst uitgelegd hoe ze achter de positie van de tweede schutter gekomen waren en vervolgens had Zeebos zijn bevindingen toegelicht. Om te beginnen was de brief op zolder precies dezelfde als die in de flat op het Smoldersplein. Ten tweede was de dader even voorzichtig te werk gegaan als zijn handlanger: nergens waren vingerafdrukken aangetroffen en ook de kogelhuls had hij meegenomen. Het enige tastbare resultaat dat het onderzoek had opgeleverd, waren de voetsporen in het stof op de vloer. Daaruit viel af te leiden dat de man maat 44 had en sportschoenen had gedragen, van welk merk was voorlopig onduidelijk. Bovendien moest hij tamelijk groot zijn, minstens 1 meter 85, dat bewees de hoogte van het raamkozijn dat hij gebruikt had als steunpunt voor het wapen.

'Tenzij hij ergens op stond,' nuanceerde Berg.

'Er was op zolder niets te vinden dat daarvoor kon dienen,' zei Zeebos. 'En ik veronderstel niet dat hij eigenhandig een trapladdertje mee naar boven heeft genomen.'

'Blijft de vraag hoe hij daar is gekomen. Op klaarlichte dag. Zonder dat iemand hem heeft opgemerkt.'

'Dat laatste weten we niet zeker,' wierp Zeebos op. 'Maar aangezien we zelfs geen vage beschrijving van hem hebben, kunnen we bij het schoolpubliek geen navraag doen. Wat we als eerste moeten uitzoeken, is hoe hij aan een sleutel van de zolder is geraakt.'

'Juist.' Berg draaide zich naar Wenderickx. 'Ik wil een lijst met al de personeelsleden van de school.'

'Oké, chef.'

'Wat heb je ontdekt over het geweer?'

'Niet veel. Het is een FAL 50.61 PARA, maar dat wisten we al. FAL staat voor *Fusil Automatique Léger*. Het wapen wordt gemaakt in de FN-fabrieken van Herstal, maar het serienummer is weggevijld. Ik heb een stuk of twintig sites gevonden die dit type geweer te koop aanbieden. Blijkbaar is het een populair wapen bij verzamelaars. Gemiddelde prijs: 2.500 dollar. Ik heb een paar mails verstuurd. Zonder resultaat tot dusver.'

'En de munitie?'

'Kaliber 7.62. Ook via internet verkrijgbaar.'

'We hebben de drie kogels gerecupereerd,' zei Zeebos. 'Ik verwacht het ballistisch rapport morgen of overmorgen. De kogel die dwars door Badru Alupo's hoofd is gegaan, is in de gevel van een huis ingeslagen en volledig vervormd. De andere... die Meulenaer heeft gedood, is in betere staat. Hetzelfde geldt voor de kogel die in het raamkozijn stak en van de tweede schutter kwam.'

'Is hij ook met een FAL afgevuurd?'

'Geen idee. Dat soort kaliber kan voor verschillende geweren gebruikt worden. Het is trouwens vreemd dat de ene schutter met een FAL heeft geschoten.'

'Waarom?'

'Omdat het niet het type geweer is waar een professional mee werkt.'

'We hebben ook niet te maken met professionals,' wierp Wenderickx op. 'Dit zijn terroristen. Misschien verklaart dat waarom ze geen geluidsdempers hebben gebruikt. Die worden nauwelijks aangeboden op het internet en wie zich toch zo'n ding aanschaft, maakt zich onmiddellijk verdacht. Bovendien heeft de tweede schutter zijn doel gemist. Dat zal een professional niet snel overkomen.'

'Kan zijn,' gaf Zeebos toe. 'Aan de andere kant was het magazijn van de FAL leeg. Dat wil zeggen dat er maar twee kogels inzaten. Zoiets doet alleen een beroeps.'

'Hoezo?' vroeg Berg.

'Ten eerste omdat elke kogel het wapen extra gewicht geeft. Ten tweede omdat hij uit ervaring weet dat hij toch geen kans krijgt om drie keer te schieten.'

'En de twee hulzen die we hebben?'

'Er staan alleen vingerafdrukken op de huls die in de zak van de dader stak. De huls van de kogel die hij op de Vismarkt heeft afgevuurd, was schoongeveegd.'

Coens zag Bergs blik versomberen. Hij wist wat de chef dacht: zonder serienummer van het wapen werd het zoeken naar een speld in een hooiberg. Om het even wie kon zich via internet zo'n geweer aanschaffen en bovendien was het een publiek geheim dat er ondanks de registratiewet van 2006 nog tienduizenden wapens in het land circuleerden die nooit waren aangegeven. Nee, dit was een doodlopend spoor, dat beseften ze allemaal. En dan moest hij zijn verhaal nog doen. Daar zou de chef beslist niet vrolijker van worden.

Voor de zoveelste keer overwoog hij hoe hij zijn relaas het beste kon doen. Na het gesprek met mevrouw Van Hemelrijck was hij naar het mortuarium gegaan en wat hij had gevreesd, was bewaarheid geworden: de man die Badru Alupo en Meulenaer had neergeschoten, was dezelfde met wie hij in de Muntstraat bijna slaags was geraakt.

De ontdekking had hem helemaal overstuur gemaakt. Was hij zonder het te beseffen verzeild geraakt in de voorbereiding van een aanslag? Kon Lagaetha op hem afgestuurd zijn om informatie los te krijgen? Of had ze niets met de zaak te maken? Misschien was ze niet op de hoogte geweest van de plannen van haar ex-vriend. Aan de andere kant: klampte hij zich niet vast aan een strohalm? Had Lagaetha al niet lang contact met hem opgenomen als ze onschuldig was? Het antwoord op die vraag lag voor de hand, maar hij moest zekerheid hebben. Zo snel mogelijk. Hoe langer hij wachtte, hoe erger het werd om tegenover de chef toe te geven wat er was gebeurd.

Met een angstig voorgevoel had hij in het ziekenhuis de lift naar boven genomen. Op de afdeling neurologie kreeg hij een tweede klap te verwerken: niemand had ooit gehoord van een Zuid-Afrikaanse die Lagaetha heette. Vervolgens was hij – tegen beter weten in, maar om de laatste twijfel uit te sluiten – naar de faculteit van geneeskunde gereden. Hij kreeg er een soortgelijk verhaal te horen. Toen wist hij genoeg.

Op dat ogenblik hoorde hij Berg vragen:

'En het gesprek met mevrouw Van Hemelrijck, Coens? Heeft dat iets opgeleverd?'

Hij wilde antwoorden, maar zijn stem kraste en hij moest twee keer kuchen om de opgekropte spanning uit zijn keel te krijgen.

'Ik moet eerst iets anders vertellen, chef.'

'Is het van belang voor het onderzoek?'

'Ja.'

'Snel dan. We hebben nog een heleboel dingen te bespreken.'

'Het is euh... Ik hoop dat je niet...'

Hij viel stil. De chef, zag hij, begon zijn geduld te verliezen. Daar had hij toch al weinig van in huis.

'Ik heb iets stoms gedaan. Iets wat...'

Hij zweeg opnieuw en staarde naar zijn handen. Berg viel uit:

'Jezus Christus, Coens! Maak het niet zo spannend.'

Hij slikte en begon te vertellen. Over zijn ontmoeting met Lagaetha en haar vriend, over de paar keer die ze afgesproken hadden en hoe ze hem telkens een hele reeks vragen had gesteld, niet enkel over zijn baan als politieman, ook over de bewakingsopdracht van de Ugandese rector.

Hij stopte en zag hoe er zich een dreigende frons begon af te tekenen op het voorhoofd van de chef. Met de moed der wanhoop vatte hij samen wat hij vanochtend had ontdekt: dat Lagaetha's ex-vriend dezelfde was als de man in het mortuarium en dat het verhaal over haar studies niet klopte. Daarmee was er geen twijfel meer mogelijk: de ontmoeting in de Muntstraat was in scène gezet. Lagaetha had hem gebruikt om informatie los te krijgen en hij... hij had vermoedelijk een paar dingen verteld die hij beter geheim had gehouden.

Coens boog zijn hoofd toen hij klaar was. Wat hij verwacht had, gebeurde. De chef liep met driftige passen naar de deur, kwam terug en liet met een klap zijn vuist neerkomen op het bureau van Meulenaer.

'Godverdomme, Coens!'

'Thomas...' kwam Zeebos sussend tussenbeide.

'Wat!?'

'Wind je zo niet op.'

'Me niet opwinden!? Maar hij heeft...'

Zeebos gaf hem geen kans om uit te spreken. Het enige wat hij zei was:

'Denk aan Haynee Deferm.'

Coens zag de chef verstrakken, letterlijk. Hij begreep niet waarom Zeebos de naam noemde van een vrouw die nog niet zo lang geleden een verdachte was geweest in een moordonderzoek, maar het miste zijn effect niet. Berg liet zijn hoofd tussen zijn schouders zakken, bleef enkele tellen in die positie staan en rechtte toen zijn rug. Op heel wat rustigere toon zei hij:

'Goed, gedane zaken nemen geen keer.'

Hij schoof een stoel bij en ging zitten.

'Je kent de achternaam van die vrouw dus niet?'

'Nee, chef. En nogmaals, het spijt me dat...'

'Dan ben je ook niet zeker dat ze uit Zuid-Afrika komt? Ze kan net zo goed de Ugandese nationaliteit hebben?'

'Euh... misschien.'

De chef drukte met duim en wijsvinger in zijn ooghoeken.

'Als het klopt wat jij vermoedt, dan heeft men op voorhand uitgezocht welke dienst verantwoordelijk was voor de bewaking van de Ugandese rector. Hoe is men daar achter gekomen?'

'Dat wist half Leuven, Thomas,' zei Zeebos.

'Maar zelfs dan hebben ze een keuze moeten maken uit één van ons. Iemand van wie ze dachten dat hij zou ingaan op de avances van een vrouw.'

'En van wie ze wisten dat hij elke vrijdagavond in de Libertad iets gaat drinken.'

'Inderdaad. Hoeveel tijd is daar niet ingekropen?'

'Veel,' antwoordde Zeebos. 'Dat bewijst nog eens hoe zorgvuldig deze aanslag is voorbereid. Iemand moet Coens wekenlang in het oog gehouden hebben.'

De chef wendde zich weer tot hem.

'Je hebt nooit iets verdachts opgemerkt? Iemand die vaak in je buurt opdook? Iemand die plots op plaatsen verscheen waar jij geregeld komt?'

'Nee. Het enige wat ik zeker weet, is dat ik Lagaetha voor die bewuste avond nooit heb gezien. Dat zou ik me herinneren.'

De chef staarde een tijdlang nadenkend voor zich uit.

'Luister, vanaf nu houd je je nog maar met één ding bezig: de beelden van de bewakingscamera's op de Grote Markt. Let vooral op het publiek. Ik heb me vanochtend de volgende bedenking gemaakt: als het van belang was dat de twee schutters tegelijkertijd schoten, dan hebben ze vermoedelijk een seintje gekregen van iemand tussen de toeschouwers. Als je die Lagaetha of hoe ze in werkelijkheid ook mag heten op de beelden herkent, dan is de kans groot dat zij die derde persoon is.'

'Oké, chef.'

Berg wendde zich tot Zeebos en Wenderickx.

'Er is nog iets wat me daarstraks door het hoofd is gegaan. Zou het kunnen dat er twee doelwitten waren? Dat het ook de bedoeling was om Albrecht Termondt te doden? Dat zou verklaren waarom er twee schutters waren.'

'Waarom zou iemand Termondt willen neerschieten?' vroeg Zeebos.

'Dat weet ik niet.'

'Maar dit is een politieke moord. Opgeëist door het SMUG. Wat heeft Termondt daarmee te maken?'

'Nogmaals: geen idee.'

Zeebos keek sceptisch.

'De aanslag is gepleegd door twee... of misschien drie Ugandezen. Welk belang hebben die erbij om...'

Coens herinnerde zich ineens dat hij nog niets verteld had over zijn gesprek met mevrouw Van Hemelrijck. Hij viel Zeebos in de rede.

'Wat die Ugandezen betreft: dat klopt niet helemaal. Volgens mevrouw Van Hemelrijck was de man die haar flat is binnengedrongen niet zwart, maar blank.'

Het bleef enkele seconden stil. Muisstil. Toen sloeg de chef opnieuw met zijn vuist op het bureau.

'Ik wist het!' riep hij. 'Hier is meer aan de hand dan wij denken. Veel meer.'

5

Na bijna twintig jaar dienst besefte Berg heel goed dat er in elke werksituatie omstandigheden waren waarop een mens geen vat had en in zijn geval was dat zijn gebrouilleerde relatie met de directeur. Soms – als hij weer een aanvaring met Denissen had gehad – voelde hij zich een levend cliché: de politieman die voortdurend overhoop lag met zijn meerdere. Alsof hij daarvoor gekozen had. Alsof hij het niet een stuk gemakkelijker zou hebben als het klikte tussen de directeur en hem. Maar dat was niet het geval en intussen ging hij lang genoeg mee om te weten dat er zoiets bestond als een instinctieve afkeer tussen bepaalde types van dezelfde biologische soort. Een fenomeen dat naar het scheen ook in de dierenwereld voorkwam en heus niet alleen bij primaten.

Het was de eerste keer sinds de aanslag dat Berg de directeur onder vier ogen sprak en in plaats van het gebruikelijke gekift viel hem een heel andere ontvangst te beurt. Denissen was in een opvallend milde bui en maakte van de gelegenheid gebruik om zijn spijt te betuigen over wat er met Meulenaer was gebeurd.

'Ik heb iemand aangesteld om de uitvaartplechtigheid te regelen,' zei hij. 'Onze collega is gestorven tijdens de uitoefening van zijn dienst. Ik wil dat hij met de gepaste eer wordt begraven.'

Berg was zo verrast dat hij even vergat wat hij kwam doen.

'Zou u iets kunnen zeggen in de kerk? Een toespraak uit naam van het hele korps. Als Meulenaers directe chef bent u daar het beste voor geplaatst.'

'Euh... natuurlijk.'

'Prima. Dat is dan geregeld. Hoe houdt Coens zich?'

'Ik maak me zorgen over hem. Hij voelt zich verantwoordelijk voor Meulenaers dood.'

'Begrijpelijk in zijn situatie.'

Berg zweeg over wat Coens daarstraks had opgebiecht. Zeebos had gelijk: nog niet zo lang geleden had hij een soortgelijke fout gemaakt met Haynee Deferm en hoewel Coens daarvan niet op de hoogte was, zou het bijzonder hypocriet zijn om hem dezelfde misstap kwalijk te nemen.

'Wat betreft de beloofde informatie,' hernam de directeur. 'Zijn de Ugandezen daarmee al over de brug gekomen?'

'Nog niet, maar ik heb straks een afspraak met de assistente van Badru Alupo.'

'Hopelijk levert dat iets op. De pers was niet mals voor ons en Uganda oefent heel wat politieke druk uit om de zaak zo snel mogelijk op te lossen. Bovendien heb ik net rector Termondt aan de lijn gehad. Hij vindt nog altijd dat we schromelijk tekort zijn geschoten en dreigt ermee om een klacht in te dienen wegens schuldig verzuim.'

'Is dat zo?' bromde Berg. 'Hij zal wel een toontje lager zingen als hij hoort wat we hebben ontdekt.'

'Wat bedoelt u?'

Berg legde uit tot welke bevindingen ze gekomen waren.

'Een dubbele aanslag?' reageerde Denissen verbluft. 'Bent u daar zeker van?'

'Voorlopig is het niet meer dan een hypothese, maar er zijn een paar indicaties die in die richting wijzen.'

'Ik begrijp het niet. Dit was een politieke aanslag. Wat heeft de rector van de Leuvense universiteit daarmee te maken?'

'Dat is tot nu toe onduidelijk, maar als ons vermoeden klopt, bestaat de kans dat men een nieuwe poging onderneemt en moet Termondt politiebescherming krijgen.'

De directeur wreef weifelend over zijn kin.

'Nu loopt u wel erg hard van stapel, hoofdinspecteur. Zolang er geen concrete bewijzen zijn voor die theorie, wil ik liever wachten met zulke drastische maatregelen. Politiebescherming kost handenvol geld en ik heb niet de nodige mankracht om...' De directeur onderbrak zichzelf. 'Dat doet me eraan denken dat er iemand gezocht moet worden ter vervanging van Meulenaer.'

Berg staarde naar de vloer. De gedachte om Meulenaers plaats nu al te laten innemen door een ander stak hem tegen.

'Dat heeft geen haast. Voorlopig redden we het wel.'

Denissen wierp hem een cynische blik toe.

'Vreemd dat van u te horen, hoofdinspecteur. U bent altijd de eerste om te klagen over een gebrek aan mensen en middelen.'

Berg zweeg. Zo kende hij de directeur weer.

'Hoe dan ook, zodra een geschikte kandidaat zich aandient, laat ik u dat weten. Het onderzoek mag geen vertraging oplopen. Bovendien is er nog de kwestie van de overvallen op late feestvierders. Hebt u in die zaak al vooruitgang geboekt?'

'Nee. Op dit ogenblik gaat al onze aandacht uit naar de aanslag.'

'Ziet u: die extra man is geen overbodige luxe. Ik maak er werk van.'

Berg knikte ten afscheid en verliet het kantoor. Op de tweede verdieping trof hij alleen Wenderickx aan. Hij had hem opdracht gegeven om zoveel mogelijk achtergrondinformatie te verzamelen over Albrecht Termondt in de hoop een reden te vinden waarom het SMUG hem als doelwit had gekozen.

'Al iets ontdekt?'

'Een en ander, chef. Volgens...'

'Vertel dat onderweg. Ik heb een lift nodig naar het Begijnhof Hotel.'

'Nu? Maar ik...'

Wenderickx zweeg toen hij zijn chef zag kijken. Hij zette zijn computer af en stond op. Berg besloot de ostentatieve zucht te negeren waarmee dat gepaard ging. Hij wist hoe zijn mannen erover dachten dat ze te pas en te onpas als chauffeur moesten opdraven omdat hij weigerde zelf achter het stuur van een auto te kruipen.

'Ik luister,' zei hij toen ze even later de ondergrondse garage van het politiebureau uitreden.

Wenderickx dreunde op wat hij tot nu toe had gevonden:

'Albrecht Termondt: 54 jaar, geboren in Dendermonde, gehuwd met Christine Van Parijs en vader van twee kinderen: Koen en Annelene Termondt, een tweeling. De zoon heeft in februari zelfmoord gepleegd en...'

'Jaja... dat is oud nieuws,' viel Berg hem in de rede.

'Wacht even, chef. Er is een reden waarom ik dat vertel. De dood van Koen Termondt heeft verregaande gevolgen gehad. Naar het schijnt is er daardoor een eind gekomen aan het huwelijk van zijn ouders.'

'Zijn de Termondts gescheiden?'

'Niet officieel. Maar ze wonen apart.'

'Goed, wat nog?'

'Albrecht Termondt heeft een tweelingbroer: Robrecht. Blijkbaar zitten tweelingen daar in de familie. Hij is decaan van de faculteit economie.'

'Kijk eens aan,' grijnsde Berg. 'Een tweeling met de namen Albrecht en Robrecht. Je moet er maar opkomen.'

'De broers waren in maart alle twee kandidaat om rector te worden. Volgens een artikel in het studentenblad *Veto* is het er bijzonder bitsig aan toe gegaan. Ze hadden beiden hun zinnen op het rectorschap gezet en de ene wilde niet onderdoen voor de andere. Er was nog een derde kandidaat: Michiel Vanderweeën, professor aan de faculteit rechten. Maar die heeft zijn kandidatuur ingetrokken. Waarom is niet duidelijk. In elk geval bleven toen alleen de Termondts over. Albrecht heeft aan het langste eind getrokken, wat volgens sommigen te danken was aan de dood van zijn zoon. In hoeverre dat klopt, weet ik niet.'

'Mag ik daaruit afleiden dat de twee broers geen al te beste vrienden zijn?'

'Daar lijkt het op. In het artikel werd de concurrentiestrijd tussen de twee broers breed uitgesmeerd. Eigenlijk was het best grappig. De auteur vergeleek hen met Romulus en Remus die elkaar de heerschappij over de stad Rome betwistten.'

Berg trok een wenkbrauw op.

'Dan hoop ik niet dat het een profetisch artikel was. Volgens de overlevering heeft Romulus zijn broer gedood.'

'Dat weet ik.'

Berg liet het onderwerp varen toen Wenderickx de ringweg verliet en het parkeerterrein van het Begijnhof Hotel opreed. Tatyana stond bij de ingang te wachten. Ze had een map in de hand en zag er moe uit. Waarschijnlijk had ze vannacht nauwelijks een oog dichtgedaan. Berg wilde vragen hoe het met haar ging, maar ze kwam meteen ter zake.

'Ik heb de gevraagde informatie. Vind je het goed dat we ergens iets gaan drinken? Ik zit al de hele dag binnen en ik heb dringend behoefte aan wat frisse lucht.'

'Natuurlijk. We kunnen naar hiernaast gaan.'

Ze wandelden naar het aanpalende begijnhof. In het 16de-eeuwse complex was een restaurant gevestigd dat de Faculty Club heette en een gezellig terras had. Er waren slechts twee tafeltjes bezet. Nog voor de kelner opdaagde, sloeg Tatyana de map open.

'Dit is een lijst met al de leden van het SMUG die bij de veiligheidsdienst bekend zijn. Voor zover men op zo korte tijd heeft kunnen nagaan, verblijven twee van hen op dit ogenblik in België. Als student. Hier in Leuven.'

'Hoelang al?'

'Sinds vorig academiejaar. Voorheen studeerden ze aan de universiteit van Kampala, maar blijkbaar hebben ze de bui zien hangen en zijn ze naar Leuven gekomen voor de antihomowet van kracht werd.'

'Ze zijn dus zelf ook homo?'

'Vermoedelijk.'

'Hoe betalen ze hun studies? Hebben ze een beurs?'

'Nee, ze komen alle twee uit een gegoede familie.'

Tatyana toonde hem de foto's van de twee studenten. De dader, zag Berg, was er niet bij.

'De dood van Badru Alupo was voorpaginanieuws in Uganda,' ging Tatyana voort. 'De leiding van het SMUG heeft onmiddellijk gereageerd. Ze ontkennen elke betrokkenheid bij de aanslag.'

'De vraag is of dat klopt.'

'Inderdaad, maar het is een feit dat het SMUG nooit eerder

een aanslag heeft gepleegd. Per slot van rekening is het een vredelievende mensenrechtenorganisatie. Tot dit soort praktijken hebben ze nooit hun toevlucht genomen.'

'Kan het om een splintergroep gaan? Een paar extremisten die er andere ideeën op na houden?'

'Volgens hen niet. We hebben hun trouwens de foto van de dader getoond. De man is hen onbekend.'

'Wat dan met de brief waarin de verantwoordelijkheid wordt opgeëist? Hij draagt het logo van het SMUG.'

'Daar hebben we hen mee geconfronteerd. Ze houden bij hoog en bij laag vol dat het een vervalsing is. Iedereen kan het logo van het internet halen.'

Berg dacht na.

'We hebben intussen ontdekt dat er een blanke aan de aanslag heeft meegewerkt.'

'Was hij de tweede schutter?'

'Dat kan. Voorlopig weten we alleen dat hij degene is die de flat op het Smoldersplein is binnengedrongen en de bewoonster op het bed heeft vastgebonden.'

'Maar al de leden van het SMUG zijn Ugandezen.'

'Ja,' zei Berg. 'Dat geeft te denken.'

Op dat ogenblik verscheen de kelner aan hun tafeltje. Tatyana bestelde een witte wijn; Berg deed hetzelfde. Hij vertelde over zijn vermoeden dat ze mogelijkerwijs te maken hadden met een dubbele aanslag en dat Albrecht Termondt de dans was ontsprongen omdat de tweede schutter had gemist.

Tatyana liet zich tegen de leuning van haar stoel zakken.

'Termondt? Hoe kom je op dat idee?'

'Verschillende redenen. Om te beginnen heb ik het altijd vreemd gevonden dat er twee schutters zijn ingezet om een universiteitsrector te doden, terwijl men intussen op nauwelijks twintig kilometer afstand de president ongemoeid laat. Ten tweede tonen de schietposities aan dat het bijna onmogelijk was om het doelwit vanuit de twee locaties tegelijkertijd in het vizier te krijgen. Waarom is dat tweede schot dan gelost? En nu blijkt ook nog eens dat de dader geen lid was van het SMUG en dat de organisatie ontkent iets met de aanslag te maken te hebben.'

'Allemaal goed en wel, maar wat leid je daaruit af?'

Berg liet een antwoord achterwege omdat de kelner met hun drankjes kwam aangedragen. Zodra de man weer weg was, zei Tatyana:

'Er moet me nog iets van hart. Over mijn reactie gisteren. Ik...'

'Daar hebben we het niet meer over,' viel Berg haar in de rede.

'Nee, ik wil het uitleggen. Er is iets wat je moet weten... iets wat verklaart waarom ik zo gereageerd heb. Badru Alupo was niet enkel mijn baas. Ik ken hem veel langer... eigenlijk al mijn hele leven.' Ze zuchtte en voegde eraan toe: 'De man die gisteren is doodgeschoten, was mijn peetoom.'

Berg zette verbouwereerd zijn glas terug op tafel.

'Was Badru Alupo familie van jou?'

'Nee. Hij was de beste vriend van mijn vader. Ze hebben elkaar hier leren kennen. Als student. Jaren later, toen ik geboren werd, heeft mijn vader hem gevraagd om peter te worden van zijn eerste kind.'

Berg wist niet hoe hij moest reageren.

'Het spijt me. Dat is... verschrikkelijk. Had je een goede band met hem?'

Tatyana knikte. Berg zag een traan over haar wang rollen.

'Er is nog iets, maar ik wil dat je dat voor jezelf houdt. Beloofd?'

'Natuurlijk.'

'Ik vertel het omdat je afgelopen zondag leek te twijfelen aan Badru Alupo's houding ten overstaan van de antihomowet.'

'Het was niet mijn bedoeling om...'

'Nee, laat me uitspreken. Ik wil dat je weet wat voor een man hij was. Hij haatte wat er in Uganda aan de hand is. Hij vond het verschrikkelijk om homostudenten de toegang tot de universiteit te ontzeggen. Niet alleen omdat de wet onrechtvaardig en onmenselijk is, ook omdat... '

Ze onderbrak zichzelf en keek Berg recht in de ogen, met een blik die zowel provocerend was als onzeker. Toen hernam ze, bijna fluisterend:

'Ook omdat hij zelf homo was.'

Berg kneep zijn ogen dicht. Ineens drong het tot hem door in welke onmogelijke positie de man zich had bevonden.

'Wie is daarvan op de hoogte?'

'Bijna niemand. Mijn ouders, mijn broer en ik, een paar goede vrienden.'

'Waarom heeft hij geen ontslag genomen? Dan was het hem bespaard gebleven om de wet te moeten toepassen.'

'Hij heeft met die gedachte gespeeld, geloof me. Maar wat had dat veranderd? Zijn opvolger zou in dat geval uitvoeren wat hij niet wilde doen. En toen kwam de uitnodiging uit Leuven. Hij zag er een unieke kans in om de weggestuurde studenten te helpen.'

'Hoezo?'

'Hij was van plan om Albrecht Termondt te vragen hen in Leuven op te vangen. Via een speciaal beurssysteem. De details daarvan ken ik niet. Volgens mij moest daar nog over onderhandeld worden.'

'Was Termondt ervan op de hoogte dat Badru Alupo met dat verzoek naar hier kwam?'

'Ja.'

'Weet hij ook dat hij homoseksueel was?'

'Dat denk ik niet. Hoewel... Ze waren vroeger vrienden. Ik zou het aan mijn vader moeten vragen. Misschien weet hij het.'

Berg besefte dat Tatyana een risico nam door hem dit over haar peetoom te vertellen, maar het bewees ook dat ze hem vertrouwde.

'Denk je dat Badru Alupo met anderen over zijn voornemen heeft gesproken?'

'Vermoedelijk niet. Als iemand zijn mond voorbij zou praten, kon dat voor hem akelige gevolgen hebben. Sympathie koesteren voor homoseksuelen is in Uganda al genoeg om moeilijkheden te krijgen.'

'Hoe dan ook, ik ben blij dat je het hebt verteld.'

'Misschien helpt het jou om deze zaak op te lossen. Alleen...'

'Niemand komt het te weten,' beloofde Berg. 'Dit blijft tussen ons.'

Tatyana knikte dankbaar.

Hij zag hoe ongelukkig ze keek en op hetzelfde ogenblik voelde hij een bijna onweerstaanbare neiging om haar hand in de zijne te nemen en haar te troosten, maar hij bedwong zich. Later misschien, dacht hij. Als het onderzoek is afgerond.

6

Het was een eindje lopen van de Faculty Club naar zijn flat, maar de zon was nog altijd van de partij en Berg had genoeg stof om over na te denken. In plaats van de ringweg te nemen, wandelde hij verder het begijnhof in, zocht zijn weg door het wirwar van kronkelige straatjes en liep via de poort aan de kant van de Schapenstraat naar buiten. Als hij zich haastte, waren de winkels nog open. Hij moest dringend inkopen doen of hij had vanavond niets te eten.

Wat Tatyana over haar peetoom had verteld, bleef door zijn hoofd spoken. Dus de man was in het geheim homoseksueel geweest. Hij vroeg zich opnieuw af of Termondt daarvan op de hoogte was. Misschien verklaarde dat waarom hij zijn invitatie niet had ingetrokken toen hij in de pers de wind van voren kreeg omdat hij iemand als eregast had uitgenodigd die de homofobe wetten van de Ugandese regering in de praktijk toepaste. Bovendien wist hij dat Badru Alupo de intentie had hem om hulp te vragen voor de weggestuurde studenten en kon ook dat meegespeeld hebben om tegen de publieke opinie in te gaan. De vraag die daarbij rees, was of dat plan was uitgelekt. Had iemand die Badru Alupo of Termondt in vertrouwen had genomen zijn mond voorbijgepraat? Als dat zo was, kon ook het SMUG van het voornemen op de hoogte zijn en dat maakte het nog onwaarschijnlijker dat de organisatie achter de aanslag zat.

Badru Alupo's plan was ongetwijfeld ingegeven door medeleven, misschien zelfs door een gevoel van schuld omdat hij niet openlijk tegen het regime was ingegaan. In dat opzicht was zijn voornemen vermoedelijk bedoeld als compensatie voor zijn eigen betrokkenheid, een vorm van zelfcorrectie, een minimale daad van verzet tegen de regering. Berg kon zich het dilemma voorstellen waarmee de man was geconfronteerd. Het moest verschrikkelijk zijn om in een politiek systeem te leven waar je seksuele geaardheid beschouwd werd als een misdaad tegenover God en de mensheid.

Gelukkig dacht men daar tegenwoordig in het Westen anders over, al bestond ook hier nog altijd onbegrip en was het een lange, moeizame weg geweest naar acceptatie en verdraagzaamheid. Dat bewees hetgeen Berg een professor onlangs op tv had horen vertellen. Aan de Leuvense faculteit van psychologie werd vroeger onderwezen dat homofilie een ziekte was, mogelijkerwijs als gevolg van een relatieprobleem tussen moeder en zoon. Berg had met verbijstering naar de man zitten luisteren, niet zozeer vanwege het gegeven zelf – daar was hij van op de hoogte geweest – maar wel omdat de tijd waar de professor over sprak nog geen 35 jaar geleden was.

Berg passeerde de universiteitshal, liep de Grote Markt op en sloeg de Brusselsestraat in. Na een honderdtal meter zag hij vers eekhoorntjesbrood liggen in het uitstalraam van een groentewinkel. Hij bedacht zich geen moment en ging de zaak binnen. Het was al een tijdje geleden dat hij de lekkernij nog had gegeten en hij kende een heerlijk pastarecept dat hem al op voorhand deed watertanden.

Thuis pakte hij zijn boodschappen uit, legde een fles pinot noir in de koelkast en schonk zich een aperitief in. Met de terrasdeur wijd open en een opera van Verdi op de achtergrond zette hij zich aan het werk. Koken beschouwde hij als een welkom intermedium, een buffer tussen werk en privéleven. Straks, na het eten, zou hij ongetwijfeld zijn hoofd weer over de zaak breken, maar zolang hij in de keuken bezig was, waren zijn gedachten afgeleid en bleef het gepieker achterwege.

Hij bereidde een linguine met stukjes kip, pijnboompitten en het in fijne plakjes gesneden eekhoorntjesbrood. De saus, lichtjes romig, bracht hij op smaak met basilicum, look en koriander. Hij voelde of de pinot noir voldoende koel was, ontkurkte de fles en installeerde zich aan de terrastafel. Het was heerlijk zacht buiten, een nazomeravond waar je binnen afzienbare tijd alleen nog kon van dromen.

Na de maaltijd ruimde hij de keuken op, zette koffie en ging opnieuw naar buiten. Zaterdag werd Meulenaer begraven. Hij had geen flauw idee wat hij in zijn toespraak moest zeggen. Na zijn overplaatsing van Brussel naar Leuven had het even flink gebotst tussen Meulenaer en hem, vooral omdat hij de baan had gekregen waar Meulenaer zijn zinnen op had gezet. Sindsdien was er altijd iets blijven hangen van dat conflict, maar hij kon niet ontkennen dat Meulenaer zich de afgelopen jaren een uiterst betrouwbare en loyale medewerker had getoond.

God, het was nog altijd niet helemaal tot hem doorgedrongen dat hij zijn collega nooit meer zou zien. Als hij Meulenaers verzoek om een vrije dag had ingewilligd, was hij nu nog in leven geweest. Het was wel zo dat hij hem die dag moeilijk kon missen, maar in hoeverre had hij zich ook niet laten beïnvloeden door Meulenaers gemekker over zijn verjaardag? Als de man ook maar de minste aanleiding had gezien om tegen te wringen, dan had hij dat gedaan en Berg wist van zichzelf dat die dwarse houding bij hem vaak een vergelijkbare reactie had opgeroepen. Dat was voor een stuk de reden waarom hij zich zo schuldig voelde en op het punt had gestaan om Denissen zijn ontslag aan te bieden. Achteraf was hij blij dat Zeebos hem dat voornemen uit het hoofd had gepraat. Het was een paniekreactie geweest, een overtrokken zelfbestraffing die geen enkele zin had, maar toch zou hij het zichzelf nooit vergeven dat hij voor die ene keer geen andere oplossing had gezocht en Meulenaer zijn vrije dag had gegund.

Berg ging naar binnen en zette nog een koffie. Terwijl het espressoapparaat pruttelend zijn werk deed, liep hij de zeshoekige, glazen uitbouw van de keuken in. De wanden waren bekleed met rekken waarop zijn verzameling orchideeën stond. Door het mooie weer en de hoge temperaturen van de afgelopen dagen waren de planten dringend aan verzorging toe. Misschien kon hij straks...

Het gerinkel van zijn mobiel trok zijn aandacht. Het was Coens. Verbaasd keek Berg op zijn horloge.

'Ben je nog altijd aan het werk?'

'Ik ben nog maar net klaar met de beelden van de bewakingscamera's,' antwoordde Coens. 'Het is daarom dat ik bel. Vind je het goed dat ik even langskom? Ik moet je iets laten zien.'

'Nu? Kan dat niet wachten tot morgen?'

'Liever niet.'

Een kwartier later ging de bel van de voordeur. Coens had een laptop bij. Zijn gezicht stond ernstig, gespannen. Berg ging hem voor naar het terras.

'Iets drinken?'

'Nee, dank je.'

'Ik luister. Wat is er zo dringend?'

Coens klapte de laptop open. Op het scherm verschenen beelden van de Grote Markt in vogelperspectief. Berg zag een stuk van de stoet met vooraan Wenderickx en de andere pedel. Ze werden op de voet gevolgd door Albrecht Termondt en Badru Alupo. Rechts van hen was een deel van het publiek te zien. Op het ogenblik dat het begin van de optocht uit het blikveld van de bewakingscamera verdween, zette Coens de opname stil. Hij wees naar een plek links op het scherm.

'Zie je die vrouw met dat jeansjasje? Dat is Lagaetha.'

Berg boog zich naar voren. De aangewezen vrouw was zwart en aan de omstanders te zien middelgroot. Ze hield haar rechterhand tegen de zijkant van haar hoofd.

'Wat doet ze? Bellen?'

'Wacht, ik zoom in.'

Op de close-up was duidelijk zichtbaar dat de vrouw in een mobiel praatte. Berg leunde achteruit. Zijn vermoeden was dus juist geweest: iemand uit het publiek had de schutters een seintje gegeven en waarom dat was gebeurd, was intussen ook duidelijk. Als de twee mannen niet tegelijkertijd hadden gevuurd, zou het eerste schot zo'n paniek hebben veroorzaakt dat het in de daaropvolgende chaos onmogelijk was geweest om het tweede doelwit te raken.

'Het spijt me verschrikkelijk, chef. Ik...'

Coens viel stil en wendde zijn blik af. Berg wist wat er in hem omging. Schuldgevoel was een bijtend zuur dat langzaam maar zeker je ziel opvrat.

Hij stond op, haalde de fles pinot noir opnieuw uit de koelkast en schonk zijn collega een glas in.

'Hier, dat helpt.'

'Beter van niet. Ik heb nog niet gegeten en...'

'Prima. Dan is het effect des te groter. Kom, drink op.'

Coens deed wat hij vroeg. Berg ging naast hem zitten.

'Nu moet je eens goed luisteren,' begon hij. 'Wat je gedaan hebt, was verkeerd. Geen discussie daar. Aan de andere kant moet je jouw aandeel niet groter maken dan het is. Die aanslag had sowieso plaatsgevonden, ook zonder hetgeen tussen jou en die vrouw is gebeurd.'

Coens keek hem weifelend aan. Zijn ogen, zag Berg, waren vochtig.

'En dan nog iets. Nu we weten dat er ook een blanke in het spel is, wordt het al een stuk begrijpelijker waarom je nooit hebt opgemerkt dat iemand je doen en laten in het oog hield. Een zwarte man zou je waarschijnlijk veel eerder zijn opgevallen. Bovendien is deze truc zo oud als de wereld. Het aantal politieke of militaire geheimen dat in de loop van de geschiedenis via het bed is uitgelekt, is...'

'Ik ben nooit met Lagaetha naar bed geweest.'

'Maakt niet uit. Waar het op neerkomt, is dat je de daders hooguit wat achtergrondinformatie hebt bezorgd. Voor hen was dat een extra veiligheidsmaatregel, maar meer ook niet. Zet het dus uit je hoofd dat dit allemaal jouw schuld is.'

'Alsof dat zo gemakkelijk is. Meulenaer is...'

'... neergeschoten tijdens zijn werk, ja. Hoe verschrikkelijk dat ook is, het is een risico van het vak. Dat wist hij, dat weten we allemaal.'

Berg schonk zichzelf ook een glas in.

'Heb je die afspraak met de psycholoog gemaakt?'

'Nee.'

'Het is standaardprocedure, dat weet je.'

Coens rechtte zijn rug.

'Ik wil alles doen om erachter te komen wie verantwoordelijk is voor Meulenaers dood, maar ik heb geen zin om tegen een volslagen vreemde te gaan zitten lullen over...'

Berg stak zijn hand op.

'Oké. Oké. Ik heb het begrepen.'

Coens knikte naar het scherm van de laptop.

'Wat doen we met haar?'

'We vaardigen een opsporingsbevel uit,' antwoordde Berg. 'En we zetten haar foto in alle kranten. Als ze nog in het land is, krijgen we haar wel te pakken.'

'Volgens mij is ze er allang vandoor.'

'Kan zijn. Maar we bezorgen de foto ook aan de Ugandese veiligheidsdienst. Als ze terug naar ginds is, levert dat misschien iets op.'

Coens trok zijn mondhoeken naar beneden.

'We weten niet eens zeker of ze wel Ugandese is.'

'Wat denk je dan dat ze is?' bromde Berg. 'Toch geen Zuid-Afrikaanse, hoop ik.'

7

Op donderdagochtend voelde Berg voor het eerst dat hij een man te kort kwam. Coens had opdracht gekregen om de adressen op te sporen van de twee SMUG-leden die in Leuven studeerden en hen te confronteren met de foto van de overleden dader in de hoop op die manier achter zijn identiteit te komen. Wenderickx van zijn kant was met Glenn naar Gasthuisberg om een digitale robotfoto samen te stellen van de man die de flat op het Smoldersplein was binnengedrongen en moest daarna naar het Jozefietencollege voor de lijst van de personeelsleden.

Dat maakte dat Berg alleen overbleef en geen chauffeur had. Hij liep de trap op naar de derde verdieping. Zeebos zat aan een van de labtafels de krant te lezen. Hij keek niet eens op toen Berg van bij de deur riep:

'Jan, heb je tijd? Ik moet...'

'Als het weer is om je ergens naartoe te rijden, dan nee.'

Berg kwam dichterbij.

'Hoezo? Je zit verdomme de krant te lezen.'

'Dat zou jij beter ook eens doen.'

Zeebos draaide de pagina om en zette ostentatief zijn wijsvinger op de kop van het artikel. Er stond: TWEE DAGEN NA BRUTALE MOORD ZWIJGT LEUVENSE POLITIE ALS VERMOORD!

'Flauw,' meesmuilde Berg.

'Misschien. Maar in dit land is zo'n aanslag heel ongewoon. De mensen zijn gechoqueerd, Thomas. Dat de media snelle resultaten eisen, was te verwachten.'

'Coens heeft gisteravond de zwarte vrouw die hem benaderd heeft op de beelden van de bewakingscamera's herkend. De kranten krijgen vandaag haar foto. Dat houdt hen voorlopig wel even zoet.'

'Ik help het je hopen.'

Berg zei niets meer en wachtte. Soms was zwijgen beter dan een verzoek herhalen. Op die manier bleef de vraag op de ander wegen. Zijn manoeuvre had succes. Zeebos deed met een zucht de krant dicht.

'Thomas, wordt het niet stilaan tijd dat je zelf opnieuw achter het stuur kruipt? Ik weet dat je een rijbewijs hebt.'

Berg reageerde niet.

'Je hoeft me niet te vertellen wat er gebeurd is, maar na al die tijd zou je toch...'

'Ik werk eraan,' zei Berg stroef. 'Kunnen we nu gaan?'

Zodra ze de ringweg hadden overgestoken, kwamen ze in een chaos terecht waarvan ze drie maanden lang gespaard waren gebleven: horden fietsers reden drie- of vierdik naast elkaar en belemmerden overal de doorgang; ontelbare voetgangers staken zonder kijken en met ware doodsverachting de weg over; op kruispunten werden verkeersborden en stoplichten straal genegeerd; in straten met eenrichtingsverkeer kwamen onophoudelijk studenten hun richting uit gefietst...

Zeebos vloekte en toeterde om de haverklap.

'Waarom laat de verkeerspolitie dit toe!?' riep hij. 'Je moet al argusogen hebben om niet elke tien meter iemand omver te rijden.'

Berg zei niets. Je kon net zo goed met je handen proberen het water tegen te houden dat door een zeef liep.

In de universiteitshal volgden ze de pijltjes met RECTORAAT, tot ze op een kleine binnenplaats kwamen waar zich een moderne liftconstructie bevond die enkel uit glas en metaal bestond en op het oude gebouw sloeg als een tang op een varken. Terwijl ze geluidloos naar de hoogste verdieping gleden, maakte Bergs maag slagzij telkens wanneer hij naar de glazen vloer onder zijn voeten keek. Hij verwenste in stilte de architect die dit onding op zijn geweten had.

De rector was er niet. Hij woonde een vergadering bij van de academische raad, maar zijn secretaresse gaf hun de toelating om in zijn kantoor op hem te wachten. Met enige schroom ging Berg het belendende vertrek binnen. Hij wist niet goed wat hij moest verwachten. Dit was het Heilige der Heiligen, de Oval Office van de universiteit, de plaats waarvan hij zich als student al had afgevraagd hoe ze eruitzag.

De eerste indruk viel een beetje tegen. In het midden stond een bureau, rechts een ovalen vergadertafel en links een zithoek met enkele fauteuils. De meubelen waren allemaal modern en functioneel, wat naar Bergs aanvoelen vloekte met het decorum van het gebouw, maar de kunstwerken tegen de muren waren wel passend: een prachtige voorstelling van het Laatste Avondmaal, een 17de-eeuws stilleven en een fijngesneden, niet gepolychromeerde madonna met kind.

Berg liep naar het grote glas-in-loodraam dat de hele zijwand besloeg. Diep beneden zag hij de Naamsestraat liggen. Hij hoorde Zeebos achter zijn rug zeggen:

'Ik hoop dat dit niet te lang duurt.'

'Waarom? Moet je dringend ergens naartoe?'

'Ik was van plan om vandaag uit te zoeken van welk merk sportschoenen de voetsporen op zolder afkomstig zijn.'

Berg reageerde niet. Hij kon zich moeilijk voorstellen wat dat gegeven aan het onderzoek kon bijdragen. Alleen al in Leuven werden wekelijks waarschijnlijk honderd van zulke schoenen verkocht.

Er ging bijna een halfuur voorbij eer de imposante gestalte van Albrecht Termondt in het deurgat verscheen. Hij wierp de twee politiemannen een stuurse blik toe en nam zonder begroeting achter zijn bureau plaats.

'Wat kan ik voor u doen, heren?'

De koele ontvangst maakte dat Berg de gebruikelijke plichtplegingen achterwege liet en ongevraagd tegenover de rector ging zitten. Hij stak meteen van wal.

'Er is een nieuw feit opgedoken in het onderzoek waarover we...'

'Een nieuw feit?' sneerde Termondt. 'Kijk eens aan. En welke andere feiten hebt u tot nu toe ontdekt? Ik heb in elk geval nog niets te horen gekregen dat enig licht werpt op deze afschuwelijke zaak.'

'Ik begrijp dat u aangedaan bent door de dood van...'

'Aangedaan?' onderbrak Termondt hem opnieuw en hij hield zijn beide armen uitgestrekt over het bureau. 'Mijn handen zaten onder het bloed van mijn vriend, hoofdinspecteur. En mijn gezicht hing vol met stukjes huid en hersenen. Ik ben dus wel wat meer dan áángedáán!'

Hij sprak zo luid dat de secretaresse in het andere vertrek hem ongetwijfeld kon verstaan. Voor Berg de kans kreeg om te reageren, zei Zeebos ijskoud:

'Mag ik u erop wijzen dat wij ook iemand verloren hebben, meneer. Dat schijnt u vergeten te zijn.'

De rector staarde hem een ogenblik zwijgend aan. Berg dacht dat hij zijn zelfbeheersing zou verliezen, maar het tegendeel was waar. Termondt liet zijn armen zakken, ging verzitten en mompelde:

'U hebt gelijk. Het spijt me. Dit is voor iedereen moeilijk. Laten we opnieuw beginnen. Er is een nieuw feit opgedoken, zei u.'

Berg vertelde over de positie van de tweede schutter en de onmogelijkheid om vanaf die plaats Badru Alupo op hetzelfde moment in het vizier te krijgen als de dader in de flat. Vandaar dat het vermoeden zich opdrong dat er een tweede doelwit was geweest. Een andere verklaring was er niet voor het feit dat er twee schoten waren afgevuurd.

'Een tweede doelwit?' herhaalde Termondt verbaasd. 'Wie?'

Berg zag geen mogelijkheid om de zaak te verbloemen.

'Ik vrees dat het om u gaat, meneer.'

De mond van de rector viel open. Het duurde enkele seconden voor hij van zijn verrassing was bekomen. Toen verscheen er een ongelovige uitdrukking op zijn gezicht.

'Wie zou in godsnaam mij willen vermoorden?'

'Dat was onze vraag aan u,' zei Zeebos. 'Wie in uw omgeving kan een reden hebben om u uit de weg te willen ruimen?'

'Maar... niemand natuurlijk. Het idee alleen al is bespottelijk.'

Berg negeerde de opmerking. Hij had het vaker meegemaakt dat mensen niet konden geloven dat iemand hen wilde vermoorden. Bovendien besefte Termondt blijkbaar niet hoeveel geluk hij had gehad. De kogel die zijn vriend had gedood, was dwars door diens hoofd gegaan en aangezien Termondt op dat ogenblik vlak naast hem liep, had diezelfde kogel net zo goed hem kunnen raken. In dat geval hadden de daders ondanks het gemiste schot hun slag toch thuisgehaald. Tenminste, als het vermoeden van een dubbele aanslag klopte.

Berg concentreerde zich opnieuw op het gesprek.

'Beginnen we met uw privéleven. U en uw vrouw wonen apart, nietwaar?'

'Inderdaad, zoals ongeveer een kwart van de echtparen in deze stad.'

'Klopt het dat uw huwelijk kort na de zelfmoord van uw zoon is geëindigd?'

De rector klonk plots een stuk afstandelijker toen hij zei:

'Nu wordt u wel heel persoonlijk, hoofdinspecteur.'

'Het spijt me, daar dwingen de omstandigheden mij toe. Hoe is de relatie met uw ex-vrouw?'

'Onbestaande. Ik heb geen contact meer met haar.'

'En met uw dochter?'

'Idem dito.'

'Waarom is dat?'

'Ach...' De rector maakte een vermoeid gebaar. 'Annelene en haar broer waren erg close, wat normaal is voor een tweeling. Toen Koen stierf, was dat voor haar een heel zware klap. Sindsdien is ze niet meer zichzelf. Ze is met haar studies gestopt, ze sluit zich af, zelfs met haar moeder praat ze niet meer. Maar ze draait wel bij. Ze heeft alleen tijd nodig, dat is alles.'

'U hebt zelf ook een tweelingboer,' zei Zeebos. 'Hoe is uw relatie met hem?'

Het viel Berg op dat de rector het oogcontact verbrak. Wat dat betekende, wist hij uit de ontelbare interviews die hij in zijn carrière al had afgenomen: Zeebos had met zijn laatste vraag een zenuw geraakt.

Termondt liet zich een langgerekte zucht ontsnappen.

'Wat moet ik daarop antwoorden? U weet ongetwijfeld dat mijn broer en ik beiden kandidaat waren voor het rectorschap. Het feit dat ik gewonnen heb, was... hoe moet ik het zeggen... niet bevorderlijk voor onze relatie.'

'U leeft dus in onmin met hem?' vroeg Berg.

Er verscheen een geamuseerd trekje om Termondts mond.

'Het is lang geleden dat ik iemand dat nog heb horen zeggen: in onmin leven. Weet u waar de uitdrukking vandaan komt? Van het Middelnederlandse *minne*, wat liefde betekent. Het woord was zo goed als verdwenen uit onze taal, maar in de 18de eeuw hebben dichters het weer vanonder het stof gehaald. Vandaar dat wij tegenwoordig nog altijd woorden gebruiken als *beminnen* of *minnaar*.'

Berg vroeg zich af waarom hij deze uitleg kreeg. Was hier

de voormalige literatuurprofessor aan het woord die zichzelf even vergat? Of ging het om een afleidingsmanoeuvre?

'U hebt niet op mijn vraag geantwoord.'

'Wel, als u het per se wilt weten: nee, er bestaat geen grote liefde tussen mijn broer en mij. Maar dat is al ons hele leven zo. De onvermijdelijke rivaliteit tussen tweelingbroers, nietwaar. Blijkbaar komt dat heel vaak voor. In de literatuur zijn daar talloze voorbeelden van.'

'Romulus en Remus, om er maar eentje te noemen,' kon Berg niet nalaten te zeggen.

Termondt toonde een zuinig lachje.

'Ik merk dat u het artikel in *Veto* hebt gelezen. De vergelijking die de auteur zich daar gepermitteerd heeft, is zwaar overdreven, maar aan de andere kant lag ze natuurlijk voor de hand. Zeker als men bedenkt dat Leuven vanwege zijn katholieke universiteit vroeger het Rome van het Noorden werd genoemd.'

'Acht u uw broer in staat om u kwaad te berokkenen?'

'Maar nee, daar heeft hij geen enkele reden voor.'

'En andere collega's? Mijn medewerker wist me te vertellen dat uw besparingsplannen voor dit academiejaar heel wat kwaad bloed hebben gezet.'

'Van besparingen wordt niemand vrolijk, hoofdinspecteur.'

'Sommige decanen waren ronduit woedend naar het schijnt. Ik heb hier een lijstje met de meest getroffen faculteiten... Een moment, alstublieft.'

Berg zocht in zijn zakken naar het papiertje dat Wenderickx hem vanochtend had gegeven, maar Termondt was hem voor.

'Wat insinueert u nu eigenlijk? Dat een ontevreden decaan een aanslag op mij beraamd heeft, zodat ik mijn besparingsplannen niet zou kunnen uitvoeren? Kom nou, dat is toch te gek voor woorden.'

Berg stopte met zoeken. De man had gelijk: wat hij zei, was

weinig waarschijnlijk. Maar er moest een motief zijn, dat was er altijd.

'Iets anders, meneer Termondt. De assistente van Badru Alupo heeft ons verteld dat hij van plan was u om hulp te vragen voor de studenten die weggestuurd zijn van de universiteit van Kampala. U wist van dat voornemen af, veronderstel ik?'

'We hebben daarover gemaild, ja.'

'Was er in dat verband al iets beslist?'

'Er was een vergadering over dat onderwerp gepland, maar zover is het jammer genoeg niet gekomen.'

'Hebt u met iemand over het verzoek van meneer Alupo gesproken?'

'Nee, dat vond ik voorbarig.'

'Was u van plan om hem te helpen?'

'Onze universiteit heeft op dat vlak een lange traditie, hoofdinspecteur. We hebben altijd jonge, veelbelovende mensen uit derdewereldlanden de kans gegeven om hier te studeren, maar onze mogelijkheden zijn natuurlijk niet onbeperkt, zeker nu we zelf met besparingen worden geconfronteerd.'

Het was een antwoord en het was er geen. Berg wilde doorvragen, maar Termondt keek op zijn horloge.

'Het spijt me, heren. Ik heb zo dadelijk nog een andere vergadering. Kunnen we hier afsluiten?'

Berg knikte. Hij had geen vragen meer, behalve één. Of Termondt geweten had dat zijn oude studievriend een homo was. Maar hij had Tatyana beloofd om daar met niemand over te praten. Bij de deur dacht hij plots aan iets. Hij draaide zich om.

'Meneer de rector, stel dat ons vermoeden van een dubbele aanslag klopt, dan is het niet uitgesloten dat er een tweede poging wordt ondernomen om u te vermoorden. Zou het in die omstandigheden niet aangeraden zijn dat u om politiebescherming vraagt? Ik heb het voorstel al aan mijn chef gedaan, maar...'

'Ik stel uw bekommernis op prijs,' onderbrak Termondt hem. 'Maar eerlijk gezegd denk ik dat u zich zorgen maakt om niets. U hebt me geen enkele reden gegeven waarom iemand mij zou willen vermoorden. Zullen we die bescherming voorlopig dus maar achterwege laten? Ik veronderstel dat de politie wel betere dingen te doen heeft.'

Berg zweeg. Het was waar: hij had geen enkel bewijs voor zijn theorie en ook al voelde hij er zich niet helemaal gerust op, hij kon de man niet dwingen. Bovendien was het niet eens zeker dat de dader het opnieuw zou proberen.

Toen ze weer op straat stonden, zei Zeebos:

'Nou, dat heeft niet veel opgeleverd.'

'Nee, tenzij...'

'Wat?'

'Toen je over zijn broer begon, werd hij plots onwennig. Ik vraag me af waarom.'

'Niemand hangt graag de vuile was van de familie buiten, Thomas. Jij wel?'

'Ik heb geen familie meer.'

'Ben jij enig kind? Dat wist ik niet.'

'Ik had een zus, maar die is overleden.'

'Sorry, dat wist ik niet.'

'Het is lang geleden,' zei Berg. 'Heel lang.'

8

Een paar uur later reed Coens de ondergrondse garage van het politiebureau in. Hij was zo opgewonden dat hij niet op de lift wilde wachten en holde de drie verdiepingen naar omhoog, zodat hij naar adem moest happen toen hij de deur van het kantoor opengooide. Binnen stonden Berg, Wenderickx en Zeebos over het scherm gebogen van Glenns laptop.

'Ik ken de naam van de dader!' riep hij en daarmee had hij onmiddellijk de aandacht van de vier mannen.

'Hij heet Milton Mutesa. Hij en zijn broer studeerden aan de universiteit van Kampala, maar zijn broer is vorig academiejaar weggestuurd vanwege een homoseksuele relatie met een andere student. Hij is zelfs in de gevangenis beland. De broer, bedoel ik, niet Milton. En daar is er...'

'Ho, wacht even... wacht even.' Berg kwam vanachter het bureau vandaan. 'Ga zitten. Begin bij het begin. Hoe ben je achter de naam gekomen?'

Coens liet zich op zijn stoel vallen. Hij stikte van de dorst.

'Een van de twee studenten herkende hem op de foto. Hij heet Henry Kajura en heeft een paar keer met Mutesa gepraat. In een café waar veel Ugandezen komen. Volgens hem was Mutesa van plan om zich hier in te schrijven aan de universiteit, maar dat is niet gebeurd. Ik heb het gecheckt. Hij zit niet in de databank van de administratieve dienst.'

'Je zei iets over een broer.'

'Die zou een relatie gehad hebben met een medestudent. Mutesa ontkende dat bij hoog en bij laag, maar dat heeft geen belang. Waar het op neerkomt, is dat de broer van de universiteit is verwijderd en een gevangenisstraf heeft gekregen. Wat er juist gebeurd is, weet ik niet, maar naar het schijnt is hij daar om het leven gekomen tijdens een rel of iets in die aard. Mutesa verweet Badru Alupo dat hij geen vinger heeft uitgestoken om zijn broer te helpen. Sterker nog, de arrestatie was een direct gevolg van Alupo's beslissing om hem de toegang tot de universiteit te ontzeggen. Volgens mijn bron klonk Mutesa bijzonder giftig toen hij vertelde wat er in Kampala is gebeurd.'

Coens zweeg en wachtte af hoe de chef zou reageren, maar het was Zeebos die als eerste iets zei.

'Dat kan een motief zijn, Thomas. Mutesa's broer wordt vanwege de antihomowet van de universiteit gestuurd, komt in de gevangenis terecht en overlijdt daar. Een halfjaar later verschijnt Badru Alupo hier ten tonele en ziet Mutesa zijn kans schoon om wraak te nemen op de man die hij verantwoordelijk acht voor...'

'Hoe heette die broer met zijn voornaam?' viel Berg hem in de rede.

'Dat wist mijn bron niet.'

'Waarom is hij met die informatie niet naar de politie gestapt?'

'Omdat hij Mutesa nooit verdacht heeft. In de media werd gesuggereerd dat het SMUG achter de aanslag zit en Mutesa is geen lid van de organisatie.'

'Dat weet hij zeker?'

'Ja, hij heeft zelfs voorgesteld dat Mutesa zich bij het SMUG zou aansluiten, maar dat interesseerde hem niet.'

'En de vrouw? Heb je haar foto ook getoond?'

'Die had hij nooit gezien, beweerde hij.'

Er viel een stilte. Berg haalde zijn mobiel tevoorschijn en liep naar het raam. Coens voelde zich teleurgesteld. Hij had verwacht dat hij een compliment zou krijgen, maar dat was niet gebeurd terwijl zijn ontdekking toch een doorbraak betekende in het onderzoek. Nu ja, hij had nog iets goed te maken. Waarschijnlijk zag de chef het zo.

Hij liep de gang op en haalde een cola uit de drankautomaat. Toen hij daarstraks vernam hoe de dader heette, had dat het onbehaaglijke gevoel nog versterkt dat sinds het vuurgevecht in zijn achterhoofd sluimerde. Het was de eerste keer in zijn leven dat hij iemand had doodgeschoten en het horen van de naam maakte van de anonieme dader plots een individu, een mens van vlees en bloed die door zijn toedoen het leven had verloren. Waarschijnlijk was het normaal dat hij met zulke emoties te kampen kreeg, maar op de terugweg naar het politiebureau had hij zich voorgenomen om ze resoluut uit zijn hoofd te bannen. Milton Mutesa was een moordenaar. Hij had niet alleen Badru Alupo neergeschoten, hij had ook Meulenaer op zijn geweten. De man verdiende het niet dat hij zich nog één minuut langer schuldig voelde over zijn dood.

Coens dronk het blikje leeg en ging terug het kantoor in. De chef was klaar met bellen en zei dat hij de assistente van Badru Alupo gevraagd had om Mutesa's naam door te spelen aan de Ugandese veiligheidsdienst. Op die manier zou snel duidelijk worden of het verhaal over de gestorven broer klopte.

'Twijfel je daar dan aan, chef?' vroeg Coens.

'Ik wil honderd procent zeker zijn dat de aanslag niet politiek geïnspireerd is,' antwoordde Berg. 'Bovendien hebben we meer gegevens nodig over Mutesa. Had jouw bron een idee waar hij woonde?'

'Nee.'

'Het kan niet in een studentenhuis zijn,' zei Wenderickx. 'In dat geval zou zijn adres bekend zijn bij de universiteit.'

'We kunnen de hotels afgaan,' opperde Glenn. 'Die zijn verplicht de identiteitsgegevens van hun gasten te noteren.'

'Hoe lang was Mutesa al in Leuven?' vroeg Berg.

'Dat wist mijn bron niet. Hij heeft hem de eerste keer in mei ontmoet. Mutesa zei dat hij niet langer in Kampala kon blijven na wat er was gebeurd. Hij wilde zijn studies hier afmaken.'

'Mei,' herhaalde Zeebos. 'Dan was hij al minstens vier à vijf maanden in het land. Dat is te lang voor een hotel. Misschien logeerde hij bij een kennis of heeft hij een kamer gehuurd waarvan de eigenaar het niet zo nauw neemt met de wet.'

'Wat mij interesseert,' zei Berg, 'is hoe hij aan dat geweer is gekomen. Weet je daar al meer over, Wenderickx?'

'Nee, chef. Ik krijg geen enkele reactie op mijn mails. Wie dat soort wapens verkoopt, hangt dat niet aan de grote klok.'

Coens hoorde de chef zuchten. Ze hadden nu wel de naam van de dader, maar veel schoten ze daar niet mee op. Hij dacht aan iets.

'Als het verhaal over Mutesa's broer klopt,' begon hij, 'en het motief van de aanslag is niet van politieke, maar van persoonlijke aard, dan zou het kunnen dat hetzelfde geldt voor het tweede doelwit.'

Hij zag hoe de chef hem geïnteresseerd opnam.

'Ga voort.'

'Wel, we kunnen er intussen van uitgaan dat het SMUG niets met de aanslag te maken heeft. Badru Alupo is waarschijnlijk vermoord uit wraak. Omdat Mutesa hem de dood van zijn broer verwijt. Die brief met het logo van het SMUG diende dus enkel om te verhullen dat hier iets anders speelt. Maar de brief is twee keer gebruikt. Wijst dat er niet op dat het tweede motief ook van persoonlijke aard is?'

'Wraak, bedoel je? Dat zou eventueel verklaren waarom er een blanke in het spel is.'

Berg liep om het bureau heen en ging weer bij Glenn staan. In het voorbijgaan voelde Coens hoe hij een waarderend klopje op zijn schouder kreeg. Hij moest ervan slikken. Als er één man was wiens respect hij niet wilde verliezen, dan was het de chef.

'Kom eens kijken,' zei Berg. 'De computer heeft een robotfoto samengesteld op basis van de getuigenis van mevrouw Van Hemelrijck. We moeten zo snel mogelijk zien uit te vissen wie dit is. Ga met de foto opnieuw naar je bron. Vraag of hij deze man ooit gezien heeft. Misschien in het gezelschap van Mutesa.'

Coens stond op en voegde zich bij de chef. Op het scherm van de laptop zag hij het gezicht van een man met een pet, een bril met donker montuur en een snor. De afbeelding was bijzonder rudimentair. Het was zelfs onmogelijk in te schatten hoe oud hij was.

'Dat kan om het even wie zijn,' zei hij. 'En die snor... is die echt?'

'Dat wist mevrouw Van Hemelrijck niet,' antwoordde Glenn. 'Ze zei dat ze zo geschrokken was toen ze hoorde dat er een gaslucht in het gebouw was waargenomen dat ze niet goed op het uiterlijk van de man heeft gelet. En toen ze besefte dat hij een bedrieger was, was het te laat met dat slaapmasker over haar ogen. Het enige wat ze ons kon vertellen, was dat hij groot was en stevig gebouwd.'

'Voor een tenger vrouwtje van 1 meter 60 lijken de meeste mannen groot en stevig gebouwd,' zei Wenderickx. 'Maar het zou wel kloppen met Zeebos' inschatting dat de tweede schutter minstens 1 meter 85 is.'

'Heeft ze iets gezegd over de manier waarop hij praatte?' vroeg Berg. 'Sprak hij dialect? Had hij een accent?'

'Volgens haar sprak hij gewoon Nederlands.'

'Dan gaat het dus niet om een buitenlander.'

'De vrouw vertelde nog iets,' zei Wenderickx. 'Het was haar ontgaan, daarom heeft ze er niets tegen Coens over gezegd.

Ze beweert dat ze de deurbel heeft gehoord. Hoe laat dat was, wist ze niet, behalve dat ze toen al een hele tijd op het bed lag. Nu zijn er twee mogelijkheden: ofwel waren de daders met twee in de flat toen het schot viel, ofwel heeft Mutesa de ander afgelost. Vermoedelijk is dat laatste gebeurd, aangezien Coens maar één man het gebouw heeft zien verlaten. We denken dat de blanke dader zich uitgegeven heeft voor iemand van de gasmaatschappij omdat Mutesa geen Nederlands sprak.'

'Waarschijnlijk heb je gelijk,' knikte Berg. 'Zou dat ook de man zijn die voor de geweren heeft gezorgd? Als buitenlander is het bijna onmogelijk om in een vreemd land aan zulke wapens te komen.'

'Niet als hij via het internet te werk is gegaan,' wierp Glenn op.

Berg wreef peinzend met zijn wijsvinger over zijn neusbrug.

'Laten we even doordenken over wat Coens zei. Tot nu toe zijn we ervan uitgegaan dat Badru Alupo neergeschoten is uit politieke overwegingen, maar intussen weten we dat dat niet klopt.'

'Zeker zijn we daar nog niet van,' merkte Zeebos op.

'Dat is juist, maar nemen we voorlopig aan dat het zo is. Als Termondt het tweede doelwit was, dan spelen vermoedelijk ook hier persoonlijke redenen een rol. Daarom moeten we dringend de mensen uit zijn omgeving onder de loep nemen. Wie van hen heeft een motief voor moord?'

'Volgens Termondt niemand,' zei Zeebos.

Coens zag de chef kregelig worden. Dat gebeurde meestal wanneer hij een paar keer na elkaar werd tegengesproken bij het ontvouwen van een theorie. Zijn reactie was dan ook navenant:

'Dat wil toch niks zeggen, verdomme! Driekwart van de slachtoffers die een moordaanslag overleven, verklaren achteraf dat ze geen flauw idee hebben wie het op hen gemunt had. Of dacht je dat ze in het andere geval niet voorzichtiger waren geweest?'

Zeebos gaf wijselijk geen antwoord.

'Om te beginnen wil ik meer weten over wat er zich in het gezin van de rector heeft afgespeeld. Is de zelfmoord van de zoon de enige reden waarom het huwelijk is geëindigd? En waarom heeft Termondt geen contact meer met zijn dochter?'

Coens zag Bergs blik naar hem draaien.

'Ik stel voor dat jij dat uitzoekt. Je hebt indertijd die zelfmoord behandeld. Je kent de betrokken personen al.'

'Oké, chef.'

'Glenn, jij zorgt ervoor dat die robotfoto in de media wordt verspreid. Als de man vermomd was, levert dat waarschijnlijk niets op, maar we moeten elke kans aangrijpen. Laat in de pers ook niets uitlekken over ons vermoeden dat er op de Leuvense rector is geschoten. Voorlopig houden we het erop dat deze man alleen meegewerkt heeft aan de moordaanslag op Badru Alupo.'

'Waarom?' vroeg Zeebos.

'Omdat ik niet in onze kaarten wil laten kijken. Als onze theorie klopt, kunnen we de dader beter in de waan laten dat we niet doorhebben wat er in werkelijkheid gaande was. Wenderickx, hoe zit het met de personeelslijst van de school?'

'Die ligt op mijn bureau. Ik heb nog geen tijd gehad om me ermee bezig te houden, maar als je wil doe ik het nu. De vraag is of dat iets oplevert. Zolang we niet weten hoe de blanke dader heet, is het onmogelijk om na te gaan of er een verband bestaat tussen hem en een van de personeelsleden.'

'Dan wachten we eerst de reacties op de robotfoto af. Er zijn trouwens dringender zaken aan de orde. Ik wil dat je je concentreert op de tweelingbroer van de rector. Ik vond dat

Termondt maar vreemd reageerde toen we over hem begonnen. Wat is daar aan de hand? Is de animositeit tussen die twee enkel het gevolg van de rectorverkiezing of speelt er meer?'

'Er was nog een derde kandidaat bij de verkiezing,' zei Wenderickx. 'Een zekere Michiel Vanderweeën. Moeten we die ook niet in het onderzoek betrekken?'

'Waarom? Hij heeft zijn kandidatuur ingetrokken.'

'De vraag is waarom hij dat gedaan heeft.'

Berg aarzelde.

'Oké, we kunnen beter alle mogelijkheden nagaan. Jan, neem jij Vanderweeën voor jouw rekening?'

'Ik?' wees Zeebos naar zijn borst. 'Ik doe het technisch onderzoek, niet...'

'We zijn met een man minder, Jan. Daar hoef ik je toch niet aan te herinneren.'

'Vraag Denissen dan om versterking.'

'Dat hoeft niet. Hij heeft me al een nieuwe man beloofd.'

'Dus?'

'Om te beginnen is hij er nog niet,' zei Berg. 'En bovendien moeten we nog afwachten met wie hij ons opzadelt. Waarschijnlijk wordt dat een of ander groentje dat rechtstreeks van de politieschool komt. Wat heb je aan zo iemand?'

9

Het draaide enigszins anders uit, daar kwam Berg de volgende ochtend achter toen hij naar het kantoor van de directeur werd geroepen. In een van de twee stoelen voor het bureau zat iemand met de rug naar hem toe. Een vrouw. Ze stond op toen hij binnenkwam. Denissen zei:

'Ah, daar bent u, hoofdinspecteur. Mag ik u voorstellen: Lou Vervaeke. Tot voor kort werkzaam bij de Federale Politie van Antwerpen. Inspecteur Vervaeke, dit is Thomas Berg, uw nieuwe chef.'

De vrouw stak hem een hand toe. Berg was compleet verrast, niet alleen omdat Denissen zo snel de vacature had weten in te vullen, ook omdat hij geen seconde had verwacht dat Meulenaer vervangen zou worden door een vrouw. Ze zag er om en bij de veertig uit, had kortgeknipt donkerbruin haar, een rond maar niet onknap gezicht en een lichaamsbouw die nog het best omschreven kon worden als... Berg aarzelde tussen: stevig... struis... geblokt... iets in die aard. Niet dat ze overgewicht had, maar haar figuur was niet bepaald vrouwelijk te noemen en haar kledij evenmin. Ze droeg een zwartleren jack tot aan de heupen, een spijkerbroek en schoenen met ontstellend platte hakken.

'Inspecteur Vervaeke,' groette hij werktuiglijk, terwijl hij bedacht dat dit de krachtigste handdruk was die hij ooit van een vrouw had gekregen.

'Lou,' corrigeerde ze. 'Prettig met u kennis te maken.'

Ze had een ietwat rauwe stem. Hees... schor... doorrookt... Berg betrapte zichzelf erop dat hij weer naar synoniemen zocht om te omschrijven hoe de vrouw klonk.

'Ik stel voor,' zei Denissen, 'dat u inspecteur Vervaeke voorstelt aan de rest van het team, dan kan zij zich gelijk inwerken.'

Berg keek verdwaasd naar de directeur. Hij was nog altijd niet van de verrassing bekomen.

'Zou ik... Kan ik u even onder vier ogen spreken?'

Nog voor Denissen kon reageren, zei de vrouw:

'Ik wacht buiten wel.'

Ze voegde de daad bij het woord en verliet het kantoor. Berg wachtte tot ze de deur achter zich had dichtgetrokken.

'Meent u dat?' vroeg hij. 'Is dit de vervangster van Meulenaer?'

'Hoezo? Ik dacht dat u blij zou zijn. Ik heb hemel en aarde bewogen om zo snel mogelijk iemand te vinden. Of hebt u er een probleem mee dat zij een vrouw is?'

Berg liet zich op een stoel zakken.

'Nee, natuurlijk niet. Het is alleen...' Hij zocht naar de juiste woorden. 'Dit werk is niet zonder gevaar, dat is onlangs nog maar eens gebleken.'

'Maakt u zich daar maar geen zorgen over,' zei de directeur. 'Inspecteur Vervaeke kan haar mannetje staan. Ze heeft een uitstekende staat van dienst. In haar dossier wordt ze omschreven als doortastend, intelligent, doelgericht. Een teamspeelster en tegelijk iemand die zelf initiatieven durft te nemen. Bovendien heeft ze in Antwerpen op dezelfde dienst gewerkt, ze kent dus het klappen van de zweep. Ik ben ervan overtuigd dat we het getroffen hebben met haar.'

Berg deed zijn best om de informatie te verwerken.

'Is ze getrouwd?'

'Nee. Ze is een alleenstaande moeder. Een dochter van acht.'

'Levert dat geen problemen op? Dit is niet bepaald een baan met vaste uren.'

'Ze heeft me verzekerd van niet.'

'Waarom heeft ze haar overplaatsing naar Leuven aangevraagd?'

'Om privéredenen. Zo staat het tenminste in het formulier.'

Berg mompelende het woord voor zich uit. Het zinde hem niet dat hij geen enkele inspraak had gehad bij de keuze van zijn nieuwe collega.

'Hebt u nog meer relevante vragen, hoofdinspecteur? Anders stel ik voor dat u opnieuw aan het werk gaat.'

Berg voelde hoe zijn humeur een flinke duik had genomen.

Dit was typisch Denissen: hem voor voldongen feiten plaatsen en dan ook nog eens doen alsof hem een gunst werd bewezen. Hij vroeg zich af hoe de rest van zijn team zou reageren. De dienst geweld was altijd een exclusief mannenclubje geweest, het laatste in het hele korps. Moest hij zijn manier van werken nu aanpassen omdat er een vrouwelijke college was bijgekomen?

Hij liep de gang op. De vrouw stond te wachten met een schouder tegen de muur geleund en de armen voor de borst gekruist, een weinig elegante houding die evenwel perfect bij haar paste. Berg nam zich voor om haar op precies dezelfde manier te behandelen als zijn mannelijke collega's. Wie ergens mee aanschoof, moest de gebruikelijke tafelmanieren voor lief nemen.

'Kom mee, Vervaeke,' zei hij. 'We zitten één verdieping hoger.'

'Lou, chef. Ik word liever met mijn voornaam aangesproken.'

Hij deed alsof hij haar niet gehoord had en liep met zevenmijlspassen de gang af. Ze moest zich reppen, zag hij, om hem te volgen. In het kantoor zaten Coens en Wenderickx achter hun computer.

'Mag ik even jullie aandacht?' zei Berg bij de deur. 'Dit is onze nieuwe collega: inspecteur Vervaeke. Ze is hier ter vervanging van Meulenaer.'

De verbazing op de twee gezichten kon niet groter zijn, maar nog voor Berg de kans kreeg om zijn mannen voor te stellen, was de vrouw al naar Wenderickx gelopen, schudde hem de hand, noemde haar voornaam en deed daarna hetzelfde met Coens. Het viel Berg nu pas op dat ze geen tas of handtas bij zich had. Misschien was dat de reden waarom de zakken van haar leren jack zo bol stonden.

'Is dit mijn plaats?' vroeg ze naar Meulenaers bureau wijzend.

Voor iemand kon reageren, had ze de stoel al achteruitgetrokken en was gaan zitten. Berg zag de verontwaardiging op Coens' gezicht. Hij haastte zich tussenbeide te komen.

'Dit is... was... het bureau van onze collega die afgelopen dinsdag...'

Nog voor hij zijn zin kon afmaken, was de vrouw al opgeveerd met een snelheid die je niet zou verwachten van iemand met haar postuur.

'Sorry.' Ze richtte zich tot Coens wiens bureau met de rug tegen dat van Meulenaer stond. 'Was hij jouw partner?'

Er volgde een stroef knikje.

'Ik heb het nooit meegemaakt, maar het moet verschrikkelijk zijn om een partner te verliezen.'

Haar stem, stelde Berg tot zijn verrassing vast, had plots een heel ander timbre: warmer, meelevend, minder schor. Coens zei nog altijd niets, maar de uitdrukking op zijn gezicht verzachtte een beetje. Lou Vervaeke draaide zich naar haar nieuwe chef.

'Waar wil je dat ik ga zitten?'

Er was natuurlijk geen andere plaats. Berg wierp Coens een vragende blik toe. Die aarzelde kort en gaf toen met een knikje te kennen dat het voor hem oké was. Berg beduidde de vrouw opnieuw te gaan zitten. Hij liep naar zijn bureau, griste het dossier mee van de overvallen op late feestvierders en liet het met een plofje voor de neus van Lou Vervaeke vallen. Ze keek schuin naar hem op.

'Wat is dat?'

'Jouw eerste opdracht.'

Ze sloeg de map open en bladerde door de rapporten. Haar reactie liet niet lang op zich wachten:

'Ik dacht dat ik zou meehelpen aan het onderzoek naar de aanslag op...'

'Op deze afdeling beslis ik wie aan welk dossier werkt,' onderbrak Berg haar. 'Het is hoog tijd dat iemand zich over deze zaak ontfermt. Als je vragen hebt, kan Coens je helpen. Voor de rest bepaal je helemaal zelf hoe je het onderzoek aanpakt. Ik wil alleen op geregelde tijdstippen op de hoogte gehouden worden.'

De vrouw legde beide handen naast elkaar op het stapeltje rapporten. Ze had korte, stevige vingers met goedverzorgde nagels. Op de rug van haar linkerhand stonden vier cijfers met in het midden een punt. Berg vermoedde dat het ging om het uur van afspraak met Denissen. Hij vond het maar een vreemde gewoonte, zeker voor een volwassen vrouw. Op dat ogenblik zei Lou Vervaeke:

'Goed, chef. Maar op één voorwaarde.'

Berg fronste. Het was nooit eerder gebeurd dat een ondergeschikte hem een voorwaarde had gesteld.

'Eigenlijk is het meer een verzoek. Zou je me Lou willen noemen? Ik heb er een hekel aan om met mijn achternaam aangesproken te worden.'

Berg reageerde niet. Dat mens bleef maar hameren op hetzelfde aambeeld. Hij zag ineens hoe Coens met een geamuseerde grijns de conversatie volgde. Het was de eerste keer sinds de dood van Meulenaer dat zijn gezicht zich een beetje ontspande. Hij gaf zich gewonnen.

'Oké, dan... Lou. Als dat voor jou zo belangrijk is.'

Hij kreeg een brede glimlach als dank. Om de een of andere reden had hij het gevoel dat dit soort situaties zich nog vaak zouden herhalen.

'En hoe zit het met jou?' richtte hij zich tot Wenderickx. 'Heb je al iets gevonden over de broer van Termondt?'

'Ja, chef. Ik heb contact opgenomen met Joren Debaetselier. Die wist me te vertellen...'

'Wacht even. Wie is Joren Debaetselier?'

'De student die het artikel in *Veto* heeft geschreven. Je weet wel: dat over de rectorverkiezing en...'

'Jaja, ga voort.'

'Volgens hem heeft Robrecht Termondt een relatie met Christine Van Parijs, de ex-vrouw van zijn broer.'

'Heeft hij een relatie met zijn schoonzus?'

'Het gerucht doet zelfs de ronde dat die twee willen trouwen, maar Albrecht Termondt weigert met een scheiding in te stemmen.'

'Hoe ben je dat te weten gekomen?'

'Alsof zoiets in een stad als Leuven geheim kan blijven,' grinnikte Wenderickx. 'Twee broers, beiden prof aan dezelfde universiteit: daar wordt natuurlijk over geroddeld dat het een lieve lust is. Bovendien studeert Debaetselier economie en krijgt hij les van Robrecht Termondt. Hij is zelfs een tijdlang lid geweest van de Mercurius-kring.'

'De wat?'

'De Mercurius-kring. Een select groepje studenten economie. Het is het paradepaardje van Termondt, een soort denktank waar briljante jongeren antwoorden zoeken op de economische problemen van deze tijd. Termondt nodigt speciaal voor hen wereldberoemde economen uit als gastspreker. Naar verluidt is het een hele eer om tot het clubje toegelaten te worden. Er is plaats voor zeven mensen, meer niet.'

'En Joren Debaetselier is een van die zeven?'

'Wás een van hen. Na dat artikel in *Veto* heeft Termondt hem op staande voet uit de groep gezet.'

Berg dacht na.

'Ik vraag me af waarom Albrecht Termondt ons niets over de verhouding tussen zijn broer en ex-vrouw heeft verteld.'

'Misschien schaamde hij zich,' opperde Coens. 'Het is een gênante situatie: je vrouw die een affaire heeft met je tweelingbroer.'

'Je kan de zaak ook omdraaien,' zei Wenderickx. 'Wat bezielt iemand om een relatie te beginnen met zijn schoonzus?'

'Waar ligt de faculteit van economie?' vroeg Berg.

'In de Naamsestraat.'

'Kom, dan leggen we hem die vraag meteen voor.'

Ze namen de lift naar de ondergrondse garage. In de auto vroeg Wenderickx:

'Wat vind je van de nieuwe, chef?'

'Mag ik het antwoord op die vraag voorlopig schuldig blijven?'

'Ik vind haar sympathiek, al zal het wel even wennen zijn. Een vrouw in de plaats van Meulenaer. Een groter verschil is moeilijk denkbaar.'

Berg liet het onderwerp rusten. Hij merkte dat hij nog altijd geprikkeld was. Was dat omdat de directeur hem weer voor het blok had gezet? Of had het met iets anders te maken? Geen enkel mens was onvervangbaar, maar het feit dat Meulenaers plaats zo snel was ingenomen door een ander gaf hem een wrang gevoel.

Een tiental minuten later hielden ze halt tegenover het Hogenheuvelcollege dat zijn naam dankte aan het feit dat het zich op een van de hoogste plaatsen van de stad bevond. Berg klikte zijn veiligheidsgordel los.

'Ik mag hier niet parkeren, chef.'

'Waar ben je bang voor?' morde hij. 'Dat je een bekeuring krijgt?'

Hij stapte uit. Het college bestond aan de straatkant uit drie oude, gerestaureerde panden waarvan er eentje bij elke stadsgids was bekend: het Huis van 't Sestich, een prachtige gotische burgerwoning uit de 15de eeuw.

'Wat betekenen die letters?' vroeg Wenderickx.

'Welke letters?'

'Helemaal bovenaan. In witte baksteen. Er staat een L en een X.'

'Ik vermoed dat ze verwijzen naar de oorspronkelijke eigenaars,' antwoordde Berg. 'Het is de familie 't Sestich die het huis heeft laten bouwen.'

Wenderickx reageerde niet.

'Snap je het niet?'

'Euh... nee, chef.'

'Dan denk je daar maar eens over na.'

Berg stak de straat over en liep de toegangspoort binnen. In de voormalige tuinen van de drie woningen was een modern complex opgetrokken dat zich uitstrekte tot aan het achterliggende stadspark. De gebouwen waren van elkaar gescheiden door een binnenplein met waterpartij. In het midden, op een betonnen sokkel, stond een bronzen beeld dat een man voorstelde met ontbloot bovenlichaam en vleugels op de rug.

'Is dat een engel?' vroeg Wenderickx.

Berg trok een pijnlijk gezicht.

'Een engel? Halfnaakt?'

'Hij heeft toch vleugels.'

'Op zijn rug en aan zijn sandalen,' wees Berg. 'Bij mijn weten is er maar één figuur die zo wordt afgebeeld: Mercurius, de Romeinse god van de handel. Heel passend, als je bedenkt dat dit de faculteit van economie is.'

'Ik begrijp nog altijd niet waarom hij vleugels heeft,' hield Wenderickx vol.

'Omdat hij ook de bode van de goden was,' antwoordde Berg. 'Heb je dat soort dingen dan nooit op school gehad?'

'Niet dat ik me herinner.'

Berg onthield zich van commentaar en ging het gebouw

binnen. Het was er druk, voornamelijk studenten die in groepjes stonden te praten of op weg waren naar een van de aula's. Bij de balie werd hun de weg gewezen naar het kantoor van de decaan. Ze hadden geluk: Robrecht Termondt was er.

Het eerste wat opviel, was het gebrek aan gelijkenis tussen de twee broers. Ze waren ongeveer even groot, maar Robrecht Termondt was forser gebouwd en zijn gezicht had minder fijne trekken. Een twee-eiige tweeling dus, dacht Berg.

'Politie?' zei de decaan met een blik op het legitimatiebewijs. 'Gaat dit over de aanslag op de Ugandese rector?'

'Inderdaad, professor.'

'Dan bent u bij de verkeerde Termondt. U moet mijn broer spreken.'

'Dat hebben we al gedaan,' antwoordde Berg en hij legde uit tot welk vermoeden het onderzoek had geleid: dat ook de Leuvense rector een doelwit was geweest bij de aanslag van afgelopen dinsdag.

'Albrecht?' Het woord stond stijf van ongeloof. 'Waarom zou iemand mijn broer willen vermoorden?'

'Om die vraag te beantwoorden zijn we hier.'

Termondt ging onmiddellijk in de verdediging.

'Hoezo? Verdenkt u mij soms?'

Berg negeerde de vraag.

'Aangezien het SMUG niet achter de aanslag zit, is het motief waarschijnlijk van persoonlijke aard. In dat geval richten we onze aandacht eerst op de directe omgeving van de persoon in kwestie.'

'Ik behóór niet tot de directe omgeving van mijn broer,' zei Termondt stuurs. 'Als u uw huiswerk had gemaakt, zou u dat geweten hebben.'

De terechtwijzing was met opzet kwetsend bedoeld en werd uitgesproken met zoveel dedain dat Berg zijn stekels voelde opkomen.

'Is dat zo?' zei hij. 'Om te beginnen bent u zijn tweelingbroer en daarnaast...'

'Een gril van de natuur, meer niet.'

'En daarnaast...' herhaalde Berg, 'hebt u een verhouding met zijn ex-vrouw. In mijn boekje plaatst dat u wel degelijk in de directe omgeving van uw broer.'

Termondts wenkbrauwen trokken dreigend samen, maar Berg gaf hem geen kans om te reageren:

'De relatie met uw schoonzus mag dan niet meteen een motief zijn voor moord, maar een paar andere elementen komen wel dicht in die buurt.'

'O ja?' zei Termondt, helemaal niet onder de indruk. 'Ik ben benieuwd welke.'

'Ten eerste hebt u naast het rectorschap gegrepen door toedoen van uw broer. En ten tweede gaat u niet akkoord met zijn aangekondigde besparingen.'

'Ik kan minstens vijf of zes andere decanen opsommen die daar precies hetzelfde over denken.'

'Dat kan best zijn,' zei Berg met een zijdelings knikje naar Wenderickx. 'Maar volgens mijn collega bent u een van de felste tegenstanders van uw broers plannen. Waarom? Omdat uw Mercurius-project in het gedrang komt als de besparingen worden doorgevoerd? Het moet heel veel geld kosten om die wereldvermaarde economen naar Leuven uit te nodigen. En dat allemaal voor een handvol studenten.'

Berg pauzeerde en wachtte op reactie, maar vreemd genoeg kwam die niet. Wilde dat zeggen dat hij de spijker op de kop had geslagen? Hij drukte nog wat dieper door.

'Ziet u wat ik bedoel? Als uw broer van het toneel verdwijnt, dan komt er van die besparingen niets in huis en ligt de weg naar het rectorschap opnieuw voor u open. In mijn ogen is dat een dubbelmotief.'

'Nee, het is pure onzin,' bromde Termondt. 'Maar ik moet u wel complementeren: voor een ambtenaar hebt u een heel levendige fantasie.'

Opnieuw dat minachtende toontje. Berg voelde zich hoe langer hoe bozer worden. Hij wist dat hij zich aan het vergaloperen was, maar het was sterker dan hemzelf.

'U hebt geen idee hoe levendig mijn fantasie is, professor. Zal ik daar nog een staaltje van geven? Naar het schijnt wilt u graag met uw schoonzus trouwen, maar weigert uw broer te scheiden. Dat is nog een reden om hem uit de weg te ruimen. Als ik goed geteld heb, is dat al het derde motief.'

'Is dat beroepsdeformatie?' vroeg Termondt laatdunkend. 'Om overal redenen te zien om iemand te vermoorden? Het moet bijzonder triest zijn om zo door het leven te gaan.'

Berg slikte een antwoord in. Hij besefte dat dit gesprek nergens toe leidde, maar hij vertikte het om de ander het laatste woord te laten.

'Ik heb nog één vraag, professor. Wie van de twee is de oudste: u of uw broer?'

Termondt leek een ogenblik van slag.

'Wat heeft dat met de zaak te maken?'

'Antwoord op de vraag alstublieft.'

'Mijn broer is als eerste geboren.'

'Dat verklaart veel.'

'Ik begrijp niet wat u bedoelt.'

Berg glimlachte.

'Er bestaat een beroemd verhaal over een andere tweeling: de zonen van de aartsvader Isaak: Jakob en Esau. Jakob was net als u de jongste, maar al tijdens de bevalling greep hij zijn broer bij de hiel in een poging om zelf als eerste ter wereld te komen. De anekdote is een voorafspiegeling van de levenslange rivaliteit tussen de twee broers. Is dat ook uw probleem?

Dat uw broer u altijd een stapje voor is? Ik denk maar aan de rectorverkiezing. En aan de vrouw met wie u nu...'

Midden in Bergs zin veerde Termondt op.

'Ik hoef hier niet naar te luisteren!' riep hij. 'U komt hier binnen en beschuldigt mij van allerlei dingen zonder dat daar ook maar het minste reden toe is. Dit gesprek is ten einde. In het vervolg wendt u zich maar tot mijn advocaat.'

Zonder verder woord stond Berg op en verliet het kantoor. Buiten, bij het beeld van Mercurius, bleef hij staan. Hij was kwaad op zichzelf omdat hij zich door Termondt op stang had laten jagen. Je zelfbeheersing verliezen was hoe dan ook een tactische blunder. Het viel hem op dat Wenderickx nog geen woord had gezegd.

'Wat is er?' vroeg hij.

'Hij heeft een punt, chef.'

'Wat bedoel je?'

'We hebben geen enkele reden om aan te nemen dat Termondt iets met de aanslag te maken heeft. En dan die vergelijking met die andere tweeling. Dat was... nou ja...'

'Wat?'

'Ongepast?'

'Mmm... kan zijn.'

Berg balanceerde even op zijn hakken alsof hij niet kon besluiten te blijven staan of verder te lopen.

'Aan de andere kant is het wel zo dat Jakob zijn broer het eerstgeboorterecht heeft ontstolen. Op de keper beschouwd was hij een dief.'

'Ik zie het verband niet.'

'Nee? Je vroeg daarstraks wat iemand bezielde om een relatie te beginnen met zijn schoonzus. Is het dat wat Termondt drijft? De vrouw van zijn broer stelen om hem te overtroeven? En wil hij hem ook het rectorschap ontfutselen?'

'Door hem te laten vermoorden?'

'Waarom niet?'

'Pfff... Is dat niet vergezocht?'

Berg keek naar het bronzen beeld in de waterpartij.

'Misschien. Aan de andere kant... Mercurius was niet alleen de god van de handelaars. Hij was ook de god van de dieven. Dat geeft te denken, vind je niet?'

10

In de loop van de dag kreeg Berg een telefoontje van Tatyana. Ze had de gevraagde informatie over Milton Mutesa en vroeg of ze hem kon zien.

'Geen probleem,' zei Berg. 'Ik kan binnen een halfuur bij jou zijn.'

'Ik euh... had eigenlijk iets anders in gedachten. Wat zou je ervan vinden om vanavond iets te gaan eten?'

Het voorstel verraste Berg.

'Onze vorige afspraak is immers niet doorgegaan en ik word hier zo stilaan gek in mijn eentje. Of heb je al andere plannen? Misschien overval ik je hiermee en...'

'Ik heb geen andere plannen,' zei Berg snel. 'En ik ga heel graag met jou eten.'

'O... fijn.'

'We kunnen een tafel reserveren in de Faculty Club. Het is een prima restaurant en het ligt vlak bij jouw hotel.'

'Goed. Hoe laat spreken we af?'

'Schikt acht uur?'

'Prima. Tot vanavond, Thomas.'

Berg draaide zijn stoel naar het raam en legde zijn voeten

op de radiator. Het gesprek met Robrecht Termondt lag nog altijd op zijn maag en hij zat al meer dan een uur te dubben over wat hij morgen moest zeggen op de begrafenis van Meulenaer. Hij staarde naar het kerkhof achter het postkantoor aan de overkant van de straat. Gewoonlijk, als een onderzoek vastzat, maakte hij een wandeling over de begraafplaats om in zijn eentje te kunnen nadenken en hij vroeg zich af hoe het daar nu verder mee moest. Meulenaer kreeg er zijn laatste rustplaats. Hij zou nooit meer ongedwongen over het kerkhof kunnen lopen. De anonimiteit was weg. De afstand.

Hij balde zijn vuisten. Voor de zoveelste keer dacht hij: dit had nooit mogen gebeuren! En intussen schoot het onderzoek maar niet op. Hij keek over zijn schouder. Meulenaers stoel was leeg.

'Waar is Lou?' vroeg hij.

'Buiten een sigaret gaan roken,' antwoordde Coens.

'Heb je al iets gevonden over de Termondts?'

'Ik heb het dossier van die zelfmoord nog eens doorgenomen. Veel heeft dat niet opgeleverd, behalve één ding. Het was me ontgaan, maar toen ik het las, wist ik het weer: Christine Van Parijs werkt in het Jozefietencollege. Ze is lerares Latijn.'

Berg haalde zijn voeten van de radiator.

'Kijk eens aan. Dat wil zeggen...'

'... dat ze een sleutel heeft die op de zolderdeur past,' vulde Coens aan.

Berg liet het gegeven bezinken. Was de schutter via de exvrouw van de rector aan een loper geraakt? Kwam de opdracht om hem te vermoorden van haar? Of had ze de aanslag samen met haar nieuwe vriend beraamd? Maar waarom? Toch niet alleen omdat Albrecht Termondt weigerde te scheiden?

'We moeten haar zo snel mogelijk zien te spreken.'

'Ik heb maandag een afspraak met haar.'

'Waarom pas maandag?'

'Morgen kon niet, chef. Vanwege Meulenaers begrafenis.'

Berg trommelde met zijn vingers op het tafelblad.

'Zijn er al reacties op de robotfoto?'

'Een twintigtal. Het gros heeft niks om het lijf. Mensen die zich interessant willen maken. Eentje was een twijfelgeval. Wenderickx houdt zich ermee bezig.'

'En wat met die Lagaetha?'

'Niks. Noppes. Volgens mij is ze allang het land uit.'

Bergs telefoon rinkelde. Het was Zeebos.

'Ik heb net kennisgemaakt met onze nieuwe collega,' zei hij monter. 'We stonden toevallig buiten een sigaret te roken.'

'Blij dat jullie alvast één gemeenschappelijke interesse hebben,' bromde Berg. 'Heb je al iets gevonden over Michiel Vanderweeën?'

'Een paar dingen. Hij is 45, afkomstig van Aalst, ongetrouwd. Tot begin maart was hij prof aan de faculteit rechten, toen heeft hij er plots de brui aan gegeven.'

'Waarom?'

'Geen idee. Zijn ontslag kwam in elk geval vrij kort na zijn terugtrekking uit de rectorverkiezing.'

'En wat was daar de reden voor?'

'Daar ben ik nog niet achter.'

'Wat doet hij nu?'

'Weet ik ook nog niet.'

'Verdomme, Jan! Aan dat tempo komen we nergens.'

Het bleef een tijdje stil. Toen:

'Luister, Thomas, ik ben dit soort werk niet gewoon. Als je sneller resultaten wil, dan zet je maar iemand anders op de opdracht.'

'Wie? Ik heb...'

'Lou bijvoorbeeld.'

Op dat ogenblik ging de deur van het kantoor open. Lou Vervaeke trok haar leren jack uit, hing die over de leuning van haar stoel en boog zich opnieuw over het dossier van de overvallen. Berg kneep zijn ogen tot spleetjes.

'Heeft zij je gevraagd om dit voor te stellen?'

'Wat? Nee.'

'Hmm...'

'Nee, zeg ik je.'

'Oké. Oké. Laat me weten zodra je meer informatie hebt.'

Berg drukte de verbinding weg. Voor hem lag een vel papier met droedels en losse aantekeningen. Wat zei je in godsnaam op de begrafenis van een collega? Over de doden niets dan goeds natuurlijk, maar dan nog. Hij wilde geen gemeenplaatsen debiteren. Het moest persoonlijk zijn, op maat gesneden. Het probleem was... zo goed had hij Meulenaer eigenlijk niet gekend.

De vaststelling bracht hem nog meer in de war. Hij keek naar zijn twee collega's. Op de keper beschouwd zou hij hetzelfde probleem hebben als hij iets over Coens moest zeggen. Of over Wenderickx. Die had bijvoorbeeld twee kleine kinderen, maar hun namen opnoemen kon hij niet. En Lou... over haar wist hij nog helemaal niets, behalve dat ze een alleenstaande moeder was en uit Antwerpen kwam. Misschien moest hij zich in het vervolg een beetje meer openstellen, wat persoonlijker omgaan met zijn medewerkers, om te beginnen Lou beter leren kennen en haar niet meer zo afstandelijk behandelen. Ja, dat zou hij doen. Dan had Meulenaers dood toch één positief effect.

Een paar uur later wandelde Berg naar de Faculty Club. Hij had zich gedoucht, andere kleren aangetrokken en hij merkte dat zijn stemming er een stuk beter op was geworden. Het restaurant zat maar voor een derde vol. Tatyana kwam een kwartier na hem binnen. Ze zag er prachtig uit: zwarte pumps, antracietkleurige broek, witte blouse, getailleerd jasje. Berg stond op en wilde haar een hand geven, maar ze boog zich naar hem toe, gaf hem een zoen op de wang en vroeg in één adem:

'Ben ik veel te laat?'

'Nee,' zei Berg hoffelijk.

'Ik kreeg op de valreep nog een mail uit Kampala. Die had...'

'Willen we eerst een drankje bestellen?' vroeg Berg. 'Het werk kan wel even wachten.'

'Ja, natuurlijk.'

Een kelner bracht de menukaarten. Ze namen elk een aperitief van het huis. Tatyana vertelde dat het lichaam van Badru Alupo intussen gerepatrieerd was en dat hij morgen werd begraven. Ze had ook contact gehad met haar moeder. Die had voorgesteld om naar Leuven te komen, maar ze had het aanbod afgeslagen.

'Waarom?'

'Omdat ik weet dat ze naar de begrafenis wil gaan,' antwoordde Tatyana. 'Hetzelfde geldt voor mijn vader. Die komt speciaal vroeger terug uit Kenia. Hij neemt er deel aan een internationaal congres over nieuwe irrigatietechnieken.'

'Wat is hij van beroep?'

'Landbouwingenieur. Het is me nog niet gelukt om hem aan de lijn te krijgen. Je weet wel: in verband met de vraag of Albrecht Termondt wist dat Badru Alupo homoseksueel was. Ik heb een bericht ingesproken. Hij zal in de loop van het weekend wel iets van zich laten horen.'

Daarmee waren ze dan toch over het werk begonnen. Berg vertelde dat hij morgen ook naar een begrafenis moest.

'Van je collega?'

Hij knikte.

'Was hij getrouwd? Had hij kinderen?'

'Geen kinderen. Hij was gescheiden, maar hij had al een

paar jaar een andere relatie. Er is me gevraagd om een woordje te zeggen tijdens de eredienst. Ik pieker me er dagenlang suf over.'

'Vertel gewoon wat je voelt.'

'Wat ik voel?'

'Was hij meer dan een collega? Een vriend?'

'Nee,' antwoordde Berg. 'Maar hij was een goede politieman. Ik heb graag met hem gewerkt.'

'Dan zeg je toch dat.'

De kelner kwam met de aperitieven. Berg hief zijn glas.

'Ander onderwerp,' zei hij. 'Waar drinken we op?'

'Op een fijne avond? Daar ben ik echt aan toe.'

Ze tikten hun glazen tegen elkaar. Terwijl Tatyana dronk, loste ze Bergs blik niet. Hij probeerde uit te maken wat er zich afspeelde achter die prachtige, amandelbruine ogen van haar.

'Zullen we eens kijken wat de keuken te bieden heeft?'

'Goed idee. Ik sterf van de honger.'

Nadat ze hun keuze hadden gemaakt, vertelde Tatyana wat ze over Milton Mutesa had ontdekt. Hij was in 1992 geboren als oudste zoon van David Kato Mutesa, een voormalige kolonel in het Ugandese leger. Milton had een moeilijke jeugd achter de rug en hij stond bekend om zijn opvliegende karakter, maar veel belangrijker om weten was dat zijn vader hem als kind al met wapens had leren omgaan.

'Dat verklaart een en ander,' zei Berg.

'Dat dacht ik ook. Wat zijn jongere broer betreft: die is inderdaad van de universiteit gestuurd vanwege een homoseksuele relatie. Hij heeft een gevangenisstraf gekregen, maar begin april is daar iets gebeurd – veel details gaf het bericht daar niet over. In elk geval is hij bij dat incident om het leven gekomen.'

'Dat verhaal klopt dus.'

'Ja. Milton Mutesa heeft korte tijd later het land verlaten.

Hij studeerde voor ingenieur, waarschijnlijk wilde hij hier zijn studies afmaken.'

'Volgens mijn medewerker heeft hij zich nooit aan de universiteit ingeschreven.'

'Misschien was hij dat van plan, maar heeft het bericht over Badru Alupo's komst naar Leuven roet in het eten gegooid. Als hij zijn broer wilde wreken, kon hij beter op de achtergrond blijven.'

'Tot daar ga ik nog mee,' zei Berg. 'Maar ik begrijp niet waarom de Leuvense rector ook moest sterven. Wat heeft Termondt te maken met wat er met Mutesa's broer is gebeurd?'

'Dat weet ik niet, maar ik heb nog nieuws: het meisje op de beelden van de bewakingscamera's is door de veiligheidsdienst geïdentificeerd. Het blijkt om Julia Mutesa te gaan, de zus van Milton.'

Berg kon nog net een vloek inhouden. Daarmee was er geen twijfel meer mogelijk: Badru Alupo was vermoord uit wraak.

'Ze heeft op 12 augustus het vliegtuig genomen in Entebbe. Waarschijnlijk op vraag van haar broer. Of anders is ze op eigen initiatief naar hier gekomen toen ze hoorde wat hij van plan was.'

'Ik vraag me af of ze nog in het land is. Misschien is ze al terug naar Uganda.'

'Dat wordt op dit ogenblik onderzocht. Het probleem is dat we niet weten uit welke luchthaven ze is vertrokken. Zaventem was het in elk geval niet, zoveel is al duidelijk.'

Op dat moment kwam de kelner aangedragen met het voorgerecht. Tatyana had Berg laten kiezen: fijn gesneden schijfjes mozzarella met vijgen, geroosterde pijnboompitten en krokant gebakken Italiaanse ham. Als wijn had hij een fles sancerre besteld.

'Dit is heel lekker,' zei Tatyana.

'Ik ben blij dat het je smaakt.'

Toen ze met het voorgerecht klaar waren, vroeg ze:

'Ik heb de robotfoto in de krant gezien. Zijn er al reacties op gekomen?'

'Een paar. We zoeken uit of er eentje bij is die de moeite waard is.'

'Je moet weten dat men in Uganda ongeduldig begint te worden, Thomas. De mail waar ik het daarstraks over had, kwam van het presidentiële hof. Yoweri Museveni wil resultaten zien en liever vandaag dan morgen.'

Berg zei niets.

'Denk je dat de tweede schutter ook een persoonlijk motief had? Of dat hij ingehuurd was door iemand anders?'

'Dat is voorlopig niet duidelijk. We volgen wel een spoor, maar of dat iets oplevert, is nog maar de vraag.'

'Over wie gaat het?'

Berg twijfelde. Hij had niet de gewoonte om met derden over een lopend onderzoek te praten, maar aan de andere kant was Tatyana bij de zaak betrokken en had ze hem ook in vertrouwen genomen.

'Wat ik nu zeg, gaat niet verder dan deze tafel. Akkoord?'

'Natuurlijk.'

Berg vertelde over het gesprek met Robrecht Termondt en de verschillende motieven die hij kon hebben om de aanslag op touw te zetten.

'Iemand die zijn eigen broer laat vermoorden?' reageerde Tatyana ongelovig. 'Zijn tweelingbroer dan nog?'

'Tot nu toe is het niet meer dan een theorie. Het kan zijn dat we er volkomen naast zitten, maar vergis je niet: broedermoord is niet uitzonderlijk. Er bestaat zelfs een woord voor: fratricide.'

'Nooit van gehoord.'

'Trouwens, de allereerste moord uit de geschiedenis van de mensheid was een broedermoord: Kaïn die uit afgunst Abel doodsloeg.'

Tatyana glimlachte.

'Dat is al de tweede keer dat je naar de Bijbel verwijst. Die paar jaar theologie hebben blijkbaar een diepe indruk nagelaten.'

'Misschien,' zei Berg. 'Maar je kan het ook anders bekijken. Om welke redenen wordt iemand zoal vermoord? Haat, jaloezie, wraak, machtsdrang, woede, hebzucht... Al die motieven komen in diverse verhalen in de Bijbel voor. Eigenlijk zou het boek verplichte lectuur moeten zijn op politiescholen. Het is een onuitputtelijke bron van studiemateriaal voor toekomstige rechercheurs.'

'Dat,' zei Tatyana, 'is zowat de vreemdste reden die ik ooit iemand heb horen geven om de Bijbel te lezen.'

'Nee, toch?' grijnsde Berg.

De kelner kwam met het hoofdgerecht. Ze hadden beiden vis genomen: op vel gebakken roodbaars met een coulis van gegrilde paprika's. Terwijl ze aten, stuurde Berg het gesprek een andere richting uit. Hij wilde niet de hele avond over het onderzoek praten. Hij wilde haar beter leren kennen.

Tatyana vertelde over haar familie in België. Haar grootmoeder leefde nog en woonde in Lier. Ze was van plan om de volgende dag een auto te huren en haar een bezoek te brengen. Het was intussen een paar jaar geleden dat ze haar nog had gezien en op die manier was ze tenminste even weg uit het hotel. Haar laatste opmerking bracht Berg op een idee.

'Heb je al plannen voor zondag?'

'Ja, ik heb afgesproken met mijn tante in Mechelen. Waarom?'

'Ik wilde je voorstellen om een wandeling te maken door

de stad. Leuven heeft heel wat moois te bieden. Ik kan je plaatsen laten zien waar geen enkele toerist komt.'

'Hoofdinspecteur Berg als gids,' grapte ze. 'Dat had ik nooit achter je gezocht. Kunnen we die wandeling niet in de loop van de week maken?'

'Dat lukt niet met het onderzoek.'

'Jammer.'

Berg overlegde bij zichzelf.

'Ben je dinsdagavond vrij?'

'Mijn agenda is de hele volgende week nog maagdelijk wit.'

'Dan spreken we het volgende af. Dinsdagavond kom je naar mij thuis. Ik kook.'

Tatyana sloeg als een verrast kind haar handen in elkaar.

'O... het wordt almaar interessanter. Mijn moeder zegt altijd: zoek je een man die kan koken. Mannen die gevoel hebben voor koken, hebben ook gevoel voor vrouwen.'

'Een wijze uitspraak,' grinnikte Berg. 'Vandaar mijn volgende vraag: wil je een dessert?'

'Nee, dank je. Ik heb echt genoeg.'

'Koffie dan?'

'Ja, dat wil ik wel.'

Berg wenkte de kelner. Intussen vertelde hij hoe hij vroeger in Brussel had gewoond en gewerkt. Toen hij naar Leuven werd overgeplaatst, had dat aangevoeld als een thuiskomst en toch ook weer niet. De stad van zijn studentenjaren bestond niet meer. De huizen, de straten, de pleinen... alles leek anders.

'Ofwel was jij intussen veranderd,' zei Tatyana.

'Dat ook natuurlijk, maar daar ben je je nauwelijks van bewust. Het is zoals je spiegelbeeld: degene die de veranderingen in je gezicht het minst opmerkt, ben jezelf. Voor anderen zijn de sporen die de tijd hebben nagelaten veel beter zichtbaar.'

Tatyana hield haar hoofd schuin en deed alsof ze hem aandachtig bestudeerde. Berg werd bijna ongemakkelijk onder haar keurende blik.

'Wat dat betreft,' glimlachte ze, 'valt het nog best mee.'

Hij keek op. Maakte ze hem nu een compliment?

'Het is een cliché,' zei Tatyana. 'Maar de tijd is genadiger voor mannen dan voor vrouwen. Veel mannen zien er beter uit als ze wat ouder worden. Dat melkmuilachtige is weg. Voor vrouwen is het een heel ander verhaal. Dat klinkt allesbehalve feministisch, maar het is de trieste waarheid.'

'De verdrietige waarheid.'

'Is trieste waarheid geen correct Nederlands?'

'Toch wel. Maar wat je zei, deed me denken aan wat ik ooit bij een dichter heb gelezen. Die had het over de verdrietige waarheid.'

'Van het ouder worden?'

'Nee, van het leven.'

'Wat bedoelde hij daarmee?'

'Volgens hem is de verdrietige waarheid van dit bestaan dat niets is zoals we zouden willen dat het is. Zelfs de liefde niet, of je partner, of je eigen persoon. Dat klinkt heel zwaarmoedig, maar aan de andere kant... nog steeds volgens dezelfde dichter... maakt alleen wie erin slaagt om dat te aanvaarden kans op geluk.'

'En slaag jij daarin, Thomas?'

'Ik doe mijn best, maar ik moet toegeven dat het niet vaak lukt. Een karakterkwestie waarschijnlijk.'

'Hoe heet die dichter?'

'Herman de Coninck. Ooit van gehoord?'

'Nee, ik moet toegeven van niet.'

'Hij heeft prachtige dingen geschreven. Ik heb thuis een paar dichtbundels van hem. Als je wil, mag je ze lenen.'

'Een politieman die kan koken en poëzie leest. Heb je nog meer verborgen trekjes, hoofdinspecteur Berg?'

'Nee, dat is het zowat. Nu weet je alles over mij.'

'Daar geloof ik niks van.'

Toen ze hun koffie hadden gedronken, bleven ze alleen over in het restaurant. De kelner had intussen de andere tafels afgeruimd en zat vanaf een stoel bij de keukendeur nadrukkelijk hun richting uit te kijken. Berg stak zijn hand op om de rekening te vragen.

'Dit keer betaal ik,' besliste Tatyana.

'Geen sprake van. Jij bent hier te gast. Als ik ooit naar Kampala kom, mag jij trakteren.'

'Afgesproken. Ik zal je met alle egards ontvangen.'

Buiten wierpen de ouderwetse straatlantaarns sprookjesachtige schaduwen op de gevels van de huizen. Het was een mooie avond met een bijna volle maan. Terwijl ze naar het hotel terugliepen, haakte Tatyana spontaan bij Berg in. De wandeling van maar enkele minuten had wat hem betrof een stuk langer mogen duren.

Voor de ingang van het hotel sloeg Tatyana haar armen om zijn hals, drukte zich even tegen hem aan en fluisterde in zijn oor:

'Bedankt, Thomas, ik vond het heel leuk.'

Hij rook haar parfum, maar nog voor hij de kans kreeg om iets te zeggen, gaf ze hem zoen op de wang, draaide zich om en liep de lobby in.

Met een wee gevoel in zijn binnenste keerde Berg op zijn stappen terug. Het was een fijne avond geweest en hij wilde niets liever dan Tatyana zo snel mogelijk terugzien, maar aan de andere kant... wat stelde hij zich daar eigenlijk bij voor? Misschien had hij haar beter niet uitgenodigd. Het etentje bij hem thuis zou zijn verwachting alleen maar voeden terwijl de afloop van dit verhaal al vastlag. Binnen een paar dagen, hooguit een week vertrok Tatyana terug naar Uganda. Zij had haar leven ginds, hij het zijne hier. En daartussen lagen duizenden kilometers als een onoverbrugbare barrière.

II

De Sint-Geertruikerk zat afgeladen vol. Vanaf zijn plaats keek Coens naar de katafalk met de eikenhouten kist en daarop een foto van Meulenaer. Hij had vanochtend geen hap door zijn keel gekregen en toch voelde zijn maag aan als een blok beton. Naast hem zat de chef, dan Zeebos, Wenderickx, Glenn en als laatste Lou. Ze had Meulenaer niet gekend, maar hij apprecieerde het dat ze was gekomen.

De rijen voor hen werden ingenomen door de familie van de overledene: Meulenaers broer en diens gezin, een paar neven en nichten, zijn vriendin Hilde en de vrouw die haar op die fatale dag in Gasthuisberg was komen ophalen... Alles samen niet meer dan een twintigtal mensen.

Aan de overkant van het gangpad waren plaatsen gereserveerd voor de korpsleiding, de afgevaardigde van de directeur-generaal, de gezant van de koning. Bij het binnenkomen van de kerk had hij ook onderzoeksrechter Hove opgemerkt als vertegenwoordiger van de plaatselijke rechtbank en Geeraerts, de politiearts, die er was uit naam van de dienst forensische geneeskunde van het UZ Gasthuisberg.

Voor de rest waren de meeste stoelen ingenomen door collega's van de lokale en de federale politie. Een deel van hen had buiten, voor de poort van de kerk, een erehaag gevormd toen de lijkwagen met de vier motorrijders was gearriveerd en de kist naar binnen werd gedragen door de chef, Wenderickx, Zeebos en Glenn. Hijzelf was voor hen uitgelopen met Meulenaers eretekens en kepie. Het was een moeilijk moment geweest en hij had niet kunnen voorkomen dat de tranen over zijn wangen rolden.

Het grootste deel van de eredienst ging als in een waas aan hem voorbij. Hij kon zich eenvoudigweg niet concentreren op wat de priester zei omdat zijn geheugen voortdurend beelden opriep van vroeger: hoe Meulenaer hem jaren geleden als groentje onder zijn vleugels had genomen, hoe het onmiddellijk klikte tussen hen, hoe ze jarenlang als partners hadden gewerkt, eerst onder leiding van Grootaerts, hun vorige chef, daarna onder Berg met wie Meulenaer in het begin de grootste moeite had gehad omdat hij vond dat de nieuwkomer zijn promotie had ingepikt. Later waren de plooien gladgestreken, maar echt goede vrienden waren ze nooit geworden, de chef en Meulenaer.

Coens voelde hoe zijn handpalmen vochtig waren, iets wat altijd gebeurde als de emoties hem te machtig werden. Hij probeerde zijn gedachten te focussen op de eredienst, maar de beelden stopten niet en wat nog het meest terugkwam, opnieuw en opnieuw, was dat gruwelijke moment op de Vismarkt toen hij over zijn schouder keek en het bloed zag... zoveel bloed dat hij onmiddellijk geweten had dat dit nooit meer goed kwam. Meulenaer was niet meer in staat geweest om nog iets te zeggen. Hij had bijna onmiddellijk het bewustzijn verloren en dat was misschien nog het ergst van al: dat hij geen afscheid had kunnen nemen, dat hij niet had kunnen zeggen hoe dankbaar hij was voor de jaren van vriendschap, kameraadschap, plagerijen en grapjes, goede en minder goede dagen... Het verlies was veel te abrupt geweest en daarbovenop kwam nog het schuldgevoel, het besef dat door zijn aarzeling Mutesa had kunnen schieten. Hij wist wel dat de chef gelijk had. Het was een ongeluk geweest, een toevallige samenloop van omstandigheden, iets wat in hun beroep elke dag kon gebeuren. Maar intussen had Meulenaer het leven verloren, op zijn verjaardag dan nog, hoe wreed kon het lot zijn?

Coens schrok op uit zijn gedachten toen de chef naast hem opstond en zich naar de katheder begaf die links van het altaar stond. Tot nu toe hadden de directeur en de korpschef elk een kort woordje gezegd: over Meulenaers onberispelijke staat van dienst, over de achtentwintig jaar van zijn leven die hij aan het korps had gegeven, over de moed en volharding die hij tijdens zijn carrière had getoond. Een voorbeeld voor jonge collega's was hij geweest. Een partner op wie je te allen tijde kon rekenen. Een man die zijn leven had gegeven bij de uitoefening van zijn beroep...

Het klonk allemaal mooi en lovend, maar het waren dezelfde formuleringen die ook gebruikt zouden worden als iemand anders op Meulenaers plaats had gelegen en Coens had het gevoel dat de woorden, hoe welgemeend ook, zijn partner geen recht deden omdat ze niet uit het hart kwamen van de mannen die ze uitspraken, omdat ze hol klonken, onpersoonlijk, stereotiep.

Hij vroeg zich af wat de chef zou zeggen. De afgelopen week had hij verwacht dat Berg met hem zou overleggen, misschien zijn raad zou inwinnen of informatie zou vragen over de periode van vóór zijn tijd, maar dat was niet gebeurd en meer dan eens had hij op het punt gestaan om hem zelf aan te spreken en iets te suggereren.

Hij rechtte zijn rug en zag hoe Berg de microfoon wat dichterbij plooide en zijn handen op het spreekgestoelte legde. Hij had niets uit zijn zak gehaald. Geen tekst, zelfs geen vel papier met wat steekwoorden. Had hij dan niets voorbereid? Ging hij uit de losse pols spreken? Coens voelde de irritatie opkomen. Werd dit even nietszeggend en algemeen als de vorige toespraken? De chef had wel nooit hoog opgelopen met Meulenaer, maar dit kon hij toch niet maken.

Op dat ogenblik begon Berg te praten:

'Ik wil u een verhaal vertellen,' zei hij en Coens hoorde hoe onvast zijn stem klonk en zelfs een beetje trilde. Had hij goed gehoord? Had de chef gezegd dat hij een verhaal ging vertellen? Over wie? Over Meulenaer? Hij spitste zijn oren.

'Het is een verhaal over een man die een groot bedrijf had en drie zonen die daarin meehielpen. De jongste was, zoals wel vaker gebeurt, zijn oogappel. Hij had een zacht karakter, was goedlachs, een beetje een speelvogel, allesbehalve een harde werker. Maar voor iedereen in het bedrijf had hij een goed woordje over: een compliment hier, een aanmoediging daar, een kwinkslag op elk moment van de dag. De arbeiders waren allemaal gecharmeerd door hem en de vader voelde zijn borst opzwellen van trots telkens wanneer hij werd gelukgewenst met zo'n vriendelijke en zachtaardige jongen.'

De chef zweeg een ogenblik. Coens merkte dat hij verbaasd zat te luisteren. Waar ging dit over? Niet over Meulenaer in elk geval.

'De middelste zoon,' vervolgde Berg, 'was uit heel ander hout gesneden. Hij was introvert en zwijgzaam, maar hij was ook een noeste werker die altijd perfect uitvoerde wat hem werd opgedragen. Hoewel hij de zoon was van de baas, beschouwden de arbeiders hem als een van hen omdat hij van aanpakken wist en er niet tegen opzag om samen met hen zijn handen vuil te maken. De vader prees zich dan ook gelukkig met zo'n vlijtige zoon die een voorbeeld was voor zijn werknemers.'

Er volgde opnieuw een pauze. Het viel Coens op dat verschillende mensen in de kerk elkaar niet-begrijpend aankeken.

'De oudste zoon,' vervolgde Berg, 'had een moeilijk karakter. Hij kon bijzonder kortaf uit de hoek komen, was humeurig en had voortdurend ruzie met zijn vader over het beleid van het bedrijf. De arbeiders waren een beetje bang van hem omdat hij voortdurend iedereen in het oog hield en niet toeliet dat iemand zijn tijd verbeuzelde. Het gebeurde dan ook vaak dat ze klaagden over zijn bemoeienissen en bazige karakter. Van zijn drie zonen was dit degene op wie de vader het minste trots was.'

Berg haalde eens diep adem. De tremor was uit zijn stem verdwenen, maar hij klonk zo mogelijk nog ernstiger toen hij voortging:

'Toen kwam de dag waarop de vader met pensioen ging en moest kiezen aan wie van zijn zonen hij de leiding van het bedrijf overliet. Het werd hem snel duidelijk dat slechts één van de drie over de nodige ervaring en verantwoordelijkheidszin beschikte en voor het eerst besefte hij dat hij zijn oudste zoon altijd had miskend, misschien wel omdat die geen haar anders was dan hijzelf.'

Coens zag hoe de chef zijn ogen over de toehoorders liet gaan. Zijn blik stopte op de plaats waar hij en de rest van het team zaten.

'U vraagt zich waarschijnlijk af waarom ik dit verhaal vertel. Het is de dichter Herman de Coninck die me op het idee heeft gebracht toen hij onlangs tijdens een gesprek ter sprake kwam. In een van zijn teksten heeft De Coninck het over de verdrietige waarheid van het leven. Daarmee bedoelt hij dat ieder mens zich moet neerleggen bij het feit dat niets in dit bestaan is zoals we zouden willen dat het is. Dat geldt voor de persoon die we zijn en voor de relatie die we hebben met anderen. Dat laatste was zeker waar voor Meulenaer en mij. Ook wij hebben onze moeilijkheden gehad en vaker dan ik me kan herinneren, heeft het flink gebotst tussen ons. Soms ging dat over belangrijke, soms over volkomen onbelangrijke dingen die het zelfs niet waard waren dat er één woord aan werd verspild, maar waarover toch werd geruzied omdat wij mensen nu eenmaal zijn wie we zijn en niet altijd denken en handelen zoals we dat zouden willen of moeten doen.'

Coens kreeg een krop in zijn keel nu hij begreep waar de chef op aanstuurde. Hij zag hoe Berg nadrukkelijk naar de kist keek. Het enige wat hij nog zei, was:

'De afgelopen dagen is mij ook iets duidelijk geworden. Hoe moeilijk de relatie tussen Meulenaer en mij soms ook was, als ik de leiding van mijn dienst moest overlaten aan een ander en Meulenaer leefde nog, dan was mijn keus – net als bij de vader in dit verhaal – snel gemaakt.'

Deel III

De klok en de klepel

I

Op maandagochtend riep Berg iedereen voor overleg bij elkaar. Alleen Lou was er niet. Hij vroeg of iemand wist waar ze uithing.

'Ze zei dat ze een paar mensen ging interviewen,' antwoordde Coens. 'In verband met die nachtelijke overvallen.'

'Juist, ja.'

Berg herinnerde zich dat ze hem daar iets over had gezegd, meteen na de teraardebestelling van Meulenaer. Er was voor de collega's een koffietafel voorzien in de kantine van het politiebureau, maar daar had hij voor gepast. Hetzelfde gold voor Lou. Ze had maar een babysit tot één uur, zei ze, en bovendien moest ze niets hebben van de sfeer die op zo'n bijeenkomst hing: verdriet dat werd weggeslikt met belegde broodjes, herinneringen die aan de lopende band werden opgehaald, emoties die gecamoufleerd werden met druk gepraat... Nee, niks voor haar: zo'n geforceerde toestand. Maar daar wilde ze het niet over hebben. Het was misschien niet het juiste moment, maar er moest haar iets van het hart, iets wat ze vrijdag al had willen zeggen, maar toen was er geen gelegenheid voor geweest.

Berg bleef staan. Dat van het juiste moment was correct, maar tijdens de begrafenis had hij zich nog een keer voorgenomen om zich in het vervolg tegenover haar van zijn beste kant te laten zien.

'Ik heb intussen het dossier van de overvallen helemaal doorgenomen,' zei Lou, 'en ik kan me niet van de indruk ontdoen dat jullie iets belangrijks over het hoofd hebben gezien.'

Het klonk niet betweterig, wel behoorlijk terechtwijzend. Berg slikte een antwoord in en vroeg wat ze bedoelde.

'Er zijn tot nu toe drie mensen in elkaar geslagen en beroofd. Telkens mannen van tussen de 30 en de 35 jaar. Het vreemde is dat niemand daar ook maar één enkele kanttekening bij heeft gemaakt.'

'Ik verval in herhaling,' zei Berg die graag naar huis wilde. 'Maar wat bedoel je nu eigenlijk?'

Lou haalde een pakje sigaretten uit haar zak en stak er eentje op. Het viel Berg op dat er dit keer niets op de rug van haar hand geschreven stond.

'Waarom worden er alleen mannen beroofd? Als het de dader om geld te doen is, dan zijn vrouwen toch veel gemakkelijkere slachtoffers.'

'Misschien kiest hij mannen uit omdat vrouwen meestal met twee zijn.'

Lou schudde van nee met de vingers waar de sigaret tussen stak.

'Ten eerste zijn er genoeg vrouwen die in hun eentje naar huis gaan en ten tweede: waarom zijn het altijd mannen uit dezelfde leeftijdsgroep?'

'Omdat vooral die tot laat in de nacht uitgaan, veronderstel ik.'

'Klopt ook niet. Zeker niet in een studentenstad.'

'Er waren de afgelopen maanden geen studenten in Leuven,' wierp Berg op. 'Al de overvallen zijn gepleegd vóór de opening van het nieuwe academiejaar.'

'Dat neemt niet weg dat het erop lijkt dat de dader een bepaalde doelgroep voor ogen heeft. In het dossier wordt daar met geen woord over gerept. Ik zou daarom die mensen opnieuw willen interviewen. Is dat oké?'

'Ik heb gezegd dat je het onderzoek mag aanpakken zoals je zelf wil,' antwoordde Berg.

'Mooi. Zodra ik nieuws heb, laat ik dat weten.' Ze trok een laatste keer van haar sigaret, gooide de peuk op de grond en draaide zich om. 'Tot maandag, chef. Nog een prettig weekend.'

Met de emoties van de teraardebestelling nog onverwerkt in zijn achterhoofd had Berg het gesprek niet in zijn heugen opgeslagen en nu het er weer was, bande hij het opnieuw uit zijn gedachten. Er waren andere dingen die zijn aandacht opeisten. Hij begon met wat Tatyana vrijdagavond had verteld over Milton Mutesa. Toen hij bij de vrouw kwam die Coens als Lagaetha kende, hoorde hij hem verbouwereerd zeggen:

'Zijn zus!?'

'Inderdaad. Die twee hebben blijkbaar de handen in elkaar geslagen om hun broer te wreken. Daarbij hebben ze, zoals we intussen weten, hulp gekregen van iemand van hier. Vermoedelijk is dat degene die de wapens geleverd heeft en opgetreden is als tweede schutter. Maar daar kan Wenderickx ons meer over te vertellen.'

'Ik ben afgelopen vrijdag gaan praten met een vrouw die op de robotfoto heeft gereageerd,' zei Wenderickx. 'Ze werkt als secretaresse in het Jozefietencollege. Dinsdagochtend heeft ze iemand de school zien binnenkomen die sterk op de man op de robotfoto lijkt. Ze had hem nooit eerder gezien, maar ze nam aan dat hij een nieuwe leraar was.'

'Waarom?' vroeg Zeebos.

'Omdat hij een trainingspak en gymschoenen droeg. Ik heb het bij de directeur nagevraagd: er is dit schooljaar geen nieuwe sportleraar aangesteld. De man had dus niets in de school verloren.'

'De getuigenis van de secretaresse,' voegde Berg eraan toe, 'bevestigt dat het om dezelfde persoon gaat als degene die de flat op het Smoldersplein is binnengedrongen. Toen was hij vermomd als iemand van de gasmaatschappij, een dag later doet hij zich voor als sportleraar. Daarmee staat vast dat deze man betrokken is bij beide aanslagen. De vraag blijft: wat is het verband tussen de twee doelwitten?'

Berg keek de groep rond. Het bleef stil.

'Heeft niemand daar iets over te zeggen? Iets zinnigs liefst.'

'Coens heeft er al op gewezen dat het verband in het motief kan zitten,' zei Zeebos. 'Badru Alupo is vermoord uit wraak. Misschien is er om dezelfde reden op Termondt geschoten.'

'Maar wraak om wat?' vroeg Berg. 'Wie heeft er genoeg reden om Albrecht Termondt zo te haten dat hij hem uit de weg wil ruimen? Tot nu toe lijkt alleen zijn broer daarvoor in aanmerking te komen. Het probleem daarbij is: hoe is Robrecht Termondt in contact gekomen met een man als Milton Mutesa?'

'Wat bedoel je, chef?' vroeg Wenderickx.

'Is dat niet duidelijk? Termondt is decaan van de faculteit economie. Mutesa is een gesjeesde ingenieursstudent uit Kampala die nog maar een paar maanden in het land was. Hoe in godsnaam hebben die twee elkaar leren kennen?'

'Via onze onbekende man?' opperde Glenn. 'De tweede schutter.'

'Ligt het verband daar?' vroeg Berg zich hardop af.

Niemand antwoordde.

'Coens, heb je de robotfoto al voorgelegd aan die Ugandese student? Hoe heet hij ook weer?'

'Henry Kajura. Nee, chef, daar is nog geen tijd voor...'

'Dan doe je dat nu. Zodra we hier klaar zijn.'

'Maar ik heb een afspraak met Christine Van Parijs.'

'Die neem ik wel voor mijn rekening. Wenderickx, jij concentreert je op Michiel Vanderweeën. Ik wil weten...'

'Hoezo?' viel Zeebos hem in de rede. 'Dat moest ik toch doen?'

'Ik wil weten,' herhaalde Berg, 'waarom hij zich teruggetrokken heeft uit de rectorverkiezing. Zit daar misschien een motief voor de aanslag? En zoek ook uit waarom hij zijn baan heeft opgezegd.'

'Oké, chef.'

'Glenn, jij gaat met de robotfoto naar het Jozefietencollege. Spreek zoveel mogelijk leerkrachten en andere personeelsleden aan. Misschien zijn er nog mensen die de man opgemerkt hebben.'

'Hadden die zich dan niet gemeld? De foto stond in alle kranten.'

'Niet iedereen leest de krant,' antwoordde Berg.

'Nee, dat klopt,' knipoogde Zeebos naar de anderen.

'En jij komt met mij mee,' wendde Berg zich tot hem. 'Heb je de loper van de school nog? Ga die dan eerst halen. Ik wil iets controleren.'

Hij keek de kring rond.

'Nog vragen? Nee? Aan het werk dan, mensen.'

Terwijl ze naar de flat van Christine Van Parijs reden, vroeg Zeebos waarom hij van de opdracht was gehaald.

'Als ik me het goed herinner,' zei Berg, 'heb je zelf voorgesteld om het werk door iemand anders te laten doen als ik sneller resultaten wilde. We zijn vandaag maandag. Morgen is de aanslag al een week geleden. Volgens Tatyana begint men in Uganda ongeduldig te worden en...'

'*Tatyana?*'

Berg schrok. Hij kon zijn tong wel afbijten.

'Spreek je haar met de voornaam aan?' Zeebos wierp hem

een zijdelingse blik toe. 'Waar heb je haar vrijdagavond eigenlijk ontmoet? In haar hotel?'

'Nee, we zijn iets gaan eten.'

Er volgde een stilte.

'Wat?'

'Niks.'

'Zeg het maar. Ik kan het je tot hier horen denken.'

'Dan hoef ik het ook niet te zeggen.'

'Het was op vraag van haar,' verdedigde Berg zich. 'Ze is hier moederziel alleen. Ze zei dat ze gek werd in haar hotelkamer.'

'Thomas...' zuchtte Zeebos. 'Ik moet je toch niet herinneren aan wat er met Haynee Deferm is gebeurd?'

Berg klemde zijn tanden op elkaar en keek door het zijraampje naar de overkant van de Vaartkom. Sinds ze bij haar man weg was, woonde Christine Van Parijs in een van de gloednieuwe flatgebouwen die onlangs op de noordoever waren opgetrokken.

'Er zijn vrouwen zat in de wereld,' zei Zeebos. 'Waarom moet je dan telkens...'

'Telkens!?'

'Je weet wat ik bedoel.'

'Jan, ik héb niks met haar.'

'Goed.'

'En ik ben ook niet van plan iets te beginnen.'

'Nog beter.'

'Bovendien gaat ze binnenkort terug naar Uganda.'

'Zolang je dat maar voor ogen houdt.'

Zeebos parkeerde de auto voor het flatgebouw, zette de motor af en stapte uit. Berg volgde zijn voorbeeld. Hij moest plots denken aan het etentje van morgen. Misschien kon hij dat beter afzeggen.

In de hal maakten ze zich bekend in de huistelefoon. Het

deurslot zoemde. Op weg naar de vijfde verdieping vroeg Zeebos:

'Waarom is ze thuis? Het is een gewone lesdag vandaag.'

'Ze heeft vrijaf op maandagochtend.'

'Leuke manier om de week te beginnen,' bromde Zeebos. 'Ik had verdorie ook in het onderwijs moeten gaan.'

Christine Van Parijs was nog altijd een mooie verschijning: middelgroot, slank, met grijsblauwe ogen en halflang, blond haar. Ze droeg een zwarte jumpsuit en sandaaltjes. Haar vinger- en teennagels, zag Berg, waren in dezelfde tint roze gelakt.

De vrouw ging hen voor naar de woonkamer waarvan één muur helemaal uit glas bestond. Het uitzicht over de stad was indrukwekkend. Links staken de flatgebouwen van Sint-Maartensdal hoog boven de daken uit; vlakbij vormde de witstenen toren van de Sint-Geertruikerk het opvallendste herkenningspunt. Berg moest plots weer aan de begrafenis van Meulenaer denken.

'Gaat u zitten, alstublieft. Kan ik u iets aanbieden?'

'Nee, dank u.'

'U wilde mij spreken over mijn ex?'

'Inderdaad, mevrouw. Wij onderzoeken de aanslag op Badru Alupo van vorige week dinsdag. Uit onze navorsingen is gebleken dat meneer Termondt ook een mogelijk doelwit was. Vandaar dat we...'

'Wilde iemand Albrecht neerschieten? Dat meent u niet!' De vrouw klonk ontsteld. 'Waarom in hemelsnaam?'

'Dat moet het onderzoek nog uitwijzen,' antwoordde Berg. 'Daarom proberen we de directe omgeving van meneer Termondt in kaart te brengen. U bent in maart van hem gescheiden, nietwaar? Kort na de zelfmoord van uw zoon.'

'Officieel zijn we nog altijd niet gescheiden, hoofdinspecteur. Maar het klopt dat we sinds midden maart apart wonen.'

'En intussen hebt u een verhouding met uw schoonbroer, Robrecht Termondt?'

De vrouw kreeg een kleur, heel lichtjes maar, al was het ongemak van haar gezicht af te lezen.

'Ik weet dat er over mijn relatie met Robrecht geroddeld wordt, maar wat de mensen niet weten, is dat hij en ik...'

Ze viel stil. Berg wachtte af. Zijn oog viel op een sierlijke piëdestal naast de deur. Er stond een witmarmeren beeld op van ongeveer veertig centimeter dat een naakte vrouw voorstelde met aan haar linkerkant een grote vogel die zich tegen haar been aanvleide. Hij herkende de figuur: het was Leda, de vrouw van de Spartaanse koning Tyndareüs die door Zeus was verleid in de gestalte van een zwaan. Op dat ogenblik begon Christine Van Parijs opnieuw te praten:

'Ik heb Albrecht en Robrecht tegelijkertijd leren kennen. Bijna drieëntwintig jaar geleden. Ze waren toen nog jong natuurlijk, maar in tegenstelling tot vele mannen waren ze boeiend, intelligent, ambitieus... En vooral: galant. Iets wat de dag van vandaag nog nauwelijks voorkomt. Bovendien waren ze alle twee verliefd op mij en voor mij gold... nou ja, hetzelfde. Ik heb heel lang zelfs niet geweten wie te kiezen. Uiteindelijk is het Albrecht geworden. Voor Robrecht was dat heel moeilijk, dat begrijpt u. Daarom is hij ook nooit getrouwd.'

'Is dat de reden waarom hij u nu ten huwelijk wil vragen, zo kort nadat u uw man hebt verlaten?'

'Zo, dat weet u dus ook.'

'Leuven is een kleine stad, mevrouw. Klopt het dat uw man weigert met een scheiding in te stemmen?'

'Ja.'

'Waarom?'

'Albrecht en Robrecht zijn altijd elkaars rivalen geweest. Al van kindsbeen af. Mijn ex-man kan het niet verkroppen dat ik nu...'

Ze maakte haar zin niet af. Berg wilde aandringen, maar op dat ogenblik nam Zeebos het woord:

'Was de dood van uw zoon de directe aanleiding om bij uw man weg te gaan?'

'Ja, al moet ik er meteen bij vertellen dat ons huwelijk allang spaak liep. Toen Koen stierf, was dat... de spreekwoordelijke druppel. Er zijn toen dingen gebeurd die...'

Opnieuw stilte.

'Gaat u voort,' zei Zeebos.

'Nee, daar spreek ik liever niet over.'

Berg drong aan.

'Dit is een moordonderzoek, mevrouw. Het is beter dat u ons alles vertelt.'

Christine Van Parijs draaide haar gezicht weg en staarde in de richting van de piëdestal. Berg herinnerde zich dat ze lerares Latijn was. Vandaar waarschijnlijk de mythologische voorstelling van Leda en de zwaan.

'Wat heeft Koens dood te maken met de aanslag van vorige week? Niets, toch?'

'Dat is aan ons om uit te maken,' zei Berg. 'U had het over bepaalde dingen die zijn gebeurd. Welke?'

Het duurde nog even voor de vrouw antwoord gaf.

'Officieel heeft Koen een eind aan zijn leven gemaakt omdat hij de studiedruk niet meer aankon en waarschijnlijk is dat voor een deel waar. De resultaten van zijn tentamens waren ronduit slecht en hij was van nature toch al een onzekere jongen die niet kon omgaan met tegenslag en stress. Maar er speelde nog iets. Wat wij niet wisten, was dat onze zoon zich aangetrokken voelde tot mannen. Eind februari heeft hij ons dat verteld. Mijn man... ex-man... nam het verschrikkelijk slecht op. Het is tot een hoogoplopende ruzie gekomen, zo erg dat Albrecht gedreigd heeft om zijn studies niet meer te betalen. Koen is thuis als een geslagen hond vertrokken. Een paar dagen later was hij dood.'

Er rolde een traan over het gezicht van de vrouw. Berg had met haar te doen. Het moest verschrikkelijk zijn om een kind te verliezen.

'Robrecht heeft er alles aan gedaan om Albrecht op andere gedachten te brengen, maar dat was alleen olie op het vuur. Hij bleef bij zijn besluit.'

Berg begreep het niet. De twee broers hadden geen al te beste relatie, wat ongetwijfeld verband hield met hun wedijver om dezelfde vrouw. Bovendien zaten beide mannen op dat ogenblik in volle verkiezingsstrijd voor het rectorschap. Hoe haalde Robrecht Termondt het dan in zijn hoofd om zich eensklaps met het gezin van zijn broer te moeien?

'Hebt u uw schoonbroer gevraagd om te bemiddelen tussen uw zoon en uw ex-man?'

'Euh... nee. Dat heeft hij uit eigen beweging gedaan.'

De aarzeling in haar antwoord maakte Berg nog achterdochtiger. Er klopte iets niet, daar durfde hij zijn hoofd om te verwedden.

'Had uw zoon een vriend?' vroeg Zeebos.

'Ik vermoed van wel, maar dat weet ik niet zeker. Na de ruzie heb ik hem niet meer gesproken. Hij nam zelfs niet op als ik belde.'

'Is het juist als ik zeg dat u uw ex-man de zelfmoord van uw zoon verwijt?'

Dit keer aarzelde Christine Van Parijs geen seconde.

'Ja. Koen heeft altijd zijn uiterste best gedaan om aan de hoge eisen van zijn vader te beantwoorden. En wat gebeurt er dan? Eerst wordt hij de grond ingeboord vanwege zijn slechte tentamens en daarna, op misschien wel het moeilijkste moment van zijn leven, reageert zijn vader vernietigend als hij eindelijk voor zijn geaardheid durft uit te komen. Albrecht had moeten weten dat Koen zoveel afwijzing niet aankon.'

'Waarom denkt u dat uw man zo fel reageerde?'

'Dat weet ik niet. Voorheen heeft hij nooit een verkeerd woord gezegd over homo's. Anders had Koen zijn mond wel gehouden, neem dat maar van mij aan.'

Berg haalde een kopie van de robotfoto uit zijn zak.

'Iets anders, mevrouw. Hebt u deze persoon ooit in het Jozefietencollege gezien?'

'Dat is toch de foto uit de krant? Nee, die man is mij onbekend.'

'Ik veronderstel dat u een sleutel hebt van de klaslokalen. Kunnen we die zien?'

'Waarom?'

'Doet u ons dat plezier, alstublieft.'

'Een momentje.'

De vrouw liep de woonkamer uit en kwam terug met een sleutelbos.

'Geeft u maar aan mij,' zei Zeebos met uitgestrekte arm.

Berg vroeg: 'Uw dochter... Annelene... woont zij hier bij u?'

'Nee, ze heeft een kleine studio in de Frederik Lintsstraat.'

'Hoe gaat het met haar?'

'Niet al te best. Zij en Koen waren heel close. Ze heeft het verschrikkelijk moeilijk gehad met zijn dood. Nog altijd trouwens.'

'Uw ex-man vertelde ons dat ze gestopt is met haar studies.'

'Ze is dit academiejaar opnieuw begonnen, maar dat kan Albrecht niet weten. Annelene heeft elk contact met hem verbroken.'

'Omdat ze hem verantwoordelijk houdt voor de dood van haar broer?'

'Ja.'

'Volgens meneer Termondt hebt u ook geen contact meer met haar.'

'Dat is intussen gelukkig anders. Daar heeft Robrecht voor gezorgd. Het is ook dankzij hem dat Annelene haar studies opnieuw heeft aangevat. Hij heeft haar fantastisch geholpen. Daar zal ik hem altijd dankbaar voor zijn.'

Berg zat door zijn vragen heen. Hij stond op. Op weg naar de hal bleef hij bij de piëdestal treuzelen. Van dichtbij was het beeld nog expressiever dan vanop afstand.

'Vindt u het mooi, hoofdinspecteur?'

'Het is prachtig.'

'Ik heb het op een veiling in Brussel gekocht. Jaren geleden. Het is een van de weinige dingen die ik meegenomen heb toen ik hier kwam wonen.'

Berg gaf de vrouw een hand en liep de gang op. In de lift naar beneden zei Zeebos:

'Het is dezelfde sleutel als de loper van de school. Ofwel heeft ze hem nooit uitgeleend, ofwel heeft ze hem van de dader teruggekregen. Wat denk je? Kan zij iets met de aanslag te maken hebben?'

'Ze heeft in elk geval een motief.'

'Omdat ze haar man de zelfmoord van hun zoon verwijt?'

Berg knikte.

'Onderschat nooit de haat van een vrouw voor degene die ze verantwoordelijk acht voor de dood van haar kind.'

'Misschien hebben zij en Robrecht Termondt de aanslag samen beraamd. Zoals Mutesa en zijn zus.'

Berg ging niet op de suggestie in. In plaats daarvan vroeg hij:

'Vond je het niet vreemd wat ze over hem zei? Dat hij uit eigen beweging geprobeerd heeft om zijn broer op andere gedachten te brengen. Waarom? Hij had er alle belang bij dat het slecht liep in dat gezin. Des te groter was de kans dat het huwelijk stukliep en dat hij de vrouw van wie hij houdt opnieuw voor zich kon winnen.'

Zeebos trok zijn wenkbrauwen op.

'Kan iemand zo berekenend zijn? Zijn familie in nood met opzet in de steek laten om er zelf beter van te worden? Lieve help, Thomas, dat is een ronduit goddeloze gedachte. Jij ziet ook altijd eerst het slechte in mensen.'

'Nee, dat is niet juist. Ik probeer alleen rekening te houden met alle mogelijke redenen waarom mensen iets doen. En Robrecht Termondts motivatie om de problemen in het gezin van zijn broer op te lossen, begrijp ik absoluut niet. Het mag cynisch klinken, maar mensen doen zelden of nooit iets zonder eigenbelang.'

'Misschien wilde hij alleen zijn neefje helpen, meer niet.'

'Nogmaals: waarom? Uit de goedheid van zijn hart? Daar geloof ik niks van, zeker niet in het geval van Robrecht Termondt. Bovendien zei Christine Van Parijs letterlijk: Er zijn toen dingen gebeurd...'

'Ja, en?'

'Dingen, Jan! Meervoud! Terwijl ze het alleen heeft gehad over de ruzie tussen haar zoon en haar ex-man. Nee, er heeft zich daar nog iets anders afgespeeld en ik ga ook uitzoeken wat.'

2

's Avonds, na het eten, liet Berg het gesprek met Christine Van Parijs opnieuw in zijn geheugen afspelen en net als die ochtend had hij het gevoel dat de vrouw iets verzweeg. De vraag was wat? Volgens hem had het te maken met Robrecht Termondt. Ten eerste vond hij het vreemd dat ze zo snel na de scheiding iets met haar zwager was begonnen en ten tweede begreep hij Termondts bemoeienissen met het gezin van zijn broer niet, zowel vóór de zelfmoord van Koen als erna.

Christine Van Parijs had verteld dat ze lange tijd getwijfeld had met welke broer ze zou trouwen. Zijzelf was naar eigen zeggen zowel op Robrecht als op Albrecht verliefd geweest. Hield dat in dat ze voor haar huwelijk ook met beide mannen een relatie had gehad? Of was eerst Robrecht aan de beurt gekomen en daarna Albrecht? Misschien had ze met de twee broers tegelijkertijd een verhouding gehad zonder dat die het van elkaar wisten.

Berg stond op om een fles wijn uit de keuken te halen. Alcohol hielp hem denken, zolang hij zich beperkte tot twee of drie glazen. Eenmaal die hoeveelheid overschreden, kreeg de drank een averechts effect en veranderde van een stimulans in een obstakel. Het was de kunst om net boven die grens te blijven laveren.

Hij vroeg zich af of Christine Van Parijs het soort vrouw was dat een driehoeksverhouding aanging. Het idee was bij hem opgekomen toen hij het interieur van de flat in zijn geheugen opriep en hij het marmeren beeld op de piëdestal weer voor zijn geestesoog zag verschijnen. Leda had ook nooit aan haar man opgebiecht dat ze zich door Zeus had laten verleiden. Sterker nog, diezelfde nacht was ze opzettelijk met Tyndareüs naar bed geweest, zodat niemand ooit zou weten van wie het kind was dat die dag kon zijn verwekt. Volgens één versie van het verhaal had ze later een ei gelegd waaruit Helena en Polydeukes waren geboren. Aangezien Polydeukes onsterfelijk was en Helena de mooiste vrouw ter wereld, ging men ervan uit dat Zeus hun vader was. Haar twee andere kinderen, Kastor en Clytaemnestra, zouden dan van haar echtgenoot geweest zijn.

Berg ontkurkte de fles en schonk zich een glas in. Annelene en Koen Termondt waren net als Helena en Polydeukes als tweeling ter wereld gekomen. Zou het kunnen dat... Nee, nu liet hij zich op sleeptouw nemen door zijn fantasie. Hoewel... uit het dossier van de zelfmoord wist hij dat Koen Termondt geboren was op 7 februari 1995. Christine Van Parijs en Albrecht Termondt waren getrouwd in juni 1994, geen volle negen maanden voor de tweeling ter wereld was gekomen. Stel nu dat Christine Van Parijs tot aan haar huwelijk met beide broers een relatie had gehad. In dat geval konden haar kinderen net zo goed van Robrecht zijn. Had ze daarom plots de knoop doorgehakt? Omdat ze zwanger was? Maar waarom had ze voor Albrecht gekozen? Omdat ze vermoedde dat hij de vader was? Of had ze in hetzelfde parket gezeten als Leda en niet geweten wie van beide broers haar zwanger had gemaakt?

Berg merkte dat hij zo in gedachten was verdiept dat hij zonder proeven zijn glas had leeggedronken. Hij reikte naar de fles en schonk zich nog eens in. Geen enkel bewijs had hij voor die theorie, maar als hij het bij het rechte eind had, zou dat wel een en ander verklaren: ten eerste waarom Christine Van Parijs zo kort na de scheiding een verhouding was begonnen met haar schoonbroer en ten tweede waarom Robrecht Termondt was opgekomen voor zijn neefje en na diens dood zijn nichtje had geholpen om haar met haar moeder te verzoenen en haar studies weer op te pakken.

Aan de andere kant hield die hypothese in dat Robrecht vermoedde of eventueel wist dat de twee kinderen van hem konden zijn. Gold dat ook voor Albrecht? Was dat de reden waarom de twee broers in onmin leefden? En had Christine Van Parijs daarop gezinspeeld toen ze zei: ‘Er zijn toen dingen gebeurd...’ Misschien had de zelfmoord van Koen de zweer doen openbarsten. Misschien waren er op dat ogenblik dingen gezegd die jarenlang onuitgesproken waren gebleven.

Berg nipte van zijn glas en dwong zichzelf ertoe te proeven. Het was een Cheval Noir van 2009, een excellente bordeaux die het verdiende om gesavoureerd te worden in plaats van onnadenkend naar binnen gegoten. Hij smakte genietend met de lippen. De wijn had een volle, krachtige smaak met een lichtjes fruitige afdronk. Precies het soort bordeaux waar zijn voorkeur naar uitging.

Zijn mobiel rinkelde. Hij zag op het display dat het Tatyana was. Meteen flitste het gesprek met Zeebos door zijn hoofd. Het etentje... kon hij dat beter niet afzeggen? Maar met welk excuus?

Hij drukte op de ontvangsttoets.

'Dag, Thomas, stoor ik?'

'Nee hoor.'

'Ik bel in verband met de vraag die ik mijn vader moest stellen. Hij heeft daarstraks getelefoneerd, maar hij kon me geen antwoord geven. De naam klonk hem wel bekend in de oren, zei hij, en daarna vroeg hij iets vreemds.'

'Wat?'

'Hij vroeg of we hem die vraag stelden omdat we dachten dat Albrecht Termondt vroeger een relatie heeft gehad met Badru Alupo. Ik schrok me een ongeluk. Die mogelijkheid was nooit bij mij opgekomen.'

'Bij mij ook niet,' zei Berg perplex.

'Waarschijnlijk is er ook niets van aan. De man is getrouwd. Ik veronderstel dat hij kinderen heeft?'

'Twee. Eén is een halfjaar geleden gestorven. Zelfmoord.'

'God, dat is verschrikkelijk.'

'Ja.'

'Hoe dan ook, ik wilde je dit even vertellen. Wanneer kom ik morgen? Om acht uur?'

'Acht is prima,' zei Berg afwezig.

'Tot dan, Thomas. Ik ben benieuwd naar je kookkunsten.'

De klik waarmee de verbinding werd verbroken, haalde Berg uit zijn overpeinzingen. Hij was zo geschrokken door wat Tatyana had gezegd, dat hij er niet meer aan gedacht had om het etentje af te zeggen. Nu ja, hij had toch niet geweten wat te verzinnen en Zeebos... die kon wat hem betrof de boom in. De situatie was heel anders dan indertijd met Haynee Deferm. Tatyana was geen verdachte. Integendeel: ze hielp hem met het onderzoek. Wat voor kwaad stak er dan in zo'n etentje? Geen, toch?

Hij zette de gedachte van zich af en concentreerde zich weer op het telefoongesprek. De vraag van Tatyana's vader sloeg ongetwijfeld nergens op. Aan de andere kant... Berg nam een slok van zijn glas terwijl een compleet nieuw scenario in zijn hoofd vorm kreeg. Stel dat Albrecht Termondt tijdens zijn studententijd een homoseksuele relatie had gehad met zijn Ugandese vriend. Misschien was het gewoon een experiment geweest. Iets wat zich later nooit meer had herhaald en wat hij na verloop van tijd was gaan beschouwen als een jeugdzonde waar hij liever niet meer aan terugdacht. Per slot van rekening was er dertig jaar geleden heel wat minder begrip voor homo's en had hij zich voorgenomen om dat soort gevoelens te onderdrukken. In plaats daarvan was hij getrouwd, zoals ongetwijfeld heel wat mannen van zijn generatie in die situatie hadden gedaan.

Maar zoveel jaar later vertelt zijn zoon hem plots dat hij homoseksueel is en van de weeromstuit komen al die oude gevoelens weer in volle hevigheid naar boven en gaat hij door het lint. Christine Van Parijs had gezegd dat haar ex-man zich nooit denigrerend had uitgelaten over homo's en dat ze niet begreep waarom hij zo fel reageerde op de bekentenis van hun zoon. Lag daar de oorzaak van Termondts woede-uitbarsting?

Kwam ze voort uit frustratie? Uit gevoelens die hij zichzelf niet toestond, maar die hem al jarenlang parten speelden?

Berg stond op, liep tot bij het raam en staarde het duister in. Hij had geen flauw idee of wat hij net bedacht had ergens op sloeg, maar als hij diezelfde weg verder bewandelde, dan opende dat plots heel andere perspectieven. Badru Alupo was van plan zijn vroegere vriend om hulp te vragen voor de studenten die waren weggestuurd van de universiteit van Kampala, maar zijn verzoek kwam bijzonder ongelegen omdat de Leuvense rector net drastische besparingen had aangekondigd die binnen zijn eigen universiteit op heel wat weerstand waren gestuit. Misschien had Termondt hem daar in hun voorafgaande mails op gewezen. Misschien had hij het verzoek zelfs afgewezen. Kon het zijn dat Badru Alupo hun gezamenlijke verleden als pressiemiddel had gebruikt om zijn zin te krijgen en dat de rector zich daardoor in het nauw gedreven voelde?

Of was dit vergezocht? Wellicht had Termondts reactie een simpele verklaring. Veel mensen die nooit een kwaad woord over homo's zeiden, reageerden heel anders wanneer hun eigen kinderen in het geding kwamen. Het was gemakkelijk om zich breeddenkend en tolerant voor te doen zolang iets ver van je bed lag, maar het werd een heel ander verhaal wanneer je rechtstreeks met het feit werd geconfronteerd.

Berg vulde zijn glas nog eens bij. Het kon zijn dat er niet meer achter Termondts reactie stak dan dat, maar in het licht van het onderzoek was de eerste interpretatie een stuk interessanter. Als Termondt was gechanteerd, gaf hem dat immers een motief om Badru Alupo te laten vermoorden. Verklaarde dat de aanwezigheid van de tweede schutter? Zat daar het verband tussen de twee doelwitten waar ze al zo lang naar zochten?

Maar hoe was dat praktisch in zijn werk gegaan? Als Albrecht Termondt iemand had ingehuurd om Badru Alupo neer te schieten en diezelfde man – of Termondt zelf – was op de een of andere manier te weten gekomen dat een Ugandese student met hetzelfde plan rondliep, dan was het niet ondenkbaar dat ze daar een kans in hadden gezien om hun eigen spoor te verdoezelen. Aan de ene kant voorzagen ze Mutesa van een wapen en tegelijkertijd werd er een tweede schot afgevuurd, zodat het erop leek dat ook de Leuvense rector een doelwit was van het SMUG. Op die manier zou de verdenking nooit op Termondt vallen en sloegen ze twee vliegen in één klap.

Was dat mogelijk? Of zou Zeebos dit weer bestempelen als een goddeloze gedachte? In elk geval zou die laatste theorie verklaren waarom er twee keer was geschoten en – belangrijker nog – waarom de tweede schutter had gemist. Het was nooit de bedoeling geweest dat hij zijn doelwit zou raken.

Berg liep met zijn glas terug naar het raam. Hoe kon hij te weten komen of zijn bedenksels steek hielden? Om te beginnen was het nagenoeg onmogelijk om te achterhalen of Albrecht Termondt en Badru Alupo vroeger iets met elkaar hadden gehad. De ene was dood en de andere zou nooit iets in die aard toegeven. Ze konden natuurlijk in het verleden van Termondt gaan graven. Mensen zoeken die hem tijdens zijn studiejaren van nabij hadden gekend. Maar dat zou zeeën van tijd kosten en bovendien was het nog maar de vraag of ze iemand zouden vinden die van de relatie... als die er al was geweest... afwist en bereid was er een boekje over open te doen.

En wat dan met wat hij eerder had bedacht over de motieven van Christine Van Parijs en Robrecht Termondt? Volgens het laatste denkspoor hadden zij niets met de dubbele aanslag te maken. Aan de andere kant berustte heel zijn theorie over Albrecht Termondt als mogelijke opdrachtgever op één enkele onbedachtzaam uitgesproken vraag aan de telefoon. Hoeveel gewicht legde dat in de schaal?

Berg staarde in zijn glas. Het was alweer leeg. In de fles op de salontafel zat nog een bodempje. Hij wist dat hij intussen te veel alcohol binnen had om nog helder te kunnen denken. Hoe laat was het? Bijna middernacht. Hij kon beter naar bed gaan en morgen met een fris hoofd aan de dag beginnen. Hoewel... wat voor zin had het om dat beetje wijn in de fles te laten? De zaak was toch om zeep. Dat ene glas meer of minder maakte geen enkel verschil.

Hij bukte zich naar de salontafel en bediende zich van het laatste restje bordeaux. Hoe heette het ook alweer in de Bijbel? Het grondsop... dat was voor de goddelozen.

3

Hij zat al meer dan drie uur op het terras van de Oriënt en nog altijd maakte de man geen aanstalten om afscheid te nemen van zijn vrienden. Het wachten begon hem op de zenuwen te werken. Vanwege de robotfoto in de kranten droeg hij zijn vermomming niet meer, maar dat was geen probleem. De mensenzee op de Oude Markt garandeerde de nodige anonimiteit.

Verveeld keek hij op zijn horloge. Hoewel het al over één uur was, zaten de meeste terrassen nog zo goed als vol. Dat was het voordeel van september. De avonden hadden nog een zomers karakter, het academiejaar was pas begonnen en de studenten verkeerden nog in vakantiestemming. Tot minstens twee uur zou het druk genoeg blijven om ongezien in de massa op te gaan.

Intussen hield hij de ander zo onopvallend mogelijk in het oog. Hij zat twee terrassen verder, bijna twintig meter van hem verwijderd. Zodra hij opstond, zou hij hem volgen en toeslaan op de plaats die hij had uitgekozen. Hij kende de route die de man gewoonlijk nam om naar huis te gaan: via de Parijsstraat naar de Brusselsestraat en zo naar zijn studio op het Sint-Jacobsplein. Het enige probleem was dat er niemand in de buurt mocht zijn, maar zo laat op de avond lag de omgeving van de Sint-Jacobskerk er meestal verlaten bij. In dat deel van de Brusselsestraat waren geen cafés of restaurants en – belangrijker nog – geen bewakingscamera's.

Vanaf zijn plaats kon hij het Jozefietencollege zien, niet het dak of de dakkapellen, die waren onzichtbaar tegen de achtergrond van de donkere lucht. De dag na de aanslag was hij er getuige van geweest hoe twee politiemannen in burger hadden ontdekt vanwaar het tweede schot was afgevuurd. Hij zat een koffie te drinken op de Grote Markt en vanachter zijn krant had hij toegekeken hoe ze de kogelbaan hadden bepaald en daarna naar het Jozefietencollege waren gegaan. Het had hem niet verontrust. Hij had op voorhand ingecalculeerd dat het zover zou komen, vandaar de brief met het logo van het SMUG.

Wat hij niet voorzien had, was wat er met Milton was gebeurd en hij begreep nog altijd niet hoe het mogelijk was dat die idioot zich zo domweg had laten verrassen. In de krant had hij gelezen over het schietincident op de Vismarkt waarbij niet alleen de dader, maar ook een politieman om het leven was gekomen. Eerst was hij geschokt, toen had hij zich gerealiseerd dat Miltons dood een geluk was bij een ongeluk. Als hij levend in handen van de politie was gevallen, had de zaak er veel beroerder uitgezien, maar dat nam niet weg dat zijn identiteit snel achterhaald zou worden en vanaf dat ogenblik was het nog slechts een kwestie van tijd voor het duidelijk werd dat het SMUG niets met de aanslag te maken had.

Dat laatste betekende nog niet dat de politie hem op het spoor zou komen, zeker niet nu Julia het land uit was. Het had hem weinig moeite gekost om haar ervan te overtuigen dat ze moest vluchten. De dood van haar broer had haar zwaar aangegrepen, maar ze besefte heel goed dat de politie via Milton bij haar zou terechtkomen en dat ze zelfs in Uganda gevaar liep om door de veiligheidsdienst van haar land opgepakt te worden. Hij was daarom persoonlijk met haar naar Schiphol gereden en had haar op een vliegtuig naar Nairobi gezet, waar ze een tijdlang bij een vriendin kon logeren.

Op die manier was ook dat spoor naar hem afgesneden en gedurende een paar dagen was hij er gerust op geweest dat hij veilig was, tot hij vandaag de politiewagen op het Sint-Jacobsplein had zien staan en het hem duidelijk werd dat hij zo snel mogelijk moest ingrijpen.

Voor de zoveelste keer keek hij vanuit zijn ooghoek naar de ander. Hij had geen idee wat de man tegen de rechercheurs had gezegd, maar voorlopig had zijn verklaring hen niet tot bij hem geleid. Dat kon evenwel snel veranderen en voor het zover kwam, moest hij de man elimineren, maar dan zo dat de politie niet zou denken dat hij uitgeschakeld was vanwege hetgeen hij over de aanslag wist. Zijn dood moest toevallig lijken, een ongelukkige samenloop van omstandigheden, een uit de hand gelopen overval zoals er de laatste weken in Leuven verschillende waren geweest.

Op dat ogenblik zag hij de ander eindelijk opstaan en afscheid nemen. Er werden handen geschud, op een paar schouders geklopt... allemaal heel gemoedelijk en amicaal. De man zette zich in beweging en stak het plein over in de richting van de Parijsstraat; de rest van het groepje bleef zitten. Hij ging hem achterna, ervoor zorgend dat hij de nodige afstand hield. De Oude Markt hing vol bewakingscamera's en hij wilde niet het risico lopen dat op de beelden te zien was hoe iemand de man was gevolgd, hooguit een kwartier voor hij was vermoord.

Ook de terrasjes in de Parijsstraat zaten nog aardig vol en er liep genoeg volk rond om in het gedrang de ander onopgemerkt in te halen en een paar meter voor hem uit te lopen. Hij moest zich bedwingen om niet af en toe over zijn schouder te kijken, maar het was cruciaal dat de man zijn gezicht niet zag, zodat hij hem later niet kon identificeren als er iets mis zou gaan.

Zodra ze in de Brusselsestraat kwamen, sloeg hij linksaf en versnelde zijn pas. Het was er veel minder druk en naarmate ze de uitgaansbuurt achter zich lieten, werd het almaar rustiger. Stelselmatig vergrootte hij de afstand tussen hem en de ander, tot hij ongeveer veertig meter voorsprong had. Van op die afstand en in het vale schijnsel van de straatlantaarns zou zelfs zijn postuur of manier van lopen achteraf moeilijk te beschrijven zijn.

Ter hoogte van het Sint-Pietersziekenhuis stonden enkele mensen te praten voor de ingang van een hotel, maar zodra ze dat gepasseerd waren, zag hij niemand meer. Hij keek op zijn horloge. Bijna halftwee. Op het kruispunt met de Kapucijnenvoer stak hij de straat over omdat aan zijn kant het voetpad was opgebroken. Dat laatste had een rol gespeeld bij de keuze van de plaats waar hij de overval wilde laten doorgaan. De man zou net als hij aan de rechterkant van de straat naar huis lopen.

Intussen was het zo stil geworden dat hij vaagweg de voetstappen van de ander achter zijn rug kon horen. Links, half verscholen achter een treurwilg, doemden de massieve contouren van de Sint-Jacobskerk op met in de voortuin het standbeeld van Pater Damiaan dat bijna helemaal door het duister werd opgeslokt. Voorbij de kerk was een zijstraat die naar het achterliggende plein leidde en die de man moest nemen om bij zijn woning te komen, maar voor hij zover was, moest hij de plaats van de overval passeren. Hij speurde de straat af.

Niemand. Ook geen fietsers. Hij waagde een snelle blik over zijn schouder. De man was nog wat verder achteropgeraakt, maar hij kwam eraan.

Aan zijn rechterkant gaapte het donkere gat van een overdekte passage waar een bord boven hing met VERBRANDE POORT. Hij glipte naar binnen. Zijn hart, merkte hij ineens, bonsde in zijn borstkas. Een vage geur van urine drong zijn neusgaten binnen. Hij drukte zich met de rug tegen de zijmuur. Het licht van de straatlantaarns viel niet meer dan een meter naar binnen. De gang gaf aan de andere kant uit op een voetpad dat naar de achterkant van enkele flatgebouwen in de Fonteinstraat leidde. Op dit uur van de nacht vermeed iedereen zo'n donkere, verlaten steeg om naar huis te gaan.

Hij spitste zijn oren. De voetstappen werden luider. Hij schatte de afstand. Een twintigtal meter ongeveer? Hij haalde een paar leren handschoenen uit zijn zak en trok die aan. Knokkels die open lagen, vielen op en dat kon hij zich niet permitteren. Hij focuste opnieuw op het naderende geluid. Zodra de ander de gang passeerde, zou hij hem in de rug aanvallen, zijn arm om zijn keel klemmen en naar binnen sleuren. De man was tenger gebouwd en dankzij het verrassingseffect zou het hem weinig moeite kosten om hem te overmeesteren. Voor de zekerheid had hij eerst gedacht om een hamer mee te nemen of iets anders waarmee hij hem in één klap kon uitschakelen, maar als hij de overval op de andere wilde doen lijken, mocht hij geen wapen gebruiken.

De voetstappen van de man waren nu zo luid dat hij elk ogenblik kon verschijnen. Hij zette zich schrap. Een laatste keer flitste de vraag door zijn hoofd of hij dit wel wilde doen, maar hij had geen keus. Hij hield zijn adem in. De spieren in zijn lichaam spanden zich. Nog een meter of twee... Zijn rug kwam los van de muur. Hij zag de schaduw van de man op het voetpad verschijnen.

Nu... dacht hij, maar net op dat ogenblik scheurden een paar luide stemmen de nachtelijke stilte open en zag hij twee zwalpende fietsers uit de tegenovergestelde richting komen. Bijna tegelijkertijd liep de man hem voorbij. Vliegensvlug drukte hij zich opnieuw tegen de muur. Eén van de fietsers liet iets vallen. Een fles die rinkelend aan scherven ging op het asfalt. De andere fietser lachte luid.

Knarsetandend bleef hij in het donker staan wachten. Zodra de twee ver genoeg weg waren, kwam hij uit zijn schuilplaats tevoorschijn. Wat verderop zag hij de man de straat oversteken naar het Sint-Jacobsplein. Machteloos balde hij zijn vuisten. De kans was verkeken. Waren die twee dronkenlappen niet op het verkeerde moment verschenen, dan was de klus nu geklaard.

Een ogenblik bleef hij besluiteloos staan, niet wetend wat te doen. Hij kon alsnog de man achternahollen en aanvallen voor hij zijn woning bereikte, maar de open ruimte van het plein bood geen enkele beschutting en de kans was te groot dat iemand hem zou zien. Nee, het was beter om te wachten. De man ging bijna elke avond iets met zijn vrienden drinken. Morgen kreeg hij een nieuwe kans.

4

Dinsdagochtend was Lou er weer niet, maar Berg vond op zijn bureau een briefje dat ze hem de volgende dag wilde spreken. Eerst moest ze nog een van de overvallen mannen interviewen en als dat gesprek bevestigde wat ze vermoedde, kwam er misschien een doorbraak in het onderzoek.

Berg gebruikte de ochtend om een stand van zaken op te maken en de informatie te evalueren die zijn mannen hadden verzameld, maar al snel bleek dat geen van hen veel te vertellen had. Glenn had in het Jozefietencollege niemand gevonden die zich de onbekende sportleraar herinnerde en Coens had even weinig succes gehad toen hij Henry Kajura de robotfoto van de tweede schutter had getoond. De Ugandese student was er zeker van dat hij de verdachte nooit in het gezelschap van Milton Mutesa had gezien.

De enige die meer geluk had gehad, was Wenderickx. Hij had ontdekt dat Michiel Vanderweeën intussen als juridisch adviseur werkte voor een bedrijf dat gevestigd was op het industrieterrein van Haasrode, een vijftal kilometer buiten de stad. Omdat de man de hele dag in Brussel verhinderd was, had hij alleen telefonisch contact met hem gehad, maar om twee uur vandaag was er een afspraak geregeld in het bedrijf waar hij werkte.

'Je hebt hem toch gevraagd waarom hij zijn baan heeft opgezegd?' vroeg Berg.

'Natuurlijk, chef. Hij zei dat hij uitgekeken was op zijn werk. Zelfs over de telefoon kon ik horen dat hij maar iets uit zijn duim zoog.'

'En waarom heeft hij zich uit de rectorverkiezing teruggetrokken?'

'Hij had een hekel gekregen aan het universitaire milieu, beweerde hij. Al dat gekonkelfoes en ouwe-jongens-krentenbrood kwamen hem de strot uit. Zo zei hij het. Ik wist eerst niet wat hij bedoelde. Ik heb het opgezocht. Het betekent...'

'Ik weet wat het woord wil zeggen, Wenderickx,' viel Berg hem in de rede. 'Je gelooft Vanderweeën dus niet?'

'Nee. Daarom ben ik nog een keer met Joren Debaetselier gaan praten. Die heeft...'

'Wacht even,' zei Zeebos. 'Die naam ken ik niet. Wie is Joren Debaetselier?'

'Een redacteur van het studentblad *Veto*,' antwoordde Berg in Wenderickx' plaats. 'Hij heeft indertijd een geruchtmakend artikel geschreven over de rectorverkiezing.'

'Waardoor hij uit de Mercurius-kring is gezet,' vulde Coens aan. 'Door Robrecht Termondt in hoogsteigen persoon.'

'Debaetselier is een roddeltante van het zuiverste water,' ging Wenderickx voort. 'Via hem zijn we achter de relatie gekomen tussen de ex-vrouw van de rector en diens broer. Wat Debaetselier allemaal weet over wat er zich achter de schermen van de verschillende faculteiten afspeelt, is...'

'Niet nu, Wenderickx,' brak Berg hem af. 'Voor roddels hebben we geen tijd.'

'Nee, chef. Ik denk dat we voor één keer naar de roddels moeten luisteren. Ik heb Debaetselier nog eens gepolst over de rectorverkiezing. Volgens hem heeft Vanderweeën zich onder druk teruggetrokken.'

'Onder druk van wie?' vroeg Zeebos.

'Van Albrecht Termondt. Debaetselier geeft toe dat hij daar geen bewijs voor heeft, anders had hij er wel iets over geschreven in zijn artikel, maar naar verluidt doen er al een tijdlang geruchten de ronde dat Vanderweeën het aanlegde met zijn studenten.'

'Zo zullen er wel meer zijn,' zei Coens.

'Mannelijke studenten,' benadrukte Wenderickx. 'Geen vrouwelijke.'

'Zou Vanderweeën homo zijn?' vroeg Glenn.

'Dat wordt in de wandelgangen gefluisterd.'

'En wat dan nog?' zei Berg. 'Er is de dag van vandaag geen mens meer die daarvoor zijn baan...'

'Een momentje, chef. Vanderweeën doceerde aan de eerstejaars rechten. Een van zijn studenten was niemand minder dan Koen Termondt.'

'Beweer je nu dat hij iets gehad heeft met de zoon van de rector?' vroeg Zeebos.

Wenderickx stak afwerend de handen op.

'Ik beweer niks. Ik herhaal alleen wat Debaetselier mij heeft verteld.'

'Die daarvoor geen enkel bewijs heeft,' merkte Berg op.

'Dat gaf hij ronduit toe.'

'Dan hebben we ook niets aan zijn verklaring.'

'Dat weet ik nog zo niet,' zei Zeebos. 'Waar rook is, is vuur. Hoe heeft Albrecht Termondt Vanderweeën onder druk gezet? Koen was meerderjarig.'

'Volgens Debaetselier zou Termondt hem verantwoordelijk gesteld hebben voor de zelfmoord van zijn zoon. Hij zou met een enorm schandaal gedreigd hebben als...'

'Zou... zou... zou...' kwam Berg ongeduldig tussenbeide. 'Dat zijn allemaal beweringen zonder bewijs. We kunnen toch geen onderzoek baseren op roddels van iemand die ergens heeft horen waaien dat Vanderweeën iets gehad heeft met Koen Termondt. Op den duur krijg je de indruk dat de helft van alle betrokkenen in deze zaak homoseksueel is.'

Er viel een stilte na zijn woorden, tot Coens vroeg:

'Hoezo, chef? Dat begrijp ik niet.'

Berg wuifde de vraag weg toen hij zich realiseerde dat hij die laatste opmerking alleen op zijn conto kon schrijven. Zijn mannen wisten niet dat Badru Alupo een homo was geweest en hij had evenmin iets gezegd over de vraag van Tatyana's vader: of ze dachten dat Albrecht Termondt vroeger een relatie had gehad met zijn Ugandese vriend.

'Ik vind dat we Vanderweeën op zijn minst met de bewering van Debaetselier moeten confronteren,' hield Wenderickx vol. 'Als blijkt dat er van de geruchten niets aan is, hebben we alleen tijd verloren. Maar als het klopt en Termondt heeft hem gechanteerd, dan geeft dat Vanderweeën een motief.'

Berg was nog altijd niet overtuigd.

'En wat is het verband met de moord op Badru Alupo? Want ik heb dezelfde vraag als gisteren: hoe is Vanderweeën in contact gekomen met Milton Mutesa? De twee aanslagen hebben met elkaar te maken, vergeet dat niet.'

'Zijn dat geen zorgen voor later, chef?' vroeg Coens. 'Moeten we niet eerst nagaan of Vanderweeën een motief heeft?'

Berg keek weifelend naar Zeebos.

'Ik vind dat hij gelijk heeft, Thomas.'

'Goed dan. Coens, jij gaat met Wenderickx mee. Probeer uit te maken of Vanderweeën liegt over de reden waarom hij zich teruggetrokken heeft uit de rectorverkiezing. Pas als jullie allebei de indruk hebben dat hij de waarheid verdraait, confronteer je hem met het verhaaltje van Debaetselier. Niet eerder, begrepen? Ik wil niet dat we ons nodeloos belachelijk maken.'

'Oké, chef.'

'Dan moet ik nog iets vertellen,' zei Berg. 'En eerlijkheidshalve moet ik eraan toevoegen dat ik ook geen bewijs heb.'

'Nog meer roddels, chef?' grapte Wenderickx.

'Nee, geen roddels. Een hypothese.'

Berg vertelde wat hij de vorige avond had bedacht over de mogelijkheid dat Christine Van Parijs voor haar huwelijk een verhouding had gehad met de twee broers en dat de kans bestond dat de vader van de tweeling niet Albrecht Termondt was, maar Robrecht.

Er viel een langgerekt zwijgen toen hij klaar was. Niemand zei het hardop, maar het was van ieders gezicht af te lezen dat Bergs theorie qua geloofwaardigheid niet veel hoger scoorde dan de roddels van Debaetselier.

'Wel? Geen commentaar?'

Het was Zeebos die zijn stoute schoenen aantrok.

'Ik weet niet hoe je op dat idee bent gekomen, Thomas,

maar zelfs als er iets van aan is, welk belang heeft dat dan voor het onderzoek?'

'Denk eens na, Jan. Als Robrecht Termondt vermoedt – of weet – dat hij de vader is van de tweeling en hij houdt net als zijn vriendin Albrecht verantwoordelijk voor de dood van Koen, dan geeft dat hem een heel sterk motief. Het was verdorie *zijn* zoon die door toedoen van zijn broer zelfmoord heeft gepleegd.'

'Dat begrijp ik,' knikte Zeebos, 'maar hoe kunnen we ooit te weten komen wie van de twee mannen de biologische vader is van Koen en Annelene? Of ga je dat doodleuk aan beide heren vragen? Nou, dan wens ik je veel geluk.'

'Nee, ik ga het aan iemand anders vragen.'

'Aan wie?'

'Aan Annelene.'

'Waarom zou zij weten wat er voor haar geboorte is gebeurd? Zoiets hangen ouders niet aan de neus van hun kinderen.'

'Volgens mij weet ze het wel.'

'Hoezo?'

'Vanwege iets wat Christine Van Parijs heeft gezegd. Volgens haar zat Annelene er helemaal onderdoor na de zelfmoord van haar broer. Ze was met haar studies gestopt, ze sloot zich voor iedereen af en ze wilde zelfs geen contact meer met haar moeder. En wat gebeurt er dan? Robrecht Termondt ontfermt zich over haar en zie: ze begint opnieuw te studeren en praat weer met haar moeder. Wat een wonderlijke ommekeer! En die zou bewerkstelligd zijn door een oom met wie ze voorheen nauwelijks contact had. Kom nou, Jan. Ik ben geen psycholoog, maar zoiets zie ik nog niet snel gebeuren.'

'Dus je denkt dat ze zich door Robrecht Termondt heeft laten helpen omdat ze intussen weet dat hij haar echte vader is?'

'Nadat ze zich van haar vermeende vader heeft afgekeerd

omdat ze hem de dood van haar broer verwijt. Robrecht Termondt kwam op precies het juiste moment. Annelene moet het gevoel gehad hebben dat ze niemand meer had, geen broer meer en geen ouders. Psychisch tuimelt ze in een diep gat en plots is daar een reikende hand om haar te helpen. Zou jij die in haar plaats ook niet grijpen?'

'Mmm... misschien.'

'Coens, wat studeert Annelene?'

'Sociale wetenschappen.'

'Waar is dat?'

'In de Parkstraat.'

'Hebben we een foto van haar?'

'Die zit in het dossier.'

'Kom, Jan. We gaan kijken of ze college heeft.'

In de auto bedacht Berg dat hij niets had gezegd over die andere mogelijkheid die hem de vorige avond te binnen was geschoten toen Tatyana had verteld over het telefoontje van haar vader. Dat had natuurlijk te maken met zijn eigen reactie op de roddels over Vanderweeën. Bovendien was al duidelijk dat zijn mannen bedenkingen hadden bij het idee dat Robrecht Termondt de biologische vader van de tweeling kon zijn, dus hoe zouden ze dan reageren op zijn gedachtespinsels omtrent een mogelijke seksuele relatie die er eertijds was geweest tussen Badru Alupo en Albrecht Termondt? In Wenderickx' plaats zou hij het niet kunnen laten om de bal terug te kaatsen en hem onder de neus te wrijven dat hij nu zelf met roddels kwam aanzetten.

Nee, het was beter om die hypothese voorlopig achter de hand te houden. Alleen als dit denkspoor niets opleverde en Tatyana akkoord ging, kon hij er later mee op de proppen komen. Tenslotte kenden ze nog altijd de reden niet waarom er op de Leuvense rector was geschoten, maar als Albrecht

Termondt inderdaad door Badru Alupo onder druk was gezet en zichzelf als opdrachtgever wilde maskeren door ook op zichzelf te laten schieten, dan kon het zijn dat het verband tussen de twee aanslagen daar lag. Chantage was – net als wraak – maar al te dikwijls een motief voor moord.

De gebouwen van de faculteit sociale wetenschappen waren opgetrokken in rode baksteen en lagen gegroepeerd rond een plein met her en der zitbanken en groene oases. Berg was nooit eerder op de campus geweest en het eerste wat hem opviel, was een enorme metalen constructie waarmee de glazen voorgevel van het hoofdgebouw was bekleed. In de gegalvaniseerde platen die van de benedenverdieping tot aan de dakrand reikten, waren grote letters uitgesneden die een tekst vormden van ongeveer dertig regels. Verbaasd bleef hij staan en las:

Een heer die de straat afdaalt
een heer die de straat opklimt
twee heren die dalen en klimmen
dat is de ene heer daalt
en de andere heer klimt
vlak vóór de winkel van Hinderickx en Winderickx
vlak vóór de winkel van Hinderickx en Winderickx
van de beroemde hoedemakers
treffen zij elkaar
de ene heer neemt zijn hoge hoed in de rechterhand
de andere heer neemt zijn hoge hoed in de linkerhand
...

Zeebos, die naast hem stond en de tekst nauwelijks een blik waardig keurde, vroeg verveeld:

'Ga je dat helemaal lezen?'

'Ik ken dat gedicht,' zei Berg. 'Het is van Paul van Ostaijen.'

‘En wat dan nog?’

‘Ik begrijp niet waarom het hier hangt.’

Zeebos keek omhoog en prevelde de eerste regels voor zich uit. Zijn oordeel was snel gevormd:

‘Compleet ridicuul. Ga je mee? Aan de balie zullen ze ons wel kunnen vertellen of de eerstejaars college hebben.’

‘Ga maar. Ik blijf nog even.’

Terwijl Berg op een bank ging zitten en de rest van het gedicht las, liep Zeebos hoofdschuddend de inkomhal in. Het duurde niet lang voor hij terugkwam.

‘We hebben geluk.’ Hij wees naar een gebouw aan hun rechterkant, ongeveer vijftig meter verderop. ‘Als het klopt wat ze me verteld hebben, moet Annelene binnen een paar minuten uit die deur komen.’

‘Ik weet waarom het gedicht hier hangt.’

Zeebos stak een sigaret op.

‘Vertel. Ik kan nauwelijks wachten.’

Berg trok een zuur gezicht.

‘Je bent een cultuurbarbaar, Jan.’

‘Waarom? Omdat dit soort poëzie me niks zegt? Nou, dan is dat maar zo. Waarom hangt het gedicht hier?’

‘Het heet *Alpejagerslied* en het handelt over sociale conventies, rituelen en onuitgesproken bedoelingen in de dagelijkse omgang tussen mensen. Precies het soort zaken die door de sociale wetenschappen bestudeerd worden. Ik vind het heel passend.’

‘Hoe weet je dat ineens?’

‘Het staat ginds op een bord,’ wees Berg met zijn duim over zijn schouder.

‘Waarom heet het *Alpejagerslied*? Er is van geen Alpen of jagers sprake.’

‘Euh... dat weet ik niet.’

'Zie je wel,' zei Zeebos. 'Complete nonsens.'

Op dat ogenblik ging de deur van het gebouw open waar de eerstejaars college hadden gehad. Een bonte groep studenten sijpelde druk pratend naar buiten. Met de foto in de hand liep Zeebos hen tegemoet en kwam even later terug met een meisje dat een blauwe rugzak vasthield. Ze was blond, eerder tenger gebouwd, niet onknap.

'Annelene, dit is hoofdinspecteur Berg.'

Het meisje maakte een onzekere indruk. Voor een negentienjarige kwam het ongetwijfeld intimiderend over om te worden opgewacht door twee politiemannen. Het enige wat ze zei, was:

'Ik heb niet veel tijd, meneer.'

'Dit duurt niet lang.' Berg klopte met zijn vlakke hand op de bank. 'Ga even zitten. Dat praat makkelijker.'

Annelene deed wat hij vroeg.

Berg legde uit dat ze de aanslag van vorige week dinsdag onderzochten en dat het vermoeden bestond dat haar vader ook een doelwit was geweest. De mededeling ontlokte geen enkele reactie.

'Daar lijk je niet van te schrikken,' zei Berg.

Annelene schokschouderde.

'Klopt het dat je geen contact meer hebt met je vader?'

'Ja.'

'Omdat je boos op hem bent?'

De frêle schouders gingen weer omhoog.

'Je moeder vertelde ons dat je je vader de dood van je broer verwijt. Is dat juist?'

Er volgde een nauwelijks merkbaar knikje.

'Denk je echt dat hij schuld heeft aan Koens zelfmoord?'

'Ja.'

'Maar met je oom Robrecht heb je wel contact?'

'Ja.'

'Waarom wel met hem?'

Er kwam geen antwoord. Berg voelde zijn nekspieren spannen. Je moest elk woord uit haar mond sleuren. Dan probeerde hij het maar op een andere manier. Recht op de man af. Ofwel lukte het, ofwel niet.

'Is dat omdat je intussen weet dat hij je biologische vader is?'

Het meisje draaide haar gezicht weg en staarde zwijgend naar het gedicht tegen de gevel van het hoofdgebouw.

'Annelene?'

'Ja.'

Berg zag hoe Zeebos perplex over zijn kale schedel wreef. Het was dus waar! Hij voelde iets van triomf, maar dwong zichzelf bij de zaak te blijven.

'Hoe ben je dat te weten gekomen? Heeft je moeder het verteld?'

'Nee.'

'Wie dan wel?'

'Koen.'

'Wanneer was dat?'

'Een paar dagen voor hij...'

Ze viel stil.

'Hoe wist Koen het?'

Opnieuw dat schouderophalen.

'Annelene, wil je alstublieft op de vraag antwoorden?'

Het meisje wendde haar gezicht naar hem, één of twee seconden, toen boog ze haar hoofd en staarde naar de blauwe rugzak die aan haar voeten lag.

'Je zou er ons enorm mee helpen,' drong Berg aan.

Hij zag hoe ze met haar vingertoppen een traan wegveegde. Het duurde nog even voor ze begon te praten.

'Koen heeft papa en mama horen ruziemaken. Hij had net verteld dat hij homo was en papa had hem de huid vol gescholden. Ze dachten dat hij het huis was uitgelopen, maar hij stond in de gang te huilen. Mama was boos. Papa ook. Ze begonnen tegen elkaar te schreeuwen, heel luid. Mama riep dat hij het recht niet had om haar zoon zo te vernederen, waarop papa terug brulde dat het ook zijn zoon was. En toen riep mama dat dat niet eens zeker was. Papa leek onmiddellijk te begrijpen wat ze bedoelde. Hij schreeuwde iets over zijn broer en mama schreeuwde terug dat hij het nu eindelijk doorhad.'

Annelene frommelde nerveus met haar vingers.

'Wat gebeurde er toen?' vroeg Berg.

'Dat weet ik niet. Koen is weggelopen. Hij was compleet overstuur door wat hij had gehoord.'

'Heb je hierover met je oom gepraat?'

'Ja.'

'Wanneer was dat?'

'Een paar weken nadat Koen is gestorven.'

'Wat zei je oom?'

'Dat hij altijd van mama heeft gehouden en dat hij nog altijd van haar houdt.'

'Hij gaf dus toe dat het waar is?'

'Niet met zoveel woorden. Hij zei alleen dat het waar kon zijn.'

'Maar jij gelooft dat het zo is?'

'Ik wil geloven dat het zo is.'

'Ik veronderstel dat je er intussen ook met je moeder over hebt gepraat. Wat zei zij?'

'Ze heeft me verteld dat ze vroeger een relatie heeft gehad met oom Robrecht, maar dat ze moest kiezen en dat ze de verkeerde keus heeft gemaakt.'

'Omdat je oom je biologische vader is?'

'Nee, om andere redenen. Ze zei dat ze niet wist wie mijn echte vader is.'

Berg knikte. Hij stond op. Het meisje deed hetzelfde.

'Kan ik nu gaan?'

'Ja, natuurlijk. Bedankt, Annelene. Ik stel het op prijs dat je ons geholpen hebt.'

Ze raapte zonder verder woord haar rugzak op en stak het plein over in de richting van de Parkstraat. Berg keek haar na. Hij wist niet goed wat hij moest denken.

'Je had verdomme gelijk,' zei Zeebos zodra het meisje buiten gehoorafstand was. Hij klonk alsof hij het nog altijd niet kon geloven.

'Ja en nee. Ik had gelijk dat Christine Van Parijs een relatie heeft gehad met de twee broers. Of Robrecht Termondt de biologische vader van haar kinderen is, weten we niet met honderd procent zekerheid. En hij of zij ook niet, als we op Annelenes woorden mogen afgaan.'

'Maakt dat iets uit? Als Robrecht Termondt nog maar dénkt dat hij de vader is, heeft hij al een motief om zijn broer iets aan te doen.'

'Nee, dat is niet juist. Moord blijft moord. Je doodt een medemens niet op basis van een vermoeden. Er is veel meer voor nodig om iemand zover te krijgen.'

'Misschien. Aan de andere kant is hij onze enige verdachte.'

'En Christine Van Parijs dan? Vergeet de sleutel van de zolder niet. Het kan zijn dat ze in haar eentje heeft gehandeld.'

'Zonder haar minnaar daar iets van te zeggen? En hoe heeft ze iemand gevonden die het karwei wilde opknappen? Toch niet in de Gouden Gids?'

'Hetzelfde geldt voor Termondt,' antwoordde Berg. 'Dat is wat me al de hele tijd dwarszit. Je hebt overschot van gelijk: als er een huurmoordenaar is ingeschakeld, begrijp ik niet hoe twee brave burgers als Christine Van Parijs en Robrecht Termondt met hem in contact zijn gekomen.'

'Nou, braaf...'

'Je weet wat ik bedoel.'

'Misschien hebben ze iemand gevonden via internet.'

'Alsof dat zo simpel is. Nee, er klopt iets niet. Ik heb het gevoel dat we iets belangrijks over het hoofd zien.'

'Wat?'

'Dat weet ik niet,' zuchtte Berg. 'En daar word ik zo stilaan krankjorum van.'

5

Het gekibbel begon in de ondergrondse garage van het politiebureau. Coens liep uit gewoonte naar de stuurkant van de Opel Insignia; Wenderickx draaide om de koffer heen en deed hetzelfde. Ze staken bijna tegelijkertijd hun hand uit naar de klink van het portier.

'Ik rij wel,' zei hij.

'Waarom?' vroeg Wenderickx. 'Ik rij altijd als de chef erbij is.'

'Die is er nu niet.'

'Doet er niet toe. Ik rij liever zelf.'

'Ik ook. Meulenaer liet mij altijd...'

Het vernoemen van de naam maakte dat ze alle twee zwegen. Een paar tellen lang stonden ze onwennig tegenover elkaar. Coens herinnerde zich ineens wat zijn moeder vroeger altijd zei wanneer hij en zijn broer ruzie hadden: 'Jij bent de oudste, jij moet je verstand gebruiken.' Als kind had hij dat verschrikkelijk onrechtvaardig gevonden, maar de laatste jaren betrapte hij zichzelf erop dat hij precies hetzelfde tegen zijn zoontjes zei wanneer die kibbelden. Hij deed een stap achteruit.

'Oké, rij jij maar.'

Wenderickx twijfelde.

'Nee, je hebt gelijk. Jij bent de oudste.'

Coens glimlachte. Het verleden kwam soms op een bizarre manier om de hoek kijken. Hij liep om de auto heen.

'We zullen afwisselen,' zei hij. 'Jij begint.'

De rit naar Haasrode duurde nauwelijks een kwartier. Michiel Vanderweeën ontving hen in zijn kantoor op de eerste verdieping. Hij droeg een maatpak in zilvergrijs dat naar Coens' inschatting de helft van zijn maandloon kostte en de teint van zijn huid verraadde dat hij nog maar pas op vakantie was geweest of anders heel wat tijd doorbracht onder de zonnebank. Toen hij vanachter zijn bureau kwam om hen te begroeten, viel het op dat hij een atletisch figuur had. Coens wist dat hij midden veertig was. Hij had geen spoor van een beginnend buikje. Integendeel, zijn lichaam zag er afgetraind uit en zijn kwieke, energieke manier van bewegen deed vermoeden dat zijn bezoeken aan de zonnebank gepaard gingen met die aan een fitnesscentrum. Dat laatste werd nog eens bevestigd door zijn handdruk. Die was opvallend krachtig.

'Gaat u zitten, heren. Kan ik u iets aanbieden? Koffie? Thee? Of liever iets fris?'

Coens bedankte. Het viel hem op dat Vanderweeëns haar nog geen spoortje grijs vertoonde en dat zijn gebit zo wit was dat het leek alsof hij zijn tanden had laten bleken. De verschijning van de man bracht hem even van zijn stuk. Als een ex-professor van middelbare leeftijd zag hij er geenszins uit.

Vanderweeën was opnieuw achter zijn bureau gaan zitten.

'Vertelt u eens wat ik voor u kan doen.'

Voor Coens de kans kreeg om te antwoorden, nam Wenderickx het woord. Heel even verscheen er iets van verwarring op Vanderweeëns gezicht. Hij had duidelijk verwacht dat de roodharige rechercheur het woord zou voeren. Coens beet op zijn lip. Zo hoorde het ook: dat de oudste het gesprek leidde. Vroeger had hij Meulenaer altijd... Hij duwde de gedachte weg en luisterde hoe Wenderickx uitlegde wat ze kwamen doen.

'Maar daar heb ik aan de telefoon al op geantwoord,' zei Vanderweeën. 'Ik was op mijn baan uitgekeken. Ik wilde eens wat anders. Een nieuwe uitdaging. Ik ben 45 geworden dit jaar. Het was nu of nooit.'

'Is dat de echte reden, meneer Vanderweeën?'

'Natuurlijk. Wat denkt u?'

'Dat er iets anders speelde.'

'Iets anders? Wat bedoelt u?'

'Er doen geruchten de ronde...' begon Wenderickx en Coens merkte dat zijn handen in de leuningen van de stoel knepen. Dit ging te snel, veel te snel. Hij wilde tussenbeide komen, maar het was al te laat.

'... dat u uw baan onder druk hebt opgezegd.'

'Onder druk? Ik begrijp niet wat u...'

'En dat u daarom ook uw kandidatuur voor het rectorschap hebt ingetrokken.'

Er verscheen een flauw lachje om Vanderweeëns mond.

'Als u a zegt, moet u ook b zeggen, inspecteur. Wie zou volgens die geruchten druk op mij hebben uitgeoefend?'

'Albrecht Termondt. De huidige rector.'

Vanderweeën greep naar de iPhone die voor hem op het bureau lag en speelde er even mee, alsof hij zichzelf de nodige tijd wilde geven om de juiste reactie te bepalen. Zijn aarzeling duurde niet lang.

'Ik kan al raden hoe die geruchten zijn ontstaan. Het klopt dat Termondt mij omstreeks die tijd in de faculteit is komen opzoeken. De man was helemaal van streek. Zijn zoon had net zelfmoord gepleegd. Het is tot een... hoe zal ik het zeggen... luide woordenwisseling gekomen waarvan enkele mensen jammer genoeg getuige zijn geweest.'

Dit keer was Coens Wenderickx te snel af.

'Waar ging die woordenwisseling over, meneer Vanderweeën?'

'Koen Termondt had slechte tentamens afgelegd. Ook voor mijn vak. Volgens zijn vader was dat de reden voor zijn zelfmoord, maar ik heb mezelf niets te verwijten: de beoordeling was fair. Termondt dacht daar anders over en heeft me ervan beschuldigd dat ik hem via zijn zoon wilde treffen omdat we concurrenten waren voor het rectorschap. Dat was pertinent onjuist. Nu kan ik nog begrijpen dat de man van verdriet over zijn toeren was, maar mij publiekelijk van zulke laag-bij-de-grondse praktijken beschuldigen, vind ik onvergeeflijk. Ik dacht er al langer over om van baan te veranderen en het incident met Termondt heeft me de knoop doen doorhakken. Ik was op een punt gekomen dat mijn academische carrière me al die ellende niet meer waard was.'

De man was nog maar net uitgesproken, of Wenderickx zei: 'We hebben gehoord dat de ruzie over iets heel anders ging.'

'Dan hebt u verkeerd gehoord.'

Coens perste zijn lippen op elkaar. Vanderweeëns verklaring had heel aannemelijk geklonken en de chef had gezegd dat ze alleen in geval van twijfel over de roddels mochten beginnen, maar dat leek Wenderickx vergeten te zijn.

'Is het niet zo dat Albrecht Termondt u ervan beschuldigd heeft een seksuele relatie gehad te hebben met zijn zoon?'

Het antwoord kwam snel, heel snel, en de toon was ineens ook anders: defensief, gepikeerd, bits.

'Dat is volslagen onzin.'

'En dat hij met een schandaal heeft gedreigd als u zich niet onmiddellijk uit de verkiezing terugtrok?'

'Nee, dat is niet juist.'

'Heeft Koen Termondt daarom zelfmoord gepleegd? Had u de relatie beëindigd?'

'Daar verwaardig ik me zelfs niet op te antwoorden.'

Vanderweeëns gebruinde gezicht was van verontwaardiging enkele tinten lichter geworden, maar dat schrok Wenderickx geenszins af. Verbaasd zag Coens het voor zijn ogen gebeuren. Zo kende hij zijn collega niet. De chef had eens gezegd dat Wenderickx zich tijdens interviews altijd op de achtergrond hield en zelden of nooit een vraag stelde, maar nu gedroeg hij zich compleet het tegenovergestelde, alsof hij vond dat het eindelijk aan hem was om het zware geschut boven te halen. En het was nog niet gedaan. Wenderickx ging onverbiddelijk voort:

'Bent u homoseksueel, meneer Vanderweeën?'

'Nee,' antwoordde de advocaat, 'dat ben ik niet. En zelfs al was dat zo, dan hebt u daar geen zaken mee.'

Coens, die er vanwege Wenderickx' vragen al een tijdje ongemakkelijk bijzat, voelde ineens iets heel anders: een onbestemde dreiging die van de man aan de andere kant van het bureau uitging. Het was niet zo dat Vanderweeën zich agressief gedroeg, integendeel: hij deed nog altijd zijn best om het gesprek zo beleefd mogelijk te houden, maar tegelijkertijd werd almaar duidelijker hoeveel moeite hem dat kostte. Coens zag het aan zijn ogen: die waren bijna zwart geworden en uit zijn blik sprak een ingehouden woede die bijna tastbaar het kantoor vulde.

'Ik heb eerder de indruk dat u niet voor uw homoseksualiteit wilt uitkomen,' zei Wenderickx. 'Waarom niet? Tegenwoordig is dat toch geen...'

Vanderweeën liet hem niet uitpraten. Het was de eerste keer dat er een scheurtje kwam in zijn onbewogen houding. Hij snauwde:

'Hebt u problemen met de Nederlandse taal, inspecteur? Ik heb verdomme klaar en duidelijk gezegd dat ik geen homo ben!'

Dit keer zag Coens het niet alleen, hij rook het bijna: alsof er van de advocaat een geur van gevaar uitging. Het deed hem denken aan wat een docent psychologie tijdens zijn opleiding over dit type man had gezegd. De agressie werd onderdrukt, maar was onderhuids zo sterk aanwezig dat ze als het ware door de poriën naar buiten drong en bij omstanders een instinctieve vluchtreflex opriep. Het vreemde daarbij was dat sommige mensen over een zesde zintuig beschikten om dat potentiële gevaar aan te voelen, terwijl anderen dat in het geheel niet hadden. Wenderickx behoorde duidelijk tot de laatste categorie.

Vanderweeën van zijn kant leek te merken dat hij moest terugschakelen. Hij forceerde een lachje en zei op rustigere toon:

'Maar ik kan me voorstellen waar die indruk vandaan komt. Als een man niet getrouwd is en meer dan gebruikelijk aandacht besteedt aan zijn voorkomen, dan krijgt hij al snel het etiket van homo opgeplakt. Ik kan me daar verschrikkelijk over opwinden, al heeft dat natuurlijk geen enkele zin.'

Coens vond het moment gekomen om het gesprek een andere richting uit te sturen. Hij haalde de robotfoto uit zijn zak.

'Hebt u deze man ooit gezien?'

'Ja, die foto stond onlangs in de krant.'

'Maar u weet niet wie hij is?'

'Nee.'

'Zegt de naam Milton Mutesa u iets?'

'Zelfde antwoord. Ik ken de naam alleen uit de krant.'

Vanderweeën greep opnieuw naar zijn iPhone. Hij leek zijn kalmte helemaal teruggevonden te hebben.

'Vindt u het niet tijd, heren, dat u mij vertelt waar dit over gaat? Afgaande op uw laatste vragen moet het iets te maken hebben met de aanslag op de Ugandese rector van vorige week dinsdag. Klopt dat?'

'Nu u het daar toch over hebt,' zei Wenderickx. 'Waar was u die ochtend tussen acht en twaalf uur?'

'Hier. Aan het werk.'

'Dat kan uw secretaresse bevestigen?'

'Natuurlijk. Maar ik begrijp het niet. Verdenkt u mij ervan iets met de aanslag te maken te hebben? Waarom? Ik kende de man niet eens. Weet u trouwens al waarom hij is doodgeschoten? In de krant stond iets over een vergeldingsactie van het SMUG.'

'Het geheim van het onderzoek laat niet toe dat ik op die vraag antwoord,' zei Coens.

Hij stond op. Het was tijd om een punt te zetten achter het gesprek. Hij zag dat Wenderickx bleef zitten en wierp hem een dwingende blik toe. Het had geen enkel effect. Zijn collega verroerde geen vin. Op dat ogenblik zei Vanderweeën:

'Een momentje, er schiet me ineens iets te binnen. Vorige week dinsdag was ik er niet. Dat was me even uit het hoofd gegaan. Ik voelde me die dag niet lekker en heb me ziek gemeld.'

Coens liet zich opnieuw op de stoel zakken.

'Waar was u dan wel?'

'Thuis. In bed. Ik dacht dat het een beginnende griep was, maar 's avonds was het ergste voorbij. Ik ben de volgende dag opnieuw gaan werken.'

'Griep?' herhaalde Wenderickx op een toon alsof hij dat

volslagen ongeloofwaardig vond. 'Het is al dagenlang prachtig weer.'

'Niet de voorafgaande week. Toen was het rotslecht.'

'Kan iemand bevestigen dat u die ochtend thuis was?' vroeg Coens.

'Ik vrees van niet. Ik woon alleen.'

'U hebt geen arts gebeld?'

'Nee. Dat heeft geen zin in geval van griep.'

'In orde, meneer,' zei Coens. 'Dat was voorlopig alles. Bedankt voor uw tijd.'

Hij stond opnieuw op. Dit keer volgde Wenderickx zijn voorbeeld. Ze waren het gebouw nog niet uit of zijn collega zei:

'Hij heeft geen alibi voor het ogenblik van de aanslag.'

'Nee.'

'En hij heeft gelogen. Pas toen ik over zijn secretaresse begon, gaf hij toe dat hij afgelopen dinsdag niet op het werk was.'

'Misschien was het hem inderdaad ontglipt.'

'Kom nou!' maaide Wenderickx door de lucht. 'Dat geloof je zelf niet. En dan dat gelul over een beginnende griep. Ik probeer me hem voor te stellen met snor, bril en pet. Zou het kunnen dat hij de man op de robotfoto is?'

'Dat betwijfel ik.'

'Waarom? De beschrijving van mevrouw Van Hemelrijck was heel vaag. De foto kan bijna op om het even wie slaan.'

Coens had geen zin in dit soort speculaties. Er zat hem iets anders dwars. Hij bleef staan, ergens halverwege het parkeerterrein.

'Waarom ben je over de roddels van Debaetselier begonnen? De chef heeft klaar en duidelijk gezegd dat...'

'Omdat hij loog. Merkte je dat niet?'

'Nee.'

'Die man is homo, daar durf ik veel geld op te verwedden.'

Coens zette zich weer in beweging.

'En dat kan jij zomaar beoordelen? Na een gesprek van een paar minuten?'

'Maar je hebt toch gezien hoe hij gekleed was! En zijn nagels... die waren verdomme gemanicuurd! Zijn de mijne dat? Of die van jou?'

Coens zei niets meer. Ze waren intussen de auto op een paar meter genaderd. Dat van die nagels had hij ook opgemerkt, maar wat dan nog? In dat opzicht had Vanderweeën gelijk: mensen trokken veel te snel conclusies en die waren meestal gebaseerd op vooroordelen en clichés.

Had hij dat ook gedaan? Volgens hem was Vanderweeën een wolf in schapenvacht, maar misschien had hij zich dat alleen maar ingebeeld. Die indruk had hij ineens, nu het gesprek voorbij was en de man hun bij de deur had verzekerd dat ze altijd mochten terugkomen als ze nog vragen hadden. Eigenlijk wist hij niet goed hoe hij de situatie moest beoordelen. Enerzijds had hij zin om Wenderickx verwijten te maken, anderzijds besefte hij dat het daarvoor te laat was. Hij had tijdens het interview moeten ingrijpen, maar hij was compleet van slag geweest, zowel door de voortvarendheid van zijn collega als door dat vreemde, niet te benoemen gevoel dat Vanderweeën bij hem had opgeroepen.

In elk geval was Wenderickx serieus zijn boekje te buiten gegaan door de advocaat onder druk te zetten met vragen over zijn seksuele geaardheid en hij mocht van geluk spreken als de man geen klacht indiende. Eigenlijk zou hij de chef dit incident moeten melden, maar hij wilde zijn collega niet in moeilijkheden brengen en bovendien had hij onlangs zelf een ernstige fout gemaakt. Waarschijnlijk had Wenderickx' houding te maken met de dood van Meulenaer. Die had hen allemaal zwaar geraakt en iedereen was erop gebeten om de verantwoordelijke zo snel mogelijk te pakken te krijgen, al was dat natuurlijk geen excuus voor wat er net was gebeurd.

Intussen liep Wenderickx een paar passen voor hem uit. Coens zag hoe hij naar links draaide en de autosleutels uit zijn zak haalde. Om de een of andere reden was dat er net iets te veel aan.

'Vergeet het maar!' riep hij tegen Wenderickx' rug. 'Dit keer rij ik.'

6

Berg ging een paar uur vroeger dan gewoonlijk naar huis om inkopen te doen voor het etentje met Tatyana. Door het onderzoek had hij geen tijd gehad om op voorhand een menu samen te stellen en terwijl hij naar het centrum wandelde, besloot hij in een opwelling om Italiaans te koken. De Faculty Club serveerde vooral gerechten uit de Frans-Belgische keuken, dus mocht het dit keer wat anders zijn. Hij begon met de wijn omdat die winkel als eerste op zijn weg lag en kocht een fles prosecco en een chianti classico van een gerenommeerd huis. Vervolgens liep hij een delicatessenzaak binnen, een bakker en tot slot een keurslager in het Pensstraatje.

Het eerste wat hij in zijn flat deed, was de oude, in metaal gevatte glazen deur naar het terras openzetten. Hij keek naar de lucht. Wat stapelwolken, meer niet. En de temperatuur viel ook mee, dus konden ze buiten eten. Hij pakte zijn boodschappen uit, zette een opera van Puccini op en legde de prosecco in de koelkast.

Terwijl hij in de keuken druk doende was, stelde hij bij zichzelf vast dat de twijfel die hij eerder over het etentje had gehad, verdwenen was en dat hij vol verwachting uitkeek naar de avond. Het was lang geleden dat hij voor een vrouw had gekookt en hoewel men altijd zei dat bij mannen de liefde door de maag ging, wist hij uit ondervinding hoezeer vrouwen het op prijs stelden wanneer ze door een man culinair werden verwend.

Omstreeks zeven uur was hij klaar met het voorbereidende werk. Hij dekte de tafel op het terras, stak kaarsen in twee zilveren art-decokandelaars die hij onlangs op een veiling had gekocht en nam een douche. Toen de bel ging, was hij nog maar pas aangekleed. Dit keer was Tatyana prima op tijd.

Hij liep naar de woonkamer, zag door het raam nog net de taxi wegrijden en trok de voordeur open. De aanblik van de vrouw in de passage benam hem een ogenblik de adem. Tatyana droeg goudkleurige pumps en een kort, zwart jurkje met een riem om het middel in dezelfde kleur als haar schoenen. Haar gitzwarte haar hing tot op haar schouders; om haar hals droeg ze een collier van amber.

'Dag, Thomas.' Ze gaf hem een zoen. 'Ik heb iets kleins meegebracht.'

Nog voor hij de naam kon lezen, herkende hij het oranjekleurige etiket op de fles. Veuve Clicquot. Iets kleins? Smaak had ze in elk geval wel. Had hij haar verteld dat dit zijn lievelingschampagne was? Hij dacht van niet.

In de woonkamer keek ze nieuwsgierig om zich heen. Haar blik bleef een tijdje hangen bij de vitrinekast met zijn collectie klein zilver, gleed vandaar over de open haard in witsteen en belandde ten slotte bij het kamerbrede boekenrek links en rechts van de deur naar de hal. Berg dacht eraan om haar de twee dichtbundels van Herman de Coninck te geven, maar dat kon later nog. Eerst een aperitief. Hij voelde zich een tikkeltje nerveus.

'Ga je mee? Ik heb buiten gedekt.'

Hij ging haar voor naar de keuken. Toen Tatyana de glazen uitbouw met de orchideeën zag, bleef ze verrast staan.

'Lieve help, Thomas, dat is prachtig! Ik wist niet dat je orchideeën verzamelde. Doe je dat al lang?'

'Sinds mijn moeder is gestorven. Het was haar collectie, maar van de originele planten zijn er intussen geen meer over. Mijn moeder is al meer dan twintig jaar dood.'

Hij haalde twee berijpte fluitglazen uit de koelkast en toonde haar de fles.

'Geen Veuve Clicquot, maar prosecco. Vanavond is alles Italiaans. Ik hoop dat je dat lust.'

'Maak je daar maar geen zorgen over. Ik lust alles.'

Op het terras vroeg ze waar hij wilde dat ze ging zitten. Aan de ene kant van de tafel stond een bank in teak met de rug tegen de glazen wand van de keuken, aan de andere kant stonden twee stoelen.

'Kies maar.'

Ze trok een stoel achteruit.

'Zo zie ik je in de keuken bezig.'

Berg ontkurkte de fles, schonk de glazen vol en ging op de bank zitten.

'Gezondheid.'

Hij tikte zijn glas tegen het hare en wilde drinken.

'Nee, wacht. Als je met champagne toost, moet je elkaar in de ogen kijken.'

In de strikte zin van het woord was het natuurlijk geen champagne, maar hij deed wat ze vroeg. Pas toen bracht ze het glas naar haar mond.

'Mmm... lekker. Woon je hier al lang?'

'Sinds ik in Leuven werk. De flat was een toevallige vondst, maar het was liefde op het eerste gezicht. Vooral vanwege dit.' Hij knikte naar de serre aan zijn linkerkant. 'Ik had ruimte nodig voor de orchideeën. De tuin deed de rest.'

Tatyana keek over haar schouder.

'Wat een hoge muur.'

'Het is een deel van de 12de-eeuwe stadsomwalling,' legde Berg uit. 'Een van de weinige stukken die nog overblijven. Aan de andere kant staan enorme metalen stutten, anders zou de muur gewoon omvervallen. Ik heb bij het stadsbestuur al een paar keer op restauratie aangedrongen, maar er gebeurt niks. Het is een regelrechte schande om zo'n belangrijk moment te laten verkommeren.'

'Ik heb een kleine flat in het centrum van Kampala,' zei Tatyana. 'Iets anders kan ik me niet veroorloven. De vastgoedprijzen zijn bij ons de laatste tijd enorm gestegen.'

'Hier is het niet anders,' antwoordde Berg. 'Op dat vlak is Leuven een van de duurste steden in het land.'

Hij haalde de fles uit de koelemmer en schonk de glazen bij.

'Hoe staat het met het onderzoek?' vroeg Tatyana en nog voor hij kon reageren, voegde ze eraan toe. 'Wees gerust, ik wil het vanavond niet de hele tijd over het werk hebben, maar daarstraks had ik weer een mail van het presidentiële hof. Ze worden knap ongeduldig daar. Ik moet dringend iets laten weten.'

'Dat begrijp ik. Het is alleen...' Berg aarzelde. 'Eigenlijk staan we nog altijd nergens. Ik heb je vorige keer over Robrecht Termondt verteld. Voorlopig blijft hij onze belangrijkste verdachte, zeker nu er een paar nieuwe dingen aan het licht zijn gekomen.'

'Welke?'

Hij vatte samen wat ze de afgelopen dagen hadden ontdekt en hoe hij via het beeld van Leda op het idee was gekomen dat Robrecht de vader kon zijn van de jongen die zelfmoord had gepleegd.

Tatyana knikte.

'Dat geeft hem inderdaad een motief om zijn broer te laten ombrengen.'

'Dat is juist, maar het kan ook zijn dat hij niets met de zaak te maken heeft en dat de ex-vrouw van de rector in haar eentje heeft gehandeld. Christine Van Parijs als wrekende Nemesis.'

'Dat begrijp ik niet.'

'Het is maar een associatie,' schokschouderde Berg. 'Ik heb nu eenmaal een geest die zo werkt.'

'Leg eens uit.'

'Wel, er bestaat een ander verhaal over de geboorte van Helena. Niet Leda zou haar moeder zijn, maar Nemesis, de dochter van de Nacht. Om aan Zeus te ontsnappen veranderde ze zich in een gans, waarop hij de gestalte van een zwaan aannam en haar bevruchtte. Het ei dat ze legde, kwam in handen van Leda die het meisje opvoedde als haar eigen dochter. Nemesis werd later vereerd als de godin van de wraak.'

'Op die manier.'

'Het probleem is dat ik moeilijk kan geloven dat Christine Van Parijs – of Termondt – een huurmoordenaar heeft ingeschakeld. Ik bedoel: waar vind je zo iemand? Daar moet je al de juiste contacten voor hebben.'

Tatyana draaide nadenkend de voet van haar glas tussen haar vingers.

'Weet Albrecht Termondt dat de tweeling misschien niet van hem is?'

'Volgens Annelene wel. Na Koens bekentenis hebben haar ouders een hoogoplopende ruzie gehad. Daarbij heeft Christine Van Parijs in een vlaag van woede haar man in het gezicht geslingerd dat hij mogelijk niet de vader is.'

'Pijnlijk.'

'Zeg dat wel.'

'Als ik in Termondts plaats was,' zei Tatyana, 'en ik kreeg

van mijn vrouw te horen dat de kinderen die ik altijd als de mijne heb beschouwd, van een ander kunnen zijn, dan zou ik daar zekerheid over willen. Jij niet?'

'Waarschijnlijk wel.'

'Ligt het dan niet voor de hand dat Termondt een DNA-onderzoek heeft laten uitvoeren? Als rector van de universiteit is dat voor hem een koud kunstje. Hij zit aan de bron.'

'Misschien moet dat inderdaad eens nagegaan worden.'

'En hetzelfde geldt voor zijn broer.'

'Dat denk ik niet,' sprak Berg haar tegen. 'Robrecht Termondt heeft genoeg aan het idee dat hij de vader kán zijn. Volgens mij wil hij helemaal geen zekerheid. Als de DNA-test het tegenovergestelde uitwijst, brengt hem dat opnieuw in een tweederangspositie.'

'Misschien heb je gelijk.'

Berg stond op.

'Honger?'

'Hé, ja.'

'Dan ga ik een beetje koken.'

Terwijl hij in de keuken bezig was, slenterde Tatyana met haar glas in de hand door de flat. Eerst in de wintertuin met orchideeën, daarna in de woonkamer. Toen Berg riep dat het voorgerecht klaar was, kwam ze terug met de twee dichtbundels van Herman de Coninck.

'Zo, je hebt ze gevonden, zie ik.'

'Mag ik ze een paar dagen lenen?'

'Natuurlijk.'

Met twee ovenwanten diende Berg het voorgerecht op: voor elk een gietijzeren schoteltje dat gevuld was met enkele grote champignons, overgoten met een sausje van fijngesneden tomaten, look, ui, verse basilicum, citroensap en zwarte peper.

'Opgepast,' waarschuwde hij. 'Gloeiend heet.'

Tatyana boog zich over het gerecht.

'Ruikt heerlijk.'

Berg schonk de wijn uit en zette een mandje met ciabatta op tafel.

'Laat het je smaken.'

Terwijl ze aten, vertelde hij over de dichtbundels. Hoe hij ze gekocht had op een literaire avond waar ook de dichter aan deelgenomen had. Het was zijn laatste optreden geweest, korte tijd later was hij plots gestorven. In Portugal. Midden op straat. De twee dichtbundels waren voorzien van een persoonlijke opdracht.

'Vreemd genoeg ben ik daarstraks met een andere dichter geconfronteerd. Paul van Ostaijen. Ken je hem?'

'Weet je, Thomas, het onderwijs in Uganda is heel anders dan...'

'Maakt niet uit. Wat ik wilde zeggen, is dit.'

Hij vertelde over *Het Alpejagerslied* tegen de gevel van de faculteit van sociale wetenschappen en de reden waarom het daar hing.

'Het deed me denken aan ons telefoongesprek,' verduidelijkte hij. 'Toen je vader opperde dat Badru Alupo misschien een relatie heeft gehad met Albrecht Termondt.'

'Dat was iets wat hij zomaar...'

'Weet ik. Waar het om gaat, is dat ik achteraf de bedenking heb gemaakt dat als de relatie er ooit is geweest, Badru Alupo die misschien gebruikt heeft om Albrecht Termondt te chanteren.'

'Waarom zou hij dat doen?'

'Om hem te dwingen de weggestuurde studenten van Kampala hier te laten studeren op kosten van de Leuvense universiteit.'

'Ik denk niet dat Badru Alupo er de man naar was om zoiets te doen.'

'Kan zijn, maar als iemand zich schuldig voelt, weet je nooit hoe hij reageert. In elk geval zou het Termondt een motief gegeven hebben om je oom te laten vermoorden.'

'Zijn oude vriend? Met wie hij al die jaren contact heeft gehouden?'

Berg negeerde de opmerking.

'En tegelijk zou dat de tweede schutter verklaren. Die moest met opzet missen. Samen met de nepbrief van het SMUG zou niemand zelfs maar op het idee komen om Termondt te verdenken. Een perfect plan.'

Tatyana keek ontzet.

'Lieve help, Thomas, waar jij allemaal aan denkt! Zoiets zou niet eens in mijn hoofd opkomen.'

'Mijn collega noemt dat mijn goddeloze gedachten,' glimlachte Berg.

'Maar wat heeft dat te maken met het gedicht van Paul van Ostaijen?'

'Alles en niets. *Het Alpejagerslied* gaat erover hoe mensen zich gedragen onder druk van sociale conventies. Als je dat toepast op Albrecht Termondt, verliest mijn theorie alle grond. Wie kan je de dag van vandaag nog chanteren met een homoseksuele relatie van jaren geleden? Op dat vlak bestaat nog nauwelijks sociale druk.'

'Geldt dat ook voor de rector van een katholieke universiteit?'

'Het zou in de media wat ophef veroorzaken, maar niet genoeg om daarvoor een moord te plegen.'

'Dus je beschouwt Albrecht Termondt niet meer als een verdachte?'

'Toch niet om die reden.'

'Om welke dan wel?'

'Dat weet ik niet. Maar áls hij de opdrachtgever is, blijf ik met hetzelfde probleem zitten: hoe is hij in contact gekomen met een huurmoordenaar?'

Tatyana nam haar servet en veegde haar mond af.

'Nooit gedacht dat politiewerk zo ingewikkeld was.'

Berg vulde de glazen nog eens bij.

'Genoeg gepraat over het onderzoek. Heeft het gesmaakt?'

'Het was heel lekker, Thomas.'

'Dat doet me plezier.'

Het was intussen donker geworden. Berg stak de kaarsen aan.

'Wordt het niet te fris? We kunnen binnen gaan zitten.'

'Nee, gezellig met die kaarsen.'

Berg zag de twee vlammetjes weerspiegeld in Tatyana's ogen. Uit haar blik sprak iets intiems, iets... hij zou het bijna aanmoedigend durven noemen. Las hij dat juist? Of hield hij zijn wensen voor werkelijkheid?

'Doe je dit vaak?' vroeg ze. 'Koken voor een vrouw?'

'Dat is...' Berg keek omhoog naar de donkere lucht alsof het antwoord daar te vinden was '... al een hele poos geleden.'

'Waarom?'

'Misschien omdat de juiste vrouw zich al die tijd niet heeft aangediend.'

'Dan moet ik me dus gevleid voelen?'

'Absoluut.'

Ze lachte. Even speelde ze met het mes naast haar bord. Toen zei ze:

'Je maakt het me wel moeilijk.'

'Hoezo?'

'Ik zou bijna wensen dat het onderzoek niet opschoot. Zodra de zaak is opgelost, moet ik terug naar huis.'

Als suggestie kon dat tellen. Berg wist niet hoe te reageren, maar hij voelde zijn hartslag flink de hoogte ingaan.

'Je kan ook hier werk zoeken. Je spreekt de taal perfect.'

'Ik heb mijn hele leven ginds: mijn ouders, mijn broer, mijn baan, mijn vrienden...' Ze klonk ernstig ineens. 'Uganda is mijn vaderland, Thomas. Ik ben er thuis. Ik voel me er gelukkig.'

'Prima toch.'

'Natuurlijk, maar dat neemt niet weg dat er iets ontbreekt, dat het niet helemaal is zoals ik zou willen. Dat is het natuurlijk nooit, daar moet je je bij neerleggen.' Ze wees naar de dichtbundels op de hoek van de tafel. 'Om het met de woorden van de dichter te zeggen: dat is nu eenmaal de verdrietige waarheid.'

Berg knikte. Hoewel ze niet had gezegd waar het om ging, begreep hij perfect wat ze bedoelde. Voor hem was het niet anders. Hij voelde zich ineens in verwarring gebracht en stond op.

'Tijd om weer te gaan koken.'

'Heb je hulp nodig?'

'Nee. Blijf rustig zitten.'

Terwijl hij de borden afruimde, zag hij hoe ze een van de dichtbundels opensloeg. In de keuken moest hij zich dwingen om zijn aandacht bij het koken te houden. God, deze vrouw beviel hem. Hij zou bijna zelf willen dat er geen eind kwam aan het onderzoek. Tegelijkertijd schrok hij van die gedachte. Waar was hij mee bezig? Hij moest gas terugnemen, zijn gevoelens niet met hem op de loop laten gaan, anders was de schade achteraf niet te overzien.

Toen hij met het hoofdgerecht terugkwam, zat Tatyana nog altijd te lezen. Hij zette de borden op tafel.

'Het pièce de résistance: saltimbocca alla Romana met fettucine. Het vleesrolletje bestaat uit een kalfslapje, een plakje prosciutto en wat salie. De saus is op basis van witte wijn.'

'Ziet er heerlijk uit. Je verwent me, Thomas.'

'Dat was de bedoeling. Nog een beetje wijn?'

'Graag.'

'Saltimbocca betekent letterlijk: springt in de mond.'

'Het woord *bocca* ken ik,' zei Tatyana. 'Ik ben als tiener met mijn ouders in Rome geweest. Er stond daar een grote, ronde steen in de vorm van een mannengezicht. Je kon je hand in de mondopening steken. Volgens de legende wordt die afgebeten als je op dat ogenblik liegt. Ik ben vergeten hoe de steen heet. Iets met *bocca* in elk geval.'

'*La Bocca della Verità*. Ik ben er ook naar gaan kijken.'

'En heb je er je hand ingestoken?'

'Natuurlijk, dat hoort zo.'

'Ik vond het als kind een heel beangstigend moment.'

'Heb je de film *Roman Holiday* gezien? Daar komt de steen in voor.'

'*Roman Holiday*? Nee, ik dacht van niet.'

'Het is een prent uit de jaren vijftig. Gregory Peck toont Audrey Hepburn de steen en steekt er al pratend zijn hand in. Plots schreeuwt hij het uit. Het meisje gilt van angst en probeert zijn arm uit de opening te trekken, tot hij begint te lachen en ze begrijpt dat hij haar voor de gek heeft gehouden. Het grappige is dat die scène niet in het scenario stond, maar door Gregory Peck ter plekke is verzonnen. Daarom komt de schrikreactie van Audrey Hepburn zo overtuigend over.'

'Hoe weet je dat allemaal?'

'O... ik hou van oude films. Als er eentje op tv is, probeer ik altijd te kijken. Vind je het lekker?'

'Het is heerlijk.'

Tatyana keek op van haar bord. Er verschenen pretlichtjes in haar ogen.

'Zou het niet handig zijn als je zo'n steen bij het politiebureau had staan?'

'Als een soort leugendetector, bedoel je?'

'Ja.'

'Handig was het wel, maar ik voorzie enkele problemen: om te beginnen moet je een verdachte doen geloven dat hij zijn hand kwijtraakt als hij liegt en vervolgens moet je zijn advocaat zover zien te krijgen dat hij met de test akkoord gaat. Ik weet niet wat van de twee het moeilijkst te verwezenlijken is. Waarschijnlijk het laatste.'

Tijdens de rest van het eten verliep het gesprek zo geanimeerd dat Berg schrok toen hij zag dat het bijna middernacht was en hij het nagerecht nog niet had opgediend. Hij excuseerde zich en ging aan het werk. Lang duurde het niet.

'Is dat ook Italiaans?' vroeg Tatyana toen ze haar bord voorgezet kreeg.

'Eerder een eigen recept. Heel dun gesneden plakjes ananas met een bolletje ijs en overgoten met een sausje van limoensap en limoncello.'

'En dat heb je zelf bedacht?'

'Nou ja...'

'Zou je nu je hand in de Steen van de Waarheid durven steken, Thomas?'

'Wel... om eerlijk te zijn: ik heb ooit iets soortgelijks gegeten in een Italiaans restaurant, maar ik heb het enigszins aangepast aan mijn smaak.'

'Wat is er anders?'

'Meer limoncello,' grijnsde Berg.

Na het dessert serveerde hij de koffie. Tatyana bracht het onderwerp op vroegere liefdes en een tijdlang haalden ze grappige anekdotes op over eerdere relaties. Het gesprek werd almaar persoonlijker en Berg besefte dat zowel Tatyana als hij niets anders deden dan omtrekkende bewegingen maken rond dat ene onderwerp waar ze het liefst over wilden praten, maar dat geen van beiden te berde durfde te brengen, tenzij heel vaag, verhuld in een insinuatie of gecamoufleerd door een woordspeling.

Op een gegeven ogenblik keek Tatyana op haar horloge en zei dat het tijd werd om naar huis te gaan. Het was halftwee. Zo lang was ze niet van plan geweest te blijven, maar ze had zo'n fijne avond gehad dat ze de tijd uit het oog had verloren.

Berg zei dat voor hem hetzelfde gold. Hij stond op en ging haar voor naar de keuken. Er zat hem iets dwars. Een onvoldaan gevoel. Alsof iets heel fijns voortijdig was afgebroken en niet de afronding had gekregen die het verdiende.

Toen Tatyana de ravage op het aanrecht zag, bleef ze staan.

'Zal ik helpen opruimen?'

'Dat is niet nodig. Ik heb een vaatwasser.'

'Zeker weten?'

Hij knikte en liep met haar naar de woonkamer.

'Zal ik een taxi bellen?'

'Als je dat wil.'

Hij keek haar vragend aan. Ze deed een stap dichterbij. Hij voelde hoe ze zijn hand in de hare nam. De aanraking tintelde door zijn hele lichaam.

'Ik moet niet per se terug naar het hotel,' fluisterde ze.

Ze was nu zo dichtbij dat hij de warmte van haar adem voelde. Haar ogen vertelden hem wat hij zich de hele avond had afgevraagd en alsof ze elke twijfel wilde uitsluiten, voegde ze eraan toe:

'Eigenlijk wíl ik niet terug naar het hotel.'

Het volgende moment was zijn mond op de hare. Eerst was de kus nog teder, zacht, aftastend, maar geleidelijk aan werd hij intenser, heviger, hartstochtelijker. Toen hun lippen eindelijk losten, maakte Tatyana een kreunend geluidje.

'Niet stoppen.'

'Kom,' zei hij en hij leidde haar bij de hand naar de slaapkamer.

Bij de deur vroeg ze of ze even de badkamer mocht gebruiken. Hij wees haar de weg. In de slaapkamer knipte hij het nachtlampje aan. Toen dacht hij aan iets. Hij repte zich terug naar de keuken, haalde de fles Veuve Clicquot uit de koelkast en vulde een koelemmer met ijsblokjes.

Nog voor hij terug bij de deur was, ging zijn mobiel over. Geschrokken keek hij over zijn schouder naar de keukentafel. Heel even verkeerde hij in tweestrijd, maar hij wist dat als er midden in de nacht werd gebeld, daar een goede reden voor was.

Hij zette de koelemmer en de glazen op tafel en keek naar het display. Het was de centrale. Hij drukte op de ontvangsttoets. Misschien, schoot het door hem heen, was het niet zo dringend dat zijn aanwezigheid was vereist.

'Met Berg.'

Terwijl hij luisterde naar wat er aan het ander eind werd gezegd, vloeide het laatste restje hoop uit hem weg. Hij kneep zijn ogen dicht. Ooit, nam hij zich voor, zette hij definitief een punt achter deze baan.

7

Op dit uur van de nacht lag de Brusselsestraat er verlaten bij. Berg haastte zich naar het opgegeven adres, terwijl in zijn hoofd de meest tegenstrijdige gedachten om de voorrang streden. Hij had Tatyana voorgesteld om in zijn flat op hem te blijven wachten, maar toen ze vroeg hoelang het zou duren, had hij moeten toegeven dat hij waarschijnlijk tot de vroege ochtend zou wegblijven. Daarop had ze gezegd dat ze in dat geval beter terugging naar het hotel.

Berg zette er flink de pas in. Normaliter was hij na een oproep binnen het kwartier op de plaats delict, maar dit keer had hij gewacht tot de taxi er was omdat het door zijn ziel sneed dat de avond zo bruusk was geëindigd. Tatyana had wel tien keer gezegd dat ze het begreep, dat zijn baan nu eenmaal zulke situaties met zich meebracht, maar dat nam niet weg dat hij zich verschrikkelijk opgelaten voelde en dat zijn hoofd niet stond naar wat er zo dadelijk van hem werd verwacht.

Al van ver zag hij de zwaailichten van de combi's. Hij keek op zijn horloge. Bijna halfdrie. Het telefoontje van de centrale was om tien voor twee binnengekomen en dat terwijl het van zijn woning tot aan het opgegeven adres maar zeven à acht minuten lopen was. Hij passeerde de Sint-Jacobskerk. Het busje van de technische recherche was er al. Daarachter stond de witte Golf van de politiearts.

Collega's van de lokale politie hadden de omgeving afgezet met plastic lint. Wenderickx was de eerste die hem opmerkte en hem de laatste paar meter tegemoetkwam. Berg zag aan zijn gezicht dat er iets mis was.

'Het gaat om Joren Debaetselier, chef. Ik herkende hem meteen.'

Wenderickx' stem klonk hol, aangedaan. Berg wist wat er door hem heen ging. Het was ook hem een keer overkomen: geconfronteerd worden met het lijk van iemand die je persoonlijk had gekend.

'Wat is er gebeurd?'

'Zeebos en Geeraerts zijn nog bezig, maar op het eerste gezicht lijkt hij het slachtoffer geworden te zijn van de overvaller.'

'Hoezo?' vroeg Berg in de war. 'De centrale zei dat de man dood was. Dat is nooit eerder het geval geweest.'

'Ik weet het.'

'Wie heeft hem gevonden?'

'Een paar studenten die van de Oude Markt kwamen.'

'Waar zijn ze?'

'Ze zitten in de combi. Coens heeft hen al ondervraagd. Ze waren op weg naar huis toen ze een paar benen uit de schaduw van de passage zagen steken. Eerst dachten ze dat het iemand was die te veel gedronken had. Ze zijn dichterbij gegaan. Het was zo donker dat ze hun smartphone moesten gebruiken om bij te lichten. Toen zagen ze het bloed en hebben ze de politie gebeld.'

Berg hief het afzetlint omhoog. Na een tiental passen kwam hij bij de plaats delict: een overdekte gang met kasseien die enkele meters verder oploste in het donker. Aan de kant van de Brusselsestraat was noodverlichting aangebracht. In het felle schijnsel zag hij de brede rug van Geeraerts die over het slachtoffer gebogen zat. Hij deed een paar stappen achteruit en keek omhoog. Boven de boogvormige ingang hing een naambordje met VERBRANDE POORT. Hij vroeg zich af waarom de plaats zo heette. Op dat ogenblik kwam Zeebos naar buiten.

'Ben je daar eindelijk?' bromde hij. 'Waar bleef je zo lang?'

'Ik stond op het punt naar bed te gaan,' antwoordde Berg en terwijl hij het zei, realiseerde hij zich de dubbelzinnigheid van zijn woorden.

'Dan had je geluk, ik lag al ín bed.'

Geluk? dacht Berg, maar hij hield zijn mond.

'Wat kan je me al vertellen?'

'Weinig of niets. De man is beroofd. Geld, portefeuille, betaalkaarten, mobiel... alles is weg. Zonder Wenderickx hadden we niet eens geweten wie hij is. Hij woont vlakbij. Op het Sint-Jacobsplein.'

'Dus vermoedelijk overvallen op weg naar huis?'

'Daar ziet het naar uit.'

'En geen getuigen zoals gewoonlijk?'

'Nee. Camera's zijn er ook niet, dat heb ik al gecontroleerd. Het is precies dezelfde werkwijze als bij de drie andere overvallen. Waarschijnlijk is de man door de dader in de rug aangevallen en de passage in gesleurd.'

'Met dit verschil dat het slachtoffer het dit keer niet heeft overleefd.'

'Misschien is dat per ongeluk gebeurd.'

'Daar heb ik zo mijn twijfels over,' klonk het achter hun rug.

Berg en Zeebos draaiden zich om. De politiearts trok zijn plastic handschoenen uit en propte die in de zakken van zijn jas.

'Waarom, dokter?'

'De man is op bijzonder brutale manier in elkaar geslagen,' antwoordde Geeraerts. 'Hij heeft verschillende verwondingen in zijn gezicht en minstens twee ribben zijn gebroken. Maar daar is hij niet aan gestorven. De dader heeft zijn hoofd een paar keer tegen de muur geramd en dat met zoveel kracht dat het slachtoffer een schedelbreuk heeft opgelopen. Die is hem fataal geworden.'

'Je kan het bloed tegen de bakstenen zien hangen,' zei Zeebos. 'Op minder dan een halve meter hoogte.'

'Dat wil zeggen,' voegde Geeraerts eraan toe, 'dat het slachtoffer al neerlag toen hij de genadeslag kreeg. Nu kan ik nog begrijpen dat de dader hem één keer met zijn hoofd tegen de muur smakt om er zeker van te zijn dat hij uitgeschakeld is, maar niet vier of vijf keer. Dat was nergens voor nodig. De man moet al na de eerste keer het bewustzijn verloren hebben.'

'Wil je zeggen dat hij opzettelijk gedood is?'

'Of er al dan niet opzet mee gemoeid is, laat ik aan jou over,

Berg. Ik zeg alleen dat hier nodeloos veel geweld is gebruikt. De achterkant van de schedel is één bloederige massa. Zelden zoiets gezien.'

Berg begreep het niet. De vorige slachtoffers waren ook ernstig toegetakeld en beroofd, maar niemand van hen was levensgevaarlijk gewond, laat staan gedood. Hij keek zoekend om zich heen.

'Waar is Lou? Zij kent het dossier het beste.'

'Geen idee,' antwoordde Zeebos. Hij beende opnieuw de overdekte gang in en riep: 'Glenn, ik wil foto's van elke vierkante centimeter van die kasseien! Ook aan de andere kant van de passage.'

'Zal ik de lijkwagen bellen?' vroeg Geeraerts.

'Ik wacht liever tot de onderzoeksrechter er is,' antwoordde Berg.

'Nou, dan bel jij maar. Ik ga weer naar bed. Voorlopig kan ik hier niets meer doen.'

'Een moment nog, dokter. Wanneer is dit gebeurd?'

'De man is nog maar pas overleden. Ik schat ongeveer een uur geleden. Misschien iets langer.'

'En het is zeker dat hij op slag dood was?'

'Absoluut. Zo'n wond overleef je geen minuut.'

Berg keek op zijn horloge. Debaetselier was dus omstreeks halftwee overvallen.

'Bedankt, dokter.'

Berg zag Coens een paar meter verderop met enkele agenten van de lokale politie staan praten. Hij liep naar hem toe.

'Waar is Lou? Heeft iemand haar gebeld?'

'Dat heb ik gedaan, chef.'

'En?'

'Euh... Ze kon niet weg. Ze had geen babysit voor haar dochtertje.'

'Wat!?'

'Ze woont nog maar een paar dagen in Leuven,' zei Coens vergoelijkend. 'Het is niet eenvoudig om midden in de nacht iemand te vinden.'

Berg mompelde iets voor zich uit. Hij herinnerde zich het gesprek met de directeur. Het feit dat Lou Vervaeke een alleenstaande moeder was, zou geen enkel probleem vormen, had Denissen hem verzekerd.

'Waar leidt die gang naartoe?'

'Naar de achterkant van enkele flatgebouwen. Zodra het licht is, gaan we er een kijkje nemen.'

Wenderickx voegde zich bij hen.

'Chef, kunnen de studenten naar huis?'

'Heb je hun gegevens?'

'Ja.'

'Laat ze dan maar gaan.'

Berg zag de Audi van de onderzoeksrechter aangereden komen. Hij wendde zich opnieuw tot Wenderickx.

'Jij weet waar het slachtoffer woonde?'

'Ik ben er gisteren nog geweest. Het is maar een paar honderd meter van hier.'

'Woonde hij alleen?'

'Dat weet ik niet.'

'Ga ernaartoe. Bel aan. Als er niet gereageerd wordt, dan gebruik je zijn sleutel.'

'Die is ook weg, chef. Zeebos heeft zijn zakken nagekeken. Niets.'

'Heeft de dader de sleutels meegenomen? Waarom?'

'Geen idee. Tenzij hij weet waar Debaetselier woonde en ook zijn studio wil leegroven.'

'Getverrr... Zorg dat je als de weerlicht ginds bent! Jij ook, Coens!'

De twee mannen holden weg. Berg dacht ineens aan Meulenaer.

'En wees voorzichtig!' riep hij hen achterna.

'Hoofdinspecteur?'

Berg draaide zich om. De laatste keer dat hij Hove had gezien, was op de begrafenis van Meulenaer.

'Waar hebben we mee te maken? Een uit de hand gelopen overval?'

'Daar bestaat twijfel over.'

'Hoezo?'

Berg herhaalde wat Geeraerts had gezegd.

'En dan is er nog iets. We hebben Debaetselier een paar keer geïnterviewd in verband met de aanslag op de Ugandese rector van vorige week dinsdag. Ik vraag me af of dat iets met deze zaak te maken heeft.'

'Ik heb dat dossier niet opgevolgd,' zei Hove. 'Waarom denkt u dat deze overval verband houdt met de aanslag?'

Berg vertelde over de tweede schutter en legde uit dat er een sterk vermoeden bestond dat er ook op de Leuvense rector was geschoten.

'Daar weet ik niets van,' reageerde Hove onzeker.

'Dat is omdat we het onderzoek niet aan de grote klok hebben gehangen. Voorlopig is het maar een theorie. We hebben geen enkel bewijs dat de rector een doelwit was. Daarom hebben we ook niets in de pers laten uitlekken.'

'Dat begrijp ik, maar wat heeft deze zaak met de aanslag te maken?'

'Misschien niets. Ik vind het alleen toevallig dat uitgerekend Debaetselier is overvallen.'

'En daarbij wordt vermoord.'

'Precies. Terwijl er voorheen nooit een dode is gevallen.'

Berg herinnerde zich iets wat Lou een paar dagen eerder had gezegd.

'Daar komt nog eens bij dat dit slachtoffer jonger is dan de drie vorige. Die waren allemaal tussen 30 en 35, terwijl Debaetselier nog studeerde. Wat als iemand hem uit de weg wilde ruimen en de werkwijze van de overvaller heeft gekopieerd, zodat het erop lijkt dat hij een toevallig slachtoffer is?'

'Dat zou betekenen dat Debaetselier iets wist wat voor de dader gevaarlijk kan zijn. Wat?'

'Ik heb geen idee,' moest Berg toegeven.

'Hmm... Wat stelt u voor?'

'Om te beginnen moeten we de resultaten van de obductie afwachten, al is het nog maar de vraag of die bijkomende informatie zal opleveren. Wat de rest betreft, wil ik eerst overleggen met mijn nieuwe collega. Die houdt zich bezig met het dossier van de overvallen.'

'Hebt u een nieuwe collega? Ter vervanging van Meulenaer?'

'Ja. Het is een vrouw. Lou Vervaeke, heet ze.'

Hove keek om zich heen.

'Waar is ze?'

'Ze is euh... verhinderd.'

'Verhinderd? Nu we met een moord te maken hebben?'

Berg werd gered door het gerinkel van zijn mobiel. Het was Coens. Hij hijgde.

'Bij Debaetselier wordt niet gereageerd. Wat doen we?'

Berg overlegde bij zichzelf. De overval was niet veel langer dan een uur geleden gebeurd. Als de dader niet rechtstreeks naar de flat was gegaan, bestond de kans dat hij dat vooralsnog van plan was.

'Stel je verdekt op en hou de woning in de gaten. Misschien daagt hij nog op.'

'Oké, chef.'

Hij stak zijn mobiel weg en staarde zwijgend in de richting van het Sint-Jacobsplein.

'Waar denkt u aan, hoofdinspecteur?'

'Tot nu toe,' antwoordde Berg, 'heeft de dader nooit de sleutels van zijn slachtoffers meegenomen. Waarom nu wel? Tenzij het klopt dat deze overval door iemand anders is gepleegd. De vraag is: wat hoopte hij in Debaetseliers studio te vinden?'

8

Het was bijna halfzes toen Berg uitgeput thuiskwam. De flat voelde leeg en stil aan. In de keuken ontsnapte hem een kreun toen hij de stapel vuile borden en kookpotten zag staan. De ijsblokjes in de koelemmer waren gesmolten. Hij droogde de fles Veuve Clicquot af en legde ze opnieuw in de koelkast. Opruimen was voor later. Eerst moest hij een paar uur slapen, hij stond te tollen op zijn benen van vermoeidheid. Hij zag plots de twee dichtbundels van De Coninck op de keukentafel liggen. Die was Tatyana vannacht vergeten mee te nemen.

Toen de wekker afging, had hij het gevoel dat hij niet meer dan een kwartier had geslapen. Hij nam een douche, zette koffie en deed zijn best om niet naar de ravage in de keuken te kijken.

In het politiebureau trof hij alleen Lou aan. Coens en Wenderickx hadden de rest van de nacht tevergeefs de woning van Debaetselier in het oog gehouden en hadden zich vanochtend met behulp van een slotenmaker toegang verschaft tot de studio. Berg had hun opdracht gegeven om de woning zorgvuldig te doorzoeken. Als er kasten en laden openstonden, was de dader hen te snel af geweest. Indien mogelijk moest worden vastgesteld wat hij had meegenomen.

Berg voelde hoe Lous ogen hem geen ogenblik losten, maar hij negeerde haar, beende naar zijn bureau en telefoneerde naar het lab. Glenn nam op. Hij was bezig met het afdrukken van de foto's en nee, Zeebos was er nog niet, maar hij zou bellen zodra zijn chef arriveerde.

Berg legde de hoorn neer en wreef met beide handen over zijn gezicht. Een extra dosis cafeïne zou welkom zijn. Het probleem was dat er in het hele politiebureau niets te krijgen was wat nog maar vaagweg in de buurt kwam van koffie.

'Chef, wat betreft vannacht...'

Hij keek op. Lou was voor zijn bureau komen staan, haar forse schouders naar beneden gezakt, haar twee handen diep weggestoken in zakken van haar leren jack. De voorbije week had hij haar nooit iets anders zien dragen. Het kon toch niet dat ze maar één jas had?

'Het spijt me dat ik niet...'

Hij stak zijn hand op. Lou zweeg. Op weg naar het politiebureau had hij overlegd wat hij tegen haar zou zeggen. Enerzijds had hij begrip voor haar situatie, anderzijds kon hij haar geen privileges toekennen die de rest van het team niet had.

'Eén keer,' zei hij met opgestoken vinger. 'Meer niet. Afgesproken?'

'Oké, chef.'

'Ik moet op je kunnen rekenen, Lou.'

'Dat begrijp ik.'

'Goed, dan praten we er niet meer over.'

Ze keek opgelucht en zei:

'Ik heb net Coens gebeld en gevraagd of er vrouwenkleren in de studio liggen. Dat blijkt zo te zijn. Een buurman heeft bevestigd dat Debaetselier een vriendin had. Haar naam hebben we al, het adres van haar studentenkamer nog niet.'

Berg had absoluut geen idee waar ze het over had. Was hij

nog niet goed wakker of had hij iets gemist? Lou sleepte een stoel dichterbij en ging zitten.

'Ik moet je een en ander vertellen, chef. Heb je gisteren mijn briefje gevonden?'

Berg knikte.

'Ik was van plan om vandaag rapport uit te brengen, maar de gebeurtenissen van vannacht hebben alles in een stroomversnelling gebracht. Het gaat om het volgende. De drie mannen die de afgelopen maanden zijn overvallen, waren geen toevallige slachtoffers. Er is wel degelijk een verband tussen hen.'

'Een verband? Welk?'

'Het zijn homo's. Enfin, twee van de drie. Dat is de reden waarom ze in elkaar geslagen zijn. Uit homohaat.'

'Wacht even... Wacht even...' Berg voelde zich ongemakkelijk worden. 'We hebben die mannen ondervraagd. Niemand van hen heeft ook maar iets gezegd over het feit dat ze homoseksueel zijn.'

Lou glimlachte fijntjes.

'Misschien omdat er niet expliciet naar gevraagd is. In elk geval kwamen Tom Vreebos en Jeroen Gullick meteen voor hun geaardheid uit toen ik erover begon. Ik had namelijk ontdekt dat ze voor de overval in hetzelfde café waren geweest: een homobar in de Dirk Boutslaan. Alleen de derde, Wim Nijs, is hetero en kwam van de Oude Markt toen hij overvallen werd. Vandaar dat jullie het patroon niet gezien hebben.'

Berg had het gevoel dat hij terechtgewezen werd.

'Er ís ook geen patroon als ze niet alle drie homo zijn.'

'Toch wel.'

Lou stond op en kwam terug met een foto.

'Dit is Wim Nijs voor hij in elkaar geslagen werd. Kijk eens hoe hij eruitziet. Hij heeft een bijzonder mooi, bijna vrouwelijk gezicht. Als de dader, zoals ik denk, een homofoob is, dan werkt zo'n uiterlijk op hem als een rode lap op een stier. Dit is geen typisch mannengezicht. Integendeel, dit is een gezicht om kapot te slaan. Tenminste, als je denkt zoals deze man en een afkeer hebt van alles wat nog maar zweemt naar homoseksualiteit.'

Berg staarde naar de foto. Het was waar: Wim Nijs had een androgyn, bijna engelachtig gezicht. Was het mogelijk dat homofobie zo ver ging dat iemand zelfs daar aanstoot aan nam? De gedachte was bijzonder verontrustend, te meer omdat het de eerste keer was dat homo's geviseerd werden in Leuven. Af en toe hoorde je op tv over dergelijke voorvallen, maar tot nu toe was de universiteitsstad van zulke incidenten gespaard gebleven. Berg gruwde van elke vorm van geweld, maar als iemand enkel en alleen in elkaar geslagen werd vanwege zijn seksuele geaardheid, dan zat er iets serieus fout.

Lou vervolgde:

'Het feit dat de drie slachtoffers beroofd zijn, diende enkel om te verbergen waar het in werkelijkheid om gaat. Dit heeft niets met diefstal of roof te maken. Hier is een man aan het werk die serieus verknipt is. Iemand die homo's haat, vermoedelijk uit een onbewuste verdringingsreflex. Omdat hij ook dergelijke gevoelens heeft en die voor zichzelf niet kan of wil toegeven.'

Dat laatste was Berg een brug te ver.

'Kom nou, Lou. Dat kan je onmogelijk weten.'

'Ik heb heel lang met de slachtoffers gepraat, chef. Vreebos en Gullick herinnerden zich dat ze op de avond van de overval een man in de bar benaderd hebben die op het eerste gezicht gevoelig leek voor hun avances, maar er uiteindelijk niet op wilde ingaan. Hun beschrijvingen komen perfect overeen. Het gaat om dezelfde persoon, daar ben ik zeker van. Ik heb in de bar navraag gedaan. De man komt er geregeld, maar is altijd alleen en gaat nooit met iemand weg. Nu vraag ik je: waarom bezoekt zo iemand dan een homobar? Toch alleen omdat zijn gevoelens hem daarnaartoe drijven. Maar als puntje bij paaltje komt, schrikt hij terug. En van de weeromstuit wordt hij agressief en reageert hij zijn frustraties af op de mannen die geprobeerd hebben om hem tot dingen te verleiden die hij zichzelf niet toestaat, hoe graag hij dat ook zou willen.'

Berg begon te twijfelen. In zijn carrière was hij meermaals tot de conclusie gekomen dat het menselijk brein een vierdimensionaal labyrint was waarin dingen verstopt zaten die niemand, zelfs de persoon in kwestie niet, voor mogelijk hield.

'Stel dat je gelijk hebt, dan...'

'Ik héb gelijk, chef.'

Berg had de indruk dat hij zichzelf hoorde praten wanneer hij Hove van iets probeerde te overtuigen.

'Goed, aangenomen dat dat zo is. Volgens de verklaring van de slachtoffers was de dader gemaskerd en hebben ze zijn gezicht niet gezien. Maar afgaande op de beschrijving die je nu hebt, moet de man toch te identificeren zijn.'

'Dat was de volgende stap. Sinds de overval zijn Vreebos en Gullick niet meer in de bar geweest, maar intussen zijn de verwondingen in hun gezicht voldoende genezen. Ze zijn bereid om terug naar het café te gaan in de hoop dat de man er opdaagt, maar alleen op voorwaarde dat iemand van ons meegaat. Ik was van plan om dat aan Wenderickx of aan Coens te vragen.'

Berg overwoog het voorstel. Het was geen slecht plan, integendeel. Maar hij had nog niet alles gehoord.

'Daarom heb ik gevraagd om na te gaan of er vrouwenkleren in de studio van Debaetselier liggen. Intussen weten we dat hij een vriendin had en als ik Wenderickx mag geloven, zag hij er ook niet uit als een adonis. Deze overval heeft dus niets met homohaat te maken. Jouw veronderstelling was juist: hier is een copycat aan het werk geweest.'

Berg was onder de indruk. Hij moest de directeur gelijk geven toen die zei dat ze het getroffen hadden met haar.

'Knap werk, Lou.'

Ze keek alsof het compliment onnodig was en ze enkel haar werk had gedaan.

'Ik denk dat Wenderickx het meest geschikt is om de mannen naar de bar te vergezellen,' zei Berg. 'Per slot van rekening heeft hij ongeveer dezelfde leeftijd als zij. Laten we hopen dat de dader er snel opdaagt.'

'Mag ik nog iets voorstellen? We kunnen de pers beter in de waan laten dat deze overval door dezelfde persoon is gepleegd. Op die manier denkt de echte dader dat zijn plan gelukt is.'

'Doen we.'

Berg keek op zijn horloge. Het was twintig over tien. Geeraerts was waarschijnlijk nog niet klaar met de obductie. Zijn telefoon rinkelde. Het was Glenn. Zeebos was gearriveerd. Hij beval Lou om een gedetailleerd rapport te schrijven en zei dat ze daarna samen naar Gasthuisberg zouden rijden voor het autopsieverslag. Intussen ging hij naar het lab om te horen of Zeebos iets nieuws had te vertellen.

Een klein uur later zat Berg voor de eerste keer bij Lou in de auto. Ze had een brute manier van rijden, met rukkende bewegingen aan het stuur, onverhoedse uithalen op het gaspedaal en veel te abrupte remmanoeuvres. Op een gegeven ogenblik vreesde Berg zelfs dat hij wagenziek zou worden en hij was opgelucht toen het voertuig eindelijk tot stilstand kwam voor de ingang van het ziekenhuis.

Ze troffen de politiearts aan in de ontleedkamer. Hij stond met een beker koffie in de hand naast de roestvrijstalen onderzoekstafel waarop het lichaam van Debaetselier lag. Berg zag dat het lijk al was dichtgenaaid, maar het ging zijn verstand te boven hoe iemand in deze omstandigheden koffie of wat dan ook naar binnen kon gieten.

'Ah, de heren van de...' Geeraerts corrigeerde zichzelf toen hij Lou zag. 'Wat zeg ik: de heer en de dame van de politie.'

'Dit is onze nieuwe collega,' stelde Berg haar voor. 'Lou Vervaeke.'

'Bent u de vervangster van Meulenaer?' vroeg Geeraerts terwijl hij haar de hand schudde. 'Als ik geweten had dat ik damesbezoek kreeg, dan had ik...' Hij draaide zich om naar het lijk. 'Een momentje, ik zal u de aanblik besparen van...'

'Dat is niet nodig, dokter.'

Lou liep hem voorbij naar de onderzoekstafel. Berg, die zoals gewoonlijk op veilige afstand bij de deur was blijven staan, bedacht dat deze kiesheid hem nooit te beurt was gevallen, hoewel de politiearts heel goed wist dat hij geen maag had voor dit soort dingen.

'Kijk eens aan,' zei Geeraerts onder de indruk. 'Een vrouw die van geen kleintje vervaard is. Neem daar eens een voorbeeld aan, hoofdinspecteur.'

Berg grimaste.

'We luisteren, dokter.'

'De man was in prima fysieke conditie, wat gezien zijn leeftijd niet verwonderlijk is. Hij rookte wel en had 1,7 promille alcohol in zijn bloed. Misschien heeft hij zich daarom niet verdedigd.'

Geeraerts hief eerst de rechterhand van de overledene op, daarna de linker.

'De huid op de knokkels is intact. Hij heeft geen enkele slag uitgedeeld. Ook afweerwonden heb ik nergens gevonden.'

'En de doodsoorzaak?'

‘Zoals ik al zei: de schedelbreuk is hem fataal geworden. De verwondingen aan de hoofdhuid tonen aan dat de dader hem bij de haren heeft gegrepen en zijn hoofd een paar keer tegen de muur heeft gesmakt.’

‘Zaten er stukjes huid onder de vingernagels?’

‘Nee. Nogmaals: deze man heeft de aanval niet zien aankomen.’

‘De verwondingen in zijn gezicht lijken me niet het resultaat te zijn van een boksbeugel.’

Geeraerts wierp Lou een waarderende blik toe.

‘Dat hebt u goed gezien, mevrouw.’

‘Zeg maar Lou, dokter.’

‘Er zaten minuscule leerpartikeltjes in de wonden,’ zei Geeraerts. ‘Dat wijst erop dat de dader handschoenen droeg.’

Lou draaide zich naar Berg.

‘Ook dat is anders, chef. Bij de overige slachtoffers heeft de overvaller telkens een boksijzer gebruikt.’

Berg knikte. Het was een bijkomend argument dat bewees dat Debaetselier niet het slachtoffer was geworden van de overvaller. Wie zich voor hem had uitgegeven, had zijn manier van werken perfect gekopieerd, behalve dan het boksijzer, maar dat detail hadden ze uit de kranten gehouden, zodat de man daar niet van op de hoogte kon zijn. Debaetseliers dood was dus geen ongeluk. Dit was moord, wat inhield dat de dader in hem een bedreiging had gezien. De vraag was wat de student had geweten. Wenderickx was de enige die met hem had gepraat, maar uit de interviews was niet gebleken dat Debaetselier informatie had over de aanslag.

Ze namen afscheid van de politiearts. Berg wist wat hen te doen stond: zo snel mogelijk contact opnemen met de vriendin van het slachtoffer. Via haar kwamen ze misschien te weten waarom Debaetselier voor de dader een gevaar had gevormd.

'Wat nu, chef?' vroeg Lou bij de auto.

'Naar het kantoor. Coens en Wenderickx zullen intussen wel terug zijn. We moeten dringend de taken herverdelen. Dit begint ons stilaan boven het hoofd te groeien.'

Het eerste wat Berg deed, was de onderzoeksrechter bellen om hem ervan op de hoogte te brengen dat zijn veronderstelling juist was: de twee zaken hielden verband met elkaar en naar alle waarschijnlijkheid was de tweede schutter bij de aanslag ook degene die Debaetselier had vermoord. Bewijzen daarvoor waren er voorlopig niet, maar alles wees erop dat ze van die veronderstelling mochten uitgaan.

Vervolgens telefoneerde Berg naar het lab en vroeg Zeebos en Glenn om naar beneden te komen. Het technische onderzoek had geen nieuwe feiten aan het licht gebracht, maar hij kon de extra mankracht goed gebruiken nu ze niet alleen met een moordaanslag, maar ook met een moord te maken hadden.

Zodra iedereen er was, deden Coens en Wenderickx verslag van wat ze hadden ontdekt. De studio van Debaetselier vertoonde geen sporen van braak, maar wat hun meteen was opgevallen, was dat er geen pc stond. Aangezien het ondenkbaar was dat een student de dag van vandaag geen laptop of computer gebruikte, kon het niet anders of de dader was meteen na de moord de studio binnengedrongen en had het ding gestolen.

'Tenzij,' nuanceerde Coens, 'Debaetselier zijn laptop in de woning van zijn vriendin heeft laten liggen.'

'Hoe heet dat kind?' vroeg Berg.

'Rani Verbruggen. Tweedejaarsstudente tandarts. We hebben intussen haar adres.'

'Dan weet je wat je te doen staat. Vertel wat er met haar vriend is gebeurd en...'

'Moet ik dat doen?' schrok Coens. 'Ik heb nog nooit...'

'Voor alles is een eerste keer,' onderbrak Berg hem. 'Wees blij dat ik je niet vraag om de ouders in te lichten.'

'Hoezo?' vroeg Zeebos. 'Is dat nog niet gebeurd?'

'Ik heb de politie van Sint-Truiden gebeld en die hebben de ouders op de hoogte gebracht, maar na de lunch moet ik met die mensen gaan praten en je mag van mij aannemen dat ik daar niet naar uitkijk.'

Berg richtte zich opnieuw tot Coens:

'Vraag het meisje naar de laptop. Ik wil ook een lijst van Debaetseliers vrienden en kennissen. We weten dat hij economie studeerde en voor *Veto* schreef. Ga naar de redactie van het tijdschrift en probeer erachter te komen of hij aan een bepaald artikel werkte. Er moet toch een reden zijn waarom de dader zijn pc heeft gestolen.'

'Als hij dat al...'

'Laten we voorlopig van die veronderstelling uitgaan. Glenn, jij zorgt voor de telefoongegevens van Debaetselier. Ga ook na of zijn mobiel nog aanstaat. Waarschijnlijk heeft de dader die uitgezet, maar als hij dat vergeten is, komen we hem misschien zo op het spoor.'

'Kleine kans,' mompelde Zeebos.

'En dan zijn er nog de alibi's van diegenen die een motief hebben om Albrecht Termondt te vermoorden. Wenderickx en Lou, jullie brengen Michiel Vanderweeën een bezoek. Ik wil weten waar hij was op het moment van de moord. Zeebos en ik nemen Robrecht Termondt voor onze rekening.'

'En wat met Christine Van Parijs?' vroeg Coens.

'Ik denk dat we haar mogen uitsluiten, toch wat betreft deze moord. Debaetselier was allesbehalve fors gebouwd, maar ik zie een vrouw nog niet een man met blote handen doodslaan.'

'Chef,' zei Lou, 'we moeten ook nog...'

'Daar kom ik nu op.'

Berg vatte samen tot welke bevindingen Lou was gekomen in het dossier van de overvallen en wat ze bedacht had om de dader met behulp van de twee slachtoffers op het spoor te komen.

'Dat wordt jouw taak,' zei hij tegen Wenderickx.

'De mijne? Waarom?'

'Omdat je dezelfde leeftijd hebt als de twee getuigen.'

'En omdat je de knapste bent van ons allemaal,' grijnsde Zeebos.

'Maar, chef, dat is echt niets voor mij. Ik...'

'Dit dossier heeft lang genoeg aangesleept,' brak Berg hem af. 'Zeker nu blijkt dat de dader van de aanslag de overvaller heeft gekopieerd. En het plan van Lou heeft grote kans van slagen. Er zijn maar twee homocafés in de stad. Als de dader dit soort locaties gebruikt om zijn slachtoffers uit te kiezen, dan daagt hij vroeg of laat weer in die bar op.'

'Moeten we geen back-up voorzien?' stelde Lou voor. 'Iemand die op de achtergrond blijft of buiten in de auto. Als de dader merkt dat hij herkend wordt en hij gaat ervandoor, dan komt een tweede man goed van pas.'

'Ik wilde net een vrijwilliger vragen,' zei Berg. 'Iemand kandidaat?'

'Ik,' antwoordde Coens. 'Ik slaap de laatste tijd toch slecht.'

'Dat is dan geregeld. Lou, jij maakt de afspraken. We beginnen vanavond. Laten we hopen dat het geen uitputtingsslag wordt.'

9

Het liep tegen halfdrie toen Berg en Zeebos terugkwamen van Sint-Truiden. De ontmoeting met de ouders van Joren Debaetselier was zoals verwacht pijnlijk geweest en had niets tastbaars opgeleverd. Noch de vader noch de moeder had enig idee of hun zoon iets geweten had over de aanslag in de universiteitsstad en in de loop van het gesprek was zelfs gebleken dat ze ook niet op de hoogte waren van het feit dat hij vorig academiejaar uit de Mercurius-kring was gezet. Waarom hij dat voor zijn ouders had verzwegen, was niet duidelijk, tenzij hij zich had geschaamd of hen niet had willen ontgoochelen.

Het verdriet en de ontreddering van de twee mensen waren niet in Bergs koude kleren gaan zitten. Hij voelde zich terneergeslagen en het slaaptekort begon almaar meer zijn tol te eisen. Bovendien had hij al een paar keer naar Tatyana willen bellen, maar sinds de lunch was hij geen moment meer alleen geweest. Ook zij had niets van zich laten horen, zelfs geen sms'je, en Berg vroeg zich af of dat kwam omdat ze boos was of teleurgesteld over de voorbije avond.

In de faculteit economie moesten ze meer dan een halfuur wachten omdat Robrecht Termondt een vergadering had. Eerst weigerde hij om hen zonder advocaat te woord te staan, maar toen Berg vertelde wat er met Joren Debaetselier was gebeurd, draaide hij bij. Het gesprek vond plaats in hetzelfde kantoor waar hij Berg de eerste keer had ontvangen en ook ditmaal was een van zijn eerste vragen waarom de politie hem wilde spreken in verband met de moord. Of dachten ze opnieuw dat hij iets met de zaak te maken had? In dat geval belde hij ogenblikkelijk zijn advocaat.

Berg, die zich voorgenomen had om dit keer zijn kalmte te

bewaren, legde uit dat de eerste stap in een moordonderzoek altijd inhield dat zoveel mogelijk achtergrondinformatie verzameld werd over het slachtoffer. Joren Debaetselier had economie gestudeerd en was een tijdlang lid geweest van de Mercurius-kring. Reden genoeg om de faculteit in het onderzoek te betrekken.

Termondt zag blijkbaar in dat hij dat argument moeilijk kon weerleggen en vroeg wat ze wilden weten. Berg besloot om heel algemeen te beginnen, anders maakte de man al na een paar minuten een eind aan het gesprek.

'Hoe zou u Joren Debaetselier omschrijven? Wat voor iemand was hij?'

'Intelligent. Ambitieus. Gedreven. Aan de andere kant: voor geen haar te vertrouwen.'

'Waarom zegt u dat, professor?'

'Omdat het de waarheid is. Wat dacht u?'

Opnieuw dat hautaine toontje. Berg voelde de kribbigheid alweer de kop opsteken. Het was alsof deze man zijn mond nog maar moest opendoen of er begon iets in hem te steigeren. Gelukkig schoot Zeebos te hulp.

'Wat mijn collega bedoelt, is welke reden u hebt om Joren Debaetselier onbetrouwbaar te noemen?'

'Alsof u dat niet weet,' sneerde Termondt.

Zeebos had voldoende ervaring om niet op de opmerking in te gaan. Het antwoord moest van de ander komen en de beste manier om hem zover te krijgen, was niet doorvragen maar ijskoud zwijgen. Het manoeuvre werkte.

'U gaat me toch niet vertellen dat u dat artikel in *Veto* niet gelezen hebt?'

'Dat over de rectorverkiezing?' vroeg Zeebos zo terloops mogelijk.

'Welk anders? Wat Debaetselier zich daar gepermitteerd

heeft, gaat ver... heel ver over de schreef. Mijn broer en mij vergelijken met Romulus en Remus! Alsof we elkaar naar het leven zouden staan. Regelrechte laster noem ik dat.'

'Kom nou, professor,' zei Zeebos sussend. 'Aan zoiets hoeft u toch niet zwaar te tillen. *Veto* is een studentenkrant en studenten steken graag de draak met hun professoren. Meer moet u daar niet achter zoeken.'

'Nee? Waarom doet de politie dat dan wel?' Termondt priemde met zijn wijsvinger in Bergs richting. 'Uw collega heeft me vorige keer van precies hetzelfde beschuldigd. En net als Debaetselier kwam hij met zo'n onzinnige vergelijking op de proppen. Dit keer over een andere tweeling: Jakob en Esau. Maar de achterliggende bedoeling was exact dezelfde.'

Berg incasseerde de beschuldiging zonder verpinken, al kostte hem dat de nodige moeite. Om de confrontatie niet te laten escaleren besloot hij om zich voorlopig op de vlakte te houden en Zeebos het woord te laten voeren.

'Was dat artikel de reden waarom u Debaetselier uit de Mercurius-kring hebt gezet?'

'Ja. En voor u opnieuw van een mug een olifant maakt en in het conflict een motief ziet voor moord: voor mij was daarmee de kous af. Ik heb sindsdien geen woord meer met Joren Debaetselier gewisseld.'

Zeebos reageerde niet, waardoor Termondt eraan toevoegde:

'Dat is de waarheid, heren. Ik daag u uit om iemand te vinden die ons het laatste halfjaar samen heeft gezien.'

Het viel Berg op dat de man al voor de tweede keer het woord 'waarheid' in de mond nam. Waarom? Iemand die eerlijk was, hoefde dat niet om de haverklap te onderstrepen.

'Kunt u ons een lijst bezorgen van de overige leden van de Mercurius-kring?' vroeg Zeebos.

'Geen probleem.'

Termondt trok een vel papier van een blocnote, schreef er zes namen op en schoof het blad over zijn bureau in de richting van de twee politiemannen.

'Ik hoop dat u mij de volgende vraag niet kwalijk neemt,' zei Zeebos diplomatisch, 'maar volledigheidshalve moet ik vragen waar u vannacht was tussen middernacht en twee uur.'

'Waar elk normaal mens op dat uur is: in bed.'

'Bij u thuis?'

'Nee, bij mijn vriendin. Vraagt u het haar maar als u mij niet gelooft.'

'Dat zullen we zeker doen, professor.'

Berg vond het stilaan tijd om die andere kwestie ter sprake te brengen en aangezien Zeebos het onderwerp voor zich uit bleef duwen, begon hij er zelf over.

'We hebben onlangs met Annelene gepraat. Ze heeft ons toevertrouwd dat niet uw broer, maar u haar biologische vader bent.'

Alsof hij door een bij was gestoken, schoot Termondt naar de rand van zijn stoel en stak dreigend zijn vinger naar voren, terwijl hij riep:

'Waar haalt u verdomme het recht vandaan om uw neus in mijn persoonlijke aangelegenheden te steken!?'

Berg liet zich niet intimideren. Zo kalm mogelijk zei hij:

'Twee doden geven mij dat recht, professor.'

Het argument sloeg niet aan. Termondt liet zijn vlakke hand met een klap op het bureau neerkomen. Zijn ogen bliksemden.

'Wat hebben die doden te maken met Annelene? Niets, toch!?'

Zeebos nam het opnieuw over:

'Als u de biologische vader van de tweeling bent, dan geeft Koens zelfmoord u een motief om uw broer te vermoorden.'

Termondt was een moment van slag, dat viel af te leiden uit het veel lagere volume van zijn stem toen hij vroeg:

'Hoezo? Dat begrijp ik niet.'

'Zowel zijn ex-vrouw als zijn dochter geven hem de schuld van Koens zelfmoord,' legde Zeebos uit. 'Misschien doet u dat ook. En aangezien het om uw biologische zoon gaat, geeft u dat een sterk motief.'

Termondt maaide de bewering met een armzwaai weg.

'Ten eerste staat niet vast dat ik de vader ben en ten tweede maak ik mijn broer op dat vlak geen enkel verwijt.'

'Dat kunt u nu wel beweren,' zei Berg en hij gebruikte met opzet het woord dat Termondt al twee keer had gebezigd. 'De vraag is of dat de waarheid is.'

De decaan wierp hem een minachtende blik toe.

'Ik heb niet de gewoonte om te liegen, hoofdinspecteur.'

De kans om dit verwaande heerschap op zijn plaats te zetten was te mooi om te laten liggen.

'En als dat ook een leugen is, professor?'

Voor de tweede keer leek Termondt in de war.

'Kent u Epimenides?' vroeg Berg. 'Van hem is het beroemde citaat: *Alle uitspraken van alle Kretenzers zijn altijd gelogen.*' Hij glimlachte fijntjes en voegde eraan toe: 'Het probleem is dat Epimenides ook een Kretenzer was.'

Hij wachtte op reactie. Die kwam niet.

'Dat is zo vervelend aan een paradox. Als een leugenaar van zichzelf zegt dat hij nooit liegt, dan spreekt die uitspraak zichzelf tegen.'

'Noemt u mij een leugenaar?' beet Termondt hem toe.

'Ik zou niet durven, professor.'

'Dat is u geraden ook.'

De decaan stond op.

'Dit gesprek is ten einde, heren. Mag ik u verzoeken mijn kantoor te verlaten?'

Buiten, bij het beeld van Mercurius, plooide Berg het papiertje open. De zes namen waren hem onbekend.

'We moeten zijn alibi controleren,' zei Zeebos. 'Al zou het natuurlijk kunnen dat Christine Van Parijs liegt om hem te dekken. Aan de andere kant blijft het onwaarschijnlijk dat die twee achter de aanslag zitten. Je hebt zelf gezegd dat het voor gewone burgers niet eenvoudig is om in contact te komen met een huurmoordenaar.'

'Ik heb daarover nagedacht,' antwoordde Berg. 'Wat als er geen huurmoordenaar is ingeschakeld en ze iemand anders hebben gevraagd om het karwei op te knappen?'

'Wie?'

'Weet ik veel. Een vriend misschien?'

Zeebos keek sceptisch.

'Zo'n vriend heb ik alvast niet.'

'Of iemand die hun zoveel verschuldigd is dat hij onmogelijk kon weigeren.'

'Iemand die ze gechanteerd hebben?'

'Bijvoorbeeld. Als de tweede schutter een amateur is, zou dat verklaren waarom hij gemist heeft en waarom er met een FAL is geschoten. Volgens jou is dat een ongebruikelijk wapen voor een professional.'

'We weten niet of het tweede geweer ook een FAL was.'

'Dat klopt, maar...'

Berg werd onderbroken door het gerinkel van zijn mobiel. Het was Wenderickx.

'We zijn net terug van Haasrode, chef. Michiel Vanderweeen beweert dat hij de hele avond thuis was. Alleen. Hij heeft tot ongeveer middernacht tv gekeken en is toen gaan slapen.'

'Dan heeft hij dus geen alibi.'

'Nee.'

'Er is nog iets wat gecheckt moet worden,' zei Berg.

‘Robrecht Termondt beweert dat hij de nacht heeft doorgebracht bij Christine Van Parijs. Zoek haar op en vraag of ze dat bevestigt.’

‘En daarna?’

Berg keek op zijn horloge. Het was bijna vier uur. Hij had geen andere opdracht.

‘Ga naar huis. Je hebt vannacht niet geslapen en vanavond kan het opnieuw laat worden.’

‘Oké, chef.’

Berg drukte het gesprek weg. Hij dacht aan het telefoontje met Tatyana, maar eerst moest hij Zeebos uit de buurt hebben.

‘Ga ook naar huis, Jan. Je ziet er doodmoe uit.’

‘Wat ga jij doen?’

‘Ik ga naar het rectoraat.’

‘Waarom?’

‘Vorige keer zei Albrecht Termondt dat zijn broer geen reden heeft om hem iets aan te doen. Ik wil weten of hij bij die verklaring blijft als we hem confronteren met wat Annelene ons heeft verteld.’

‘Dan loop ik nog even met je mee.’

‘Dat is nergens voor nodig.’

‘Toch wel.’ Zeebos keek een beetje gegeneerd. ‘Lisa heeft sinds kort een nieuwe regel ingevoerd: wie ’s avonds het eerst thuiskomt, kookt. Nou, daar heb ik vandaag absoluut de fut niet meer voor.’

Berg besefte dat het telefoontje met Tatyana nog even zou moeten wachten. Ze lieten de auto staan en wandelden naar het centrum. Dit keer namen ze niet de hoofdingang, maar liepen om het gebouw heen, tot ze in de Zeelstraat bij de glazen liftconstructie kwamen die verwerkt zat in een inham van de zijgevel.

‘Ik blijf het foeilelijk vinden,’ zei Zeebos.

‘Roerend met je eens,’ bromde Berg.

Ook hier moesten ze een tijdje wachten tot de rector hen kon ontvangen. Albrecht Termondt begroette hen een stuk vriendelijker dan vorige keer, maar zodra Berg over het vaderschap van zijn kinderen begon, verdween die inschikkelijkheid als sneeuw voor de zon en reageerde hij even gepikeerd als zijn broer.

‘Wat in godsnaam hebben mijn kinderen te maken met de aanslag op Badru Alupo?’ vroeg hij en nog voor Berg kon antwoorden, stond hij op om de deur dicht te doen, zodat zijn secretaresse het gesprek niet kon volgen.

Zeebos legde opnieuw uit dat als Robrecht Termondt de vader was, de dood van zijn zoon een motief kon zijn om hem te laten vermoorden.

‘Ach, gaat u weer die toer op.’ Termondt wreef enkele denkbeeldige pluisjes weg van het bureaublad. ‘Om te beginnen heb ik nog altijd de grootste moeite om te geloven dat het tweede schot voor mij bedoeld was en ten tweede is het niet eens zeker of Robrecht wel de biologische vader is. Waar hebben we het dus over?’

De man gebruikte precies hetzelfde argument als zijn broer, maar dit keer was Berg niet van plan om het te laten passeren.

‘Ik denk dat u heel goed weet wie van u beiden de vader is.’

De rector wierp hem een blik toe die qua hooghartigheid dicht in de buurt kwam van die van zijn broer, maar hij zei niets.

‘Is het niet zo dat u een DNA-onderzoek hebt laten uitvoeren na het overlijden van uw zoon?’

‘Wie beweert dat?’

‘Dat doet er niet toe. Klopt het?’

‘Nee.’

Berg aarzelde een moment. Hij had geen idee of hij het bij

het rechte eind had, maar hij moest absoluut weten hoe de vork in de steel zat.

'Dit is een moordonderzoek, meneer de rector. Als u de waarheid verdraait, kan dat ernstige gevolgen hebben.'

Termondt gaf geen krimp. Berg deed er nog een schepje bovenop, hoewel hij niet zeker wist of hij hard kon maken wat hij zei.

'Ik kan binnen het uur een gerechtelijk bevel hebben voor het lab in Gasthuisberg. Als blijkt dat u gelogen hebt, dan...'

'Al goed... al goed...' onderbrak Termondt hem. 'U hebt gelijk: ik heb zo'n onderzoek laten uitvoeren.'

Berg knikte. Het tegendeel had hem ook verbaasd. Mensen bleven mensen.

'En wat was het resultaat?'

Termondt stond op en liep naar het raam. Met zijn rug naar hen toe vroeg hij:

'Blijft dit tussen ons?'

'Dat kan ik niet beloven, dat moet u begrijpen.'

Termondt kwam terug naar het bureau. Met afgewend gezicht zei hij:

'Uit het onderzoek is gebleken dat Robrecht de vader is van Koen en Annelene.'

Berg en Zeebos wisselden een blik.

'Hebt u dat aan uw broer verteld?'

'Nee.'

'Waarom niet?'

'Dat genoegen gun ik hem niet.'

'Kent uw ex-vrouw de uitslag?'

'Ook niet.'

'Weet zij van het onderzoek af?'

'Nee.'

Berg dacht na. Als de man de waarheid sprak en Robrecht

Termondt wist niet zeker dat Koen zijn biologische zoon was, dan viel het motief weg om zijn dood te wreken. Hij stond op, maar kwam na een paar meter op zijn stappen terug.

'Nog even over die politiebescherming, meneer de rector. Ik zou me een stuk geruster voelen als u...'

'Ach, niet opnieuw, hoofdinspecteur,' brak Termondt hem af met een verveelde uitdrukking op zijn gezicht. 'Vorige keer had u geen enkel bewijs dat mijn leven gevaar loopt. Is er sindsdien iets veranderd?'

'Nee, maar...'

'Dan is er dus geen reden voor bescherming.'

'De universiteit heeft toch een eigen veiligheidsdienst. Kunt u die niet inschakelen? Gewoon voor de zekerheid. Om een oogje in het zeil te houden.'

Termondt was intussen druk beginnen rommelen in enkele dossiers. Zonder opkijken zei hij:

'Ik zal erover nadenken, hoofdinspecteur.'

Berg knikte ten afscheid. Hij had er niet veel hoop op dat de man zou doen wat hij gevraagd had.

Ze namen de glazen lift naar beneden. Op straat stak Zeebos een sigaret op. Hij verwoordde precies wat Berg eerder had gedacht:

'Daarmee zijn we weer bij af. Termondt heeft geen reden om zijn broer te vermoorden.'

Berg zei niets. Er was natuurlijk nog de levenslange rivaliteit tussen de twee mannen en de onmin die veroorzaakt was door de verloren rectorverkiezing. Bovendien maakte Albrecht Termondt zijn broer het leven opzettelijk zuur door zijn weigering om te scheiden. Maar was dat voldoende voor moord?

Zeebos wierp een blik op zijn horloge.

'Ik ga naar huis. Tot morgen, Thomas.'

Berg mompelde een groet terug. Hij liep de straat af in de

richting van de Grote Markt. Hoog tijd voor zijn telefoontje met Tatyana, maar eerst een espresso. Een dubbele. Hij viel bijna om van vermoeidheid.

Het was bijzonder rustig op het terras van de Gambrinus; van de ramptoeristen was geen spoor meer te bekennen. Berg keek getroffen naar de lege tafeltjes. Zo snel ging dat dus. De aanslag van een week geleden was intussen oud nieuws. Hij bestelde een espresso. De kelner was nog niet terug toen zijn mobiel begon te jengelen.

'Wenderickx hier, chef. Christine Van Parijs bevestigt Termondts alibi.'

'Dat was te verwachten.'

'Wil je dat ik nog iets doe?'

'Nee, zeg maar tegen Lou dat jullie naar huis kunnen.'

'Lou is niet bij me. Ze wilde nog iets controleren.'

'Wat?'

'Dat heeft ze niet gezegd.'

Er weerklonk een luide geeuw.

'Ga een paar uur slapen, Wenderickx. Je moet straks fit zijn.'

Misnoegd legde Berg zijn mobiel op tafel. Daarmee waren ze helemaal buitenspel gezet: Robrecht Termondt had geen motief voor de aanslag én hij had een alibi voor de moord op Debaetselier. Het echec was compleet. Na meer dan een week hadden ze nog altijd geen verdachte. Hoe moest dit in godsnaam verder?

De kelner bracht de espresso. Berg nam een slok en wilde net Tatyana bellen, toen zijn mobiel opnieuw afging. Hij vloekte. Het leek wel alsof de hele wereld samenspande om hem van dat ene telefoontje af te houden.

'Ja!?' riep hij. Het klonk snauweriger dan bedoeld.

'Ik ben het, chef,' zei Coens. 'Ik heb Rani Verbruggen gesproken. Het was... nou ja, hoe moet ik het zeggen... het kind was helemaal overstuur toen ik vertelde wat er is gebeurd. Ze heeft meer dan een kwartier zitten huilen voor er een zinnig woord uitkwam.'

'Dat is begrijpelijk. Heb je naar de laptop van Debaetselier gevraagd?'

'Ja. Ze heeft geen idee wat daarmee gebeurd is.'

'Wist ze iets over een artikel waar hij aan werkte?'

'Nee. Ik ben van bij haar rechtstreeks naar de redactie van *Veto* gereden. Veel konden ze me daar ook niet vertellen, behalve dat Debaetselier bijzonder gebeten was op Robrecht Termondt sinds hij uit de Mercurius-kring is gezet. Naar het schijnt heeft hij gezegd dat hij hem dat vroeg of laat betaald zou zetten.'

'Hoe?'

'Dat wisten ze niet. Ze hebben me aangeraden om contact op te nemen met de hoofdredacteur. Die was goed bevriend met Debaetselier. Het gaat om een zekere Quinten De Boodt. Een laatstejaars rechten.'

Berg zuchtte. Hij voelde een stekende hoofdpijn opkomen. De vermoeidheid waarschijnlijk.

'Bedankt, Coens. Laten we hopen dat je vanavond meer succes hebt.'

Berg verbrak de verbinding en selecteerde Tatyana's nummer voor er weer iemand kans zag om hem te bellen. Ze nam onmiddellijk op, alsof ze op zijn telefoontje had zitten wachten.

'Dag, Thomas. Ik hoopte al dat jij het was.'

Haar reactie stelde hem gerust. Ze was niet boos.

'Ik had eerder willen bellen,' excuseerde hij zich. 'Maar het is een verschrikkelijk hectische dag geweest.'

Hij vatte in het kort samen wat er gebeurd was en eindigde zijn relaas met te zeggen dat ze de twee dichtbundels van De Coninck in zijn flat had laten liggen.

'Ik weet het. Misschien kan je ze volgende keer meebrengen. We spreken toch nog eens af?'

'Natuurlijk. Wat dacht je van morgen? Vandaag lukt echt niet. Ik ben hondsmoe. Vannacht heb ik nauwelijks mijn bed gezien.'

'Morgen is prima, maar...' Ze aarzelde. 'Ik heb vanochtend mijn rapport naar Kampala gemaild, dat kon ik onmogelijk langer uitstellen.'

'Dat begrijp ik.'

'Zonder al te veel in detail te treden heb ik hun verzekerd dat het tweede schot niet voor Badru Alupo was bedoeld. Daar kunnen we toch van uitgaan?'

'Er is weinig duidelijk in deze zaak,' antwoordde Berg. 'Behalve dat.'

'Hoe dan ook, mijn verslag stelde hen gerust. Aangezien het motief van de dubbele aanslag niet van politieke aard is, beschouwen ze het onderzoek niet langer als staatsbelangrijk nu blijkt dat er geen gevaar dreigt voor het leven van de president. Daarmee is mijn taak ten einde. Ik moet terug naar Uganda.'

Berg deed zijn ogen dicht. Dat zat er natuurlijk aan te komen.

'Wanneer?'

'Ze hebben mij geboekt voor de vlucht van vrijdag.'

'Dat is al over twee dagen,' schrok hij. 'Kan je niet wat langer blijven?'

'Ik word maandag in het presidentiële paleis verwacht, Thomas. Yoweri Museveni wil mij persoonlijk bedanken. Die ontvangst kan me gestolen worden, maar niet opdagen is natuurlijk geen optie.'

Er viel een stilte. Berg wist niet zo gauw wat te zeggen. Het was Tatyana die het zwijgen verbrak:

'Kom ik morgen naar jou?'

'Fijn. Ik zal koken.'

'Nee, je hebt al genoeg aan je hoofd. Gewoon iets drinken, oké?'

'Ik heb nog een fles Veuve Clicquot in de koelkast staan,' zei Berg in een flauwe poging tot grap.

'Ik ben gek op Veuve Clicquot.'

'Ik ook.'

'Tot morgen, Thomas. En rust wat uit.'

Er volgde een klik. Met een bezwaard gemoed legde Berg zijn mobiel terug op tafel. De espresso was koud geworden. Hij wenkte de kelner en bestelde een nieuwe. Zijn hoofd stond op barsten. Hij masseerde zijn slapen met zijn vingertoppen. Naar bed moest hij, zo snel mogelijk, al was het nog maar de vraag of hij zou kunnen slapen na wat hij net te horen had gekregen. Eén avond met Tatyana bleef er nog over. Zeebos had verdomme gelijk. Hij was hier beter niet aan begonnen. Aan de andere kant, Uganda was niet het eind van de wereld. Of jawel, dat was het wel... Of toch bijna.

Op dat moment sloeg de jaquemart op de toren van de Sint-Pieterskerk. Het was kwart voor zes. Er volgde een tweede slag. Het scherpe, metalige geluid sneed door Bergs hoofd. Verstoord keek hij omhoog. De goudkleurige figuur zwaaide zijn hamer voor de derde keer toen hem ineens iets opviel. Iets wat hij al vaak had gezien, maar waar hij nooit bij had stilgestaan. Er werd aan de buitenkant tegen de klok geslagen, terwijl normaliter het geluid aan de binnenkant werd veroorzaakt: wanneer de klepel tegen het brons sloeg. Dit mechanisme werkte omgekeerd: de klepel hing als het ware buiten de klok.

De vaststelling riep diep in de windingen van zijn hersenen een associatie op met wat Albrecht Termondt had gezegd. Op de vraag waarom hij zijn broer niets over het DNA-onderzoek had verteld, had hij geantwoord dat hij hem dat genoegen niet gunde.

In Bergs ogen was het een aanvaardbare verklaring geweest, zeker voor een man die net vernomen had dat zijn broer de vader was van de kinderen die hij altijd voor de zijne had gehouden. Maar... als je de zaak nu eens omdraaide? Als zoals bij de jaquemart de klepel aan de andere kant van de klokwand hing. Albrecht Termondt wilde zijn broer straffen door hem in onwetendheid te laten over zijn vaderschap, maar strafte hij hem niet veel meer als hij die onwetendheid ophief? In dat geval wist Robrecht Termondt met zekerheid dat het zijn zoon was die zich van het leven had beroofd, waardoor de dood van de jongen voor hem veel persoonlijker en pijnlijker werd.

Was dat mogelijk? Kon Albrecht Termondt zo wreed geweest zijn? Robrecht Termondt had beweerd dat hij niet zeker wist of de tweeling van hem was en zijn broer had verklaard dat hij het resultaat van het DNA-onderzoek voor zich had gehouden. Maar was dat allemaal wel waar? Beide mannen konden liegen uit zelfbescherming. Robrecht Termondt omdat hij zich niet kwetsbaarder wilde opstellen dan hij zich al voelde en Albrecht Termondt omdat hij niet voor zijn wreedheid wilde uitkomen.

Berg haalde eens diep adem. Als dat gebeurd was – als beide mannen hadden gelogen – dan plaatste dat alles opnieuw in een ander licht, want in dat geval had Robrecht Termondt wel degelijk een reden om Albrecht te vermoorden: zijn zoon had door de schuld van zijn broer zelfmoord gepleegd en diezelfde broer had nog meer zout in de wonde gestrooid door hem uit kwaadaardigheid iets te vertellen wat hij niet hoefde te weten. In die optiek had hij niet zomaar een motief, hij had een dubbelmotief.

Berg dronk zijn koffie op, rekende af en liep in gedachten verzonken naar huis. Nog maar een uur geleden was hij tot de conclusie gekomen dat het onderzoek in een impasse zat omdat hij geen verdachte had, nu leek het omgekeerde waar. Hoe dikwijls was dat in deze zaak al niet gebeurd? Het was om er de moed bij te verliezen. In plaats van recht op zijn doel af te gaan, had hij het gevoel dat hij als een pendule heen en weer slingerde zonder ook maar enige vooruitgang te boeken.

Toen hij thuiskwam, wachtte hem nog een onaangename verrassing: de rommel in de keuken. Die was hij in de loop van de dag compleet vergeten. Hij twijfelde even wat te doen, maar de hoofdpijn en de vermoeidheid wonnen het pleit. Hij moest naar bed; de afwas liep niet weg. Hij was nog niet bij de deur van de slaapkamer of zijn mobiel ging opnieuw over. Dat ding wist vandaag van geen ophouden.

'Lou hier, chef. Stoor ik?'

'Niet als je het kort houdt.'

'Het gaat om het volgende. Toen Wenderickx en ik daarstraks bij Christine Van Parijs waren, vond ik dat ze zich maar vreemd gedroeg. Ze durfde ons nauwelijks in de ogen te kijken en ze somde ongevraagd alles op wat zij en haar vriend hadden gedaan: wanneer hij bij haar was gearriveerd, hoe laat ze hadden gegeten, wanneer ze zijn gaan slapen...'

'Ja, en?'

'Het leek alsof ze een vooraf ingestudeerd lesje opdreunde. Ik vertrouw dat mens niet, chef. Zo gedraagt iemand die niets te verbergen heeft zich niet. Ik ben daarom een paar dingen gaan checken. Om te beginnen heb ik in de school haar lesrooster opgevraagd. Blijkt dat ze op dinsdagochtend pas het vierde uur begint. Dat wil zeggen dat ze vrij was op het ogenblik dat er uit de dakkapel werd geschoten.'

Ofwel was Berg te moe, ofwel zat zijn hoofdpijn in de weg om te begrijpen wat Lou hem probeerde duidelijk te maken.

'Bedoel je dat zij de tweede schutter was? Maar we hebben de getuigenis van de secretaresse die de man op de robotfoto heeft herkend.'

'Dat weet ik, maar ik heb nog niet alles verteld. Bij ons in Antwerpen is Van Parijs een bekende naam. Ooit gehoord van Leopold Van Parijs?'

'Nee.'

'Hij is een grootindustrieel uit Brasschaat die geregeld in het nieuws komt als sponsor van sportmanifestaties. Ik vroeg me af of hij familie is van Christine, dus ben ik een beetje gaan googelen. Nou, bingo hoor. Leopold Van Parijs is haar vader.'

Berg begon ongeduldig te worden. Hij wilde naar bed.

'Welk belang heeft dat voor ons onderzoek?'

'De man is een fervent jager,' antwoordde Lou. 'En wat nog belangrijker is: hij staat bekend om zijn uitgebreide collectie wapens. Een tijd geleden was er een programma op een lokale tv-zender. Iets over de interieurs van rijke mensen. Ze hebben toen ook in zijn wapenkamer mogen filmen. Wat daar allemaal te zien was. Ongelooflijk.'

Dit keer begreep Berg het verband wel.

'Denk je dat de twee geweren uit zijn verzameling komen?'

'Zou toch kunnen. Het is in elk geval de moeite waard om na te gaan.'

En of het dat was. Berg betrapte zichzelf erop dat hij stond te knikken.

'Goed werk, Lou. We hebben het er morgen over bij de ochtendbriefing.'

'Er is nog iets, chef.'

Berg zuchtte. Hij moest dringend een Dafalgan nemen. Zijn hoofdpijn werd almaar erger.

'Wat?'

'In het secretariaat van het Jozefietencollege wisten ze me te vertellen dat Christine Van Parijs een paar weken geleden een nieuwe loper heeft aangevraagd.'

Ondanks het gedreun in zijn kop was Berg plots een en al aandacht.

'Waarom?'

'Ze zei dat ze de hare had verloren. Toevallig, toch?'

10

Het was een hele tijd geleden dat Berg nog zo lang en zo diep had geslapen en voor het eerst in dagen voelde hij zich enigszins uitgerust. Hetzelfde kon niet van Wenderickx en Coens worden gezegd. Ze waren tot drie uur in de homobar gebleven, maar zonder resultaat. De overvaller was niet opgedaagd.

'Dan proberen we het vanavond opnieuw,' besliste Berg.

Wenderickx blies zijn wangen op.

'Had je verwacht dat het van de eerste keer zou lukken?' vroeg Zeebos. 'Kom nou, je weet wel beter. Zulke dingen kosten tijd.'

'Met wat geluk niet eens veel tijd,' zei Lou. 'De drie overvallen zijn gebeurd met telkens een interval van een maand. Aangezien het al meer dan drie weken is geleden dat Jeroen Gullick werd overvallen, slaat onze man waarschijnlijk een dezer dagen opnieuw toe. Tenminste, als hij hetzelfde ritme aanhoudt.'

'Chef...' begon Wenderickx. 'Ik vind dat we een beurtrol moeten invoeren. Kan Coens vanavond niet de bar in? Dan blijf ik op post in de auto.'

'Ik heb je al gezegd dat jij de juiste leeftijd hebt. Coens is...'

Lou viel Berg in de rede:

'Er komen mannen van alle leeftijden in de bar, chef. Bovendien is het beter om geregeld van begeleider te wisselen. Dat is minder opvallend.'

Berg richtte zich tot Coens:

'Is dat oké voor jou?'

'Geen probleem. Ik heb me vannacht steendood verveeld. Alles beter dan uren in die auto te zitten.'

'Dat denk je maar,' mompelde Wenderickx.

'Goed, dan wisselen jullie in het vervolg af. Iets anders nu. Lou heeft gisteren een belangrijke ontdekking gedaan. Luister even.'

Terwijl Lou haar uitleg deed, kon Berg niet verhinderen dat zijn gedachten afdwaalden naar de komende avond. Vorige keer waren Tatyana en hij bijna met elkaar naar bed geweest, maar toen hadden ze niet geweten dat ze zo snel terug moest naar Uganda. Straks was het de laatste keer dat ze elkaar konden zien. Was het in die omstandigheden niet beter om de situatie te laten zoals ze was? Gewoon samen iets drinken, wat praten, van elkaars gezelschap genieten... maar niets meer. Als ze met elkaar naar bed gingen, zou dat de zaak alleen maar gecompliceerder maken en het afscheid nog moeilijker.

'Denk jij dat ook, Thomas?'

Berg schrok. De vraag kwam van Zeebos.

'Sorry. Wat zei je?'

'Volgens Lou is de kans groot dat de twee geweren uit de verzameling van Leopold Van Parijs komen en dat zijn dochter achter de aanslag zit.'

'Zijn dochter én Robrecht Termondt,' corrigeerde Lou. 'Ik denk dat die twee hebben samengewerkt. Zo'n verregaand plan verzwijg je niet voor je minnaar.'

'Zeker niet als de uitkomst van dat plan die minnaar ook aanbelangt,' beaamde Wenderickx.

'Maar Christine Van Parijs kan niet zelf geschoten hebben,' zei Zeebos. 'Ze is te klein. Ik blijf erbij dat de dader minstens 1 meter 85 is. En denk aan de voetsporen. Welke vrouw heeft schoenmaat 44?'

'Bovendien,' voegde Coens eraan toe, 'hebben we de getuigenis van de secretaresse. De schutter is een man.'

'En die man kan niet Robrecht Termondt zijn,' zei Glenn. 'Op de beelden van de bewakingscamera's is duidelijk te zien dat hij meeloopt in de stoet.'

'Dan is er nog een derde persoon in het spel,' hield Lou vol.

'Een vierde, bedoel je,' zei Zeebos. 'Vergeet Milton Mutesa niet.'

'En zijn zus,' vulde Coens aan. 'Dat maakt al vijf mensen. Kan dat?'

'Waarom zou dat niet kunnen?' vroeg Lou.

'Omdat bij een vooraf geplande moord het aantal medeplichtigen meestal zo klein mogelijk wordt gehouden,' antwoordde Zeebos. 'Hoe meer mensen op de hoogte zijn, hoe groter de kans dat het plan uitlekt.'

Hij wendde zich tot Berg.

'Zeg ook eens iets, Thomas. Wat denk jij?'

'Als Christine Van Parijs en Robrecht Termondt bij de aanslag betrokken zijn, begrijp ik nog altijd niet hoe ze in contact gekomen zijn met Milton Mutesa.'

'Wat Glenn suggereerde: via de tweede schutter.'

'Misschien. In elk geval hebben we geen andere keus dan dit spoor te volgen. Lou heeft gelijk: de aanwijzingen dat Christine Van Parijs iets met de zaak te maken heeft, stapelen zich op. Vooral die sleutel vind ik doorslaggevend. Dat ze een paar weken voor de aanslag haar loper heeft verloren, is wel erg toevallig.'

'Vergeten we ook niet dat ze als moeder het sterkste motief heeft,' voegde Wenderickx eraan toe. 'Ze heeft zelf gezegd dat ze haar ex-man verantwoordelijk houdt voor de dood van haar zoon.'

Het bleef een tijdlang stil. Wat gezegd moest worden, was gezegd. Nu dienden er knopen doorgehakt te worden.

'We pakken het als volgt aan,' besliste Berg. 'Jan, jij kent het meeste van wapens. Ik wil dat jij en Coens naar Brasschaat rijden. Vraag Leopold Van Parijs een inventaris van zijn verzameling. Als er geweren ontbreken – zeker een FAL – zal hij daar een verdomd goede uitleg voor moeten geven.'

'En als hij weigert die inventaris te laten zien?'

'Dan vragen we Hove om een huiszoekingsbevel. Lou en ik brengen intussen Christine Van Parijs een bezoek.'

'Wat doe ik, chef?' vroeg Wenderickx.

'Jij en Glenn checken de namen op het lijstje van Robrecht Termondt.'

Berg haalde het papiertje met de leden van de Mercurius-kring uit zijn zak. Hij twijfelde eraan of dat iets zou opleveren nu hun bevindingen een andere richting uitwezen, maar hij wilde op zeker spelen. Per slot van rekening wisten ze nog altijd niet waarom de laatste moord was gepleegd.

'Zoek uit wie van de leden nog contact had met Debaetselier sinds hij uit de Mercurius-kring is gezet. Misschien komen we op die manier te weten of hij aan een artikel werkte dat voor de dader bedreigend was.'

Wenderickx wierp een blik op het lijstje.

'Dat zijn zes mensen, chef. Een heleboel werk.'

'Jullie zijn met twee. Neem er elk drie. Dat spaart tijd.'

Berg keek de kring rond.

'Iedereen weet wat te doen? Vooruit dan, mensen.'

Nadat Lou via het secretariaat van de school vernomen had dat Christine Van Parijs tussen de middag gewoonlijk thuis lunchte, besloot Berg om tot dan te wachten. Het was eenvoudiger om iemand in zijn woning te ondervragen dan op een school waar alleen al het verschijnen van enkele politiemensen voor de nodige roddel en ophef zou zorgen. In afwachting liet hij zich aandienen bij de directeur om hem op de hoogte te brengen van de stand van het onderzoek.

Het was halféén toen Lou stilhield voor het flatgebouw aan de Vaartkom. De reactie in de huistelefoon was bepaald onvriendelijk. Christine Van Parijs zei dat ze nog maar pas de politie over de vloer had gekregen en dat ze niet begreep waarom die nu weer voor haar deur stond. Dit kwam heel ongelegen. Ze zat te eten met haar dochter. Konden ze later niet terugkomen?

'Nee, mevrouw,' zei Berg op een toon die geen tegenspraak duldde.

Er weerklonk een zucht; het deurslot zoemde. Op weg naar boven vroeg Lou of hij een idee had hoeveel de huur van een appartement in deze buurt bedroeg.

'Veel, veronderstel ik. Waarom?'

'Mijn dochter en ik liggen elke nacht uren wakker door het lawaai van een studentencafé in de buurt. Ik moet dringend op zoek naar iets anders, maar het is zo verdomd duur in Leuven.'

Berg wilde vragen hoe haar dochtertje heette, maar op dat ogenblik stopte de lift. Christine Van Parijs deed open en ging hen voor naar de woonkamer. De helft van de tafel was gedekt. Hij zei dag tegen Annelene, maar het meisje liet niet blijken dat ze elkaar al eens hadden ontmoet.

Christine Van Parijs bood niet aan te gaan zitten en bleef zelf ook staan. Ze vroeg wat ze wilden. Ging het opnieuw over dinsdagnacht? Daar had ze al een verklaring over afgelegd.

'Ik denk dat we dit gesprek beter onder vier ogen voeren, mevrouw,' zei Berg.

'Ik heb geen geheimen voor mijn dochter, hoofdinspecteur. Vraag wat u wilt weten, dan kunnen we voortgaan met onze lunch. Ik heb om kwart voor twee opnieuw les.'

Dat ze geen geheimen had voor haar dochter, vond Berg een vreemde uitspraak aangezien ze tot voor kort had verzwegen dat Annelenes oom misschien haar biologische vader was, maar hij begreep wel waarom de vrouw het meisje niet wilde wegsturen. Nu ze eindelijk opnieuw contact had met haar dochter, wilde ze tegenover haar laten uitschijnen hoe hecht hun band was.

'Zoals u wilt.' Berg wees naar een stoel. 'Mogen we gaan zitten? Dat praat makkelijker.'

Zonder op antwoord te wachten trok hij een stoel achteruit en nam plaats. Lou volgde zijn voorbeeld.

'Uw vader is Leopold Van Parijs, nietwaar?'

'Euh... ja. Wat heeft dat...'

'Hij is een fervent jager en hij heeft een uitgebreide collectie wapens. Klopt dat?'

'Dat is algemeen geweten.'

'Hebt u ooit een wapen van hem geleend?'

'Ik? Waarom?'

'Antwoord op de vraag alstublieft.'

'Nee, natuurlijk niet. Waarom zou ik?'

Berg maakte een zijdelingse hoofdbeweging naar Lou.

'Als ik mijn collega om een huiszoekingsbevel stuur, zullen we in uw flat dus geen vuurwapen aantreffen?'

Christine Van Parijs was de hele tijd ostentatief blijven staan, maar liet zich nu op haar stoel zakken.

'Waar gaat dit over? Waarom zou ik een vuurwapen in huis hebben?'

Berg merkte dat zijn vragen het gewenste effect hadden. Van dat norse, onwillige van bij hun binnenkomen was niets meer overgebleven. Integendeel, de vrouw tegenover hem was danig de kluts kwijt. Annelene, zag hij, volgde met grote ogen de conversatie en had geen hap meer gegeten sinds het interview was begonnen. Hij zei:

'Mag ik nogmaals voorstellen, mevrouw, om dit gesprek alleen te voeren?'

Eerst reageerde Christine Van Parijs niet. Toen legde ze haar hand op die van haar dochter.

'Van mij mag Annelene blijven als ze dat wil.'

Berg verschoof zijn blik naar het meisje. Ze zat daar als een standbeeld. Voor de zekerheid voegde hij eraan toe:

'Dit wordt geen aangenaam gesprek.'

'Dat is het nu al niet, hoofdinspecteur. Zegt u gewoon wat u te zeggen hebt en daarmee uit.'

'In orde. Ik heb u al verteld dat bij de aanslag van vorige week dinsdag uw ex-man ook een doelwit was. Eerst begrepen we niet waarom. Wie had een motief om de rector van de Leuvense universiteit neer te schieten? Op het eerste gezicht ging het immers om een politieke aanslag. Intussen zijn we te weten gekomen dat de Ugandese rector vermoord is om persoonlijke redenen. Hetzelfde geldt waarschijnlijk voor...'

'Is... is die man met opzet neergeschoten?'

De vraag kwam van Annelene. Het was de eerste keer dat ze iets zei. Berg zag dat ze haar hand onder die van haar moeder had weggetrokken. Hij was even de draad kwijt door de onverwachte tussenkomst van het meisje, temeer omdat hij haar vraag niet begreep. Het was Lou die in zijn plaats antwoordde:

'Meneer Alupo is neergeschoten uit wraak. Omdat iemand hem verantwoordelijk houdt voor de dood van zijn broer.'

'Maar...'

Annelenes gezicht was spierwit geworden. Het bleef enkele tellen stil. Berg kon zien dat ook Christine Van Parijs niet begreep wat haar dochter bedoelde.

'Wil je nog iets zeggen, Annelene?' vroeg Lou. Haar stem had weer dat warme timbre gekregen dat er gewoonlijk aan ontbrak.

Annelene schudde van nee. Berg ging voort:

‘We vermoeden dat het motief om Albrecht Termondt neer te schieten ook van persoonlijke aard is. Dat wil zeggen dat het om iemand gaat die hem goed kent en vindt dat hij iets gedaan heeft waarvoor hij de dood verdient.’

Berg pauzeerde een ogenblik om zijn woorden te laten bezinken.

‘Als we van dat idee uitgaan, komen er twee mensen uit zijn directe omgeving in aanmerking: zijn broer Robrecht en u.’

Christine Van Parijs wierp hem een kille blik toe.

‘Waarom zegt u dat?’

‘Omdat u beiden een motief hebt.’

‘Dat is belachelijk.’

‘Nee, mevrouw. U hebt zelf toegegeven dat u uw ex-man de schuld geeft van de zelfmoord van uw zoon. Dat is een heel sterk motief.’

‘En wat dan nog? Daarom heb ik hem nog niet vermoord.’

‘Niet persoonlijk, nee. U hebt iemand gevraagd om dat in uw plaats te doen.’

‘O ja? En wie mag dat dan wel zijn? Of hebt u het nu over Robrecht?’

‘Nee, meneer Termondt liep mee in de optocht. Het gaat om iemand anders.’

‘Ik herhaal mijn vraag: wie?’

‘Dat weten we niet,’ gaf Berg toe. ‘Wat we wel weten, is dat hij geschoten heeft uit een dakkapel van het Jozefietencollege en dat hij een sleutel had van de zolder.’

Berg keek welk effect zijn laatste zin had, maar het gezicht van de vrouw verraadde niets. Hij voelde hoe Lou zachtjes tegen zijn elleboog stootte. Toen hij haar blik volgde, zag hij wat ze bedoelde. Annelene zat als verstard op haar stoel. Het enige wat bewoog, waren haar lippen. Die trilden zo fel dat ze elk ogenblik in tranen kon uitbarsten.

Berg was boos op zichzelf dat hij toegelaten had dat het meisje bij het gesprek aanwezig bleef, maar het was te laat om daar iets aan te veranderen. Hij richtte zijn aandacht opnieuw op de moeder.

'We vroegen ons af hoe de dader aan de sleutel van de zolder is gekomen. De enige verklaring is dat iemand van het schoolpersoneel hem die heeft bezorgd. Wij denken dat u dat bent.'

'Ik? Dat is onzin.'

'Waarom hebt u dan enkele weken geleden op school een andere loper aangevraagd?'

'Simpel. Omdat ik de mijne had verloren.'

'Toen u ons vorige keer de loper toonde, zat die aan een sleutelbos. Hebt u al uw sleutels moeten vervangen?'

'Nee, alleen de loper van de school.'

'Hoe kan dat als hij aan een sleutelbos zat?'

'Dat weet ik niet. Hij moet losgekomen zijn van de ring.'

'Eén sleutel? En de rest niet? Is dat niet heel onwaarschijnlijk?'

Christine Van Parijs haalde haar schouders op alsof het haar geen barst kon schelen of ze werd geloofd of niet.

'Is het niet eerder zo dat u de dader toegang tot de zolder hebt verleend met uw sleutel, zodat hij uw ex-man kon neerschieten?'

'Nee, dat is...'

'En dat u – eventueel samen met uw vriend – een Ugandese student van een wapen hebt voorzien, zodat het leek alsof de aanslag van politieke aard was?'

Nog voor de vrouw kon reageren, weerklonk een gesmoorde kreet. Berg zag dat Annelene haar handen voor haar gezicht had geslagen. Haar schouders schokten op en neer van het huilen. Haar moeder wierp Berg een giftige blik toe.

'Ziet u wat u aanricht?' siste ze.

Ze boog zich naar het meisje en sloeg een arm om haar schouders, maar Annelene schudde die met een nukkig gebaar van haar af.

'Ik had u gewaarschuwd dat dit geen prettig gesprek zou zijn,' zei Berg.

Christine Van Parijs verloor haar kalmte.

'Ik kon toch niet weten dat u zulke belachelijke beschuldigingen zou uitkramen! Wat is dit voor onzin? Ik wil dat u weggaat.'

Hoezeer Berg ook met het meisje te doen had, hij was niet van plan om op een moment als dit in te binden. De vrouw had geen bevredigende verklaring gegeven voor de nieuwe loper en als straks ook nog eens bleek dat er wapens ontbraken uit de verzameling van haar vader, dan wilde hij haar geïsoleerd houden en zo lang het vuur aan de schenen leggen tot ze haar verzet opgaf.

'Blijft u bij uw verklaring dat u niets met de aanslag op uw ex-man te maken hebt?'

'Natuurlijk blijf ik daar bij!'

'Dan moet ik u verzoeken met ons mee te gaan naar het politiebureau.'

'Maar... waarom?'

'Voor verder verhoor.'

'Dat... dat... weiger ik.'

'Ik vrees dat u geen keus hebt. Het staat u natuurlijk vrij om eerst uw advocaat te bellen.'

Berg gaf Lou een teken. Die stond op, liep om de tafel heen en maakte aanstalten om Christine Van Parijs bij de arm te nemen. Op dat ogenblik riep Annelene:

'Nee, wacht!'

Iedereen schrok, zo luid had de uitroep geklonken. Berg

zag de tranen over de wangen van het meisje rollen. Haar gezicht leek in tweeën gebroken van verdriet.

'Ik wil niet dat u mijn moeder meeneemt.'

Berg zuchtte. Soms was dit een regelrechte rotbaan. Hij wilde iets zeggen, maar kreeg de kans niet.

'Mijn moeder heeft haar sleutel niet uitgeleend.'

Annelenes woorden waren nog niet koud of Berg werd overrompeld door dat vreemde, onaangename gevoel dat hem tijdens zijn carrière al een paar keer was overvallen wanneer het eensklaps tot hem doordrong dat hij op het punt stond een fout te maken.

'Die... die... sleutel,' stotterde het meisje, 'die heb ik weggenomen.'

Deel IV

Het gestolen moment

1

Als er iets was waar Berg tijdens een moordonderzoek altijd geweigerd had om rekening mee te houden, dan was het de factor toeval. Dat Christine Van Parijs haar loper enkele weken voor de aanslag had verloren, was volgens hem niet te wijten aan een samenloop van omstandigheden en hoewel hij daarmee gelijk had, bleek nu dat er voor dat verlies een heel andere verklaring was dan hij had aangenomen. Bovendien moest hij toegeven dat het wel degelijk toeval was geweest dat Annelene die middag bij haar moeder was gaan lunchen. In het andere geval hadden ze ongetwijfeld Christine Van Parijs mee naar het politiebureau genomen in plaats van haar dochter.

Van een leien dakje was dat evenwel niet gegaan. Eerst had iedereen aan tafel het meisje stomverbaasd aangekeken en enkele seconden lang dacht Berg zelfs dat ze maar wat zei om haar moeders hachje te redden, maar al snel zag hij in dat dat niet het geval was. Hij wilde vragen waarom ze de sleutel had gestolen, maar Christine Van Parijs was hem voor, zo verbaasd was ze zelf over de bekentenis van haar dochter.

Annelene boog het hoofd en zweeg, hoezeer haar moeder ook op een antwoord aandrong. Ze was opgehouden met huilen en het enige wat ze zei, twee keer na elkaar en niet meer dan fluisterend, was dat het nooit de bedoeling was geweest dat de Ugandese man zou sterven. Voor de rest liet ze niets los, noch over de reden waarom ze de sleutel had gestolen, noch over degene aan wie ze hem had gegeven.

Tenslotte zag Berg geen andere mogelijkheid dan haar mee te nemen naar het politiebureau, maar daarop reageerde Christine Van Parijs als een leeuwin die haar welp beschermde. Ze veerde op, vatte post voor de stoel van Annelene en schermde haar af met haar lichaam, terwijl ze riep dat ze haar dochter met rust moesten laten.

Op dat ogenblik zag Berg voor de eerste keer Lou in actie komen. Zonder een woord liep ze op Christine Van Parijs af en toen die haar als een furie aanvloog, ontweek ze met een simpele schijnbeweging de aanval waarbij ze achter haar tegenstandster opdook, haar arm op haar rug wrong en op de knieen dwong. De vrouw gilde van pijn. Berg haastte zich tussenbeide te komen. Hij beval Lou om haar greep te lossen en liet Christine Van Parijs beloven dat ze zich rustig zou houden zodra zijn collega haar liet opstaan.

Daarop ging iedereen opnieuw zitten, ook Annelene die tijdens de korte schermutseling van haar stoel was opgesprongen en met haar rug tegen de muur had staan toekijken naar wat er zich voor haar ogen afspeelde. Berg wachtte tot iedereen op adem was gekomen. Vervolgens stelde hij Christine Van Parijs voor dat ze meeging naar het politiebureau. Ze mocht bij haar dochter blijven tot de advocaat was gearriveerd, eerder zou niemand het meisje een strobreed in de weg leggen.

Intussen waren ze twee uur verder. Annelene en haar moeder zaten in verhoorkamer 1, samen met hun advocaat die zopas zijn opwachting had gemaakt. Berg had inmiddels naar het gerechtshof gebeld en Hove op de hoogte gebracht. De onderzoeksrechter zou zich zo snel mogelijk bij hen voegen om samen het verhoor af te nemen.

Berg maakte van de gelegenheid gebruik om zijn mannen

te briefen en hen rapport te laten uitbrengen over wat ze hadden ontdekt. De enige die iets te vertellen had, was Glenn. De mobiel van Debaetselier was zoals verwacht uitgezet en op de lijst met de telefoongesprekken was het wachten tot morgen. Ook het onderzoek naar de leden van de Mercurius-kring had nog niets opgeleverd. Hij en Wenderickx waren volop bezig met het verzamelen van achtergrondinformatie, meer was er voorlopig niet te melden.

Omstreeks halfvier kwamen Zeebos en Coens terug van Brasschaat. Leopold Van Parijs had hen vriendelijk ontvangen, was vervolgens behoorlijk chagrijnig geworden toen ze de reden van hun komst uitlegden, maar had ten slotte toegegeven toen hij te horen kreeg waar zijn dochter van werd verdacht.

'Je hebt de inventaris dus gezien?' vroeg Berg.

Zeebos knikte.

'Een indrukwekkende verzameling heeft die man: handvuurwapens, jachtgeweren, oorlogswapens, zelfs antieke spullen zoals voorladers, musketten, geweren uit de Eerste Wereldoorlog... noem maar op. Allemaal correct in orde. Hij kon voor elk exemplaar een vergunning of aankoopbewijs voorleggen.'

'En er ontbrak niets?'

'Nee. Hij zei trouwens dat hij zijn dochter niet meer had gezien sinds de begrafenis van zijn kleinzoon. Veel contact lijken die twee niet te hebben.'

'Ik had het dus verkeerd voor,' zei Lou ontgoocheld.

'Jij niet alleen,' bromde Berg. 'Ik was er ook van overtuigd dat Christine Van Parijs haar sleutel aan de dader heeft doorgespeeld. Het komt er nu op aan om...'

De deur van het kantoor ging open en de onderzoeksrechter deed zijn intrede. Het eerste wat hij zei, was:

'Ik wil alle details, heren! Hoe zijn we in godsnaam in deze situatie verzeild geraakt?'

Terwijl Berg het relaas deed van de laatste vierentwintig uur, hoorde hij zijn mobiel overgaan. Al pratend haalde hij het toestel uit zijn zak, zag dat hij een sms'je van Tatyana had, maar kreeg geen kans om het te lezen omdat Hove hem met vragen bleef bestoken. Uiteindelijk vatte de onderzoeksrechter de zaak als volgt samen:

'De loper die de tweede schutter heeft gebruikt, komt dus van mevrouw Van Parijs, maar daar was zij zich niet van bewust omdat ze aannam dat ze de sleutel had verloren. Dat wil zeggen dat we haar als verdachte kunnen uitsluiten. Is dat honderd procent zeker?'

'Ik denk het wel,' antwoordde Berg. 'Ze was even verbaasd als wij toen haar dochter bekende dat ze de loper had gestolen.'

'Dat houdt eveneens in dat haar vriend, Robrecht Termondt, niets met de aanslag te maken heeft. Ja of nee?'

'Tenzij Annelene op zijn verzoek de loper van haar moeders sleutelbos heeft gehaald,' zei Zeebos. 'Die twee zijn sinds kort de beste maatjes.'

Hove keek vragend naar Berg.

'Kan dat, hoofdinspecteur?'

'Ik weet het niet. Als Termondt achter de aanslag zit, had hij de sleutel dan niet gewoon aan zijn vriendin gevraagd?'

'Misschien dacht hij dat ze niet akkoord zou gaan met het plan om haar ex-man te vermoorden.'

'Dat kan, maar er zit me iets anders dwars. Annelene is tot nu toe hardnekkig blijven zwijgen over wat haar heeft bezield, maar ze heeft één ding gezegd dat me maar niet uit het hoofd wil. Ze hield vol dat het nooit de bedoeling is geweest dat de Ugandese man zou sterven.'

'En even voorheen was ze compleet verrast toen ze hoorde dat Badru Alupo vermoord is om persoonlijke redenen,' voegde Lou eraan toe en ze wierp een blik op de krabbels waarmee de rug van haar linkerhand volstond. 'Ze vroeg letterlijk: "Is die man met opzet neergeschoten?" Je kon aan haar stem horen dat ze uit de lucht viel.'

'Wat wil dat zeggen?' vroeg Hove. 'Dat ze niets afwist van de aanslag op de Ugandees?'

'Die indruk heb ik.'

'Dan had ze dus ook geen idee waar de loper voor diende?'

'Dat kan ik moeilijk geloven,' zei Berg. 'Als iemand je vraagt om een sleutel te stelen, wil je ook weten waarom.'

'Hoe verklaart u haar reactie dan?'

'De enige uitleg die ik kan bedenken, is dat ze er niet van op de hoogte was dat er een dubbele aanslag zou plaatsvinden. Per slot van rekening had ze geen reden om Badru Alupo dood te willen, maar dat geldt niet voor haar vader.'

'Haar vermeende vader,' corrigeerde Zeebos.

'Juist. Hem verweet... of beter: verwijt ze de zelfmoord van haar tweelingbroer. Dat heeft ze zelf toegegeven.'

'En het is een stuk gemakkelijker,' zei Lou, 'om mee te werken aan de moord op iemand die je vader niet is dan op je vader zelf.'

'Hmm...' Hove wiegde met zijn hand. 'Vergeet niet dat ze Albrecht Termondt altijd voor haar echte vader heeft gehouden.'

'Dat klopt, maar ik denk dat die gevoelens overstemd werden door woede toen haar broer zich na Termondts reactie van het leven benam.'

'Allemaal goed en wel,' zuchtte Hove, 'maar welke conclusie moeten we daaruit trekken? Dat Annelene niet besefte dat er op Badru Alupo geschoten zou worden, maar dat ze wel kennis had van het plan om haar vader te doden?'

'Ik denk dat dat de situatie aardig weergeeft,' zei Berg. 'Alleen al het feit dat ze het over *de Ugandese man* had en hem niet bij naam noemde, doet vermoeden dat ze niets van de aanslag op hem af wist.'

'Ze is dus om de tuin geleid?'

'Voor een deel wel, ja.'

Hove stak nadenkend zijn kin naar voren.

'Dat kan ons helpen om haar alles te doen opbiechten.'

'Dat weet ik nog zo niet. Annelene is niet dom. Ik denk dat ze intussen tot dezelfde conclusie is gekomen als wij. Misschien werkt dat averechts. Ik heb de indruk dat ze een erg introvert meisje is. Het zou kunnen dat ze helemaal dichtklapt nu ze beseft dat men haar niet alles heeft verteld.'

'Dat zullen we dadelijk merken,' zei Hove. Hij scharrelde zijn papieren bij elkaar en beende naar de deur.

Berg bleef met opzet treuzelen. Hij gaf zijn mannen opdracht om het verhoor op de monitor te volgen en begaf zich daarna naar de lift. Op weg naar beneden las hij het sms'je van Tatyana. Er stond:

Ik tel de uren af. Tot straks.

Hij voelde ineens zijn middenrif tegen zijn maag drukken. Vorige keer had Tatyana gezegd dat hij het haar moeilijk maakte, maar wat dan te denken van dit? Hij keek op zijn horloge. Het was iets over vijf. Nog drie uur af te tellen. Nee, daar mocht hij niet aan denken. Hij moest zijn hoofd bij de zaak houden.

De advocaat die ze in de verhoorkamer aantroffen, stelde zich voor als Toon Spitaels. Hij was een wat oudere, rijzige man met zilvergrijs haar en een zachte manier van spreken. Het was de eerste keer dat Berg met hem te maken kreeg en de wijze waarop hij zowel met de moeder als de dochter omging, beviel hem meteen. Tegenover Christine Van Parijs gedroeg hij zich meelevend, maar beslist: ze moest de verhoorkamer uit, of haar dat nu zinde of niet. Naar Annelene toe stelde hij zich beschermend, bijna vaderlijk op.

Berg zette de opnameapparatuur aan en nam naast Hove plaats. Die viel onmiddellijk met de deur in huis en vroeg de advocaat of hij zijn cliënte erop gewezen had dat het in haar belang was om mee te werken.

'Dat heb ik gedaan, meneer de onderzoeksrechter,' antwoordde de man minzaam. 'Tenminste, in zoverre het haar eigen belangen niet schaadt.'

Hove noemde datum en uur, somde de namen van de aanwezigen op en begon.

'Juffrouw Termondt, klopt het dat u uw moeders loper van de school gestolen hebt?'

Het meisje keek naar Spitaels. Die knikte.

'Ja.'

'Wie heeft u gevraagd die te stelen?'

Annelene staarde naar het tafelblad. In haar plaats zei Spitaels:

'Mijn cliënte wenst op die vraag niet te antwoorden.'

'Was het uw oom, Robrecht Termondt?' drong Hove aan.

'Mijn cliënte wenst...'

'Al goed, meester. Wil ze ons dan uitleggen wáárom ze niet wenst te antwoorden?'

Het meisje schokschouderde. Berg vroeg:

'Annelene, misschien kan je ons vertellen waarvoor je dacht dat de sleutel diende?'

Er kwam opnieuw geen antwoord. Hove werd ongeduldig.

'Meester, wilt u uw cliënte erop wijzen dat haar obstructie van een moordonderzoek ten laste kan worden gelegd als ze niet meewerkt.'

Berg verschoof op zijn stoel. Hove gedroeg zich weer als een stormram, op deze manier kwamen ze nergens. Hij zei:

'Annelene, we zijn ervan overtuigd dat je niets wist van de aanslag op Badru Alupo. De onderzoeksrechter is niet van plan om je voor die moord in staat van beschuldiging te stellen. Aan de andere kant...'

'Is dat zo?' viel Spitaels hem in de rede. Hij keek Hove vragend aan. Die hield er even de spanning in voor hij antwoordde:

'Alleen op voorwaarde dat ze ons vertelt waarom ze de sleutel gestolen heeft en wie haar gevraagd heeft om dat te doen.'

De advocaat leek een moment te twijfelen. Toen vroeg hij:

'Kan ik met mijn cliënte overleggen?'

'Doet u maar, meester.'

Spitaels stond op, beduidde het meisje hem te volgen en begon buiten gehoorsafstand met haar te praten. Toen ze opnieuw plaatsgenomen hadden, zei hij:

'Voor we dit gesprek voortzetten, moeten er een paar dingen klaar en duidelijk worden afgesproken. Ten eerste wil ik de verzekering dat mijn cliënte niet beschuldigd wordt van medeplichtigheid aan de moord op meneer Alupo en wel om de simpele reden dat men dat deel van het plan voor haar heeft verzwegen. Akkoord?'

'Akkoord onder voorwaarde,' zei Hove.

'Ten tweede wil ik dat er rekening gehouden wordt met de mentale toestand van mijn cliënte op het ogenblik dat men haar benaderd heeft om de sleutel te stelen. Haar tweelingbroer had zelfmoord gepleegd, haar ouders waren volkomen onverwachts uit elkaar gegaan en daarbovenop kreeg ze de schok te verwerken dat de man die ze haar hele leven voor haar vader heeft gehouden, vermoedelijk haar vader niet is. Voor een meisje van negentien is dat meer dan dat ze psychisch aankan. Bovendien was ze ervan overtuigd – en haar moeder geeft toe dat ze daar een belangrijke rol in heeft gespeeld – dat haar vermeende vader schuld had aan de zelfmoord van haar broer. Men heeft dus van de labiele mentale toestand van mijn cliente gebruikgemaakt om haar te verleiden tot iets waar ze in normale omstandigheden nooit mee akkoord zou gaan.'

Spitaels liet een pauze vallen alsof hij er zeker van wilde zijn dat de twee mannen tegenover hem elk woord hadden geregistreerd. Pas toen ging hij voort:

'Als er met die verzachtende omstandigheden rekening wordt gehouden, is mijn cliënte bereid om op uw vragen te antwoorden.'

Berg had geïmponeerd geluisterd en kon niet voorkomen dat hij een zekere bewondering voelde voor de strategie van de advocaat. Zijn voorwaarden hielden in dat Annelene niet van moord kon worden beschuldigd, hoogstens van poging tot moord aangezien Albrecht Termondt de aanslag had overleefd. En de verantwoordelijkheid die ze droeg voor haar medewerking aan dat plan, werd afgezwakt door de omstandigheden die hij had geschetst. Hier was een jong meisje met opzet misleid op een ogenblik dat ze nauwelijks in staat was helder te denken. De dader had misbruik gemaakt van haar ontreddering en had haar voorgelogen over de ware omvang van het opzet. Bovendien nam haar moeder de verantwoordelijkheid op zich voor de wraakgevoelens die ze koesterde voor haar vader.

Berg wachtte gespannen op de reactie van de onderzoeksrechter. Het gesprek werd opgenomen. Als Hove nu akkoord ging, kon hij later niet op zijn woord terugkomen. Bovendien besefte hij maar te goed dat er in het hele land geen rechtbank te vinden was die al die factoren zou negeren.

'Goed, meester. Als uw cliënte haar volledige medewerking verleent, kan ik met die voorwaarden akkoord gaan.'

'Dank u, meneer de onderzoeksrechter. Vraagt u maar wat u wilt weten. Annelene zal op uw vragen antwoorden.'

Spitaels knikte het meisje bemoedigend toe. Ze zat er stil en bedremmeld bij, alsof wat er gebeurde, zich buiten haar wil om afspeelde.

Hove schraapte zijn keel.

'Juffrouw Termondt, is het juist dat u de sleutel van uw moeder gestolen hebt omdat u wist dat men uit een dakkapel van het Jozefietencollege op uw… op Albrecht Termondt zou schieten?'

Het antwoord kwam onmiddellijk, zij het bijna fluisterend.

'Ja.'

'Maar u had geen weet van het opzet om tegelijkertijd de Ugandese rector te doden?'

'Nee.'

'Wie heeft u om de sleutel gevraagd?'

'De vriend van Koen.'

Annelenes woorden maakten dat Berg zich voelde koud worden tot in de kleinste vezel van zijn lijf. Tot op het laatste moment had hij verwacht dat het meisje Robrecht Termondt als medeplichtige zou noemen, maar nu bleek dat hij niets met de aanslag te maken had. En hetzelfde gold voor Christine Van Parijs en Michiel Vanderweeën. Hij besefte dat hij het onderzoek de verkeerde richting had uitgestuurd. De compleet verkeerde richting.

'Wat bedoelt u met *vriend*?' vroeg Hove. 'Zijn homovriend?'

'Ja.'

'Hoe heet die man?'

'Steven. Zijn achternaam ken ik niet.'

'Had u hem dan nooit eerder ontmoet?'

'Nee, Koen had me wel verteld dat hij een relatie had, maar hij heeft me nooit aan zijn vriend voorgesteld.'

'Waarom niet?'

'Ik denk dat hij zich nog altijd ongemakkelijk voelde om voor zijn gevoelens uit te komen. We hadden een heel goede band, Koen en ik, daarom was ik zo verbaasd dat hij nooit gezegd had dat hij zich tot mannen aangetrokken voelde. Hij heeft me ook gevraagd om niets aan onze ouders te vertellen. Dat wilde hij zelf doen, zei hij, zodra de tijd rijp was.'

'Voor de rest weet u niets over die vriend?'

'Alleen dat hij student is.'

'Aan dezelfde faculteit?' vroeg Berg. 'Studeert hij ook rechten?'

'Euh... dat weet ik niet. Daar hebben we het nooit over gehad.'

Hove haalde de robotfoto uit het dossier en schoof die over tafel naar het meisje.

'Is dit de vriend van Koen?'

'Dat is toch de foto uit de krant?'

'Ja.'

'Steven heeft geen snor en hij draagt ook geen bril.'

'Maar kán hij het zijn? Probeer die snor en bril weg te denken.'

Annelene twijfelde.

'Misschien. Ik... ik weet het niet. Deze man lijkt ouder.'

'Vertelt u eens hoe en wanneer u hem hebt ontmoet.'

'Wanneer...?' Annelene staarde nadenkend voor haar uit. 'Dat moet eind mei geweest zijn. Het was in elk geval mooi weer. Ik zat op een bank in het stadspark. Alleen. Ik voelde me in die periode zo slecht dat ik nog nauwelijks met iemand praatte en naar de les ging ik ook niet meer. Plots kwam er iemand naast me zitten. Een jonge man, een paar jaar ouder dan ik. Hij begon te praten, maar ik had geen zin in een gesprek. Ik... ik dacht eerst dat hij me wilde versieren. Maar toen zei hij dat hij de vriend van Koen was en dat hij heel goed begreep hoe ik me voelde.'

'Hoe wist hij dat je de zus van zijn vriend was?' vroeg Berg.

'Hij zei dat Koen me eens aangewezen had op een terrasje op de Oude Markt en dat hij vaak over mij vertelde.'

'U hoort het, heren,' kwam Spitaels tussenbeide. 'Mijn cliënte is doelbewust benaderd door deze man.'

'Dat hadden we al begrepen, meester,' zei Hove. 'Gaat u voort, juffrouw Termondt. Wat gebeurde er toen?'

'Ik vond het fijn om met Steven te praten. Het was de eerste keer dat ik echt tegen iemand kon zeggen hoe ik me voelde. Hij vertelde ook veel over Koen. Hoe verliefd ze op elkaar waren en hoe fijn ze het samen hadden.'

'Heeft hij u toen om de sleutel gevraagd?'

'Nee, dat is veel later gebeurd. We hebben na die dag nog verschillende keren afgesproken. Steven heeft me ook verteld hoe slecht Koen zich voelde nadat hij thuis had gezegd dat hij homo was. Ik had het verhaal al van hem gehoord, maar ik besefte niet hoe ongelukkig hij daarover was. Steven heeft me alles uitgelegd. Koen was heel onzeker over zijn gevoelens. Ik bedoel... hij had voor zichzelf wel uitgemaakt dat hij homo was, maar tegelijk was hij bang om ervoor uit te komen, zeker naar onze ouders toe. Het was voor hem een heel verwarrende periode. Volgens Steven was dat de reden waarom hij zulke slechte tentamens had afgelegd. En toen hij eindelijk dacht dat hij klaar was om thuis alles te vertellen, heeft mijn... mijn vader hem de huid vol gescholden. Voor Koen was het alsof zijn hele wereld in duigen viel. Hij heeft altijd enorm opgekeken naar papa en nu kreeg hij van hem de verschrikkelijkste dingen naar het hoofd geslingerd: hij was te dom om aan de universiteit te studeren, hij had tegennatuurlijke gevoelens, hij was een schande voor zijn ouders, hij maakte van zijn leven een puinhoop... Zulke dingen. Koen had het gevoel dat papa zich voor hem schaamde en dat hij niets meer met hem te maken wilde hebben, zeker toen hij ook nog eens te horen kreeg dat hij beter kon stoppen met studeren omdat het toch maar weggegooid geld was. Steven was er zeker van: als mijn vader niet zo had gereageerd, was Koen nog in leven geweest.'

'En zo is hij met het voorstel gekomen om hem daarvoor te straffen?' vroeg Berg.

'Ja. Mijn moeder vindt ook dat mijn vader verantwoordelijk is voor Koens zelfmoord. Dat heeft ze vaak genoeg gezegd.'

'Is Steven ervoor uitgekomen dat hij je vader wilde doden? Heeft hij dat letterlijk gezegd?'

Annelene perste haar lippen op elkaar. Nu kwamen ze op het punt dat ze moest toegeven dat ze op de hoogte was geweest van het moordplan.

'Hij zei dat iemand die zijn eigen zoon de dood in heeft gejaagd, niet verdient om zelf nog te leven.'

'En u ging daarmee akkoord?' vroeg Hove.

Het meisje antwoordde niet. In plaats daarvan sloeg ze haar handen voor haar gezicht en begon te huilen. Spitaels vroeg om het verhoor af te breken.

'Nee, meester,' zei Hove onverbiddelijk. 'Nu gaan we door tot op de bodem. Dat was de afspraak.'

Het duurde een hele tijd voor Annelene zichzelf weer voldoende in de hand had om het gesprek voort te zetten. Ze gaf toe dat ze akkoord was gegaan met het plan om haar vader neer te schieten. Niet onmiddellijk, zelfs niet na een paar keer, maar uiteindelijk had Steven haar ervan overtuigd dat het een gerechte straf was, dat Koens dood anders nooit gewroken zou worden, dat ze zich niet schuldig moest voelen of medelijden moest hebben met een man die niet eens haar echte vader was, maar die wel de dood van haar tweelingbroer op zijn geweten had.

'Hoe wist hij dat?' vroeg Hove. 'Hebt u hem verteld dat Albrecht Termondt misschien niet uw biologische vader is?'

'Nee, dat had Koen gedaan.'

'En toen kwam de loper van de school ter sprake?'

'Ja. Steven zei dat hij voor alles zou zorgen. Het enige wat ik moest doen, was de sleutel van mijn moeder stelen en aan hem geven. Voor de rest moest ik me van niets iets aantrekken.'

‘Zei hij ook waarom hij de sleutel nodig had?’

‘Het was de bedoeling om de aanslag te plegen tijdens de openingsplechtigheid van het nieuwe academiejaar. Steven zei dat hij uit een dakkapel van mama’s school wilde schieten. Van op die plaats had hij een goed zicht op de stoet en de afstand was groot genoeg opdat niemand zou doorhebben vanwaar het schot kwam. Dat gaf hem de kans om ongezien te verdwijnen.’

‘Waarom wilde hij de aanslag uitgerekend op de openingsplechtigheid plegen?’

‘Omdat mijn vader een omstreden gast had uitgenodigd die in de stoet zou meelopen. Een of andere Ugandese rector die in zijn land homostudenten de toegang tot de universiteit had ontzegd en nog andere dingen op zijn kerfstok had. Steven was ervan overtuigd dat het een ideale kans was om de aanslag te camoufleren als een politieke moord. Iedereen zou denken dat iemand op de Ugandees had geschoten, maar dat hij had gemist en dat de Leuvense rector per ongeluk was geraakt.’

‘Was je daarom zo verbaasd,’ vroeg Berg, ‘toen we tegen je moeder zeiden dat Badru Alupo om persoonlijke redenen is neergeschoten?’

‘Ja. Steven zou een pamflet achterlaten waarin de aanslag werd opgeëist door een politieke organisatie uit Uganda. Zo stond het later ook in de krant. Maar ik dacht dat hij gemist had en dat hij de Ugandese rector per ongeluk had geraakt omdat die vlak naast mijn vader liep. Ik voelde me verschrikkelijk schuldig dat de man om het leven was gekomen en ik begreep ook niet wat er juist was gebeurd. In de krant stond dat er uit een flat op het Smoldersplein was geschoten en dat de dader een Afrikaan was.’

‘Op dat moment moet u toch begrepen hebben dat u niet de hele waarheid kende,’ zei Hove.

'Ik wist niet wat ik moest denken. Eerst nam ik aan dat Steven van idee was veranderd. Dat hij een andere locatie had gekozen en dat hij de aanslag had overgelaten aan iemand anders. Een medeplichtige of eventueel een vriend. Misschien iemand die een betere schutter was dan hij. Maar een paar dagen later verscheen de robotfoto in de krant en begreep ik er helemaal niets meer van. Blijkbaar had nog iemand anders geschoten. Een blanke. Alleen heb ik die man nooit met Steven geassocieerd. Hij leek er zelfs niet op. Ik voelde me verschrikkelijk verward, maar ik kon Steven niet bereiken en om uitleg vragen.'

'Had u zijn telefoonnummer dan niet? Of zijn adres?'

'Nee. Als we elkaar zagen, maakten we altijd meteen een volgende afspraak. Een telefoonnummer heeft hij me nooit gegeven.'

'Waarom hebt u dit alles niet aan de politie verteld?' vroeg Hove.

'Hoe kon ik dat doen? Intussen had ik in de krant gelezen dat er wel degelijk uit de dakkapel van mama's school was geschoten en ik was degene die voor de sleutel had gezorgd. Ik was dus medeplichtig. Ik... ik...'

Annelene begon opnieuw te huilen. Tussen de snikken door zei ze:

'Het is nooit mijn bedoeling geweest dat die Ugandese man zou sterven. Ik wist van dat plan niets af. Ik dacht dat alleen op mijn vader geschoten zou worden. Dat was fout, ik weet het. Maar ik was zo kwaad op hem dat ik...'

Ze viel opnieuw stil, huilde nog harder.

'Heren,' begon Spitaels. 'Ik denk dat we nu beter...'

'Nog één vraag, meester,' zei Hove. 'Juffrouw Termondt, weet u waar die vriend van uw broer het wapen vandaan heeft gehaald? Heeft hij daar iets over gezegd?'

'Nee. Dat wilde ik ook niet weten. Ik wilde zo weinig mogelijk weten. Ik wilde alleen dat mijn vader gestraft zou worden. Meer niet... Echt niet.'

Hove en Berg wisselden een blik. Het was duidelijk dat het meisje over niet meer informatie beschikte.

'Annelene,' zei Berg. 'Zou je ons willen helpen om een robotfoto samen te stellen?'

Ze hief haar betraande gezicht omhoog.

'Van Steven?'

'Ja.'

'Natuurlijk.' Ze knikte heftig, vol overtuiging. 'Ik wil alles doen om te helpen. Hij heeft tegen mij gelogen, dat weet ik nu.'

'Dan zijn we voorlopig klaar, juffrouw Termondt,' zei Hove met een tevreden ondertoon in zijn stem. 'Dank u voor uw medewerking.'

De onderzoeksrechter klapte zijn map dicht en maakte aanstalten om op te staan, maar Berg dacht plots aan iets. Nu hij van Annelene gehoord had hoe lang op voorhand de dader haar had benaderd en hoe minutieus hij de aanslag had voorbereid, vreesde hij opnieuw dat Albrecht Termondt gevaar liep. Iemand die zo'n geduld en volharding aan de dag had gelegd om een moordaanslag te plannen, zou zich niet laten ontmoedigen door één mislukte poging.

'Een moment nog,' zei hij en hij richtte zich tot het meisje. 'Annelene, jij bent de enige die met de dader gesproken hebt en hem een beetje kent. Denk je dat hij nog een keer zal toeslaan?'

Zijn vraag veroorzaakte onrust rond de tafel. Spitaels keek afwachtend zijn cliënte aan; Hove kreeg een zorgelijke trek om de mond.

'Dat... dat zou kunnen,' zei Annelene.

'Waarom denkt u dat?' vroeg Hove.

'Omdat hij zo overtuigd overkwam, zo... zo...'

'Fanatiek?'

'Ja.'

'Wil je nog altijd dat je vader wordt gedood?' vroeg Berg.

Het meisje staarde naar haar handen in haar schoot. Het duurde even voor er reactie kwam. Toen keek ze op en schudde van nee.

2

Op dit uur van de dag zat er niet veel volk op het terras van de Professor, een cocktailbar op de hoek van de Naamsestraat en de Zeelstraat. De naam van de zaak had te maken met het feit dat de bar uitkeek op de zijgevel van de universiteitshal, maar voor de rest kwam er een heel divers publiek: toeristen, studenten, personeelsleden van de administratieve dienst en het rectoraat, toevallige passanten...

Hij plooide de krant dicht en nam een slok van zijn campari. Het was tien voor zes. Hij was benieuwd wanneer Albrecht Termondt dit keer zou verschijnen. De voorbije week had hij zorgvuldig de uren genoteerd waarop de rector 's avonds het gebouw verliet, maar tot nu toe had hij daar geen constante in kunnen ontdekken. De ene dag stopte Termondt om vijf uur met werken, de volgende bleef hij tot zeven uur of later. Maar wat wel telkens opnieuw gebeurde, was dat hij de glazen lift nam die uitgaf op de Zeelstraat, vermoedelijk omdat dit voor hem de kortste weg was.

Vijf dagen geleden was hij in het gebouw op verkenning gegaan. Hij had gewoon de hoofdingang aan de Naamsestraat genomen, was de grote zaal gepasseerd waar hij zich ooit als eerstejaarsstudent had ingeschreven en was daarna voorbij de monumentale trap gelopen in bruin geaderd marmer. Vandaar had hij de bewegwijzering gevolgd naar het kantoor van de rector en was zo bij de glazen liftconstructie terechtgekomen. Tot zijn verbazing had geen mens hem onderweg tegengehouden of zelfs maar gevraagd wat hij in het gebouw had verloren.

Het feit dat er nergens bewaking was, had hem even met de gedachte doen spelen om de rector in zijn kantoor te vermoorden, maar na zijn inspectietocht van de derde verdieping was hij tot het besluit gekomen dat dat niet haalbaar was. Termondts kantoor was alleen bereikbaar via dat van zijn secretaresse en die ruimte was altijd bemand. De enige manier om ongezien zijn slag te slaan, zou inhouden dat hij ook de secretaresse uitschakelde en zelfs dan was het mogelijk dat iemand toevallig in de gang passeerde en hem opmerkte.

Nee, er waren te veel factoren die roet in het eten konden gooien en bovendien zou de moord in het rectoraat op een doelgerichte actie wijzen, iets wat hij te allen prijze wilde voorkomen omdat op die manier duidelijk werd dat er tijdens de openingsplechtigheid ook op de Leuvense rector was geschoten. Tot nu toe wees niets erop dat de politie had ontdekt dat het om een dubbele aanslag ging. De kranten hadden in elk geval niets in die zin geschreven, daar had hij speciaal op gelet.

De gedachte dat er nog meer onschuldige slachtoffers zouden vallen, stak hem trouwens tegen. Dat Milton Badru Alupo had gedood, was niet te vermijden geweest, maar dat hij zelf was neergeschoten door de politie, had nooit mogen gebeuren.

En dan was er nog het spijtige voorval met Joren Debaetselier. Dat hij hem uit de weg had moeten ruimen, was ook nooit de bedoeling geweest. Hij troostte zich met de gedachte dat hij geen andere keus had gehad, maar dat nam niet weg dat hij met het incident verveeld zat. Hij kende Joren al sinds hun eerste jaar aan de universiteit en hoewel de man de irritante gewoonte had om voortdurend zijn neus in andermans zaken te steken, was hij geen slechte kerel.

Het was niet gemakkelijk geweest om iemand te doden die hij persoonlijk had gekend, zeker niet iemand die in deze zaak volkomen onschuldig was. Met Koen erbij hadden nu al vijf mensen het leven verloren door de schuld van Albrecht Termondt en als die smeerlap dacht dat hij daar ongestraft mee wegkwam, dan was dat buiten hem gerekend. Termondt ging eraan, al was dat het laatste wat hij deed. Die zelfingenomen, homofobe klootzak verdiende niet beter. Eerst zijn eigen zoon tot zelfmoord drijven en dan met behulp van zijn dood de rectorverkiezing winnen en grote sier maken als nieuwe baas van de universiteit. Zoiets kon onmogelijk onbestraft blijven.

Maar liefst geen andere slachtoffers meer, vooral omdat daarmee het risico telkens groter werd dat de politie hem op het spoor kwam. Hij greep opnieuw naar de krant. De kop van het artikel loog er niet om: OVERVALLER SLAAT OPNIEUW TOE, DITMAAL MET DODELIJK SLACHTOFFER TOT GEVOLG.

In weerwil van de gemengde gevoelens die hij bij de zaak had, knikte hij gerustgesteld. Zijn opzet was geslaagd. De politie had de verkeerde conclusie getrokken, precies zoals hij had gehoopt. Daarmee was het laatste spoor dat naar hem kon leiden uitgewist. De enige overgeblevene die hem met de aanslag kon associëren, was Annelene, maar tegenover haar had hij van meet af aan de nodige voorzorgsmaatregelen genomen. Ze kende hem alleen onder een valse naam en een telefoonnummer of adres had hij haar nooit gegeven. Intussen had ze waarschijnlijk begrepen dat hij haar niet alles had verteld. Sinds ze hem de loper van de school had bezorgd, had hij niets meer van zich laten horen en uit wat de kranten hadden bericht, kon ze niet anders dan afleiden dat er veel meer aan de hand was dan hij haar had voorgespiegeld. Maar zelfs al was ze daar verontwaardigd over, of boos, dan nog beschikte ze niet over genoeg informatie om hem in moeilijkheden te brengen.

Het enige wat ze met zekerheid wist, was dat hij de vriend van haar broer was en daar was niemand anders van op de hoogte geweest. Koen had zich nog te onzeker gevoeld om openlijk voor zijn geaardheid uit te komen en had hem herhaaldelijk gevraagd om hun verhouding geheim te houden. Alleen die eeuwige bemoeial van een Debaetselier had ontdekt wat er tussen hen gaande was.

Hij begreep nog altijd niet hoe de politie hem op het spoor was gekomen, maar daardoor had hij geen andere keus gehad dan hem uit te schakelen. *Collateral damage*, heette dat in Amerikaanse films. Onvermijdelijk vaak, ook in dit geval. Hij kon het risico niet lopen dat Debaetselier vroeg of laat iets zou loslaten over de homovriend van Koen Termondt. Op die manier zou de politie tot de conclusie komen dat er iemand rondliep die een motief had om de Leuvense rector te vermoorden en als ze eens zover waren, werd ook duidelijk dat het vanaf het begin de bedoeling was geweest om Albrecht Termondt te doden. Daarom had hij op zeker gespeeld en Jorens laptop gestolen. De kans was klein dat die iets bevatte wat naar hem verwees, maar Debaetselier was verlekkerd op roddels en de kleinste allusie in een van zijn artikelen kon al genoeg zijn. Voor de rest moest hij zich die zaak niet langer in het hoofd steken. Hij had gedaan wat hij moest doen en daarmee uit.

Wat Annelene betrof: die vormde volgens hem geen probleem. Ze zou nooit naar de politie stappen en vertellen wat ze wist. Als ze dat deed, moest ze ook toegeven dat ze de aanslag had helpen voorbereiden door de sleutel van haar moeder te stelen en dat maakte van haar een medeplichtige in een moordzaak. Nee, hij geloofde nooit dat er van die kant gevaar dreigde. Zoals hij haar kende, zou ze volledig dichtklappen en met geen mens praten over haar aandeel in het plan.

Op dat ogenblik zag hij Albrecht Termondt de paar treden aflopen die naar de glazen lift leiden. Er ontsnapte hem een grom van ontgoocheling. De rector was niet alleen. Naast hem liep een blonde vrouw van omstreeks veertig die hij nooit eerder in zijn gezelschap had gezien. Wie was zij? Een medewerkster? Een personeelslid van de administratieve dienst? Of was dit zijn nieuwe vriendin? Termondts ex-vrouw was ook blond en had ongeveer hetzelfde postuur. Blijkbaar viel die klootzak op slanke blondines. Hij wreef knarsend zijn tanden over elkaar. Dit had hij niet voorzien. Als er plots een vrouw in het spel was, kon dat voor extra problemen zorgen.

Hij noteerde het uur in zijn iPhone: 18.07. Het koppel stak de straat over, kwam zijn richting uit en passeerde hem op nauwelijks een meter afstand. Hij voelde het pistool in zijn binnenzak branden. Termondt voerde zoals gewoonlijk het hoge woord, terwijl de vrouw aan zijn lippen hing alsof hij het evangelie verkondigde. Hij moest zich bedwingen om hem niet hier, midden op straat, neer te schieten.

In plaats daarvan dronk hij zijn glas leeg en ging hen achterna. Ze sloegen de Muntstraat in. Hij kon al raden wat er ging gebeuren. Termondt at 's avonds vaak in een van de vele restaurants die het straatje rijk was. Dat betekende weer enkele uren wachten. Misschien kon hij intussen ook iets eten. Maar niet in dezelfde zaak. Termondt had tot nu toe niet gemerkt dat iemand hem al een paar dagen in het oog hield, maar als hij te vaak hetzelfde gezicht in zijn omgeving opmerkte, zou hij weleens achterdochtig kunnen worden.

Hij koos een terras uit vanwaar hij de deur van het restaurant in het oog kon houden. Sinds hij Termondt bij de aanslag had gemist, was er geen dag voorbijgegaan waarop hij zich niet had afgevraagd hoe hij die ellendeling kon ombrengen zonder dat de politie hem op het spoor kwam. Het zou hoe dan ook onmogelijk zijn om opnieuw zo'n waterdicht plan te bedenken en hij was nog altijd kwaad op zichzelf dat zijn kogel geen doel had getroffen. Alles was nochtans precies verlopen zoals afgesproken. Julia had op het juiste moment het sein gegeven en Milton en hij hadden op exact hetzelfde ogenblik gevuurd. Zijn enige excuus was dat verdomde raamkozijn, anders zou hij nooit gemist hebben. Bovendien had hij een inschattingsfout gemaakt. Hij had niet verwacht dat het hele plein zo bliksemsnel in chaos zou veranderen, zodat hij geen kans had gekregen om opnieuw te vuren. Maar het had geen zin om zich daar nog langer over op te winden. Gedane zaken namen geen keer en uitstel was geen afstel.

Het enige wat hij niet mocht doen, was overijld te werk gaan. Na de dood van Koen had het ook het uiterste van zijn zelfbeheersing gekost om niet meteen aan zijn woede toe te geven. Koen wreken was één ding, maar hij had geen zin om daar de rest van zijn leven voor in de gevangenis te belanden. Het uitschakelen van Debaetselier was noodgedwongen improvisatiewerk geweest en voorlopig zag het er niet naar uit dat de politie zou ontdekken dat hij de dader was, maar het zou overmoedig zijn om erop te rekenen dat hij een tweede keer evenveel geluk had.

In elk geval was hij er intussen zeker van dat Termondt geen politiebescherming kreeg. Hij had de voorbije dagen zijn ogen goed de kost gegeven, maar hij had nooit iets in die aard opgemerkt. Geen agenten in uniform, zelfs geen politiemannen in burger die voor de universiteitshal de wacht hielden of Termondt op een afstand volgden wanneer hij over straat liep. Dat bewees eens te meer dat de politie niet doorhad dat de Leuvense rector bij de aanslag een doelwist was geweest en zolang dat het geval was, bleef de kans bestaan om in zijn opzet te slagen.

Tot nu toe had hij Termondt twee keer naar zijn woning gevolgd: een luxeflat in de Kardinaal Mercierlaan die hij sinds zijn scheiding huurde. Urenlang had hij in de buurt op de uitkijk gestaan om de omgeving te leren kennen en zich ervan te vergewissen dat het flatgebouw niet werd bewaakt. Dat laatste bleek niet het geval te zijn en ook vrouwelijk gezelschap had de rector de voorbije nachten niet gehad. Als zijn plan wilde slagen, was het van het grootste belang dat Termondt alleen was in de flat.

Voor de zekerheid zou hij nog een paar dagen de zaak aankijken en dan toeslaan. Heel laat. Omstreeks twee à drie uur 's nachts. Het moest eruitzien als een inbraak. De laatste maanden was het aantal woningdiefstallen in de streek drastisch toegenomen en daar kon hij zijn voordeel mee doen. De kranten hadden het over een ware inbraakgolf en de politie schreef de verantwoordelijkheid toe aan een paar Oost-Europese bendes die bijzonder driest te werk gingen. Vroeg of laat, dat kon niet anders, moest daar een slachtoffer bij vallen. Iemand die wakker werd en de dieven op heterdaad betrapte. Op zo'n moment kon er om het even wat gebeuren.

Hij reikte naar de menukaart. Ja, zo zou hij het aanpakken: een uit de hand gelopen inbraak waarbij de bewoner om het leven was gekomen. Het zou kunnen dat de politie bedenkingen had. Dat ze het wel erg toevallig vonden dat uitgerekend Termondt het eerste dodelijke slachtoffer van de inbrekers was geworden, maar aan de andere kant bestond er geen enkele aanleiding om een link te leggen met de aanslag op de Ugandese rector van een paar weken eerder.

Waarschijnlijk had men via de achtergrondgegevens van

Milton intussen ontdekt dat de brief van het SMUG een afleidingsmanoeuvre was, maar dat kon net zo goed alleen bedoeld zijn om het spoor van de Afrikaanse dader uit te wissen. En hetzelfde gold voor het feit dat een blanke aan de aanslag had meegeholpen. Niets wees erop dat die niet een gewone medeplichtige was en geen ander doel had dan de eerste schutter: Badru Alupo elimineren. Per slot van rekening had men op de zolder van de school dezelfde brief van het SMUG aangetroffen.

De enige die wist dat er ook op Termondt was geschoten, was Annelene. Hij was er tamelijk gerust op dat het meisje haar mond zou houden, maar aan de andere kant bleef ze natuurlijk een risico, hoe klein ook. Misschien moest hij haar voor de zekerheid toch... Nee, daar kwam hij nooit mee weg. Dat zou er te dik op liggen. Tenzij...

Er viel hem ineens iets te binnen. Ja, misschien lukte het wel op die manier. Maar eerst kwam Termondt aan de beurt. Die belofte had hij zichzelf gedaan en niets of niemand zou hem daar vanaf kunnen brengen.

3

Berg kwam om kwart over zeven thuis en zette zich meteen aan het werk. Hij vulde de vaatwasser, maakte het vuur schoon en ruimde de rest van de keuken op. Intussen liet hij het verhoor van Annelene opnieuw in zijn hoofd afspelen. Hij was nog altijd ontgoocheld dat hij zich zo had vergist en de schuldigen op de verkeerde plaats had gezocht. Was die denkfout te vermijden geweest? Had hij zich te zeer laten leiden door zijn antipathie voor Robrecht Termondt? Het was een ijzeren wet om bij een moord de dader eerst dicht bij huis te zoeken en aangezien de tweelingbroer wel degelijk een motief leek te hebben, was het verantwoord geweest om het onderzoek op hem te focussen. Aan de andere kant behoorde Annelene eveneens tot de directe omgeving van Albrecht Termondt en had hij haar geen ogenblik verdacht. Dat kwam omdat niets in haar richting had gewezen en omdat hij zich had laten misleiden door haar leeftijd. Nooit eerder in zijn carrière was hij met zo'n jonge dader geconfronteerd: een meisje van amper negentien.

Hoewel... een dader in de echte zin van het woord kon je Annelene niet noemen. Een medeplichtige, dat wel. En dan nog iemand die zelf was misleid en maar voor de helft had geweten wat er gaande was. Maar ook degene die haar voor zijn doel had gebruikt, was relatief jong. Annelene had gezegd dat Koens vriend een paar jaar ouder was dan zij. Begin twintig dus.

Wat voor een man was dit? Om zo'n ingenieus afleidingsmanoeuvre te bedenken, moest je niet alleen heel intelligent zijn, je moest ook over behoorlijk wat doorzettingsvermogen en lef beschikken. Maar dat alles was niet genoeg om koudweg een moord te plannen en die nog uit te voeren ook. Daarvoor was nog iets anders nodig en uit Annelenes verhaal was gebleken wat. Deze man werd gedreven door haat. Hij was ervan overtuigd dat hij zijn vriend had verloren door de schuld van Albrecht Termondt en dat had bij hem zo'n tomeloze wraaklust opgeroepen dat hij bereid was om daarvoor te moorden.

Voor de rest wisten ze nauwelijks iets van hem af. Hij studeerde nog, tenminste volgens Annelene. De vraag was of dat klopte. En hetzelfde gold voor zijn naam. Berg geloofde nooit dat hij Steven heette. Iemand die zo'n vernuftig plan had bedacht, zou zeker niet de fout maken om zijn echte voornaam te gebruiken.

Na afloop van het verhoor had Hove voorgesteld om de administratieve dienst van de universiteit in te schakelen en de computer te laten uitzoeken hoeveel studenten er waren ingeschreven met de voornaam Steven. Berg had geen bezwaar geopperd, hoewel hij ervan overtuigd was dat het tijdverlies zou zijn. Om te beginnen was Steven een veelvoorkomende naam en op een populatie van enkele tienduizenden studenten waren er ongetwijfeld een paar dozijn jongemannen die zo heetten. Ten tweede was hij er nagenoeg zeker van dat de dader een schuilnaam had gebruikt.

Maar goed, Hoves voorstel was een voor de hand liggende stap in het onderzoek en ze konden het zich niet permitteren om die over te slaan, temeer omdat de tijd begon te dringen. De onderzoeksrechter had hem gewezen op de almaar toenemende druk die de media uitoefenden nu er op korte tijd een tweede moord was gepleegd in de studentenstad. Berg wist uit ervaring dat Hove gevoelig was voor dat soort dingen, maar helemaal ongelijk had hij niet. Bovendien loerde er nog een ander gevaar om de hoek: de mogelijkheid dat de dader een tweede poging zou wagen om de rector te vermoorden. Volgens Annelene was die vrees niet ongegrond.

Een week geleden was de directeur niet op zijn verzoek om politiebescherming ingegaan, maar dit keer stond de onderzoeksrechter aan zijn kant en hadden ze samen Denissen ervan overtuigd dat het gevaar van een tweede aanslag reëel was. De directeur had gemopperd dat zo'n actie een fortuin kostte aan manuren, maar hij had beloofd om zijn best te doen. In afwachting echter moesten er onmiddellijk voorzorgsmaatregelen genomen worden, aangezien ze geen idee hadden wanneer de dader zijn kans zou wagen. Coens en Wenderickx gingen vanavond opnieuw naar de homobar, maar Zeebos en Glenn hadden aangeboden om de eerste bewakingsshift voor hun rekening te nemen. Het probleem was dat ze Termondt niet hadden kunnen bereiken. Het rectoraat was al gesloten, bij hem thuis bleek hij niet te zijn en op zijn mobiele telefoon werd niet gereageerd.

Even was er paniek ontstaan. Waren ze te laat? Had de dader al toegeslagen? In allerijl hadden ze het mobiele nummer van zijn secretaresse opgevraagd. Die wist te vertellen dat de rector van plan was om iets te gaan eten in de stad, samen met een vrouw die hem op kantoor was komen afhalen. De naam van de vrouw kende ze niet – het was de eerste keer dat ze haar zag – en naar welk restaurant ze gingen, wist ze ook niet. Uiteindelijk had Berg zich moeten neerleggen bij het feit dat Termondt nog één avond geen politiebescherming zou krijgen, hoe beangstigend die gedachte ook was. Het enige wat hij kon doen, was hopen dat er in die korte periode niets zou gebeuren.

Intussen was met de hulp van Annelene ook de nieuwe robotfoto samengesteld. Het resultaat was heel anders dan de vorige keer en toonde een man die in niets op hun eerste verdachte leek. Hove had opdracht gegeven om de foto zo snel mogelijk te verspreiden over alle campussen van de universiteit en op diverse andere plaatsen in de stad waar veel volk passeerde. Of ze daarmee succes zouden hebben, viel nog af te wachten. Het door Annelene beschreven gezicht vertoonde weinig of geen opvallende kenmerken: geen moedervlekken, littekens of ander karakteristieke eigenschappen. Alleen de al ver teruggeweken haargrens week enigszins af van de norm, maar dat gegeven was van toepassing op een heleboel andere studenten van dezelfde leeftijd.

Berg was er daarom niet gerust op. Uit de getuigenis van Annelene had hij af kunnen leiden dat de dader niet alleen uiterst zorgvuldig te werk was gegaan, maar ook dat hij niet op een slachtoffer meer of minder keek om zijn doel te bereiken. Het vermoorden van Debaetselier wees al in die richting, maar na wat Annelene had verteld, was Berg tot de conclusie gekomen dat hij niet alleen haar, maar ook de Mutesa's had gebruikt. Voor zover hij het denkproces van de dader kon reconstrueren, was de dood van Albrecht Termondt vanaf het begin zijn enige objectief en om dat te camoufleren had hij samen met Milton en diens zus de aanslag op Badru Alupo gepland. Zonder daarvoor bewijzen in handen te hebben, was Berg er zo goed als zeker van dat die twee er geen idee van hadden gehad dat er nog een ander doelwit was en dat hun blanke handlanger niet op de Ugandese rector zou schieten, maar op de Leuvense.

Dat betekende dat ze te maken hadden met iemand die niet alleen intelligent, maar ook bijzonder geslepen was. Eerst had hij van Annelenes toestand gebruikgemaakt om haar om de tuin te leiden en voor zijn plan te winnen, daarna had hij hetzelfde gedaan met de Mutesa's, waarschijnlijk door hun voor te spiegelen dat hij als homoseksueel woedend was over het repressieve beleid van Badru Alupo en de eer die hem in Leuven te beurt viel als belangrijkste gast van de openingsplechtigheid. Vervolgens had hij van de recente overvallen op late uitgaanders gebruikgemaakt om de politie op een dwaalspoor te brengen en stond het nagenoeg vast dat ook het plan om Coens door Miltons zus te laten uithoren van hem kwam, aangezien het veel tijd had gekost om Coens te schaduwen en zo zijn gewoontes te leren kennen. Mutesa was daarvoor nog niet lang genoeg in het land en bovendien was hij door zijn huidskleur te opvallend.

Deze man manipuleerde dus alles en iedereen om zijn doel te bereiken en als hij een tweede poging zou wagen om Termondt te doden, zou hij ongetwijfeld van dezelfde tactiek gebruikmaken. Berg vreesde daarom dat hij hen opnieuw te slim af zou zijn en dat ze het zich niet konden permitteren om passief af te wachten tot iemand op de robotfoto reageerde. Politiebescherming was één ding, maar de geschiedenis had uitgewezen dat een waterdichte bewaking een illusie was. Als iemand vastbesloten was om een moord te plegen, dan was de kans groot dat hij daarin zou slagen, zeker als hij de bedoeling had om zich te wreken. Berg was in zijn carrière al met heel uiteenlopende beweegredenen geconfronteerd, maar wraak was veruit het hardnekkigste motief omdat het gevoed werd door haat en dat was zonder twijfel het meest destructieve gevoel dat een mens kon drijven.

Ze moesten dus proberen om de man een stap voor te zijn, alleen was dat onmogelijk aangezien hij meer dan een week voorsprong had en intussen zeker niet stil had gezeten. Berg durfde er gif op in te nemen dat hij al volop een nieuwe aanslag aan het plannen was en dat ze achter de feiten zouden aanhollen als ze niet zelf het initiatief namen.

De vraag was hoe ze dat moesten aanpakken. Noch hij, noch iemand van het team had een bruikbaar voorstel, tot uitgerekend de advocaat van Annelene Berg op een idee had gebracht. Na het verhoor had de man een tijdlang de zaak met moeder en dochter besproken en op aandringen van Christine Van Parijs was hij ervoor komen pleiten om Annelene naar huis te laten gaan. Op dat ogenblik flitste er een mogelijke oplossing door Bergs hoofd. Hij zei tegen Hove dat hij een idee had dat hen uit de impasse kon halen. Het was een gewaagd plan, maar als hij ermee akkoord ging, dan hadden ze misschien een kans om...

De bel van de voordeur rinkelde door Bergs gedachten heen. Hij was net klaar met opruimen en repte zich naar de hal. De stralende lach waarmee hij werd begroet, deed de spanning van de afgelopen uren in één klap van hem afvallen. Het volgende ogenblik lag Tatyana in zijn armen en terwijl hij haar kuste, besefte hij hoe naïef het was geweest om te denken dat er vanavond alleen gepraat zou worden.

Hij nam haar bij de hand en liep met haar naar het terras. Dit keer gingen ze samen op de bank zitten. Tatyana was stiller dan anders, misschien omdat ze zelf ook een beetje zenuwachtig was. Om het gesprek op gang te brengen, vertelde Berg wat er de voorbije dag was gebeurd.

Tatyana keek ongelovig toen ze te horen kreeg dat de dochter van de rector meegewerkt had aan het plan om hem te neer te schieten en niets had geweten over de aanslag op haar peetoom.

'Maar dan... dan is Badru Alupo alleen vermoord als afleidingsmanoeuvre?' stamelde ze.

Berg realiseerde zich te laat dat hij een fout had gemaakt door de zaken zo voor te stellen. De dood van haar peetoom werd er nog zinlozer door.

'Zo mag je het niet bekijken,' zei hij. 'De Mutesa's waren wel degelijk van plan om Badru Alupo te vermoorden.'

'Maar niet de andere schutter. Die heeft hem gewoon opgeofferd om zijn eigen spoor uit te wissen.'

'Daar ziet het naar uit,' moest Berg toegeven.

'Dat is ronduit monsterlijk.'

'Ja.'

'En je weet nog altijd niet wie hij is?'

'We krijgen hem wel te pakken,' verzekerde Berg haar. 'Morgen hangt zijn gezicht in de hele stad te kijk en ROB zal de robotfoto om het uur uitzenden. Vroeg of laat herkent iemand hem.'

'Uit al die duizenden studenten?'

De toon waarop de vraag werd gesteld, verraadde dat ze er niet gerust op was. Berg kon haar geen ongelijk geven, voor hem was het niet anders. Hij kwam even in de verleiding om haar over zijn plan te vertellen, maar dat kon hij in dit stadium van het onderzoek niet maken.

'Ik weet niet of ik dit maandag aan de president durf te vertellen,' zei Tatyana.

'Doe het dan niet.'

Ze zweeg. Berg kon alleen maar raden wat er in haar omging.

'Ik begrijp niet hoe iemand van negentien kan meehelpen aan zo'n plan. Je eigen vader vermoorden. Dat is toch...'

'We weten inmiddels dat Albrecht Termondt niet Annelenes biologische vader is.'

'Dat doet er niet toe. Ze heeft hem haar hele leven als haar echte vader beschouwd. Dat is wat telt.'

'Ik weet het,' zuchtte Berg. 'Maar de schuld ligt niet alleen bij haar. In een familiedrama als dit draagt iedereen een stuk van de verantwoordelijkheid. De zelfmoord van een kind is een gruwelijke klap die veel gezinnen uit elkaar rijt, maar als de ouders ook nog eens op zo'n manier reageren, is het niet verwonderlijk dat het overgebleven kind zich volledig aan zijn lot overgelaten voelt en er psychisch aan onderdoor gaat.'

'Het lijkt wel alsof je probeert goed te praten wat ze gedaan heeft.'

'Nee, ik probeer alleen te begrijpen wat haar heeft bezield. Het is de manier waarop de ouders met het eerste drama zijn omgegaan die tot het tweede heeft geleid. Dat zie je vaker. Een catastrofe houdt meestal de kiem van een volgende in zich.'

Tatyana zei niets meer. Het was intussen volledig donker geworden. Berg ging naar binnen om een kaars te halen. Toen hij terugkwam, vroeg ze:

'Wat gebeurt er nu met haar?'

'Dat beslist de onderzoeksrechter. Om te beginnen moet Annelene psychische hulp krijgen. Ze voelt zich verschrikkelijk schuldig, maar haar bekentenis is een eerste stap in de goede richting. En na het verhoor heeft ze meegeholpen aan het samenstellen van een robotfoto. Ze wil alles doen om ons op het spoor van de dader te zetten. Ook dat pleit in haar voordeel.'

Berg stak de kaars aan en ging opnieuw zitten. Tatyana vleide plots haar hoofd op zijn schouder.

'Kunnen we het over iets anders hebben?' fluisterde ze. 'Ik word hier vreselijk triest van.'

'Daar heb ik een probaat middel tegen,' zei Berg. 'Onlangs heb ik een fles Veuve Clicquot gekregen die...'

Tatyana hief met een ruk haar hoofd van zijn schouder.

'Van wie?' vroeg ze op achterdochtige toon. 'Van een vrouw?'

'Euh... ja.'

'Waarom krijg jij champagne van een vrouw?'

'Die vraag zou je eigenlijk aan haar moeten stellen.'

'Dat kan alleen maar met een bepaalde bedoeling zijn gebeurd.'

'Denk je?'

'Leer mij vrouwen niet kennen.'

Berg kreeg plezier in het spelletje. De ernst waarmee de avond van start was gegaan, loste langzaam op.

'Tja... daar heb ik nooit bij stilgestaan.'

'Mannen kunnen zo vreselijk naïef zijn.'

'Dat heb ik vrouwen nog horen beweren.'

'Je zei iets over een fles Veuve Clicquot.'

'Ja. Zin in een glas?'

'Daar ben ik echt aan toe.'

Berg stond op, ging de keuken in en ontkurkte de fles. Terwijl hij de koelemmer met ijsblokjes vulde, viel zijn blik op zijn horloge. Het was iets over negen. Hij kon niet voorkomen dat hij aan Coens en Wenderickx dacht. Die zouden intussen al wel in de homobar zijn. Hij zette de gedachte van zich af en liep met de champagne naar het terras.

‘Vind je het niet te koud?’

‘Nee hoor.’

Hij schonk de glazen vol.

‘Op ons?’ zei Tatyana.

‘Op ons.’

Ze klonken.

‘Mmm... lekker.’

‘Dit is absoluut mijn lievelingschampagne,’ zei Berg. ‘Hoe wist je dat?’

‘Simpel. Omdat jij een man bent met smaak.’

‘Ben ik een man met smaak?’

‘Dat had ik meteen door. Anders zou ik hier niet zitten.’

‘Je hebt gelijk. Het feit dat jij hier zit, bewijst dat ik smaak heb.’

Tatyana glimlachte.

‘Slim. Een complimentje omdraaien.’

‘Dus toch niet zo naïef?’

‘Nu ja, op elke regel is een uitzondering.’

Tatyana nam het glas uit zijn hand en zette het samen met het hare op tafel.

‘Dit is wel erg dure champagne,’ zei ze ernstig.

Berg begreep niet waar dat plots vandaan kwam.

‘Ik vind dat je me niet genoeg hebt bedankt.’

‘O...’ Nu begreep hij het wel. ‘En hoe wil je dat ik je daarvoor bedank?’

‘Raad eens.’

Hij boog zich naar haar toe en kuste haar. De warme intimiteit van haar mond voelde heerlijk aan. Na de kus sloeg Tatyana haar armen om zijn nek. Hij voelde haar rillen.

‘Wordt het toch te koud?’

‘Nee,’ fluisterde ze. ‘Dat komt door iets anders.’

Hij maakte zich uit haar omarming los om haar gezicht te kunnen zien.

'Morgen moet je terug naar Uganda.'

Tatyana sloeg haar ogen neer. Berg haatte zichzelf erom, maar hij vond dat het gezegd moest worden.

'Misschien is het beter om vanavond...'

Voor hij de kans kreeg om zijn zin af te maken, legde ze een vinger op zijn lippen.

'We denken niet aan morgen. Morgen is nog een eeuwigheid weg.'

Hij glimlachte. En dan was hij naïef.

'Ben je zeker dat...?'

Bij wijze van antwoord kuste ze hem opnieuw. Berg voelde zijn bezwaren wegsmelten.

'Nu krijg ik het toch een beetje koud.'

Hij wist dat ze iets anders bedoelde.

'Kom, dan gaan we naar binnen.'

'Nemen we de champagne mee?' vroeg ze.

'Goed idee.'

Hij nam de koelemmer van tafel; Tatyana droeg de glazen. Ze kende de weg en ging hem voor naar de slaapkamer.

Ergens halverwege rinkelde ineens zijn mobiel op de achtergrond. Berg bleef geschrokken staan. Hij had het gevoel dat hij ter plekke veranderde in een zoutpilaar. Nooit eerder in zijn leven had hij een gruwelijker moment van déjà vu gehad.

4

Coens liet de telefoon zo lang overgaan tot de voicemail aansprong. Hij stond met een arm op het dak van de auto geleund die Wenderickx in de buurt van de homobar had geparkeerd. Door het openstaande zijraampje sloeg zijn collega hem afwachtend gade.

'Hij neemt niet op.'

'Dat kan niet,' zei Wenderickx. 'De chef neemt altijd op.'

'Misschien slaapt hij al.'

'Om kwart voor tien? Probeer nog eens.'

Coens deed wat hij vroeg. Het resultaat was hetzelfde. Hij begreep het niet. Wenderickx had gelijk: de chef was altijd bereikbaar, zeker als ze volop in een moordonderzoek verwikkeld waren. Bovendien wist hij dat ze vanavond met de twee getuigen opnieuw naar de homobar gingen.

Hij borg zijn mobiel op.

'Wat nu?'

'Jij bent de oudste,' zei Wenderickx. 'Jij beslist.'

Coens keek over het dak van de auto naar de ingang van de homobar. Er liepen geregeld mannen in en uit. Het was het enige café in de buurt. Voor de rest was er nauwelijks beweging op straat. Hij wist niet wat te doen en voor de zoveelste keer tijdens de afgelopen week moest hij aan Meulenaer denken. Die zou in een situatie als deze geen moment aarzelen. Nu lag de beslissing bij hem.

'Wat wordt het?' bromde Wenderickx vanachter het stuur. 'We kunnen die twee niet eeuwig laten wachten.'

'Dat weet ik.'

'Zo dadelijk gaat hij weg. En wat dan?'

'Jaag me niet op, verdomme!'

Coens overwoog wat de chef in zijn plaats zou doen. Een uur geleden was hij met Vreebos en Gullick de homobar binnengegaan, terwijl Wenderickx de auto probeerde kwijt te raken. Het was al aardig druk. Met wat geluk vonden ze een vrij tafeltje in de hoek vanwaar ze een overzicht hadden over het café, of tenminste over het grootste deel ervan: de ingang, de bar, de dansvloer, de deur naar de toiletten en een paar tafeltjes tegen de muur rechts van hen. Veel licht was er niet en naarmate het later werd, daagden almaar meer klanten op. Het was donderdag, de belangrijkste uitgaansavond van de week. Als er nog meer volk kwam, zou het moeilijk worden om de dader in de drukte op te merken.

Ze bestelden iets. Vreebos en Gullick namen wijn; Coens hield het op een glas spuitwater. Per slot van rekening had hij dienst en hij wilde het risico niet lopen dat hij door de alcohol minder op zijn qui-vive zou zijn. Het gesprek aan tafel verliep stroef. De twee mannen voelden zich niet op hun gemak en Coens was te zeer op de omgeving geconcentreerd om iets aan de conversatie bij te dragen.

Op een gegeven ogenblik stootte Gullick Vreebos aan en maakte een lichte hoofdbeweging in de richting van de bar.

'Zie je hem?' vroeg hij.

Vreebos keek over zijn schouder. Coens zag hoe de uitdrukking op zijn gezicht veranderde toen hij de dader herkende. Meteen wendde hij zijn hoofd af en staarde naar de muur tegenover hem. Er lag iets van paniek in zijn ogen. Coens tuurde tussen de dansers door naar de bar.

'Wie bedoel je?' vroeg hij.

'Helemaal rechts,' antwoordde Gullick. 'De op een na laatste kruk.'

Coens boog opzij en focuste op de aangewezen man. Die zat een vijftiental meter van hem verwijderd en hoewel er voortdurend mensen door zijn gezichtsveld heen liepen, zag hij wie Gullick bedoelde. Zijn polsslag schoot met een ruk de hoogte in.

'Ben je zeker dat hij het is?'

'Honderd procent.'

'Jij ook?'

Vreebos knikte enkel. Hij had zich met zijn rug naar de bar gekeerd en vertikte het om nog een keer om te kijken.

Coens vloekte inwendig. Hij had de grootste moeite om te geloven wat hij zag. Waarom had Wenderickx hem niet gewaarschuwd? Hij moest de man toch de bar hebben zien binnengaan.

Hij haalde zijn mobiel boven en selecteerde Wenderickx' nummer. Er werd onmiddellijk opgenomen.

'Hij is hier,' zei Coens gedempt. 'Heb je hem niet gezien?'

'Wie? De dader? Hoe kan ik...'

'Het is verdomme Vanderweeën!'

'Wat!?'

Er volgde een verblufte stilte. Toen:

'Zie je wel. Ik heb je toch gezegd dat hij...'

'Hoe kan je hem in godsnaam gemist hebben?'

'Ik zit te ver weg.'

Coens zag ineens hoe Vanderweeën zijn blik door de bar liet gaan en boog zich naar voren, zodat Vreebos het zicht op hem ontnam.

'Wat doe ik?' vroeg Wenderickx in de mobiel. 'Kom ik naar binnen?'

'Nee, wacht. Ik kom naar jou.'

Coens borg zijn toestel op en richtte zich tot zijn tafelgenoten.

'Blijf hier. Ik wil met mijn collega overleggen.'

'Maar...'

'Ik ben dadelijk terug. Zorg dat hij je niet opmerkt.'

Coens wachtte tot Vanderweeën weer voor zich uit keek, stond toen snel op en glipte tussen de aanwezigen door naar de uitgang. Buiten keek hij zoekend om zich heen. Een auto knipperde met de lichten, een dertigtal meter aan zijn linkerkant. Hij haastte zich naar ginds. Wenderickx had een triomfantelijke grijns op zijn gezicht.

'Ga je me in het vervolg nu...'

'Jaja...' mompelde hij nerveus. 'Wat doen we? Pakken we hem op?'

'Dat was toch de bedoeling.'

Coens herinnerde zich de onderhuidse agressie die van Vanderweeën was uitgegaan toen ze hem in zijn kantoor hadden opgezocht. Het kon zijn dat hij zich zou verzetten, dat de confrontatie uitliep op een gevecht. En dat in een overvolle bar. Als het om iemand anders was gegaan, zou hij allang gehandeld hebben, maar deze man was jurist. Als ze een fout maakten, kon dat later tegen hen uitgespeeld worden. Het gebeurde de laatste tijd maar al te vaak dat doortrapte advocaten hun cliënt vrij kregen op basis van zulke onbenulligheden.

'Ik bel de chef,' besloot hij.

Na twee pogingen gaf hij het op. Wenderickx drong aan op een beslissing, zeurde dat ze de twee mannen in de bar niet eeuwig konden laten wachten.

'Zo dadelijk gaat hij weg. En wat dan?'

'Jaag me niet op, verdomme!'

Wenderickx stapte uit.

'Bel naar Lou,' zei hij. 'Tenslotte is dit haar zaak. Moet zij de knoop maar doorhakken.'

'Oké.'

Coens hoopte dat er dit keer zou worden opgenomen. Dat gebeurde, zij het pas na zes of zeven beltonen. Hij legde de situatie uit.

'Vanderweeën?' klonk het verbaasd. 'Is dat niet die professor die zijn baan...'

'Ja, maar hij is ook advocaat. Wat als hij weigert mee te komen?'

'Dan arresteer je hem.'

'En als hij gewelddadig wordt? Vergeet niet dat hij drie mannen in elkaar geslagen heeft.'

'Jullie zijn toch met twee. En anders bel je eerst om versterking.'

'Ik wil niet het risico lopen dat hij intussen weggaat. Is het niet beter dat we hem oppakken op de plaats waar hij zijn slachtoffers uitzoekt?'

'Absoluut.'

'Goed, dan gaan we nu naar binnen.'

'Ik bel intussen de centrale,' zei Lou. 'En Coens...'

'Ja?'

'Wees voorzichtig. Hij heeft waarschijnlijk een boksijzer op zak.'

'Als hij dat bovenhaalt, duw ik hem mijn pistool onder de neus.'

'In een volle bar? Een ongeluk is snel gebeurd.'

'Ik kijk wel uit.'

Coens drukte het gesprek weg. Op dat ogenblik zag hij iemand de bar verlaten en hun richting uitkomen. Het was Vreebos.

'Getverr...'

Met Wenderickx in zijn kielzog holde hij naar de man. Vreebos bleef geschrokken staan toen hij de twee politiemannen zag aangerend komen.

'Had ik niet gezegd binnen te blijven?' snauwde Coens.

'Ik... ik hield het daar niet meer uit.'

'Heeft hij je gezien?'

'Dat denk ik niet.'

'Kom,' zei Coens tegen Wenderickx. 'Voor hij onraad ruikt.'

Ze waren nog maar een paar meter in de bar toen ze Gullick tegen het lijf liepen. Coens had zin om hem een klap te verkopen.

'Waar bleven jullie?' jammerde de man. 'Ik dacht al dat...'

Over zijn schouder zag Coens het onvermijdelijke gebeuren.

Vanderweeën keek vanaf zijn barkruk hun richting uit en het was van zijn gezicht af te lezen dat hij de twee politiemannen had herkend. Zijn blik verschoof naar de man in hun gezelschap. Het kostte hem maar één seconde om de situatie door te hebben. Zonder zich te bedenken gleed hij van de kruk en baande zich een weg naar het toilet.

Coens duwde Gullick opzij.

'Is er een achteruitgang?' siste hij.

'Euh... ik geloof van wel.'

'Blijf hier.'

Samen met Wenderickx wrong hij zich door de massa. De muziek stond harder dan daarstraks. In het licht van een flikkerende spot bewogen enkele koppels over de dansvloer. Coens ging op zijn tenen staan. Vanderweeën was nergens meer te bespeuren. Ze slalomden tussen de klanten door naar het toilet en kwamen terecht in een smalle, schemerige gang die een hoek van negentig graden maakte. Aan hun rechterkant bevond zich een deur met op ooghoogte een wit porseleinen plaatje. Er stond een plassend jongetje op afgebeeld.

Hij gaf Wenderickx een teken om de ruimte te inspecteren en liep de hoek om. Een paar meter verder zag hij Vanderweeën aan de klink van een deur morrelen. De advocaat draaide zich om toen hij achter zijn rug iets hoorde. Zijn gezicht verhardde. Hij greep in zijn zak en stormde zonder aarzelen op zijn achtervolger af.

Coens kreeg de tijd niet om zijn wapen te trekken. De arm van Vanderweeën maaide door de lucht. Hij kon nog net op tijd bukken. De vuist schampte zijn voorhoofd. Hij voelde hoe zijn huid werd opengereten.

Met al de kracht die hij in zich had, duwde hij zich af en beukte als een stormram in de maag van zijn tegenstander. Door de vaart van de aanval meegesleurd sloeg Vanderweeën met zijn rug tegen de deur. Hij gromde iets, maar het volgende ogenblik al kreeg Coens een harde klap tussen zijn schouderbladen. De pijn zinderde door zijn ruggengraat. Hij knikte door zijn knieën en moest zijn greep lossen. Er liep bloed in zijn ene oog. Hij voelde zich duizelig worden, klauwde naar de jas van de ander en probeerde zich omhoog te trekken. Nog zo'n slag, flitste het door hem heen, en hij was uitgeteld.

Op dat moment weerklonk achter zijn rug een barse stem die hij nooit als die van Wenderickx had herkend:

'Nog één beweging en ik schiet!'

Coens rolde op zijn zij en keek omhoog. Zijn collega torende met uitgestrekte arm boven hem uit, zijn pistool op nog geen tien centimeter van Vanderweeëns voorhoofd. De advocaat gaf zich gewonnen en hief zijn armen in de lucht.

Coens slaagde erin overeind te komen. Hij stond te trillen op zijn benen en leunde met zijn rug tegen de muur. In het schemerige licht van de gang glom vlak bij zijn hoofd het boksijzer om Vanderweeëns rechterhand.

5

Het eerste wat Berg zag toen hij zijn ogen opende, was de ronding van Tatyana's schouder boven het laken. Ze lag met de rug naar hem toe en hij hoorde aan haar ademhaling dat ze nog sliep. De aanblik vertederde hem: de waaier zwart haar op het kussen, de delicate lijn van haar bovenarm, de lichte welving van haar ruggengraat... Hoe lang was het geleden dat hij op deze manier was ontwaakt? Te lang, veel te lang.

Hij moest zich bedwingen om haar niet te strelen, opnieuw die wonderzachte, donkere huid te voelen die hem de voorbije nacht in vuur en vlam had gezet. Maar hij wilde haar niet wekken. Het was gisteren erg laat geworden. Ze hadden urenlang gevrijd en hoe moe ze op het eind ook waren, geen van beiden wilde met het liefdesspel ophouden omdat ze wisten dat ze de volgende ochtend voor lange tijd van elkaar gescheiden zouden worden.

Hij keek naar de wekkerradio en schrok. Het was tien over negen. Hij had al op kantoor moeten zijn. Er ontsnapte hem een kreun. Zo voorzichtig mogelijk glipte hij uit bed. Terwijl hij een douche nam, schoven beelden van de voorbije nacht aan zijn geestesoog voorbij. Hij probeerde ze in zijn hoofd te prenten, ze op te slaan als een bestand op een harde schijf. Herinneringen verloren na verloop van tijd details, kleinigheden die aan het geheugen ontsnapten, bijzonderheden die in de mist van de vergetelheid oplosten. Van deze nacht wilde hij zich elke seconde blijven herinneren.

In de keuken zette hij koffie. Er was natuurlijk geen brood in huis, dat kwam ervan als je zelden of nooit ontbeet. Hij zocht zijn portefeuille en liep naar de hal. Op de salontafel zag hij zijn mobiel liggen. Hij griste het toestel mee en liep naar buiten.

Op weg naar de bakker merkte hij dat hij verschillende oproepen had gemist, niet alleen van de voorbije avond, ook van vanochtend. Hij dacht terug aan het telefoontje van gisteren. Het was de eerste keer in zijn carrière dat hij een oproep had genegeerd en het schuldgevoel daarover zette een domper op deze uitzonderlijke ochtend. Aan de andere kant wist hij dat als hij de avond kon overdoen, hij identiek dezelfde beslissing zou nemen.

Toen hij terugkwam, hoorde hij de douche in de badkamer. Hij vulde een mandje met broodjes en croissants en dekte de tafel. Even later verscheen Tatyana in het deurgat. Ze kwam naar hem toe, sloeg haar armen om zijn hals en drukte zich tegen hem aan. Door haar kleren heen voelde hij de warmte van haar lichaam en het liefst van al had hij haar opnieuw mee naar de slaapkamer genomen om met haar te vrijen tot het tijd was om naar de luchthaven te gaan.

'Alles oké?' fluisterde hij in haar oor.

Ze knikte. Haar mooie, dikke haar tegen zijn wang was een beetje vochtig.

'Honger?'

'Ja. Die koffie ruikt heerlijk.'

Hij schonk de kopjes vol. Tatyana ging zitten en nam een croissant.

'Lekker. Die vind je in Kampala niet.'

Het vernoemen van de plaats drukte hen onmiddellijk met de neus op de feiten.

'Hoe laat moet je vertrekken?' vroeg hij.

'Om halfdrie. Mijn vliegtuig gaat om twintig over vier.'

'Als het lukt, kom ik naar de luchthaven.'

'Dat hoeft niet, Thomas. We kunnen ook hier afscheid nemen.'

'Nee, ik wil je graag uitwuiven.'

Ze glimlachte. Toen zag ze zijn mobiel liggen.

'Was het belangrijk?'

'Ik heb nog niet gekeken.'

De waarheid was dat hij niet had durven te kijken. Of beter: dat hij de realiteit nog even op afstand had willen houden. Dit was hun laatste uur samen. De wereld kwam snel genoeg aan de beurt.

'Hopelijk krijg je geen moeilijkheden.'

'Dat merk ik straks wel.'

Hij probeerde het te vermijden, maar het oog is altijd sneller dan de wil, en zijn blik flitste over de wijzerplaat van zijn horloge. Iets over tien. Op kantoor vroegen ze zich waarschijnlijk af wat er aan de hand was.

Na het ontbijt belde hij een taxi. Terwijl de laatste minuten wegtikten, probeerden ze elk hun emoties onder controle te houden, maar Tatyana's ogen werden almaar vochtiger en Berg zag dat ze op het punt stond te huilen, hoezeer ze ook haar best deed om dat te vermijden. Hij hoorde aan zijn eigen stem hoe moeilijk hij het had toen de taxi voor de deur stopte en hij zei dat dit nog niet het afscheid was, dat hij straks zeker naar de luchthaven zou komen.

Hij keek de auto na tot hij om de hoek verdween, ging binnen zijn jas halen en liep naar het politiebureau. Zo, dat was het dan. Hij voelde een onaangename leegte ter hoogte van zijn middenrif alsof het gemis nu al aan hem knaagde. Het was een onvergetelijke nacht geweest en wat er zo dadelijk op het werk ook zou gebeuren, hij had geen moment spijt van zijn beslissing, al besefte hij dat hij tegenover zijn mannen een en ander uit te leggen had. Maar dat was niets vergeleken met wat hem te wachten stond: naweeën die hem nog wekenlang parten zouden spelen.

Toen hij bij de ringweg kwam, haalde hij zijn mobiel uit zijn zak en checkte de oproepen. Het waren er drie. Twee van Coens die geen bericht had ingesproken en eentje van Zeebos, een klein uur geleden. Zijn vriend klonk behoorlijk chagrijnig: *'Thomas, waar zit je verdomme? Bel me zo snel mogelijk.'*

Berg vermoedde dat het over de voorbije avond ging, aangezien Coens' oproepen van gisteren dateerden. Misschien hadden de getuigen van Lou de dader in de homobar geïdentificeerd. Prima. Dan was dat onderzoek alvast met succes afgerond. Nu nog de man te pakken krijgen die het brein was achter de dubbele aanslag. Hij had drie mensenlevens op zijn geweten en Berg was vastbesloten dat het daar zou bij blijven.

Bovendien had hij zichzelf de belofte gedaan dat de man die verantwoordelijk was voor Meulenaers dood zijn verdiende loon kreeg.

Hij versnelde zijn pas. Om één uur was er een vergadering gepland in het gerechtshof. Het had de nodige moeite gekost om Christine Van Parijs en haar advocaat voor zijn plan te winnen, maar uiteindelijk waren ze akkoord gegaan, op voorwaarde dat hun medewerking Annelenes zaak ten goede zou komen. De enige die zijn fiat nog moest geven, was Albrecht Termondt. Berg hoopte dat de rector intussen boven water was gekomen. Zonder hem kon het plan niet worden uitgevoerd.

In het kantoor op de tweede verdieping trof hij alleen Wenderickx en Glenn aan. Zijn twee collega's hielden onmiddellijk met hun werk op en keken hem vragend aan. Berg excuseerde zich. Hij zei dat hij zich gisteren misselijk voelde, een slaappil had genomen en vroeg naar bed was gegaan. Of ze hem geloofden, wist hij niet, maar het kwam natuurlijk niet in hun hoofd op om de uitleg van hun baas in twijfel te trekken. Met Zeebos zou het beslist niet zo gemakkelijk gaan.

Wenderickx deed het relaas van de voorbije avond. Hoe Michiel Vanderweeën zich tegen zijn arrestatie had verzet nadat hij door de twee getuigen in de homobar was herkend. Coens had aan het gevecht een jaap aan zijn voorhoofd overgehouden, maar na het incident had een spoedarts in Gasthuisberg de snee behandeld. Meer dan een litteken zou hij aan de wond niet overhouden.

'Waar is hij nu?' vroeg Berg.

'Beneden in een van de verhoorkamers. Hij en Lou ondervragen Vanderweeën. Zijn advocaat is een uur geleden gearriveerd.'

Berg had de voormalige professor nooit ontmoet. Hij herinnerde zich het profiel dat Lou had geschetst van de man die volgens haar achter de overvallen zat. Bij gelegenheid moest hij haar vragen in hoeverre ze gelijk had gehad. Wat had Vanderweeën bezield om drie mannen zo toe te takelen? Was hij inderdaad een latente homoseksueel zoals Lou had gesuggereerd? Doorgaans werd hij geconfronteerd met misdaden die om een bepaalde reden werden gepleegd en hij vroeg zich af wat het ergst was: geweld met motief of volkomen zinloos geweld zoals in dit geval. Maar er was geen tijd om zich daarover het hoofd te breken. Er waren veel dringender zaken aan de orde.

'Heeft de rector al contact opgenomen?'

'Coens heeft hem aan de lijn gehad. Hij zei dat hij ons bericht pas vanochtend had opgemerkt.'

'Waar was hij gisteren? Waarom konden we hem niet bereiken?'

'Dat weet ik niet, chef. Coens zal je straks wel alles vertellen.'

'Hoe zit het met de robotfoto?'

'Collega's van de lokale zijn bezig die overal op te hangen,' antwoordde Glenn.

'En de lijst met telefoongegevens van Debaetselier?'

'Die is vanochtend binnengekomen. Ik heb de nummers gecheckt. Niks speciaals. De meeste telefoontjes waren aan zijn vriendin gericht en aan Quinten De Boodt.'

'De Boodt?'

'De hoofdredacteur van *Veto*,' verduidelijkte Wenderickx. 'Ik heb je over hem verteld. Hij was een vriend van Debaetselier. Ik stond op het punt om hem op te zoeken. Tenzij je wil dat ik eerst iets anders doe.'

'Nee, ga maar. Misschien levert het iets op.'

Wenderickx was nog maar pas vertrokken toen de deur openging en Coens en Lou het kantoor binnenkwamen. Hoewel hij wist dat de wond niet ernstig was, schrok Berg toen hij de grote, witte pleister zag die fel afstak tegen het rode haar van zijn collega.

'Tjonge, Coens. Alles in orde?'

'Het zeurt een beetje, chef. Meer niet.'

'Het spijt me van gisteravond.'

Berg diste dezelfde leugen op, maar hij merkte dat het hem dit keer een stuk minder goed afging. Nu hij zijn collega gewond zag, speelde zijn geweten nog meer op. Wat hij gedaan had, was echt niet voor herhaling vatbaar.

'Hoe is het verhoor verlopen? Heeft Vanderweeën bekend?'

'Eerst probeerde hij alles te ontkennen,' antwoordde Lou. 'Tot we hem beschuldigden van de moord op Debaetselier. Hij schrok zich een ongeluk. Dat had hij niet zien aankomen. We hebben het hard gespeeld. Dat twee getuigen hem hadden herkend en dat de modus operandi precies dezelfde was. We hebben gezegd dat we genoeg bewijzen in handen hebben om hem voor de moord aan te klagen, zeker na wat er in de bar is gebeurd. Een politieman verwonden is niet niks. En dan is er natuurlijk nog de boksbeugel die hij bij de vorige overvallen ook heeft gebruikt.'

'Zijn advocaat is op dat moment tussenbeide gekomen,' ging Coens voort. 'Ze hebben een hele tijd overlegd. Toen kregen we te horen dat ze de onderzoeksrechter wilden spreken. Ik vermoed dat Vanderweeën de feiten wil toegeven, op voorwaarde dat hij niet van de moord op Debaetselier wordt beschuldigd. Ik heb Hove gebeld. Hij komt na de vergadering naar hier.'

'Wat die vergadering betreft,' zei Berg. 'Heeft Termondt toegestemd om te komen?'

'Niet meteen. Het was geen gemakkelijk telefoontje, chef. Ik heb hem eerst uitgelegd dat we nu honderd procent zeker zijn dat er bij de aanslag ook op hem is geschoten. Hij vroeg natuurlijk hoe we dat wisten en tja... toen heb ik over zijn dochter verteld. Wat moest ik anders?'

'Hoe reageerde hij?'

'Hij geloofde me eerst niet en zei dat hij naar zijn ex-vrouw wilde telefoneren. Een kwartier later belde hij terug. Ik had plots een heel andere man aan de lijn: aangeslagen, compleet van de kaart. Hij vroeg wat er nu ging gebeuren. Ik heb hem gezegd wat we van plan zijn en gevraagd of hij wilde meewerken.'

'En?'

'Ik denk dat hij akkoord zal gaan. Hij heeft in elk geval toegestemd dat Zeebos intussen al een kijkje gaat nemen in zijn flat om te zien hoe de beveiliging het best georganiseerd wordt.'

'Komt hij nu naar het gerechtshof of niet?'

'Hij moest een vergadering verzetten, zei hij, maar hij zou er zijn.'

'Weet hij waar hij verwacht wordt?'

'Dat heb ik hem uitgelegd.'

'Goed. En Zeebos is dus naar Termondts flat in de Kardinaal Mercierlaan?'

'Nog maar pas. Hij heeft op jou gewacht, maar toen je niet kwam opdagen, is hij alvast vertrokken. Hij zei dat hij anders niet op tijd klaar geraakte. Als de dader vandaag toeslaat, moet tegen vanavond de beveiliging op punt staan.'

Berg gaf geen commentaar. Vandaar waarschijnlijk het geïrriteerde telefoontje van vanochtend. Hij zou Zeebos straks wel bellen. Nu werd het stilaan tijd om naar het gerechtshof te gaan.

'Glenn, jij weet wat te doen?'

'Ik vertrek meteen.'

'Geef eerst de informatie die je verzameld hebt over de Mercurius-leden aan Coens. Dan kan hij daar intussen mee aan de slag. Lou, jij komt met mij mee naar het gerechtshof.'

'Oké, chef.'

'En neem een anonieme auto.'

Onderweg vroeg Lou waarom de vergadering niet plaatsvond in het politiebureau. Berg legde uit dat hij daar uit veiligheidsoverwegingen op had gestaan. Als de dader Termondt in het oog hield, was het beter dat hij niet ontdekte dat de rector met de politie overlegde, anders zou hij gealarmeerd zijn en had hun plan geen kans van slagen.

'Hij kan zich toch afvragen wat Termondt in het gerechtshof doet?'

'We hebben afgesproken dat Christine Van Parijs en haar advocaat hem buiten opwachten,' antwoordde Berg. 'Op de bordestrap van het gerechtshof waar iedereen hen kan zien. Zo lijkt het erop alsof ze een afspraak hebben om hun scheiding te regelen. Dat is hun aandeel in het plan. Je moet de vijand met zijn eigen wapens verslaan, Lou. Deze man heeft twee keer een afleidingsmanoeuvre gebruikt om ons om de tuin te leiden. We passen nu zijn tactiek op hem toe.'

'Denk je echt dat hij opnieuw zal toeslaan?'

'Daar reken ik zelfs op.'

Lou draaide zo abrupt de Vaartstraat in dat Berg zijn ontbijt voelde verschuiven. Hij maande haar aan rustiger te rijden. In heel de stad was dertig de hoogst toegestane snelheid. Het mocht niet opvallen dat ze van de politie waren.

'Dat plan, chef...' aarzelde Lou. 'Dat is niet zonder gevaar.'

'Ik weet het,' zuchtte Berg. 'Maar hem op heterdaad betrappen is de enige mogelijkheid om een sluitend dossier samen te stellen. Als hij zich intussen van het wapen heeft ontdaan, kunnen we nooit bewijzen dat hij achter de aanslag zit.'

'We hebben toch de getuigenis van Annelene?'

'Volgens Hove is dat onvoldoende. Het is haar woord tegen het zijne. Milton Mutesa kan niet meer getuigen en zijn zus lijkt van de aardbol verdwenen. Denk je dat een jury een veroordeling zal uitspreken, enkel op basis van Annelenes verklaring? Iemand die zelf wilde dat haar vader werd neergeschoten? Kom nou, de advocaat van de tegenpartij maakt brandhout van haar getuigenis.'

'Dat zit er dik in.'

'Dus moet het op deze manier. Tenminste, als Termondt wilt meewerken.'

'We moeten ook alles in het werk stellen dat Annelene veilig is,' zei Lou. 'Als de dader de nieuwe robotfoto ziet hangen, weet hij dat ze met ons heeft gepraat. Deze man is heel uitgekookt. Als hij...'

'Wees gerust. We zorgen ervoor dat Annelene niets overkomt.'

De vergadering vond plaats in het kantoor van de onderzoeksrechter. Het viel Berg op dat de rector lijkbleek zag en een afwezige indruk maakte. Het was moeilijk voorstelbaar wat er in de man omging. Per slot van rekening had hij net te horen gekregen dat een van de twee kinderen die hij zijn leven lang als zijn dochter had beschouwd, meegewerkt had aan een aanslag om hem te vermoorden.

Aangezien Termondt bij de vorige bespreking niet aanwezig was, legde Berg de details van het plan nog eens uit en verzekerde iedereen ervan dat alles in het werk zou worden gesteld om de risico's zo klein mogelijk te houden, zodat de dader geen kans kreeg om zijn voornemen ten uitvoer te brengen. Vervolgens benadrukte Hove dat het parket alleen met het opzet akkoord ging omdat de kans reëel was dat de man opnieuw zou toeslaan voor de politie hem via de normale weg te pakken kreeg. Het was trouwens vanuit die optiek dat het plan was ontstaan: volgens Annelene zou de dader het niet bij één poging laten en net dat gaf de politie de mogelijkheid om een hinderlaag te spannen.

Hove keek de groep rond om te zien of iemand nog een vraag had. Toen dat niet het geval was, richtte hij zich tot Termondt. Was hij bereid zijn medewerking te verlenen? Zonder hem kon het plan niet doorgaan, maar het was in zijn eigen belang dat hij zich akkoord verklaarde.

Het duurde even voor de rector antwoord gaf. Berg vreesde al dat hij zou weigeren, maar het enige wat hij deed, was zeuren over de risico's die de onderneming met zich meebracht. Hove herhaalde met klem dat die zo klein mogelijk gehouden werden en toen Termondt daar eindelijk van overtuigd leek, zei hij dat er nog een probleem was, eentje van praktische aard. Zijn agenda stond bol van de afspraken en het was onmogelijk om die allemaal te annuleren of te verzetten. Hoe lang verwachtte men dat dit zou duren?

Hove gaf toe dat een termijn bepalen onbegonnen werk was. Het plan zou in werking treden vanaf het ogenblik dat ze het gerechtshof verlieten, maar wanneer de dader zou toeslaan, was niet te voorspellen. Bovendien was het niet nodig om zijn agenda aan te passen. Integendeel zelfs, hij moest zich zo normaal mogelijk gedragen en niets aan zijn routine veranderen. Als de dader hem in het oog hield, zoals kon worden aangenomen, was dat de beste garantie dat hij geen argwaan zou koesteren.

Berg keek op zijn horloge. De vergadering duurde langer dan verwacht en hij begon almaar zenuwachtiger te worden. Als hij op tijd in de luchthaven wilde zijn, moest hij dringend vertrekken.

Termondt had nog één vraag: of van hem verwacht werd dat hij de eerstvolgende nachten in zijn eigen flat sliep. Indien de dader vastbesloten was om een tweede poging te wagen, kon dat immers net zo goed elders gebeuren.

Berg zag de uitdrukking op het gezicht van Christine Van

Parijs veranderen en hij begreep dat ze dezelfde conclusie trok als hij: haar ex-man had een nieuwe relatie. Berg vermoedde dat het om de vrouw ging die hem op kantoor was komen afhalen. Dat verklaarde waarom Termondt de voorbije nacht niet in zijn woning had doorgebracht en waarom hij zijn mobiel had uitgezet, zodat zijn mannen hem niet hadden kunnen bereiken. Hij vroeg zich af of de vrouw er ook iets mee te maken had dat de rector het voorstel van politiebescherming altijd had afgewimpeld.

'Dat is een absolute voorwaarde, meneer Termondt,' antwoordde Hove. 'In het andere geval kan de politie uw veiligheid niet garanderen. De bewaking van uw flat is intussen geregeld, maar we kunnen niet nog een woning vierentwintig op vierentwintig in het oog houden. Bovendien zou een andere locatie de dader afschrikken. Als hij een tweede aanslag heeft beraamd, doet dat zijn voorbereidingen teniet en trapt hij niet de val.'

De rector knikte. Opnieuw duurde het enkele tellen voor hij iets zei. Berg had zin om hem onder tafel een schop te geven. Tenslotte kwam er dan toch een reactie.

'In orde, meneer de onderzoeksrechter. U kunt op mij rekenen.'

Berg herademde. Hij stond op, nam afscheid en beende het kantoor uit. Lou moest zich reppen om hem te volgen.

'Waar brandt het, chef?'

'Ik euh... moet ergens naartoe.'

'Zal ik je brengen?'

Berg negeerde de vraag, liep het gebouw uit en keek om zich heen. Natuurlijk, geen taxi in de buurt. Die waren er nooit als je ze nodig had. En eentje bellen zou te lang duren. Dan maar plan B. Hij draaide zich om naar Lou. Zoals zij reed, hadden ze nog een kans om op tijd komen.

'Kan je me naar de luchthaven brengen?'

‘Naar de luchthaven? Ik dacht we stand-by moesten zijn.’

‘Als de dader vandaag toeslaat, gebeurt dat pas vanavond of vannacht. Je denkt toch niet dat hij op klaarlichte dag een poging waagt?’

‘Nee, maar...’

‘Kom, haast je. We moeten eerst nog langs mijn flat.’

Lou keek hem bevreemd aan. Ze had duidelijk geen idee wat er gaande was, maar ze vroeg niets. Met de klink van de autodeur in de hand zei Berg:

‘En dan nog iets. Dit blijft tussen ons, begrepen?’

6

Toen hij het faculteitsgebouw van economie binnenging, viel zijn oog onmiddellijk op de robotfoto. Als door de bliksem getroffen bleef hij staan, zijn blik vastgezogen aan het mededelingenbord tegenover de balie. Dat was hij, verdomme!

Er flitsten tientallen gedachten tegelijkertijd door zijn hoofd, de ene al beangstigender dan de andere en het duurde minstens een volle minuut voor hij zichzelf zover kreeg om naar het bord te lopen en de foto van dichtbij te bekijken. De vorm van zijn gezicht was goed. Het haar ook. Zelfs de lijn van zijn kin. Maar zijn ogen stonden te dicht bij elkaar. En de neus klopte niet helemaal.

Hij voelde hoe het zweet hem uitbrak. Hoe kon dit? Waar haalde de politie een beschrijving van zijn uiterlijk vandaan? Er was maar één verklaring: Annelene! Had ze dan toch gepraat? Onmogelijk. In dat geval had ze ook moeten toegeven dat ze de loper van haar moeder had gestolen en medeplichtig was. Waarom had ze dat gedaan? Welk belang kon ze in godsnaam daarmee hebben? Was ze zo woedend dat ze zichzelf had aangegeven om hem te verraden? Dat hield toch geen steek.

Schuw keek hij over zijn schouder. Achter zijn rug passeerden voortdurend studenten op weg naar de colleges van vier uur. Niemand van hen besteedde aandacht aan het mededelingenbord. Hij bedwong de neiging om de foto van de muur te trekken en in zijn zak te proppen.

Twee meisjes doken plots aan zijn linkerkant op. Hij voelde zich verstarren. Ze praatten honderduit terwijl ze hun ogen over de berichten en affiches lieten gaan. De studente die het dichtst bij hem stond, was geen halve meter van de robotfoto verwijderd. Zijn hart ging als gek tekeer. Ze kon hem elk ogenblik herkennen en wat moest hij dan doen? Ervandoor gaan? Halsoverkop het gebouw uit vluchten?

Het kostte hem de grootste moeite om te blijven staan. De meisjes hielden niet op met kwetteren. Iets over een studentenbal volgende week donderdag. Hij zag ineens de betreffende affiche hangen. Nauwelijks tien centimeter van de robotfoto. Nu gaat het gebeuren, schoot het door hem heen.

Maar dat deed het niet. De meisjes leken de informatie die ze zochten gevonden te hebben, draaiden zich nog steeds luid pratend om en vervolgden hun weg. Hij bleef alleen achter. Herademde. Voelde een zweetdruppel tussen zijn schouderbladen naar beneden glijden. Hij focuste opnieuw op de foto. Probeerde dit keer met neutrale ogen te kijken. Niemand zag zichzelf zoals de rest van de wereld hem zag. Geen grotere leugenaar dan je eigen spiegelbeeld. Was iets soortgelijks ook waar? Herkende je jezelf op een robotfoto terwijl anderen dat niet deden? Zo gelijkend was de afbeelding nu ook weer niet. De ene studente had hem kort van terzijde opgenomen, dat had hij duidelijk gevoeld. En toch had ze hem niet herkend.

De gedachte stelde hem enigszins gerust. Waarschijnlijk

maakte hij zich meer zorgen dan nodig. Hoewel... kennissen of medestudenten zouden de link misschien wel leggen. Aan de andere kant verwachtte niemand zijn gezicht aan te treffen op een politieposter en was alleen dat al voldoende om hem niet te herkennen. Van het oog werd gezegd dat het het meest geconditioneerde zintuig was van allemaal. Mensen zagen wat ze anticipeerden te zien en merkten zelden op wat niet in de lijn der verwachting lag.

Nee, de poster vormde geen dringend probleem. Maar Annelene wel. Als het ooit zover kwam dat iemand zijn naam associeerde met de robotfoto, stond de politie binnen de kortste keren aan zijn deur en wat er dan ging gebeuren, lag voor de hand. Annelene zou worden uitgenodigd voor een line-up en hem identificeren als de man die haar om de loper van de school had gevraagd. Vanaf dat ogenblik hing hij. De sleutel lag veilig op de bodem van de Dijle en het geweer had hij intussen teruggebracht, maar als Annelene hem als dader aanwees, was het slechts een kwestie van tijd voor de politie begreep waar ze het wapen konden vinden.

Verontwaardigd balde hij zijn vuisten. De ondankbare trut! Ze haatte Termondt evenveel als hij, maar hij was de degene die zijn nek had uitgestoken. Hij had al het werk gedaan en de risico's genomen, terwijl zij hem nu... Hij probeerde zijn woede onder controle te krijgen. Nadenken moest hij! Plannen!

Hij haalde zijn iPhone uit zijn zak en bestudeerde haar collegerooster. Ze had om vier uur les. De vraag was of ze zou opdagen. Als de politie op de hoogte was van haar aandeel, was ze misschien gearresteerd. Of had men haar voorlopig op vrije voeten gelaten? Tenslotte had ze maar een kleine rol gespeeld en een advocaat die zijn geld waard was, zou niet veel moeite hebben om een negentienjarig meisje uit de cel te houden tot het proces begon, zeker als bleek dat ze was misleid en wilde getuigen.

Hij borg zijn iPhone op. Er zat niets anders op dan te gaan kijken. Hij beende het Hogenheuvelcollege uit, draaide in de Naamsestraat naar links en sloeg de Parkstraat in. Na een paar honderd meter kwam hij bij de campus van sociale wetenschappen. Dankzij het mooie weer liep het binnenplein vol studenten die in groepjes stonden te praten of op banken van de nazomerzon genoten.

Hij overlegde wat te doen. Volgens het collegerooster had Annelene les in aula 1A. Hij keek op zijn horloge. Nog een klein halfuur, dan zou ze uit het gebouw aan zijn rechterkant te voorschijn komen. Als ze tenminste het college had bijgewoond. In het andere geval ging hij naar haar studio in de hoop haar daar aan te treffen. Hij moest haar vinden. En liefst zo snel mogelijk. Met alleen een robotfoto had de politie geen been om op te staan. Zelfs als iemand hem op het computerbeeld herkende en zijn naam doorspeelde, vormde dat nog geen sluitend bewijs zolang Annelene hem niet identificeerde.

In afwachting slenterde hij naar het hoofdgebouw met de vreemde tekst tegen de gevel. Door de glazen deur keek hij naar de berichten en mededelingen die ad valvas tegen de zijmuur hingen. Bijna onmiddellijk sprong de robotfoto hem in het oog. Hij gromde. Dus hier ook al. Dat verdomde ding hing overal.

Het drong ineens tot hem door waarom dat was. Het enige wat hij over zichzelf tegen Annelene had verteld, was dat hij een student was. Vandaar natuurlijk dat de politie de robotfoto op plaatsen had gehangen waar vooral studenten kwamen. Met wat geluk dachten ze dat hij aan dezelfde faculteit studeerde als Koen. In dat geval konden ze nog lang zoeken naar een rechtenstudent die Steven heette.

Hij draaide zich om naar het binnenplein en zocht een vrije bank die ver genoeg van de aula verwijderd was, maar vanwaar hij een onbelemmerd zicht had op de ingang van het gebouw. Wat hij absoluut moest vermijden, was dat Annelene hem opmerkte. Hij voelde het gewicht van het pistool in de binnenzak van zijn jas. Dat kwam ervan, dacht hij bitter, wanneer je niet naar je verstand luisterde. Annelene was de zus van Koen, daarom had hij haar tot nu toe ongemoeid gelaten, maar nu kwam die misplaatste sentimentaliteit als een boemerang in zijn eigen nek terecht.

Hij keek op toen de deur van aula 1A openging en de studenten over het binnenplein uitwaaierden. Hij schatte hun aantal op meer dan honderd. Goed, hoe meer hoe liever. Dat maakte het eenvoudiger om ongezien te blijven. Hij concentreerde zich op de blonde meisjes in de groep. Al snel merkte hij Annelene op. Hij kwam van de bank overeind om haar achterna te gaan, toen hij plots zag dat ze niet alleen was. Naast haar liep een student die een hoofd groter was dan zij en ook blond haar had. De twee wandelden druk pratend naar de Parkstraat.

Op veilige afstand liep hij parallel aan hen in dezelfde richting, terwijl hij het gezicht van de jongeman in profiel bestudeerde. Het was de eerste keer dat hij hem in Annelenes gezelschap zag. Wie was hij? Een medestudent? Hij leek een paar jaar ouder dan zij. Waar kwam hij plotseling vandaan? Het was meer dan een maand geleden sinds hij de laatste keer contact had gehad met Annelene. Had ze intussen iemand leren kennen? Was dit haar nieuwe vriendje of...

De achterdocht greep hem eensklaps bij de keel. Zou het kunnen dat de jongeman geen student was? Hij zag er beslist te oud uit voor een eerstejaars. Was het mogelijk dat hij zich maar als student voordeed? Dat hij in werkelijkheid een politieman in burger was die opdracht had haar te bewaken?

Ongerust spiedde hij om zich heen. Geen mens lette op

hem. Zag hij spoken? Het zou kunnen dat de politie veiligheidshalve Annelene liet bewaken, maar waarom door slechts één man? Een jonge twintiger dan nog. Ongeveer van zijn leeftijd.

Het tweetal had intussen de Parkstraat bereikt en draaide naar links. Hij wachtte tot ze ver genoeg waren en ging hen achterna. De aanwezigheid van de blonde student was een streep door zijn rekening. En wat als hij toch een politieman was? Hij gaf wel niet die indruk. Zijn kledij was studentikoos, zijn manier van bewegen had iets slungelachtigs en zijn haar was te lang. Maar dat alles kon camouflage zijn. Misschien was hij net om die redenen uitgekozen. Misschien had men daarom...

Op dat ogenblik zag hij hoe de student zijn arm om Annelene heen sloeg. Het gebaar leek heel spontaan, maar niettemin lette hij nauwkeurig op haar reactie. Zonder haar pas te vertragen leunde ze met haar hoofd tegen de schouder van haar begeleider. Hij grijnsde. Kijk eens aan. Dat wicht had inderdaad een vriendje opgescharreld. Had ze hem verteld wat ze een tijd geleden had bekokstoofd in verband met haar vader? Was hij het die haar had aangeraden om schoon schip te maken en naar de politie te stappen met de informatie waarover ze beschikte? Dat zou een en ander verklaren. In elk geval kon hij er nu zeker van zijn dat de student haar nieuwe vriendje was. Een politieman zou haar nooit op die manier aanraken en het leeftijdsverschil was misschien te verklaren doordat hij een laatstejaars was die zijn vriendin had vergezeld naar de les. Hij was vroeger zelf een paar keer met Koen meegegaan omdat ze achteraf iets hadden gepland.

Het tweetal had intussen de Frederik Lintsstraat bereikt en sloeg rechtsaf. Hij volgde hen op een afstand. Veel moeite om onopgemerkt te blijven had hij niet. Het was druk. Spitsuur. Bovendien hadden die twee alleen oog voor elkaar. Hij wist intussen waar ze naartoe gingen. Annelene woonde wat verderop. In een recent gebouw van vier verdiepingen met studio's voor studenten. Die van haar lag aan de straatkant, op de hoogste etage. Toen hij naar een manier zocht om haar te benaderen, had hij verschillende keren in de buurt postgevat om haar gewoontes te bestuderen.

Hij zag hoe het stel stilhield voor het gebouw. Net op dat ogenblik kwam een meisje van Annelenes leeftijd naar buiten, wisselde enkele woorden met haar en liep de straat op. Heel even hoopte hij dat ook de jongeman zijn weg zou voortzetten, maar dat gebeurde niet. Hij vloekte. Dat viel tegen. Hij overlegde wat te doen. Voor de zekerheid liep hij de rest van de straat af, keek goed om zich heen en wierp een blik in de geparkeerde auto's links en rechts. Pas daarna kwam hij op zijn stappen terug. Het gebouw werd niet door de politie bewaakt, daar was hij zeker van.

Hij stelde zich op in een portiek aan de overkant van de straat die hij vroeger had gebruikt om Annelenes raam in het oog te houden. Er zat niets anders op dan te wachten. Waarschijnlijk waren ze plan om samen te koken en te eten. In het ergste geval bleef de jongeman slapen.

Hij keek op zijn horloge. Het was bijna zes uur. Te laat om naar het rectoraat te gaan. Termondt was waarschijnlijk al vertrokken. Bovendien dwongen de omstandigheden hem ertoe zijn plan te wijzigen. De rector kwam later wel aan de beurt. Annelene was een veel acuter probleem. Zonder haar had de politie geen enkel bewijs tegen hem, dus moest zij eerst worden uitgeschakeld.

Hij zag hoe de student in het raam verscheen en de gordijnen dichttrok. Geen pottenkijkers dus. Het maakte hem niets uit. Als de jongeman bleef slapen, kon Annelene beter van de nacht genieten. Het zou haar laatste zijn.

7

Het verkeer op de autosnelweg naar Brussel verliep stapvoets. Berg zat zich op te vreten van de zenuwen. Vrijdags begon de spits een stuk vroeger dan anders, maar dat kon niet de reden zijn aangezien het nog geen halfvier was. Waarschijnlijk was er ergens een ongeluk gebeurd en stropte daarom alles op. Voor de zoveelste keer keek hij naar de dashboardklok waarop de minuten onverbiddelijk wegtikten. Tatyana's vliegtuig ging om twintig over vier. Ze hadden afgesproken in de vertrekhal, voor de Starbucks, maar ze moest de douane nog passeren en naar de gateway lopen. Hoelang kon ze op hem blijven wachten? Tot hoogstens tien voor vier en dat was al nipt.

Berg voelde hoe het zweet hem uitbrak. In zijn handen hield hij de plastic zak geklemd met daarin de twee dichtbundels van Herman de Coninck. Vanochtend had hij te laat gezien dat Tatyana de boekjes had vergeten mee te nemen. De emoties van het moment waarschijnlijk. Hij had verdomme Lou niet langs zijn flat moeten laten rijden. De omweg had hen bijna een kwartier gekost, misschien net de tijd die ze nu tekortkwamen.

Maar hij wilde per se dat Tatyana de dichtbundels meenam, hoewel het hem door het hart zou snijden als hij ze kwijtraakte. Boeken met een opdracht van de auteur leende hij nooit uit. Dat hij dat nu wel deed, had te maken met de overweging dat het hem een reden gaf om ooit naar Uganda te reizen en ze op te halen. Het was een belachelijke redenering natuurlijk. Hij kon Tatyana ook zo opzoeken, of anders stuurde ze hem de boeken per post terug. Maar om de een of andere reden wilde hij dat de dichtbundels met haar meegingen. Waarom? Als een memento? Omdat hij hoopte dat ze de herinnering aan hem levend zouden houden? Soms kon hij een ongelooflijke idioot zijn.

Intussen was het verkeer bijna tot stilstand gekomen. Berg draaide nerveus op de passagiersstoel heen en weer. Dit werd een fiasco. Bij druk verkeer werd de pechstrook gebruikt als extra rijstrook, dus op die manier raakten ze ook niet weg. Hij merkte dat Lou hem zijdelings opnam. Ze vroeg zich ongetwijfeld af waarom hij zich als een zenuwwrak gedroeg. Ineens hoorde hij haar vragen:

'Hoe laat gaat haar vliegtuig?'

Haar? Hij zei niets. Was het zo duidelijk?

'Chef?'

'Ik moet er ten laatste om tien voor vier zijn. Dat lukt niet meer.'

'Misschien wel.'

Voor hij er erg in had, zette Lou de sirene aan. Het plotse geloei miste zijn effect niet: de mensen voor hen deden hun best om zich zo snel mogelijk tussen de rijen links en rechts te wringen. De vrijgekomen ruimte was uiterst smal, maar Lou laveerde de Opel Insignia behendig door de sleuf.

Berg zette zich schrap. Hij vreesde dat ze elk moment een zijspiegel zouden raken of een achterlicht. Lou deed er nog een schep bovenop en claxonneerde over het tumult van de sirene heen. De geschrokken bestuurders haastten zich uit de weg. Berg voelde zich bijna als Mozes die de Rode Zee voor zijn ogen zag opensplijten.

Het was dertien voor vier toen ze de ringweg van Brussel opreden en de afslag naar de luchthaven namen. De files waren verdwenen. Lou duwde het gaspedaal nog wat dieper in en volgde de bewegwijzering naar de *kiss and fly*-zone. Intussen huilde de sirene nog altijd. Voor de vertrekhal was het zoals gewoonlijk een drukte van je welste. Een dienstdoende agent zag de politiewagen aankomen en gaf al van ver een teken dat er in zijn buurt een plaats vrij was. Lou bedacht zich geen moment. De auto kwam met gierende remmen tot stilstand. Berg gooide het portier open en holde naar de ingang. Het was negen voor vier. Te laat waarschijnlijk. Met de moed der wanhoop zigzagde hij tussen de reizigers door in de richting van de Starbucks.

Op dat ogenblik zag hij haar staan. Op de afgesproken plaats. Zijn hart sloeg een slag over. Ze keek reikhalzend om zich heen. Hij rende de resterende meters naar haar toe. Toen zag ze hem ook. Op haar gezicht verscheen die prachtige lach die hem al van hun eerste ontmoeting had betoverd. Ze sloeg haar armen om zijn nek.

'Je bent gekomen,' zei ze. 'Ik wilde net weggaan.'

Berg drukte haar tegen zich aan. Hij rook haar parfum. Dit moment had hij voor geen geld willen missen.

'Je hijgt zo,' hoorde hij haar zeggen.

'Ik heb moeten hollen. Het was op het nippertje.'

Hij maakte zich van haar los en nam haar handbagage van de vloer.

'Kom, ik loop met je mee voor je je vlucht mist.'

Ze haastten zich naar de douanecontrole. Terwijl ze aanschoven, gaf Berg haar de plastic zak.

'Wat is dat?'

'Iets wat je thuis hebt vergeten.'

Ze keek in de zak. Glimlachte.

'Ik dacht dat je liever niet had dat ik ze meenam. Met die opdracht in.'

'Ik kom ze wel terughalen.'

'Beloofd?'

'Zodra je ze gelezen hebt.'

'Ik ben een snelle lezer.'

Berg zag dat het haar beurt was. Hij reikte haar de handbagage aan. Ze namen afscheid met een veel te snelle kus. Het volgende ogenblik was ze voorbij de paspoortcontrole. Ze draaide zich om, keek naar hem. Hij kreeg een krop in zijn keel. Nu was er geen weg meer terug. Zij stond in de internationale zone, hij bleef achter op vaderlandse bodem. Vijf meter die een wereld van verschil maakte.

'Haast je!' riep hij.

Ze wuifde nog een keer en verdween toen om de hoek. Bergs gemoed schoot vol. Hij moest zich dwingen om terug naar de uitgang te lopen. Buiten zag hij Lou bij de auto een sigaret roken. Hij trok het portier open. Er leek een gat in zijn borstkas te zitten. Een soort vacuüm. Lou kroop achter het stuur.

'Gelukt?'

'Ja. Bedankt, Lou.'

'Graag gedaan, chef.'

Ze startte de auto en reed weg. Berg stelde het op prijs dat ze geen uitleg vroeg. Hij keek naar haar forse handen op het stuur. Er stonden weer een paar dingen geschreven op de rug van haar linkerhand: half vervaagde woorden, een paar getallen. Hij dacht opnieuw aan de woorden van de directeur. Ja, hij had het getroffen met haar.

'Terug naar Leuven?'

Hij knikte. Voor zijn geestesoog zag hij Tatyana weer staan aan de andere kant van de paspoortcontrole. Het was het laatste beeld dat hij van haar had, waarschijnlijk voor heel lange tijd. Hij vroeg zich af hoe het nu verder moest. Het was ondenkbaar dat dit hier eindigde.

Van ver weg sijpelde ineens Lous stem zijn gedachtewereld binnen.

'Sorry, wat zei je?'

'Ik vroeg waarom je nooit zelf rijdt, chef.'

De vraag drong maar half tot hem door. Het was alsof hij

met zijn gedachten in een andere dimensie zat. Afwezig antwoordde hij:

'Ik heb ooit eens... samen met mijn zus...'

Zijn mobiel rinkelde. Hij haalde het toestel uit zijn zak. Het was Coens. Hij klonk opgewonden.

'Chef, waar ben je? We hebben iets belangrijks ontdekt.'

8

Door de files in de richting van Leuven kwamen Berg en Lou pas tegen twintig over vijf op het politiebureau aan. Zijn mannen hadden ongeduldig op hem zitten wachten en van hun gespannen gezichten was af te lezen dat ze ervan overtuigd waren dat er een cruciale doorbraak in het onderzoek was gerealiseerd. Berg zag dat ook Zeebos van de partij was. Hij zat op zijn gewone plaats op de radiator achter Bergs bureau en nam zijn vriend nauwlettend op. Berg deed alsof hij niets merkte en vroeg zijn mannen wat ze hadden ontdekt. Wenderickx begon:

'Ik ben met Quinten De Boodt gaan praten. Hij wist niks over een artikel waaraan Debaetselier volgens ons zou werken, maar hij vertelde wel iets anders dat je zal interesseren. Hij is laatstejaars rechten en een halfjaar geleden is hij toevallig getuige geweest van een ruzie tussen Michiel Vanderweeën en Albrecht Termondt. Die vond plaats in college De Valk en...'

'Een momentje,' zei Berg. 'Hoe kent De Boodt Michiel Vanderweeën?'

Wenderickx zweeg en staarde hem verbouwereerd aan. Het was Coens die in zijn plaats antwoordde:

'Maar chef, Vanderweeën doceerde vroeger aan de faculteit rechten. De Boodt heeft twee jaar college van hem gehad. Toen

Wenderickx en ik hem opzochten, heeft Vanderweeën ons over de ruzie met de rector verteld. Volgens wat hij zei, verweet Termondt hem de zelfmoord van zijn zoon en was dat de reden waarom hij...'

'Oké... oké... nu weet ik weer.'

Berg was boos op zichzelf. Hij moest zich concentreren. Zijn gedachten op het onderzoek focussen. Hij voelde Zeebos naar hem kijken.

'Hoe dan ook,' vervolgde Wenderickx, 'De Boodt heeft de ruzie verkeerd geïnterpreteerd. Omdat er al een tijdje geruchten de ronde deden dat Vanderweeën het aanlegde met eerstejaarsstudenten en de naam van Termondts zoon een paar keer tijdens het gekibbel viel, dacht hij dat Termondt zo woedend was omdat hij Vanderweeën ervan verdacht een relatie te hebben gehad met zijn zoon.'

'En dat was niet het geval?'

'Niet volgens Vanderweeën,' antwoordde Wenderickx. 'Maar intussen weten we dat hij geregeld in homobars komt. Het kan dus dat hij toch...'

'Dat geloof ik niet,' brak Lou hem af. 'Vanderweeën heeft drie mannen in elkaar geslagen omdat hij met zijn eigen seksuele gevoelens in de knoop zit. Misschien voelde hij zich wel tot Koen Termondt aangetrokken en heeft hij hem opvallend vriendelijk behandeld waardoor de geruchtenmolen op gang is gekomen, maar een homoseksuele relatie... Nee, zover krijgt hij zichzelf niet volgens mij.'

'Of Vanderweeën al dan niet iets met Koen Termondt heeft gehad, doet niets ter zake,' zei Wenderickx ongeduldig. 'Wat belangrijk is, is dat De Boodt Debaetselier over het incident in college De Valk heeft verteld. Die begreep er niets van. Volgens hem had Koen een relatie met iemand anders.'

'Met wie?'

‘Met een zekere Johan Voets.’

Er ging Berg een licht op.

‘Is dat niet een van de namen op het lijstje van Robrecht Termondt?’

‘Dat is juist, chef. Johan Voets studeert economie en is lid van de Mercurius-kring, net zoals Debaetselier, tot hij uit de groep is gezet. Zo kenden die twee elkaar.’

‘In hoeverre is dat zeker?’ vroeg Berg. ‘Dat Johan Voets en Koen Termondt een relatie hadden? Debaetselier was een notoire roddeltante. Dat zijn je eigen woorden, Wenderickx.’

‘Dat... euh... wist De Boodt niet.’

‘Maar het kan wel kloppen,’ kwam Coens tussenbeide. ‘Toen Wenderickx mij daarstraks het verhaal deed, klonk de naam me onmiddellijk bekend in de oren. Het duurde even voor ik het verband kon leggen. De naam staat in het zelfmoorddossier van Koen Termondt. Johan Voets is degene die het lijk heeft gevonden.’

‘Ik dacht dat het gewoon een vriend was die het lichaam heeft ontdekt,’ zei Berg.

‘Dat dacht ik ook. Er is toen met geen woord gerept over een seksuele relatie tussen die twee.’

‘Met andere woorden: we weten niet zeker of Debaetseliers verhaal klopt.’

‘Nee, maar er is meer. Het adres van Voets staat ook in het dossier. Hij blijkt in hetzelfde gebouw te wonen als Debaetselier. Op het Sint-Jacobsplein. Is dat niet heel toevallig?’

‘Op die manier is hij waarschijnlijk achter de relatie gekomen,’ vulde Wenderickx aan. ‘Hij moet die twee vaak samen gezien hebben.’

‘Dat is nog geen bewijs dat ze iets met elkaar hadden.’

‘Wacht even, chef,’ zei Coens. ‘Herinner je je dat we ons afvroegen waarom Debaetselier is vermoord?’

Berg knikte.

'Wel, als hij de naam kende van de homovriend van Koen Termondt, dan vormde hij een bedreiging voor de dader. Die heeft op Albrecht Termondt geschoten omdat hij hem verantwoordelijk houdt voor de zelfmoord van zijn zoon. Zodra de homoseksuele relatie tussen Voets en Koen Termondt aan het licht kwam, zou voor ons duidelijk worden wie een motief had om de Leuvense rector om het leven te brengen.'

'We vermoeden,' voegde Wenderickx eraan toe, 'dat Voets mij gezien heeft toen ik met Debaetselier ben gaan praten. Dat was op maandag. Plots stond er een politiewagen voor de deur en begreep Voets dat Debaetselier door ons ondervraagd werd. Dat moet hem bang gemaakt hebben. Nog geen twee dagen later, tijdens de nacht van dinsdag op woensdag, is Debaetselier vermoord.'

'Daarom was Voets ons ook te snel af,' zei Coens. 'Hij woont in hetzelfde gebouw als Debaetselier en hij had een sleutel van zijn studio. Bovendien zou niemand het vreemd vinden om hem daar te zien. Het was een koud kunstje om de laptop te stelen en daarna in zijn eigen flat te verdwijnen. Hij moest niet eens meer het gebouw uit.'

Berg dacht na. Hij keek naar Zeebos. Die had nog geen woord gezegd.

'Wat denk jij, Jan?'

'Ik vind dat ze een punt hebben.'

'De man die zich aan Annelene heeft voorgesteld als Steven, zou dus in werkelijkheid Johan Voets heten? Hoe kunnen we dat verifiëren? Coens, jij hebt indertijd met hem gesproken. Zag hij eruit als degene op de robotfoto?'

'Jezus, chef, dat is meer dan een halfjaar geleden. En ik heb hem maar heel even gezien.'

'Welke indruk maakte hij?'

'Hij was aangedaan natuurlijk. Hij had pas het lijk gevonden.'

'En?'

'Nou, niks. Ik heb hoogstens een paar minuten met hem gepraat. Iemand van de lokale politie had zijn verklaring al opgenomen. Voor de rest heb ik geen aandacht aan hem besteed. Het ging duidelijk om zelfmoord.'

'We hebben een foto nodig,' bromde Berg. 'Hoe komen we daaraan?'

'Ik heb het nagekeken,' zei Wenderickx. 'Voets heeft geen strafregister en op het internet is niets over hem te vinden. Zelfs geen Facebookaccount.'

'De studentendienst moet een foto hebben,' opperde Lou.

Berg keek op zijn horloge. Het was vijf over zes. Te laat. De administratieve dienst sloot om vijf uur.

'We kunnen de rector inschakelen,' stelde Coens voor.

'Nee, als de dader hem schaduwt, moeten we uit zijn buurt blijven, anders valt ons plan in duigen.'

Berg wendde zich tot Zeebos.

'Hoe zit het met de bewaking van Termondts flat?'

'Er blijven twee agenten in burger de hele nacht bij hem en de Kardinaal Mercierlaan houden we ook in het oog. Als onze mensen nog maar vermoeden dat er gevaar dreigt, moeten ze dat onmiddellijk melden. Ze hebben mijn mobiele nummer en er staat een interventieteam stand-by.'

'Ben je zeker dat de dader jullie niet gezien heeft?'

'Ik heb de mannen met een anonieme auto via de garage aan de achterkant naar binnen gesmokkeld. Zelfs als hij het gebouw in het oog houdt, kan hij onmogelijk iets gemerkt hebben.'

'En Termondt is thuis?'

'Ja. Hij weet dat hij elke avond rechtstreeks van het werk

naar zijn flat moet gaan en dat hij de eerstvolgende dagen niemand mag uitnodigen.'

'Goed, als de dader toeslaat, loopt hij in de val. Maar daarmee hebben we nog altijd geen foto. Iemand een idee?'

'We kunnen Termondts secretaresse bellen,' stelde Wenderickx voor. 'Die heeft toegang tot de databank.'

'Heb je haar nummer?'

'Ja, van toen we Termondt niet konden vinden.'

'Bel haar.'

Wenderickx verdween achter zijn bureau. Even later riep hij:

'Ze neemt niet op!'

Berg vloekte.

'Blijf proberen. Tot je haar te pakken krijgt. Coens en Lou, jullie gaan met mij mee. We rijden naar Voets' studio.'

'Pakken we hem op?'

'Nee, dat heeft geen zin. Je hebt de onderzoeksrechter gehoord. De getuigenis van Annelene is onvoldoende.'

'Wat gaan we daar dan doen?' vroeg Coens.

'Wachten en hopen dat hij opdaagt. Neem een fototoestel mee. Voor het geval Wenderickx de secretaresse van Termondt niet aan de lijn krijgt.'

'Moet dat vandaag nog?' vroeg Lou.

Berg begreep de vraag niet. Hij knikte enkel.

'Waarom? Wat is er zo dringend?'

'Denk eens na, Lou. We zijn nog altijd niet honderd procent zeker dat Johan Voets onze man is. Maar als Annelene hem op de foto herkent, weten we dat we juist zitten en kunnen we de bewakingsploeg waarschuwen voor wie ze moeten uitkijken. Dat geeft ons een extra voordeel. Voets weet niet dat we hem opwachten en hij verwacht zeker niet dat we weten hoe hij eruitziet.'

'Hij zal intussen de robotfoto wel gezien hebben.'

'Doet er niet toe. Een computerbeeld is heel wat anders dan een echte foto.'

Terwijl Coens een camera ging halen, drukte Berg Wenderickx op het hart om meteen te bellen zodra hij de secretaresse te pakken kreeg. Daarna gaf hij Lou een teken en wilde het kantoor uitlopen, maar op weg naar de deur hield Zeebos hem tegen.

'Thomas, waar was je de hele dag? Vanochtend kon ik je niet bereiken en daarstraks wist geen mens waar je uithing.'

De vraag overviel Berg. Voor hij een antwoord kon bedenken, zei Lou:

'Ik heb hem daarstraks naar een arts moeten brengen. Hij is al de hele dag misselijk.'

'Misselijk?'

'Oesters,' legde Lou uit. 'Gisteravond. Terwijl iedereen weet dat je die in deze tijd van het jaar beter niet eet.'

Ze draaide zich om naar Berg.

'Kom, chef. Coens wacht op ons.'

Zeebos vroeg niets meer en Berg haastte zich het kantoor uit. Terwijl ze met de lift naar beneden gingen, zei hij:

'Het is helemaal geen slecht seizoen voor oesters.'

'Weet Zeebos veel.'

Het bleef even stil. Toen zei Lou:

'Chef, ik euh... heb een probleem. De naschoolse opvang loopt maar tot zes uur. Mijn dochtertje staat al een kwartier op mij te wachten.'

Berg begreep ineens haar vraag van daarnet. Heel even verkeerde hij in tweestrijd. Eén keer, had hij gezegd, toen ze afgelopen dinsdagnacht niet was komen opdagen. En nu gebeurde dit. Aan de andere kant had ze vandaag al twee keer zijn hachje gered.

'Ga maar. Coens en ik kunnen het wel alleen af.'

'Bedankt, chef. Tot morgen.'

Het Sint-Jacobsplein stond maar voor de helft vol met auto's. Voets woonde in een modern gebouw met drie verdiepingen dat geprangd zat tussen twee burgerwoningen uit het begin van de vorige eeuw, een stedenbouwkundige miskleun zoals er wel meerdere het plein ontsierden. Coens parkeerde de auto zo onopvallend mogelijk tussen twee andere wagens in en nam het fototoestel van de achterbank. Het had een indrukwekkende telelens.

'Op welke verdieping woont hij?' vroeg Berg.

'Ik vermoed op de tweede. Er stond bus 2 achter het huisnummer. Als je wil, ga ik voor de zekerheid snel kijken.'

'Nee, hij kent jou. Als hij je toevallig tegen het lijf loopt, weet hij dat we hem in het oog houden. Denk je dat je hem herkent?'

'Niet in een mensenmassa op straat,' antwoordde Coens. 'Maar het gebouw telt maar een handvol bewoners. Daar haal ik hem wel tussenuit.'

'Goed, dan zit er niets anders op dan te wachten.'

'Tenzij hij al thuis is.'

'Over anderhalf uur wordt het donker en gaan de lichten aan. Dan weten we of hij er is.'

Berg liet zich onderuitzakken. Het was lang geleden dat hij nog deelgenomen had aan een surveillanceopdracht, maar hij herinnerde zich hoe ellendig traag de tijd ging als je niets anders omhanden had dan urenlang naar hetzelfde punt te staren. Hij dacht aan Tatyana. Die vloog nu op tienduizend meter door de lucht, vermoedelijk ergens boven Zuid-Europa of de Middellandse Zee. Misschien zat ze op ditzelfde moment ook aan hem te denken.

'Chef?'

Hij keek opzij.

'Ik vond het mooi wat je op de begrafenis van Meulenaer hebt gezegd.'

Berg trok een wenkbrauw op. Waar kwam dat plots vandaan? Of nee, zo werkte het nu eenmaal. Als je niets te doen had, nam je brein de gelegenheid te baat om de lacune te vullen en je terug te voeren naar wat je diep vanbinnen bezighield.

'Het was een ingeving van het moment.'

'Dat geloof ik niet.'

Berg glimlachte. Het gesprek met Tatyana had hem op het idee gebracht. En zo was ook hij weer terug bij wat hem bezighield.

9

Berg schrok wakker van het gerinkel van zijn mobiel. Verdwaasd keek hij om zich heen. Het duurde enkele tellen voor hij zich realiseerde waar hij was: in de auto op het Sint-Jacobsplein, samen met Coens. Buiten schemerde het. Hij wreef de slaap uit zijn ogen. Ingedut was hij, verdomme! Hoe kon dat nu? Met de handen op het zitgedeelte duwde hij zich hogerop.

'Waarom heb je me laten slapen?'

'Je zag er doodmoe uit, chef.'

Bergs mobiel jengelde nog steeds. Hij haalde het toestel uit zijn zak. Het was Wenderickx.

'Hallo?'

'Ik heb Termondts secretaresse aan de lijn gehad, chef.'

Berg keek naar de dashboardklok. Die gaf 20.48 uur aan.

'Nu pas?'

'Ze zat in de sauna. In Aarschot. Over een halfuur is ze terug in Leuven. Ik heb haar de situatie uitgelegd. Ze is bereid om naar de universiteitshal te komen. Wat doe ik?'

'Spreek met haar af. Zodra je de foto hebt, stuur je die naar mij. Ik neem contact op met Annelene. Als ze Voets herkent, mail ik de foto door naar Zeebos om het bewakingsteam te waarschuwen.'

'Oké.'

Berg drukte het gesprek weg. Er ontsnapte hem een geeuw.

'Je had me niet mogen laten slapen,' bromde hij.

'Waarom niet, chef? Ik ben de enige die Voets herkent.'

'Is hij al opgedaagd?'

'Nee, en er brandt ook geen licht in zijn studio.'

'Daar was ik al bang voor.'

'Denk je dat hij vannacht toeslaat?'

Berg antwoordde niet. Hij wist niet goed wat te denken. Aan de ene kant hadden ze te maken met iemand die alles op voorhand plande, aan de andere kant had hij verrassend snel gereageerd toen hij begreep dat Debaetselier voor hem een bedreiging vormde.

'Waarschijnlijk houdt hij op dit ogenblik zijn volgende slachtoffer in het oog, maar het is nog te vroeg op de avond om toe te slaan. Als hij vandaag zijn kans waagt, wacht hij nog een paar uur.'

'We kunnen in zijn studio inbreken. Misschien vinden we daar bewijsmateriaal.'

'Zonder huiszoekingsbevel? Hove lyncht ons. Op die manier gaat Voets vrijuit, zelfs al is hij de dader.'

Berg geeuwde opnieuw en wreef over zijn knieën. Die voelden stram aan.

'Ga naar huis, chef. Dit kan nog uren duren. Het is nergens voor nodig dat we hier met twee blijven zitten.'

Hij aarzelde. Het klonk verleidelijk. En Coens had gelijk. Het maakte niets uit of hij bleef of niet.

'Zodra Annelene bevestigt dat de man op de foto dezelfde

is als degene die haar benaderd heeft, laat ik iets weten. Dan kan je ook naar huis.'

'Moet ik de studio niet in het oog houden?'

'Nee. Als hij naar huis komt, wil dat zeggen dat het niet voor vannacht is.'

'En als hij wegblijft?'

'Dan hebben we hier zeker niets meer verloren. Tenminste, als Wenderickx de foto te pakken krijgt. In dat geval heeft het geen zin om op hem te wachten.'

'En wat als hij vannacht toeslaat?'

'Dan is het aan het interventieteam om hem te klissen. Wees gerust, we hebben ons aan alle kanten ingedekt.'

'Ook wat Annelene betreft? Ik vind dat we haar nog beter moeten...'

'Annelene is voorlopig veilig, maak je maar geen zorgen.'

'Kom ik morgenochtend opnieuw naar hier?'

'Nee, ik wil niet dat hij gevolgd wordt. Als hij merkt dat iemand hem schaduwt, trapt hij niet in de val. Vergeet niet dat hij lid is van de Mercurius-kring. Wie door Robrecht Termondt tot dat eliteclubje wordt toegelaten, is heel intelligent. Zo iemand kan je het best niet onderschatten.'

'Goed, chef. Tot morgen.'

Berg stapte uit. Om niet te dicht bij het gebouw te komen, liep hij via de andere kant om de Sint-Jacobskerk heen. De wandeling naar zijn woning duurde maar tien minuten. Het was intussen helemaal donker geworden. Hij dacht aan Tatyana. Die vloog op dit moment waarschijnlijk over de Sahara.

Het eerste wat hij thuis deed, was zijn koelkast inspecteren, maar zelfs met de nodige creativiteit zat daar niet voldoende in om een maaltijd mee te bereiden. Dan bestelde hij maar een pizza. Sinds het ontbijt met Tatyana had hij niets meer gegeten en zijn maag grolde van de honger.

Terwijl hij op de pizzabesteller wachtte, schonk hij zich een glas port in en liep het terras op. Het was frisser dan de afgelopen dagen. Hij liet zich op de teakhouten bank zakken en staarde naar de hemel.

Daarstraks, in de auto, had hij gedroomd. Hij en Tatyana stonden in de luchthaven aan te schuiven bij de douanecontrole. In zijn hand hield hij twee tickets voor Uganda. Ze waren laat, hun vliegtuig vertrok over een halfuur. De man achter het loket inspecteerde Tatyana's documenten en gebaarde dat ze kon passeren. Hij gaf de beambte zijn ticket en tastte in zijn binnenzak naar zijn portefeuille. Het enige wat hij vond, waren de twee dichtbundels van Herman de Coninck die een veel kleiner formaat hadden dan hij zich herinnerde. Hij zocht in zijn andere zakken. Niets. Het zweet brak hem uit. De beambte werd ongeduldig. Hij zette zijn handbagage op de vloer en woelde door de inhoud. Geen portefeuille. Een verlammende paniek maakte zich van hem meester. Dit kon toch niet waar zijn. Hij probeerde de situatie uit te leggen, maar de man achter het loket was onverbiddelijk: zonder paspoort kon hij niet vertrekken. De reizigers achter zijn rug begonnen te morren. Noodgedwongen stapte hij uit de rij. Een paar meter verder wuifde Tatyana naar hem en draaide zich toen om. Hij wilde haar iets toeroepen, maar de wanhoop snoerde zijn keel dicht. Op dat ogenblik werd hij gewekt door het gerinkel van zijn mobiel.

Berg sloot zijn ogen. Rotdroom! Hij kiepte de rest van zijn glas naar binnen. Waar bleef die pizzabesteller? Hij stond op en schonk zich in de keuken nog een port in. Zijn mobiel ging over. Het was Wenderickx.

'Gelukt, chef. Ik heb de foto.'

Berg herademde. Dat was al dat.

'Is het de man op de robotfoto?'

Hij lijkt er in elk geval op. Ik stuur je de foto door. Wil je dat ik nog iets doe?'

'Nee, het is al laat. Ga naar huis.'

Wenderickx aarzelde.

'Euh... chef, denk je dat we hem te pakken hebben?'

'Eerst zien wat Annelene zegt.'

'Laat je iets weten? Anders doe ik vannacht geen oog dicht.'

'Ik stuur een sms'je.'

'Bedankt, chef. Tot morgen.'

De deurbel ging. Berg liep naar de hal, betaalde de pizzabesteller en zette de doos op de keukentafel. Het bericht met de foto was intussen doorgekomen. Hij bestudeerde het gezicht. De gelijkenis met de man op de robotfoto was niet honderd procent, maar dat was altijd zo bij computerbeelden. Was dit de dader? De man die verantwoordelijk was voor de dood van Meulenaer? Er was maar één manier om daar achter te komen. Hij stuurde de foto naar Annelene en belde haar. Het duurde even voor er werd opgenomen. Berg merkte hoe hij trilde van de zenuwen. Dit moést de man zijn die ze zochten.

'Hallo?'

'Annelene, Thomas Berg hier. Heb je de foto ontvangen?'

'Ja.'

'En?'

'Het is Steven.'

Er ontsnapte Berg een zucht van opluchting.

'Ben je zeker?'

'Heel zeker.'

'Goed, dank je.'

Berg stuurde de foto naar Zeebos.

'We hebben hem,' zei hij.

'Nee, we hebben hem nog niet,' klonk het laconiek.

'Een kwestie van tijd.'

'Wat zei Hove?'

'Die moet ik nog bellen.'

Het bleef een paar seconden stil. Toen zei Zeebos:

'Thomas... ik voel me niet gerust bij dit alles. Deze man is heel sluw. Wat als hij ons doorheeft?'

'Hij kan onmogelijk weten dat we hem opwachten.'

'Dat denk jij. Maar als hij onraad ruikt en verdwijnt, dan...'

'Waar moet hij naartoe? Een student van drieëntwintig zonder geld of middelen? Die houdt het geen maand uit in het buitenland.'

'Dat weten we niet zeker.'

'Als hij niet in het aas bijt en er toch vandoor gaat, kunnen we altijd nog Europol inschakelen.'

'Ik wil dat wij hem te pakken krijgen. Meulenaer was onze collega.'

'Vandaar het plan.'

'Met alle risico's van dien.'

'Heb je dan een beter idee?'

Het duurde even voor er reactie kwam.

'We kennen nu zijn identiteit. Waarom pakken we hem niet op?'

'Je weet waarom. Als we hem niet op heterdaad betrappen, hebben we niet voldoende in handen. Of dacht je dat een man als hij bewijzen laat rondslingeren in zijn woning? Waarschuw jij intussen het bewakingsteam. Ik zorg voor de rest.'

'Wacht even. Daarstraks... wat Lou vertelde. Dat je ziek was...'

'Ja?'

'Het is geen slecht seizoen voor oesters. Lisa en ik hebben er vorige week nog gegeten.'

Berg liet zijn hoofd tussen zijn schouders zakken. Hij had kunnen weten dat Zeebos niet in Lous verklaring zou trappen.

'Ik leg het later uit. Als dit alles achter de rug is.'

Hij drukte het gesprek weg, stuurde een sms'je naar Wenderickx en belde Coens.

'We hebben de foto,' zei hij. 'Annelene heeft hem herkend.'

'Dus toch. Stuur je me de foto door?'

'Meteen. Is Voets al opgedaagd?'

'Nee.'

'Ga naar huis. Morgen is een belangrijke dag.'

'Ik weet het niet, chef,' aarzelde Coens. 'Wat als hij vannacht al in actie komt?'

'Zeebos en zijn team staan klaar.'

'Maar als hij ervoor kiest om...'

'Welterusten, Coens.'

Berg verbrak de verbinding. Hij begreep de ongerustheid van zijn mannen. Het was altijd een heikele zaak om een plan te beramen op basis van een vermoeden, maar hij was er intussen zo goed als zeker van dat hij wist hoe deze dader dacht.

Hij stuurde Coens de foto en keek op zijn horloge. Bijna halfelf. Er restte hem nog één ding te doen. Hij nam zijn mobiel en selecteerde het nummer.

10

Toen Berg de volgende ochtend opstond, zag hij dat hij in de loop van de nacht een sms'je had gekregen van Tatyana. Er stond: *Goed aangekomen. Mis je nu al.*

Hij glimlachte, een beetje weemoedig. Voor hem gold hetzelfde, al kon hij zich dat gevoel in de gegeven omstandigheden niet permitteren. Hij nam een douche en zette koffie. Met zijn kopje in de hand liep hij naar de woonkamer en ging bij het raam staan. Er hing een dunne nevel tussen de bomen van het park aan de overkant van de Dijle. Hier en daar begonnen bladeren te vergelen. De herfst stond voor de deur. En daarna kwam de winter met zijn korte, donkere dagen. Hij had een hekel aan dat seizoen. Hadden ze in Uganda ook winters? Waarschijnlijk niet, zo dicht bij de evenaar.

Hij speurde de straat af. Geen verkeer. Het was zaterdag. De meeste mensen hadden vrijaf. Maar niet hij en zijn team. Dit werd een belangrijke dag. Gisteravond had hij de knoop doorgehakt. Vandaag moest de beslissing vallen. Tenminste, als Voets toehapte. Hij zou er in elk geval alles aan doen om hem zover te krijgen. Het werd tijd dat er een punt werd gezet achter deze zaak. En ze waren er klaar voor. De val was gespannen.

Op weg naar het politiekantoor vroeg hij zich af of Lou er zou zijn. Had ze opvang voor haar dochtertje? Daar had ze gisteren niets over gezegd. Het was weekend en ze had geen familie of kennissen in Leuven. Of was het kind oud genoeg om overdag alleen thuis te... Hij brak abrupt zijn gedachten af toen hij zich realiseerde waar hij mee bezig was. Nog maar twee weken geleden was het compleet ondenkbaar dat hij zich zulke dingen in het hoofd had gestoken.

Lou was er, en Wenderickx, maar Coens niet. Hij vroeg of iemand wist waar hij uithing. Niemand had een idee. Had hij zich verslapen? Dat gebeurde anders nooit. Of was hij tegen zijn bevel in teruggereden naar het Sint-Jacobsplein? Van Coens zou hem dat niet verbazen. Hij had sowieso een koppig trekje en meer nog dan de rest van het team was hij erop gebrand om de man te pakken te krijgen die verantwoordelijk was voor Meulenaers dood.

Berg besloot nog even te wachten met bellen, bracht Lou op de hoogte van wat er gisteravond was gebeurd en liet haar de foto zien.

'Johan Voets,' herhaalde ze nadenkend. 'Hij ziet er helemaal niet gevaarlijk uit. Wat weten we over hem?'

'Behalve dat hij laatstejaars rechten is, weinig of niets.'

'En op internet?'

'Heb ik al geprobeerd,' antwoordde Wenderickx. 'Niks. Noppes.'

'Zoek uit wie zijn ouders zijn,' beval Berg. 'Misschien vinden we via die weg iets bruikbaars.'

'Wat hebben we nog meer nodig, chef?' vroeg Lou. 'We hebben zijn naam en zijn adres in Leuven. Is dat niet genoeg?'

'Niet als hij ons tussen de vingers glipt. Deze man is me veel te geslepen naar mijn smaak. Ik wil op alles voorbereid zijn.'

Terwijl Wenderickx en Lou aan het werk gingen, belde Berg Zeebos op zijn mobiele telefoon. Hij kreeg Lisa aan de lijn. Jan sliep nog. Hij was tot vijf uur stand-by gebleven. Toen had hij geoordeeld dat Voets niet meer zou toeslaan.

Berg vroeg Lisa om Zeebos te laten bellen zodra hij wakker was en telefoneerde naar Hove. In het kort gaf hij de onderzoeksrechter een stand van zaken.

'Heb je zijn naam en foto?' klonk het verbaasd. 'Hoe?'

Berg deed het verhaal.

'En juffrouw Termondt heeft hem herkend?'

'Ja.'

Er viel een stilte. Toen:

'Waarom krijg ik dat nu pas te horen, hoofdinspecteur?'

Berg beet op zijn lip. Voor sommige mensen was het ook nooit goed.

'Omdat we pas gisteravond laat ontdekt hebben om wie het gaat.'

'Hmm...Wat doen we? Ofwel volgen we het plan, ofwel arresteren we hem.'

'Als u mij de keus laat, dan liefst de eerste optie.'

'Ik kan voor een huiszoekingsbevel zorgen. Misschien vinden we in zijn studio het wapen. Of de laptop van Debaetselier.'

'Hoe groot is die kans? En als we niets vinden, gaat hij misschien vrijuit. Die gok neem ik liever niet.'

'Het andere is ook een gok. Een gevaarlijke gok dan nog. Vooral omdat we geen idee hebben wanneer hij zijn kans waagt.'

Berg wist dat Hove gelijk had. Het was bijzonder riskant om Voets de mogelijkheid te geven toe te slaan, maar aan de andere kant hadden ze alle denkbare voorzorgsmaatregelen genomen. De enige onzekere factor bleef het tijdstip dat Voets zou uitkiezen, al was Berg ervan overtuigd dat ze ook wat dat betrof de situatie enigszins naar hun hand konden zetten.

Hij was op het idee gekomen toen hij een paar dagen geleden een antiekzaak was gepasseerd. In de etalage lagen enkele zilveren zakhorloges die hem aan zijn grootvader hadden doen denken. Die was uurwerkmaker van beroep en Berg herinnerde zich hem als een lieve, oude man die graag wat filosofeerde met zijn kleinzoon, hoewel die nog niet de helft begreep van wat hij zei. Als kind had hij vaak zitten toekijken hoe zijn grootvader oude horloges herstelde in zijn atelier. Die werkten op tandwieltjes die het mechanisme deden lopen. Op een dag had zijn grootvader tegen hem gezegd: 'Wij uurwerkmakers kunnen iets wat niemand anders kan.' En toen had hij met een simpele ingreep het raderwerk van een horloge tot stilstand gebracht. 'Wie in de hele wereld kan de tijd stilzetten?' had hij met een monkellachje gevraagd. 'Dat kan zelfs de koning niet. Of de president van de Verenigde Staten.' Vol bewondering had hij naar zijn grootvader gekeken, alsof hij de machtigste man was op aarde. 'Natuurlijk stopt daarbuiten de wereld niet als ik dit horloge stilleg,' had zijn grootvader eraan toegevoegd.

'Maar hierbinnen staat de tijd wel even stil. Dit is een gestolen moment, jongen. Van ons twee alleen.'

De herinnering had Berg geholpen bij het bedenken van zijn plan. Hij wist inderdaad niet wanneer Voets voornemens was om toe te slaan, maar aan de andere kant wist Voets niet dat Berg de vinger aan het raderwerk had. Als hij de man de indruk gaf dat het juiste moment was aangebroken, dan zou hij in actie komen, zonder te beseffen dat niet hij, maar zijn tegenstander dat ogenblik had bepaald.

Op die manier had Berg Hove ervan weten te overtuigen dat hij Voets te slim af kon zijn. 'We stelen zijn moment,' had hij gezegd. 'En ik weet ook al op welke manier we dat kunnen doen.'

De onderzoeksrechter was onder de indruk van wat hij had bedacht en nadat ook Albrecht Termondt zijn medewerking had beloofd, stond er niets meer in de weg om het plan ten uitvoer te brengen. Tot nu. Tot Hove opnieuw bedenkingen kreeg. Berg begreep het wel. Tenslotte lag de eindverantwoordelijkheid bij hem en als er iets misging, was het zijn kop die zou rollen.

'We kunnen nu niet meer terug,' drong hij aan. 'Bovendien hebben we geen keus. Als we Voets niet op heterdaad betrappen, is ons bewijsmateriaal te licht. Ik heb er alle vertrouwen in dat het zal lukken.'

Hij wachtte gespannen op Hoves reactie. Het leek bijna alsof de tijd weer even stilstond zoals vroeger in het atelier van zijn grootvader.

'Goed dan,' zei de onderzoeksrechter tenslotte. 'We doen zoals gepland. Ik hoop uit de grond van mijn hart dat u gelijk hebt.'

Berg herademde.

'U houdt mij op de hoogte, hoofdinspecteur?'

'Daar kunt u op rekenen.'

Hij had nog maar pas de hoorn neergelegd, toen de deur openging en Coens het kantoor binnenkwam.

'Waar kom jij vandaan?'

'Van Henry Kajura, chef. Je weet wel: de Ugandese student die ons de naam van Milton Mutesa heeft bezorgd.'

'Waarom?'

'Hij belde me vanochtend. Hij had de robotfoto zien hangen op de campus van zijn faculteit en hij dacht dat hij de man ergens van kende, maar hij was niet zeker. Ik ben naar zijn studio gereden en heb hem de foto uit de databank getoond. Hij herkende Voets onmiddellijk.'

'Hoe?'

'Uit het homomilieu. Maar wat belangrijker is: hij vertelde me dat hij Voets ooit heeft voorgesteld aan Milton Mutesa. Heel toevallig. Toen ze elkaar tegen het lijf liepen op een terrasje op de Oude Markt.'

'Dus zo zijn die twee met elkaar in contact gekomen. Goed werk, Coens. Daarmee is die vraag tenminste beantwoord.'

'Ik vind hier ook net iets,' zei Wenderickx vanachter zijn monitor. 'Kom eens kijken, chef.'

Berg stond op. Op het beeldscherm zag hij een foto van een man van middelbare leeftijd met een geweer in de hand. Zijn andere arm hield hij om de schouders geslagen van een jongen van vijftien of zestien die trots een beker omhoog stak. Boven de foto stond: FREDERIK VOETS VOOR DE DERDE KEER OP RIJ REGIONAAL KAMPIOEN!

'Mag ik voorstellen,' zei Wenderickx. 'Vader en zoon Voets. De foto is acht jaar oud. Hij staat in *De Schutter*. Een verenigingsblad voor schietclubs uit het Brusselse.'

'Is dat een FAL?' vroeg Lou die over Wenderickx' andere schouder meekeek.

'Voor zover ik kan zien wel.'

'Staat in het artikel van welke club hij lid is?' vroeg Berg.

'Van The Marksman. Dat is een schietbaan in Anderlecht.'

'Zoek uit of Johan Voets ook lid is van die club.'

'Oké, chef.'

'Ik heb het telefoonnummer van de ouders opgevraagd,' zei Lou. 'Maar er wordt niet opgenomen.'

'En hun mobiele nummers?'

'Ook geen reactie.'

'Probeer straks opnieuw. Ga eerst na of er een wapen geregistreerd staat op naam van Johan Voets.'

Berg hoorde zijn mobiel overgaan. Het was Zeebos.

'Je had gebeld, Thomas?'

'Ja, maar eerst iets anders. We hebben zopas ontdekt dat de vader van Johan Voets lid is van een schietclub in Anderlecht. Hij staat samen met zijn zoon op een acht jaar oude foto. Met een geweer in de hand.'

'Een FAL?'

'Wenderickx denkt van wel.'

'In een schietclub mag je alleen geregistreerde wapens gebruiken. Daar is men heel streng op.'

'Lou zoekt uit of er een wapen op naam van Johan Voets staat.'

'Dat bedoel ik niet. Bij de FAL die Mutesa heeft gebruikt, is het serienummer weggevijld. Dat is in geen enkele schietclub toegelaten.'

'Misschien heeft Voets of Mutesa het nummer pas onlangs... Een momentje, Lou wil iets zeggen.'

'Er staat geen wapen op naam van Johan Voets, chef. Wel op naam van Frederik Voets. Een FAL 50.61 PARA.'

'Dat is het hetzelfde type als het wapen van Mutesa,' hoorde Berg Zeebos in de hoorn zeggen. 'Maar ik kan me moeilijk voorstellen dat hij het geweer van zijn vader heeft beschadigd.'

'Misschien heeft hij zelf met dat wapen geschoten en heeft hij voor Mutesa een soortgelijk geweer gekocht op het internet. Dat zou ik in zijn plaats ook doen. Hetzelfde type wapen kopen waarmee je geleerd hebt om te gaan.'

'Chef!' riep Wenderickx vanachter zijn bureau. 'Ik heb de schietclub aan de lijn. Johan Voets is er twee jaar lid geweest. Van februari 2006 tot augustus 2008. Dat is van zijn zestiende tot zijn achttiende.'

'Heb je dat gehoord?' vroeg Berg aan Zeebos.

'Ja, dat verklaart waar hij heeft leren schieten.'

'Kan je op zestien al lid worden van een schietclub?'

'Bij sommige wel. Maar alleen als een familielid lid is.'

'Waarom staat er dan geen wapen op zijn naam?'

'Omdat je daar achttien voor moet zijn.'

'Hij is intussen drieëntwintig.'

'In 2008 was hij nog maar achttien.'

'Waarschijnlijk heeft hij zijn lidmaatschap van de schietclub opgezegd toen hij in Leuven is komen studeren,' zei Berg.

'We zouden het wapen van de vader moeten hebben, Thomas. Als het ballistisch rapport uitwijst dat er met dat geweer is geschoten, hebben we een extra bewijs.'

'Wenderickx kan het gaan ophalen. Lou en Coens heb ik hier nodig. Zorg jij voor de aflossing van het bewakingsteam?'

'Dat gebeurt binnen een halfuur. Termondt heeft opdracht gekregen om het hele weekend thuis te blijven. Dat zinde hem niet, maar het is voor zijn eigen veiligheid. Doen we zoals afgesproken? Lokken we vandaag Voets in de val?'

'Ja.'

'Hopelijk hapt hij toe.'

'Heeft hij dan een andere keus?' vroeg Berg.

11

Hij was met opzet vroeg naar de Frederik Lintsstraat gegaan. De gordijnen van Annelenes studio waren nog altijd dicht. Prima. Hij had erop gerekend dat die twee tortelduifjes nog in bed lagen. Nu kwam het eropaan om geduld te oefenen. Hij had geen idee waar de jongeman vandaan kwam, maar hij wist dat de meeste studenten in het weekend naar huis gingen. Gewoonlijk begon de uittocht al op vrijdag, meteen na de laatste colleges, maar een deel bleef tot zaterdag, doorgaans diegenen die een vriend of vriendin hadden in de universiteitsstad. Op die leeftijd telde elke nacht in elkaars armen.

Annelene ging zelden of nooit naar huis. Haar moeder woonde maar een kwartier lopen van haar studio en haar vader wilde ze sinds de dood van Koen niet meer zien. Het kon zijn dat ze in de loop van de dag met haar moeder had afgesproken. Om te gaan lunchen of shoppen. Maar de nacht bracht ze meestal in haar eigen studio door en dat gaf hem de kans om vandaag zijn slag te slaan. Tenminste, als haar vriend naar huis ging. Dat was de enige factor die roet in het eten kon gooien.

Voor de zekerheid liep hij het gebouw voorbij, wandelde de straat af en keerde via de overkant op zijn stappen terug. Alle geparkeerde auto's waren leeg. Hij was er zeker van dat de politie de buurt niet in het oog hield. Een paar huizen verder stond een bushokje van waaruit hij een goed zicht had op de voordeur. Hij trok de kap van zijn fleece over zijn hoofd, ging op de bank zitten en legde de plastic zak naast zich, klaar om in actie te schieten zodra iemand naar buiten kwam. Gisteravond, terwijl hij urenlang in de portiek op de uitkijk had gestaan, had hij een manier bedacht om het gebouw binnen te dringen zonder te moeten aanbellen.

Hij boog naar voren, steunde met zijn ellebogen op zijn knieën en duwde de bril hoger op zijn neus. De snor had hij niet op, dat was te opvallend. De bril was voldoende om zijn gezicht er heel anders te doen uitzien dan op de robotfoto en de kap van de fleece deed de rest.

Over het montuur heen staarde hij naar de ingang van het gebouw. De voordeur was van glas. Zodra iemand in de hal verscheen, zou hij de straat oversteken en de gelegenheid aangrijpen om de deur tegen te houden en het slot onklaar te maken. Annelenes vriend of een andere bewoner zou misschien merken dat de deur stuk was, maar de kans was klein dat iemand op zaterdag de huisbaas te pakken kreeg om het slot te laten repareren.

De tijd ging tergend langzaam voorbij. Een paar keer betrapte hij zichzelf erop dat zijn gedachten afdwaalden. Meteen riep hij zichzelf tot de orde. Hij mocht zijn aandacht niet laten verslappen. Misschien kreeg hij maar één kans. Als hij die niet greep, werd het veel moeilijker om zijn plan ten uitvoer te brengen.

Zijn linkervoet begon te slapen. Hij stampte er een paar keer mee op de grond tot het tintelen stopte. Door de fleece heen voelde hij het pistool achter zijn broeksriem zitten. Hij had het meegebracht uit voorzorg, niet omdat hij het wilde gebruiken. Een moord in het studentenmilieu werd niet gepleegd met een vuurwapen. Dat wees op voorbedachten rade en studenten hadden geen pistool in de la van hun bureau liggen. Als hij Annelene neerschoot, zou de politie de moord in verband brengen met hun verdachte op de robotfoto. Bovendien beschikte hij niet over een geluidsdemper en de knal van het schot kon door de buren worden gehoord, zodat de politie precies zou weten wanneer Annelene was gedood.

Nee, hij had besloten om haar te wurgen en de hele studio

overhoop te halen. Het moest erop lijken dat Annelene en haar vriend ruzie hadden gehad. De jongeman was daarbij door het lint gegaan, had in een vlaag van woede de keel van zijn vriendin dichtgeknepen en was er in paniek vandoor gegaan. Een crime passionnel, zoals tussen geliefden maar al te vaak gebeurde. De politie zou snel ontdekken dat Annelene een vriend had en overal in de studio zijn vingerafdrukken aantreffen. Op die manier veranderde de jongeman van een obstakel in een oplossing.

Hij knikte voor zich uit, tevreden over het plan dat hij in de loop van de nacht had bedacht. Een mens moest vindingrijk zijn. Van de nood een deugd maken.

Op dat ogenblik zag hij in de hal van het gebouw de deur van de lift opengaan. Hij nam de plastic zak van de bank, stond op en stak de straat over. Een roodharig meisje van een jaar of twintig kwam naar buiten. De voordeur die automatisch dichtgleed, bleef haperen achter een wieltje van de rolkoffer die ze achter zich aantrok. Galant hield hij voor haar de deur tegen. De studente mompelde een bedankje en liep de straat op. Ze had hem nauwelijks een blik waardig gekeurd.

Hij wachtte tot ze uit het zicht verdwenen was en glipte naar binnen. Uit de plastic zak haalde hij een hamer en een grote schroevendraaier, zette die op de tong van het slot en liet de hamer er met kracht op neerkomen. Het metalige geluid galmde kort en krachtig door de hal. Snel borg hij de werktuigen op en wachtte. Geen reactie. Niemand die naar beneden kwam om te kijken wat er aan de hand was. Hij liet de deur los. Er gebeurde waarop hij had gerekend. De tong was zo verbogen dat de deur niet meer in het slot viel. Hij wreef met zijn mouw de plekken schoon die hij had aangeraakt.

Nog geen minuut later had hij zich opgesteld in zijn vertrouwde portiek aan de overkant van de straat. Zijn hartslag ging nauwelijks sneller dan normaal. Het eerste deel van zijn plan zat erop. Nu was het opnieuw wachten tot de jongeman naar buiten kwam. Meteen daarna zou hij het gebouw binnengaan en bij Annelene aankloppen. Waarschijnlijk zou ze denken dat een van de buren voor haar deur stond en achteloos opendoen. Bij zijn vertrek zou hij de studio laten openstaan, zodat het lijk snel werd gevonden. De studente met wie Annelene gisteren enkele woorden had gewisseld, zou getuigen dat ze in het gezelschap was van haar vriend toen ze de vorige avond thuiskwam. Dat maakte van de jongeman verdachte nummer één. En een alibi had hij niet.

Zodra Annelene was uitgeschakeld, bestond er geen gevaar meer dat hij geïdentificeerd zou worden als de man die achter de aanslag zat en kon hij zich opnieuw op Termondt concentreren. Met dit verschil dat hij nu best een tijdje wachtte voor hij hem ombracht, anders zou de politie begrijpen dat de moord op Annelene verband hield met de aanslag. Dat maakte dat Termondt enkele maanden uitstel van executie kreeg, maar aan de andere kant zou die smeerlap het nog meemaken dat zijn dochter stierf en hoewel er intussen twijfel over bestond of hij wel haar biologische vader was, zou Annelenes dood hem ongetwijfeld diep raken. Dat was een bijkomstig voordeel van zijn nieuwe plan. Hoe meer die klootzak afzag, hoe beter.

Het duurde nog anderhalf uur voor de gordijnen van Annelenes studio eindelijk opengingen. Hij keek op zijn horloge. Kwart voor twaalf. Ongelooflijk. Sommige mensen sliepen als marmotten. Waarschijnlijk zouden ze eerst nog ontbijten en pas daarna afscheid nemen. Hij veranderde van steunbeen en troostte zich met de gedachte dat het nu niet lang meer kon duren.

Sneller dan verwacht zag hij beweging in de hal, maar tot zijn verrassing was de jongeman niet alleen. Annelene droeg de kleine, blauwe rugzak die hij van vroeger kende en haakte in bij haar vriend. Ze waren zo druk in gesprek dat ze niet merkten dat de voordeur niet in het slot viel.

Hij vloekte en drukte zich dieper in de portiek, maar gelukkig gingen ze de andere kant op. Een paar tellen lang wist hij niet wat te doen. Dit was niet voorzien. Waar gingen ze naartoe? Er zat niets anders op dan hen te volgen. Hij wachtte tot ze ver genoeg waren en kwam uit zijn schuilplaats te voorschijn. Het tweetal liep de Frederik Lintsstraat af, nam de Vlamingenstraat en wandelde het stadspark in. Noodgedwongen ging hij hen achterna, erop lettend dat hij voldoende afstand hield. Ze liepen om de eendenvijver heen naar de uitgang aan de kant van de Charles Deberiotstraat.

Hij keek nauwlettend om zich heen. Er waren maar een paar mensen in het park. Een vrouw die een buggy voor zich uitduwde, een man die zijn hond uitliet, twee tieners met sportzakken en een vrouw die op een bank een magazine zat te lezen. Hij passeerde een vuilnisbak en propte de plastic zak erin.

Annelene en haar vriend liepen de Charles Deberiotstraat uit, sloegen de Naamsestraat in en draaiden aan de universiteitshal naar links. Hij volgde hen de Oude Markt op en zag dat ze een eetcafé binnengingen. Besluiteloos bleef hij staan. Dat kwam ervan als je alles niet op voorhand plande. Hij had plots een akelig gevoel van déjà vu. Bij Debaetselier was zijn eerste poging ook op niets uitgelopen, maar dit keer kon hij zich geen uitstel permitteren.

Hij koos een tafeltje op een terras aan de overkant van het plein en bestelde een koffie. Rustig blijven, hield hij zich voor. Nadenken. Misschien was alles nog niet verloren. Veel hing af van wat die twee van plan waren. Hij had tijd, desnoods de hele dag. Vroeg of laat zouden die twee afscheid nemen. Hij kon zich niet voorstellen dat Annelenes vriend het hele weekend in Leuven bleef. Studenten hadden kleren die gewassen moesten worden. Ouders stonden erop dat ze hun kinderen geregeld zagen. Vrienden aan het thuisfront hadden hun rechten...

Zijn blik verschoof naar links, naar het Jozefietencollege op het eind van het plein. Als hij toen niet had gemist, zou hij nu hier niet zitten. Was dat een teken aan de wand geweest? Had hij op dat ogenblik al niet moeten inzien dat zijn plan was mislukt? Hij schudde zijn hoofd. Onzin. Bijgelovig gezwets. De dingen liepen nu eenmaal zoals ze liepen. Er kon altijd iets gebeuren wat niet ingecalculeerd was. Waar het op aankwam, was zich aan te passen, bij te schakelen, de situatie opnieuw naar je hand te zetten en het juiste moment uit te kiezen om toe te slaan.

Het was al na tweeën toen Annelene en haar vriend het eetcafé uitkwamen. Hij keek toe hoe ze hand in hand via het Kortestraatje de Grote Markt opliepen. Vlakbij stond de zaterdagmarkt opgesteld. Het was er druk, hij had geen enkele moeite om hen ongezien te volgen.

Op het Rector De Somerplein gingen ze een boekhandel binnen. Hij bleef buiten staan wachten en hield hen door het etalageraam in het oog. De jongeman kocht een boek en liet het aan de kassa als geschenk verpakken. Hij hoopte dat het een cadeautje was voor thuis, misschien voor een van zijn ouders die jarig was. Vlakbij sloeg de jaquemart op de toren van de Sint-Pieterskerk twee keer. Het was halfdrie. Hij dacht terug aan de dag van de aanslag. Toen had de klokkenluider ook geslagen op het moment van het schot. Het was toeval geweest, ze hadden onmogelijk op voorhand het exacte ogenblik kunnen voorspellen waarop de twee rectoren in zijn en Miltons vizier zouden verschijnen. Hij vroeg zich af of er een zekere symboliek school in het feit dat de klok nu weer luidde. Iets in de aard van: Annelenes laatste uur dat sloeg. Hij grinnikte. Die gedachte beviel hem wel. Alleen was het nog niet zover.

Zodra hij het tweetal naar de uitgang zag komen, trok hij zich terug. Ze staken het plein over en liepen de Tiensestraat in. Hij begreep het niet. Wat hadden ze daar verloren? Na enkele minuten hielden ze halt voor een herenhuis met op de gelijkvloerse verdieping een schoenenwinkel. De jongeman haalde een sleutel uit zijn zak en opende de deur links van het etalageraam.

Hij wachtte even en ging toen dichterbij. Op ooghoogte hing een metalen bord met belknopjes en naamplaatjes. De conclusie lag voor de hand: Annelenes vriend had hier een kamer. Hij las snel de namen van de huurders. Vier mannen en twee vrouwen. De namen zeiden hem niets.

Aan de overkant van de straat, onder de arcaden van een flatgebouw, was een ijsjeszaak gevestigd. Om de tijd te doden schoof hij aan in de rij, zonder de deur van het huis uit het oog te verliezen. De situatie begon hem stilaan de strot uit te komen. Hoelang zou zijn geduld nog op de proef gesteld worden? Hij kocht een hoorntje met pistache-ijs en installeerde zich op een bank in de buurt.

Er ging bijna een uur voorbij eer Annelene en haar vriend in het deurgat verschenen, maar tot zijn opluchting zag hij dat de jongeman een rolkoffer bij zich had. Dat waren ze dus gaan doen. Eindelijk gebeurde waarop hij had gerekend. Hij volgde het tweetal naar de Bondgenotenlaan. Voor het eerst wist hij precies waar ze naartoe gingen. Nog even en de student zou van het toneel verdwenen zijn.

Op het Martelarenplein keek hij van op een afstand toe hoe Annelene en haar vriend afscheid namen voor het stationsgebouw. De scène had iets aandoenlijks. Geen van beiden wist dat dit de laatste keer was dat ze elkaar zagen.

Op de terugweg gebeurde niets noemenswaardigs. Annelene wandelde op haar dooie gemak terug naar haar studio, bleef af en toe voor een etalageraam staan treuzelen, maar ging nergens naar binnen. Het was bijna vijf uur toen ze de Frederik Lintsstraat insloeg. Hij zag hoe ze even aarzelde toen ze merkte dat de voordeur niet op slot was, maar het volgende ogenblik al verdween ze in het gebouw.

Voor het eerst voelde hij hoe een zekere spanning bezit nam van hem. Het moment was eindelijk aangebroken, al zag hij zich genoodzaakt om zijn oorspronkelijke plan te wijzigen. Het was de bedoeling geweest om na de moord de studiodeur te laten openstaan, zodat Annelenes lijk snel gevonden zou worden, maar aangezien er intussen vijf uur verstreken waren, moest hij dat voornemen laten varen omdat de politie in dat geval exact het tijdstip van overlijden kon bepalen en zou ontdekken dat Annelenes vriend op het ogenblik van de moord in de trein zat.

Nee, zoals de zaken er nu voorstonden, was het beter dat het lijk later werd ontdekt, liefst pas na het weekend. Eerder zou waarschijnlijk niemand haar missen en als er zoveel tijd overheen ging, was het onmogelijk om op enkele uren na vast te stellen wanneer de moord precies was gebeurd, dat had hij pathologen in tv-series vaak genoeg horen zeggen. Annelene en haar vriend waren onderweg geen bekenden tegengekomen, zodat later niemand kon getuigen dat ze in de loop van de dag levend en wel door de stad had gelopen. Op die manier bleef het mogelijk dat de jongeman haar had vermoord voor hij naar huis was vertrokken.

Hij keek de straat af. Er was niemand in de buurt. Zonder zich te haasten liep hij naar het gebouw, duwde met zijn schouder de deur open en bleef even staan luisteren in de hal. Niets. Geen stemmen of muziek op de achtergrond. Hij ging de trap op zonder de leuning aan te raken. Met zijn hand onder zijn fleece trok hij deur open op de vierde verdieping. De gang was leeg. Hij voelde zijn hartslag versnellen. Nog enkele meters en hij was bij Annelenes studio.

Hij trok de kap van zijn hoofd, deed de bril af en legde zijn oor tegen de deur. Binnen weerklonk geen enkel geluid. Het was zover. Hij haalde diep adem en klopte aan.

12

Coens vouwde zijn handen in zijn nek en rekte zich uit. Zijn hele lichaam voelde stram en stijf aan. Hij wilde opstaan en wat heen en weer lopen om de bloedcirculatie in zijn benen weer op gang te brengen, maar hij wist dat hij uit de buurt van het raam moest blijven, daar had Zeebos extra op aangedrongen.

Hij keek op zijn horloge. Ze zaten hier nu al meer dan twee uur, maar hij was blij dat de chef had voorgesteld om hun shift van de bewakingsopdracht samen te doen, zodat hij erbij was wanneer Voets opdaagde. De man was verantwoordelijk voor Meulenaers dood en hij wilde hem hoogstpersoonlijk in de boeien slaan. Tenminste, als hij vandaag zijn kans waagde. De chef leek daarvan overtuigd, maar honderd procent zeker was dat niet en dat maakte het wachten dubbel zo zwaar.

Hij wreef over de pleister op zijn voorhoofd. De wond die hij in de homobar had opgelopen, jeukte. Het zat hem nog altijd dwars dat hij tijdens het gevecht met Vanderweeën het onderspit had moeten delven. Als Wenderickx niet had ingegrepen dan... Hij duwde de gedachte weg. Iets anders bleef aan zijn kop zeuren. Het was de tweede keer op rij dat hij tekortgeschoten was. Eerst op de Vismarkt en een week later in de homobar. Niemand had hem erop aangesproken, maar hij maakte zichzelf de grootste verwijten. Was hij zijn scherpte kwijt? Je hoorde dat soms over politiemensen zeggen: dat ze van de ene dag op de andere niet meer hadden wat er nodig was. Gold dat ook voor hem? Hij hoopte van niet. In elk geval zou hij vandaag geen steek laten vallen. Niet nog een keer. Wat er ook gebeurde, hij was er klaar voor.

Een paar meter verder zat Berg op een stoel, de armen voor de borst gevouwen, het hoofd naar voren geknikt alsof hij sliep. Het verbaasde Coens telkens opnieuw hoe slecht de chef tegen nietsdoen kon. Net als de vorige avond toen hij ook was ingedommeld in de auto voor Voets' studio. Maar ditmaal stond er veel meer op het spel en was het cruciaal dat ze alert bleven. Hij begreep het niet. Hoe kon de chef daar zitten suffen? Het sein waarop ze zaten te wachten, bleef langer uit dan ze hadden aangenomen, maar zodra het kwam, moesten ze in een mum van tijd op het ergste voorbereid zijn. Hij voelde zich gespannen en ongeduldig tegelijk.

Berg leek van dat alles geen last te hebben. Zat hij daar nu echt te pitten? Op een moment als dit? Coens schudde zijn hoofd. Het was hem de voorbije dagen al een paar keer opgevallen dat de chef zich anders gedroeg dan normaal. Gewoonlijk was hij tijdens een onderzoek honderd procent gefocust, vaak op het maniakale af, maar dit keer gaf hij soms de indruk niet helemaal bij de zaak te zijn. Zoals nu weer. Zitten soezen tijdens een surveillanceopdracht waarvan de afloop bepalend was voor het welslagen van het hele onderzoek. Wat moest hij doen? Hij kon hem toch niet gewoon laten slapen?

Omdat hij niets beters wist te bedenken, schraapte hij zijn keel, zo luid mogelijk. De reactie kwam onmiddellijk. Zonder een vin te verroeren of zelfs maar op te kijken, bromde Berg:

'Wees gerust, Coens. Ik ben klaarwakker.'

'Sorry, chef. Ik dacht dat je...'

Hij zweeg toen Berg zijn hand opstak en naar zijn headset tastte. Tegelijkertijd hoorde hij in zijn eigen oortje de stem van Lou. Eindelijk! Het langverwachte sein. Hij voelde ineens de adrenaline door zijn aders stromen. Dan kreeg de chef toch gelijk. Hij had voorspeld dat Voets zou reageren zodra hij de robotfoto zag. Die bewees dat de politie gevaarlijk dicht bij de waarheid kwam en als hij nog steeds van plan was om Termondt te vermoorden, moest hij zo snel mogelijk in actie komen.

'Waar juist?' vroeg Berg.

'Vlak om de hoek,' hoorde Coens Lou antwoorden. 'Nog tweehonderd meter ongeveer.'

Berg draaide zich naar de camera die Zeebos op het boekenrek had geïnstalleerd. Het toestel had een dubbele bedoeling: enerzijds werd op die manier het nodige bewijsmateriaal vastgelegd, anderzijds fungeerde het als extra veiligheidsmiddel. Als Zeebos op zijn monitor zag dat er hulp nodig was, konden hij en het interventieteam binnen enkele seconden ter plaatse zijn.

'Jan, heb je dat gehoord?'

'Luid en duidelijk.'

'Zijn jullie klaar?'

'Wat dacht je, Thomas?' klonk het flegmatiek.

'Is Wenderickx al terug? Heeft hij het wapen?'

'Nee, de ouders van Voets waren er niet. Volgens de buren zijn ze op vakantie. Een safari in Namibië. Ze komen pas volgende week terug.'

'Zoonlief heeft dus van de afwezigheid van zijn vader gebruikgemaakt om diens wapen te lenen?'

'Daar ziet het naar uit.'

'Zodra dit achter de rug is, vraag ik Hove om een huiszoekingsbevel. Nu moeten we eerst...'

Een vaag gerucht op de achtergrond deed de chef midden in zijn zin zwijgen. Coens had het ook gehoord. Was dat het geluid van een dichtvallende deur? Dat betekende dat het begon. Er was niemand anders in het gebouw. Zeebos had de overige bewoners laten evacueren om geen onnodige risico's te lopen.

Hij veerde op. Een van zijn knieën kraakte na het lange zitten. De chef fronste. Hij maakte een verontschuldigend gebaar en spitste de oren. Er was niets meer te horen. Op straat reed een auto voorbij, toen gleed de stilte weer dicht. Was het vals alarm? Hij hoopte van niet. Als het dan toch moest gebeuren, dan liefst nu. Hij was het wachten beu. En lang konden ze dit niet volhouden, zoveel mensen en middelen de klok rond stand-by houden. Hij wist dat de directeur zijn beklag had gedaan over de kosten die het plan van de chef met zich meebracht. Niet alleen de mensen van de dienst geweld waren het hele weekend ingeschakeld, ook twee interventieteams die Zeebos als back-up had opgevorderd. Alles samen ging het om meer dan...

Er draaide plots een sleutel in het slot en de deur ging open. Coens' blik verschoof naar het smalle gangetje van de studio. Het was Annelene. Ze hield haar blauwe rugzak in de hand en had een blos op de wangen. Berg stond op en ging naar haar toe.

'Alles oké?'

'Ja.'

De chef deed snel de deur weer dicht. Annelene keek om zich heen alsof ze voor het eerst in de studio kwam.

'Wat doe ik nu?'

'We kunnen alleen maar wachten,' antwoordde Berg. 'Misschien kijkt hij nog een tijdje de kat uit de boom. Het kan zijn dat hij...'

Coens hoorde plots weer Lous stem in zijn oortje.

'Hij komt eraan,' siste ze.

Berg beduidde Annelene te gaan zitten. Het meisje begreep dat het zover was. Ze liet zich op het bed zakken en wrong zich de handen. De blos op haar wangen was verdwenen; ze zag lijkbleek ineens. Coens begreep hoe moeilijk dit was voor haar. Hij legde zijn hand op haar schouder.

'We zijn vlakbij,' stelde hij haar gerust. 'Zodra er gevaar dreigt, grijpen we in. Hij krijgt de kans niet je kwaad te doen.'

Annelene knikte dapper. Ze was bang, maar ze hield zich goed.

'Kom, Coens,' hoorde hij de chef zeggen.

Hij volgde Berg naar het kleine badkamertje waarvan de deur een hoek van negentig graden vormde met de deur van de studio. Ze hadden op voorhand afgesproken wat ze zouden doen als Voets opdook. De voordeur van het gebouw had hij al gesaboteerd, maar om in de studio te komen, moest hij aankloppen. Annelene had opdracht om meteen open te doen en verbazing voor te wenden wanneer ze hem zag. Intussen hielden de chef en hij zich klaar om in te grijpen zodra Voets tot geweld overging. Het badkamertje had geen raam. Er was net genoeg plaats om zich verdekt op te stellen tussen de douche en de openstaande deur. In het donker kon Voets hen onmogelijk zien.

Wat er daarna gebeurde, hing af van hoe de situatie zich ontwikkelde. Volgens de chef zou Voets zo snel mogelijk van de gang willen verdwijnen. Hij wist niet dat het gebouw geëvacueerd was en hij kon het risico niet lopen dat iemand hem zag. Dat betekende dat hij meteen de studio zou binnendringen en de deur achter zich dichttrekken om mogelijke getuigen te vermijden.

Het probleem was dat ze niet wisten of hij gewapend was. Lou die hem al in de gaten hield sinds hij vanmiddag Annelene en Glenn in het stadspark was gevolgd, had laten weten dat ze niet kon zien of hij een wapen onder zijn kleren verborgen hield. Het enige wat ze met zekerheid kon vertellen, was dat hij geen zak bij zich had met daarin de FAL die hij voor de aanslag had gebruikt. De chef gokte erop dat Voets de moord met blote handen zou plegen, net zoals bij Debaetselier. In het ergste geval had hij een mes bij zich.

Het kwam er dus op aan om snel te handelen. Aan de ene kant konden ze niet te vroeg tussenbeide komen omdat de camerabeelden dan geen bewijs zouden vormen dat hij Annelene wilde vermoorden, aan de andere kant moesten ze hem vliegensvlug zien te overmeesteren als het eenmaal zover was. Coens besefte dat dit het gevaarlijkste deel van het plan was, temeer omdat de chef erop aangedrongen had geen vuurwapens te gebruiken. Voets zou tussen hen en Annelene in staan. Als ze schoten, bestond de kans dat het meisje werd geraakt.

De klop op de deur was niet hard, maar in de gespannen stilte klonk het geluid bijna als de slag van een klok die door de lucht galmde. Coens voelde hoe zijn spieren zich spanden. De deur van de badkamer stond op een kier. Er viel een smalle streep licht over de tegels van de badkamervloer. Voor de rest was het aardedonker in de kleine ruimte. Hij tastte naar zijn revolver. Bevel of niet, als Voets een mes bij zich had, wilde hij niet ongewapend tegenover hem komen te staan. Daar was deze man veel te gevaarlijk voor.

Hij merkte hoe de chef zijn adem inhield toen Annelenes voetstappen in het gangetje weerklonken. Hij stond vlak achter hem, klaar om samen tevoorschijn te springen, maar wat er vervolgens gebeurde, verliep zo onvoorstelbaar snel dat ze toch werden verrast. Nog voor Annelene een woord kon uitbrengen, hoorden ze de klap van de dichtvallende deur die onmiddellijk gevolgd werd door een korte gil van het meisje en het kletterende geluid van haar hakken op de tegels. Voets moest haar onmiddellijk vastgegrepen hebben en met zich meegesleurd, het gangetje uit, verder de studio in.

De chef bedacht zich geen seconde. Hij trok de deur open en schoot de badkamer uit. Coens volgde hem op de voet, maar plots voelde hij een harde snok aan zijn linkerkant en werd hij bruusk in zijn vaart gestuit. Eerst begreep hij niet wat er aan de hand was, toen besefte hij dat hij met de zak van zijn jas achter de klink van de badkamerdeur was blijven hangen. Vloekend rukte hij zich los. De stof scheurde. Intussen hoorde hij een rauwe kreet en de doffe klap van twee lichamen die tegen elkaar botsten. Hij trok zijn pistool en stormde naar buiten.

De scène die zich voor zijn ogen afspeelde, benam hem een ogenblik de adem. Hij zag een grote, stevige man die met zoveel kracht de chef voor zich uit duwde dat die door de vaart van de aanval enkele meters moest wijken, over een stoel struikelde en languit op de vloer viel. Bijna tegelijkertijd haalde de man een pistool vanonder zijn kleren tevoorschijn en richtte dat op de chef.

Voor Coens leek het alsof de tijd een fractie van een seconde stilstond en in datzelfde moment zag hij de scène op de Vismarkt weer voor zich. Hij richtte zijn pistool op de borst van de man en brulde dat die zijn wapen moest laten vallen, maar het geluid van zijn stem ging verloren in de oorverdovende knal die het pistool van de ander in de kleine ruimte maakte.

Coens' reactie volgde ogenblikkelijk. Zijn vinger rukte twee, drie keer aan de trekker en terwijl de studio zich bliksemsnel vulde met de scherpe geur van buskruit, zag hij hoe de man even wankelde en toen voorovérviel.

13

Het was niet de eerste keer in zijn carrière dat Berg in een levensgevaarlijke situatie was verzeild geraakt, maar het was wel de eerste keer dat iemand van zo dichtbij op hem had geschoten. De kogel had zijn hoofd op slechts enkele centimeters na gemist en hij was er zich terdege van bewust dat hij zijn leven te danken had aan het snelle ingrijpen van Coens. Als Voets de gelegenheid had gekregen om nog een keer te vuren, had hij ongetwijfeld doel getroffen.

De reactie van de man had hem volkomen verrast. Toen hij uit de badkamer tevoorschijn kwam, stond Voets over het bed gebogen, zijn handen om de keel van Annelene, maar zodra hij achter zijn rug geluid hoorde en zag dat iemand op hem afkwam, liet hij zijn slachtoffer los en ging onmiddellijk tot de tegenaanval over. Dat gebeurde met zoveel kracht dat Berg wankelde onder de klap. Zijn tegenstander was minstens tien kilo in het voordeel en na de eerste schok werd hij enkele passen achteruit geduwd, tot hij over een omvergevallen stoel struikelde en tegen de vloer smakte. Het volgende ogenblik keek hij pal in de loop van een pistool en dacht hij dat zijn laatste uur was geslagen.

Toen Voets werd getroffen, was hij boven op hem gevallen. Over het gegil van Annelene heen hoorde hij Coens verschrikt zijn naam roepen en even later zag hij hoe het gezicht van zijn collega grauw uitsloeg toen hij het lichaam opzijtrok en het bloed op de kleren van zijn chef zag. Pas toen Berg riep dat het niet zijn bloed was en dat hij niets mankeerde, was Coens met een verwezen blik in de ogen op zijn knieën gezakt terwijl zijn borstkas op en neer ploegde van emotie.

Meteen daarna stond de kleine ruimte vol mensen. Door de

beelden op de monitor gealarmeerd, waren Zeebos en het interventieteam uit de belendende studio gesneld, hadden Annelenes deur geramd en waren met getrokken wapens naar binnen gestormd. Iedereen schreeuwde door elkaar, maar zodra het duidelijk werd dat alleen de dader was getroffen, nam het geroep af en luwde de paniek.

Zeebos boog zich over het lichaam van Voets en checkte de halsslagader. Hij schudde van nee. De man die drie mensenlevens op zijn geweten had, was zelf slachtoffer geworden van zijn laatste aanslag.

Intussen was ook de rest van Bergs team gearriveerd. Lou ontfermde zich onmiddellijk over Annelene. Het meisje trilde als een espenblad en was helemaal overstuur door wat er zich voor haar ogen had afgespeeld, maar Lou leidde haar zo snel mogelijk de studio uit, weg van het lijk, naar buiten de frisse lucht in. Zodra ze een beetje tot rust was gekomen, hadden twee vrouwelijke agenten haar naar de woning van haar moeder gebracht zoals op voorhand was afgesproken.

Nadat het lichaam door een lijkwagen was opgehaald, belde Berg de onderzoeksrechter en bracht hem op de hoogte. Hove luisterde zonder hem één keer te onderbreken, vroeg daarna of met Annelene alles in orde was en sprak zijn opluchting uit dat de actie was geslaagd. Berg liet achterwege dat hij op een haar na zelf om het leven was gekomen en nam met gemengde gevoelens Hoves felicitaties in ontvangst. Dat er een dode was gevallen, beschouwde hij allesbehalve als een succes.

Omstreeks negen uur waren de meeste formaliteiten vervuld. Annelenes studio werd verzegeld, het interventieteam was weer naar het politiebureau en de geëvacueerde bewoners kregen toelating om naar hun woning terug te keren. Berg bedankte zijn mannen voor hun inzet en beloofde iedereen een paar dagen vrijaf als compensatie voor de vele overuren.

Zijn mededeling werd op weinig enthousiasme onthaald, alsof iedereen het gevoel had dat hun wekenlange inspanningen een betere afsluiting verdienden en het einde veel te bruusk kwam na de opwinding van de afgelopen uren. Misschien was het daarom dat Wenderickx aarzelend vroeg wanneer de traktatie met cava zou plaatsvinden waarmee een onderzoek gewoonlijk werd afgerond.

Berg reageerde niet. Zijn hoofd stond absoluut niet naar feestvieren nu er een dode was gevallen en het enige wat hij wilde, was zo snel mogelijk naar huis gaan. Zijn kleren zaten nog altijd onder het bloed en hij snakte naar een douche en wat tijd voor zichzelf om van de emoties te bekomen.

Zeebos stelde voor om hem naar huis te brengen, maar Berg vroeg aan Coens of hij zich in staat voelde om te rijden. De rit duurde niet langer dan tien minuten en onderweg werd er nauwelijks een woord gezegd. Pas toen de Opel Insignia voor Bergs flat stilhield, verbrak hij het zwijgen.

'Kom je mee naar binnen?'

'Bedankt, chef, maar als het jou om het even is dan...'

Berg maakte een geruststellend gebaar.

'Ik begrijp het. Mij gaat het net zo.'

Het bleef even stil.

'Ik wil alleen dit zeggen,' begon Berg. 'Zonder jou zat ik hier nu niet. Ik heb mijn leven aan jou te danken.'

Coens knikte stil. Berg gespte zijn veiligheidsgordel los en opende het portier. Hij had gezegd wat hij wilde zeggen, maar toch leek dat niet genoeg. Met één voet al uit de auto keek hij over zijn schouder. Toen wees hij door de voorruit naar de donkere lucht boven de daken van de huizen.

'Als Meulenaer vandaag heeft meegekeken, dan zou hij trots zijn op de man die hij heeft opgeleid.'

Coens keek star voor zich uit, met ogen die vochtig glansden. Berg zag hoe de spieren van zijn kaken zich spanden in een poging om zijn emoties in bedwang te houden. Hij legde zijn hand op de schouder van zijn collega en kneep erin.

'Bedankt, Coens.'

Het volgende moment was hij uitgestapt. Hij keek de Opel Insignia na tot hij om de hoek verdween en ging zijn woning binnen. Het eerste wat hij deed, was zijn kleren uittrekken en een douche nemen. Uit ervaring wist hij dat de weerslag van dit soort confrontaties altijd vertraagd kwam, nooit onmiddellijk na de feiten, alsof het lichaam zich nog een tijdlang in een staat van verdediging of agressie bevond en zich maar langzaamaan uit die toestand kon losmaken.

Hij schonk zich een flinke bel cognac in en liep met het glas in de hand het terras op. Zijn lichaam voelde loom aan, energieloos. Hij probeerde uit te maken welke gedachte in zijn hoofd de overhand had: het besef dat het onderzoek eindelijk was afgerond of het feit dat de dader daarbij om het leven was gekomen. In elk geval zette Voets' dood een domper op het succes. Hij was het vierde slachtoffer dat in deze zaak was gevallen en hoewel hij zelf schuld had aan wat er was gebeurd, verweet Berg zichzelf dat hij deze tragische afloop niet had kunnen voorkomen.

Hij grimaste naar de donkere tuin. Daarmee was nog maar eens bewezen dat je nooit helemaal kon voorzien wat er in zulke situaties gebeurde. Voor de rest was alles precies verlopen zoals hij het zich had voorgesteld. Voets had uit de robotfoto besloten dat Annelene met de politie had gepraat en op basis van zijn eerdere reactie met Debaetselier had Berg geconcludeerd dat hij de aanslag op Termondt zou uitstellen om eerst komaf te maken met wie voor hem een veel acutere bedreiging vormde. Daarom had hij Annelene gevraagd of ze bereid was mee te werken aan de val die hij wilde spannen. Het meisje had na enige aarzeling toegestemd en Berg had vervolgens met haar hulp zo lang op haar moeder en Hove ingepraat tot die ook akkoord waren gegaan. De hinderlaag, had hij hun verzekerd, zou zo worden opgezet dat de risico's tot een minimum werden beperkt. Vanaf het moment dat de robotfoto in de stad werd opgehangen, zou Annelene geen ogenblik meer alleen zijn. Glenn had opdracht gekregen om zich voor te doen als haar nieuwe vriend en mocht geen meter van haar zijde wijken tot Berg daarvoor groen licht gaf. Zolang het meisje niet alleen was, zou Voets niet durven toe te slaan en intussen werd voor de zekerheid ook Termondts flat bewaakt. Als de dader toch anders reageerde dan verwacht, was de veiligheid van de rector eveneens gegarandeerd.

Het was eerst de bedoeling om op vrijdagavond de val te laten dichtklappen, maar de onverwachte ontdekking van Voets' identiteit en het voordeel dat ze konden halen uit het bezit van zijn foto, hadden Berg doen besluiten om een dag langer te wachten. In zijn laatste telefoontje op vrijdagavond had hij Glenn laten weten dat de zaak was uitgesteld en dat hij de hele nacht bij Annelene moest blijven. Daarna had hij stap voor stap het scenario geschetst van de volgende dag.

Om te beginnen mochten Glenn en Annelene pas tegen de middag samen de studio verlaten en via een bepaalde route naar het stadscentrum wandelen. Dat Voets het gebouw in het oog hield en hen achterna zou gaan, lag in de lijn der verwachting en was even later ook door Lou bevestigd die het drietal op een bank in het stadspark zat op te wachten. Op haar beurt had zij Voets geschaduwd en Berg geregeld op de hoogte gehouden van zijn doen en laten. Glenns taak bestond erin om zoveel mogelijk tijd winnen, zodat Zeebos intussen het gebouw kon laten evacueren en de bewakingsapparatuur installeren. Pas wanneer hij te horen kreeg dat alles klaar was, moest Glenn doen alsof hij naar huis vertrok, op de afgesproken plaats een koffer ophalen en vervolgens van zijn vriendinnetje afscheid nemen bij het station.

Vanaf dat ogenblik werd Annelene alleen bewaakt door Lou, maar het meisje had duidelijke instructies gekregen om rechtstreeks naar huis te gaan, altijd onder de mensen te blijven en zich bij Berg en Coens te voegen die in haar studio op haar zaten te wachten. Op die manier zou Voets de indruk hebben dat zijn slachtoffer eindelijk alleen was en het moment om toe te slaan was aangebroken.

Berg ging naar binnen en schonk zich nog een cognac in. Aan de ene kant was hij opgelucht dat hij Voets' manier van denken juist had ingeschat, aan de andere kant verbaasde het hem hoe iemand zoveel haat in zich kon dragen dat hij daarvoor bereid was verschillende mensen te doden. Het deed hem denken aan een citaat uit de tijd toen hij nog theologie studeerde. Haat, had Augustinus van Hippo geschreven, *is alsof je vergif drinkt en hoopt dat de ander sterft.*

Iets soortgelijks was Voets te beurt gevallen. Hij was zo vergiftigd door zijn haat voor de man die hij verantwoordelijk hield voor de dood van zijn vriend dat hij hem koste wat kost wilde vermoorden en daarbij was hij er niet voor teruggeschrokken om een onschuldige man op te offeren en een andere te elimineren omdat die hem kon ontmaskeren. Uiteindelijk was hij zelf slachtoffer geworden van de haat die hem had verteerd.

Berg keek op zijn horloge. Het was nog geen elf uur. Hij had het gevoel dat het veel later was. Zijn rug deed pijn van de val, morgen zouden waarschijnlijk al zijn spieren stijf zijn. Met een zucht liet hij zich in een fauteuil voor de open haard zakken. Zijn blik verschoof voortdurend op oneindig alsof hij te moe was om zijn ogen op iets te focussen. Hij dacht aan Meulenaer. Niets ter wereld zou hem ooit kunnen terugbrengen, maar zijn belofte had hij gehouden: de man die zijn dood op zijn geweten had, was daarvoor gestraft, ook al had hij zich die straf heel anders voorgesteld.

Hij kiepte de rest van de cognac naar binnen. De alcohol maakte zijn hoofd ijl. Dat kwam natuurlijk van de vermoeidheid en de stress van de voorbije uren. Hij kon beter naar bed gaan. Proberen wat te slapen. Morgen was het zondag. Hij wist niet wat hij met de vrije dag moest beginnen. Als een onderzoek erop zat, viel hij meestal in een zwart gat, maar ditmaal had hij absoluut geen idee wat hij met de rest van het weekend aan moest. Tenzij... Hij glimlachte en bijna tegelijkertijd realiseerde hij zich dat hij de afgelopen uren geen enkele keer aan Tatyana had gedacht.

14

De volgende ochtend, omstreeks tien, rinkelde Bergs mobiel. Zodra hij opnam, hoorde hij Zeebos zeggen:

'Morgen, Thomas. Goed geslapen?'

'Gaat wel.'

'Past het als ik je binnen een halfuur oppik?'

'Waarom?'

'Je was gisteren zo plots weg. De mannen willen het welslagen van het onderzoek vieren.'

'Nu? Op zondag?'

'Heb je andere plannen?'

'Jan, ik ben niet in de stemming om...'

'Het is niet echt een feestje. Meer een soort... afscheidsgroet. Van Meulenaer.'

Berg zweeg.

'Je zou de mannen er een plezier mee doen, Thomas.'

'Nou, goed dan.'

Zeebos was met zijn eigen auto. Op weg naar het politiebureau staarde Berg afwezig naar de voorbijglijdende gevels. Zo vroeg op zondagochtend waren de straten vrijwel leeg. Geen mensen die zich naar het werk repten, geen studenten die college hadden, alleen hier en daar een paar toeristen met een stadsplan in de hand.

Hij dacht terug aan die andere zondag toen hij Tatyana voor het eerst had ontmoet en met haar naar de Grote Markt was gewandeld omdat ze de route van de openingsstoet wilde verkennen. Het was moeilijk te geloven dat er sindsdien nog maar twee weken waren gepasseerd.

Ineens schoot hem iets te binnen. Hij was Zeebos nog een verklaring schuldig voor zijn vreemde gedrag van afgelopen vrijdag.

'Jan, wat betreft eergisteren. Ik...'

'Daar hebben we het niet meer over,' brak Zeebos hem af.

'Ik dacht dat je...'

'Het zijn mijn zaken niet. Punt uit.'

Berg zei niets meer.

'Ik was alleen bang dat je... Nou ja, ik vreesde dat het onderzoek in het gevaar kwam omdat je er met je gedachten niet helemaal bij leek. Maar ik had het mis. Je plan heeft gewerkt. Al de rest is water onder de brug.'

Berg zag dat Zeebos het parkeerterrein van het kerkhof opdraaide. Hij begreep het niet. Vond het feestje dan niet plaats in het politiebureau?

'Wat moeten we hier?'

'We hebben afgesproken bij Meulenaers graf,' antwoordde Zeebos. 'Het was Wenderickx' idee.'

Berg onthield zich van commentaar. Ze liepen het kerkhof

op en sloegen de hoofdlaan in. Er stond een zwakke wind. Overal dwarrelden bladeren neer op de zerken. Er waren nauwelijks bezoekers. Van op een afstand zag Berg een groepje mensen staan op de plaats waar Meulenaer lag begraven. Ze waren er allemaal: Wenderickx, Lou, Glenn en Coens. Die had nog altijd een pleister op zijn voorhoofd.

'Morgen, chef,' klonk het gedempt.

Berg knikte. Meulenaers graf had nog geen steen. Op het hoopje aarde stond alleen een houten kruis met zijn naam op. De aanblik gaf hem een knoop in zijn maag. Zelfs nu, bijna twee weken na de schietpartij, was het nog altijd moeilijk te geloven dat Meulenaer er niet meer was.

Bergs blik viel op een paar sixpacks die naast het graf in het gras lagen. Wenderickx bukte zich en reikte hem als eerste een blikje aan.

'Geen cava?' vroeg hij verbaasd.

'Euh... nee, chef. Meulenaer was niet zo gek op cava. Hij was meer een bierdrinker. We dachten dat voor één keer...'

Wenderickx keek een beetje gegeneerd en ging haastig voort met het uitdelen van de blikjes. Berg zweeg getroffen. Ook dat had hij niet van Meulenaer geweten. Hij moest zich echt anders gaan opstellen naar zijn mannen toe.

Op dat ogenblik hief Coens zijn blikje omhoog. Hij keek eerst de kring rond, richtte zijn blik toen op het graf en zei:

'Op Meulenaer.'

'Op Meulenaer!' werd er in koor herhaald.

Iedereen nam een slok van het bier. Berg had verwacht dat er nog een toespraak zou volgen, maar dat gebeurde niet. Er viel een ongemakkelijke stilte; niemand wist raad met zijn houding. Hij voelde een paar sluikse blikken in zijn richting. In de verte klepte het klokje van een kerk. Het was elf uur. Hij hief zijn blikje opnieuw omhoog.

'Opdat wij Meulenaer nooit zullen vergeten.'

Er werd instemmend gemompeld. Iedereen nam nog een slok. De onwennigheid nam af. Lou stak een sigaret op. Zeebos volgde haar voorbeeld. De gesprekken kwamen langzaam op gang. Wenderickx ging nog eens rond met bier.

Intussen sloeg Berg zijn mannen zwijgend gade. Er bekroop hem een gevoel van trots zoals ze daar op een kluitje bij elkaar stonden. Glenn, de benjamin van de groep, had zich uitstekend van zijn opdracht gekweten en Wenderickx, de op een na jongste, was de afgelopen weken sterk veranderd, wat ongetwijfeld verband hield met Meulenaers dood. In elk geval had iedereen het beste van zichzelf gegeven om het onderzoek tot een goed einde te brengen en had Lou sneller dan verwacht haar plaats gevonden in de groep. Ja, hij mocht fier zijn op dit team.

Op dat ogenblik voelde hij een hand op zijn schouder. Het was Zeebos. Hij vroeg:

'Al plannen voor de volgende dagen?'

'Ik neem een paar weken vrijaf.'

'Ga je op reis?'

'Dat is de bedoeling.'

'Weer naar Italië, zoals gewoonlijk?'

'Nee,' zei Berg. 'Ik denk dat ik dit keer wat verder ga.'

Nawoord

De titel van dit boek doet ongetwijfeld denken aan de beroemde roman van Ernest Hemingway *For Whom the Bell Tolls* en is voor een stuk ook bedoeld als een hommage aan deze fantastische auteur. Andere overeenkomsten tussen de twee verhalen zijn er uiteraard niet.

Het beeld op de cover is van de hand van Willy Peeters (°1957). Het is uit verguld brons en werd in 1998 onthuld. Over de herkomst van het woord 'jaquemart' bestaat geen zekerheid en zelfs de schrijfwijze kan verschillen: zo komt ook de variant 'jacquemart' geregeld voor.

Het beeld van Mercurius op het binnenplein van de faculteit Economie en Bedrijfswetenschappen is ontworpen door beeldhouwer Dany Tulkens (°1953) en werd in 1996 geplaatst naar aanleiding van de afronding van de renovatiewerken aan het Hogenheuvelcomplex. De sculptuur is van geslagen en gelast brons.

Het gedicht *Alpejagerslied* van Paul van Ostaijen werd voor het eerst gepubliceerd in het tijdschrift *Avontuur* in februari 1928.

Het kunstwerk tegen de gevel van de faculteit Sociale Wetenschappen is een realisatie van het architectenbureau Poponcini & Lootens uit Antwerpen, in samenwerking met het studiebureau Hans De Petter uit Heverlee en staalbouwer Dilliën uit Houthalen.

Het gedenkteken van Albrecht Rodenbach hangt in de Kortestraat nummer 2. Dat Berg – en met hem ongetwijfeld vele anderen – de gevelplaquette nooit eerder heeft opgemerkt, is te wijten aan de geringe grootte van het gedenkteken en de onopvallende plaats waar het zich bevindt.

Tot slot een woord van dank aan enkele mensen die mij geholpen hebben bij de research voor deze roman: Katoe Buyle, Leo Kenis, Kathy Vincke en Carina Vanwinckel. Daarnaast ben ik – zoals steeds – mijn team van proeflezers zeer erkentelijk voor de toewijding waarmee zij het manuscript onder de loep hebben genomen en van commentaar voorzien.

JO CLAES
DE ZAAK TORFS
MISDAADROMAN
HOUTEKIET

JO CLAES
DE BLINDE VLEK
MISDAADROMAN
HOUTEKIET

JO CLAES
DOOD IN DECEMBER
MISDAADROMAN
HOUTEKIET

JO CLAES
HET OOG VAN DE NAALD
MISDAADROMAN
HOUTEKIET

JO CLAES
TOT DE DOOD ONS SCHEIDT...
MISDAADROMAN
HOUTEKIET

JO CLAES
GETEKEND VONNIS
MISDAADROMAN
HOUTEKIET

JO CLAES
DE MYTHE VAN METHUSALEM
MISDAADROMAN
HOUTEKIET

JO CLAES
VERMOORDE ONSCHULD
MISDAADROMAN
HOUTEKIET

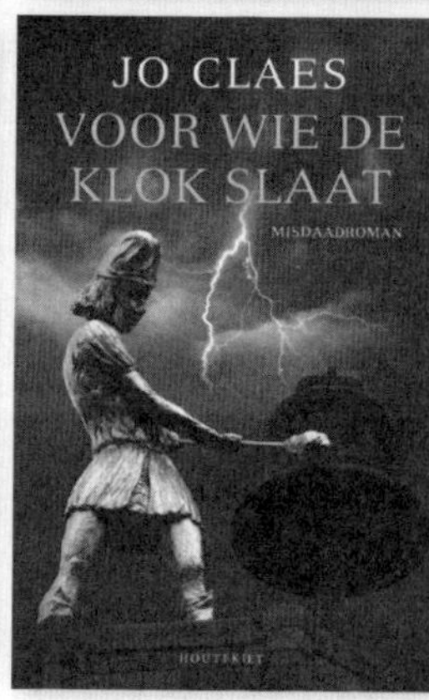
JO CLAES
VOOR WIE DE KLOK SLAAT
MISDAADROMAN
HOUTEKIET

WINNAAR VAN DE KNACK HERCULE POIROT-PUBLIEKSPRIJS 2014 EN DE GOUDEN STROP 2015

De mythe van Methusalem

ISBN 978 90 8924 273 0
e-ISBN 978 90 8924 306 5

In een Leuvens lab voor stamcelonderzoek wordt een fenomenale ontdekking gedaan waarmee veroudering drastisch kan worden afgeremd. Terwijl de hele wetenschappelijke wereld met verstomming is geslagen, pleegt het hoofd van het lab zelfmoord tijdens zijn vakantie op Kreta.

Andreas Kurver, freelancejournalist, heeft zo zijn bedenkingen bij de spectaculaire ontdekking. Tegelijkertijd wordt hoofdinspecteur Berg benaderd door de verloofde van de overleden professor die ervan overtuigd is dat haar vriend werd vermoord.

Berg heeft intussen de mooie Haynee Deferm leren kennen die als assistente in het lab werkt. Hij ondervindt heel wat tegenkanting tijdens het onderzoek, maar als ook in Leuven iemand in verdachte omstandigheden zelfmoord pleegt, wordt voor iedereen duidelijk dat er veel meer aan de hand is dan op het eerste gezicht lijkt. Wat Berg ontdekt, tart elke verbeelding...